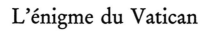

L'énigme du Vatican

DU MÊME AUTEUR

Le Dieu des mouches, roman, Grasset, 1959 ; Bourgois, Balland, 1984.

Naissance d'un spectre, roman, Bourgois, 1969 ; Balland, 1993.

Le Singe égal du ciel, roman, Bourgois, 1972 et 1986 ; Fayard, 1994.

Journal d'un autre, textes, Bourgois, 1975.

La Geste serpentine, roman, La Différence, 1978 ; éd. de l'Aube, 1991.

Géants et Gueux de Flandres, contes, Balland, 1979.

Histoire sérieuse et drôlatique de l'Homme sans nom, roman, Balland, 1980.

Le Monde à l'envers, essai, Atelier Hachette-Massin, 1980.

Les Tribulations héroïques de Balthasar Kober, roman, Balland-Massin, 1981.

La Cendre et la Foudre, roman, Balland, 1982.

L'Œil d'Hermès, essai, Arthaud, 1982.

Les Égarés, roman, Balland, 1983 (Prix Goncourt).

Venise, essai, Champ Vallon, 1984.

Méduse, nouvelles, Lettres Vives, 1985.

Le Théâtre de madame Berthe, nouvelles, Balland, 1986.

Le Fils de Babel, roman, Balland, 1986.

Houng : les sociétés secrètes chinoises, essai, Balland, 1987.

La Femme écarlate, roman, Fallois, 1988.

Le Retournement du gant, entretiens avec Jean-Luc Moreau, La Table Ronde, 1990.

L'Ange dans la machine, roman, La Table Ronde, 1990.

Le Livre d'or du Compagnonnage, essai, J.-C. Godefroy (collaboration J. Thomas), 1990.

La Chevauchée du vent, roman, La Table Ronde, 1991.

Dernières Nouvelles de madame Berthe, théâtre, Dumerchez, 1991.

L'Atelier des rêves perdus, roman, Éd. de l'Aube, 1991.

Les Tentations de saint Antoine, livret d'opéra, musique de Marian Kouzan, J.J. Sergent, 1992.

Un monde comme ça, roman, Seghers, 1992.

Le Dernier des hommes, Laffont, 1993.

Frédérick Tristan

L'ÉNIGME DU VATICAN

roman

Fayard

A Jean-Michel Salques.

« Je connais un labyrinthe grec qui est une ligne unique, droite. Sur cette ligne, tant de philosophes se sont égarés qu'un pur détective peut bien s'y perdre. »

JORGE LUIS BORGES,
La Mort et la Boussole

CHAPITRE PREMIER

Où l'on apprend l'existence de la Vita *et les efforts consentis par Adrien Salvat pour en découvrir le manuscrit.*

— Professeur ! Professeur ! Nous l'avons ! Nous le tenons !

C'est ainsi, dans cet état d'exaltation, que le nonce apostolique, Mgr Caracolli, pénétra dans le club jusque-là silencieux. Certes, il n'était guère habituel de voir débouler qui que ce fût dans un tel lieu voué à la méditation, à la dégustation du Fernet-Branca et à la lecture de l'*Osservatore Romano*, mais il était encore plus stupéfiant de constater que l'auteur d'une aussi impardonnable intrusion n'était autre qu'un membre de la Curie romaine.

Heureusement, cet après-midi-là, le club pontifical était quasiment désert. Seul, enfoncé dans un des célèbres fauteuils de cuir de la bibliothèque, le professeur Adrien Salvat fut le témoin de ce manquement aux usages ; et si les deux domestiques en queue-de-pie et gants blancs en furent affectés, ils n'en laissèrent rien paraître.

Le visage du nonce avait pris la même couleur mauve que sa soutane, apportant en ce lieu frais l'indubitable preuve de l'excessive chaleur du dehors. Le prélat avait beau exhiber un mouchoir aussi large que celui d'un marchand forain et s'en éponger, la sueur ne cessait de sourdre de son épiderme, révélant que les effets de la canicule n'étaient pas seuls responsables de ce ruissellement. Le nonce apostolique avait couru. Or, pour qu'un nonce apostolique courût, il fallait que le Vatican fût en flammes ou qu'une exorbitante découverte vînt d'être accomplie, risquant de mettre en péril les assises mêmes de la papauté.

— Qu'est-ce donc ? demanda Salvat en tirant une bouffée nauséabonde de ses trop fameux cigares mexicains.

— Pof, pof ! fit le prélat avant de recouvrer son souffle.

— Mais encore ? insista le professeur que l'état de Caracolli commençait d'inquiéter quelque peu.

— Le *Tractatus*... La *Vita*, veux-je dire... La *Vie de Basophon*... Je veux parler de Sylvestre... Professeur ! Nous l'avons trouvée !

Et, ayant réussi à exprimer pêle-mêle la raison de son agitation, Mgr Caracolli entra dans un accès d'hilarité, marque évidente que son bel équilibre avait été atteint. Avons-nous dit que l'homme était court et ventripotent ? Le lecteur l'aura déduit de son abondante transpiration. Il est établi, en effet, que les longilignes sont plus secs que les bedonnants, et que, partant, leurs glandes sudoripares demeurent plus économes. Quoi qu'il en soit, la rondeur épiscopale est une marque nécessaire d'habileté diplomatique, les maigres évoquant trop, aux regards critiques, les Torquemada et autres suppôts du Saint-Office aujourd'hui passés de mode.

— Eh bien, fit Salvat, était-ce dans le dossier de la *Scala Coeli* de Jean Gobi ?

— De la *Scala Coeli*, parfaitement. Comme vous l'aviez annoncé. *Che prescienza !* Et nous qui, depuis des années, cherchions dans la *Patrologie* de Migne et dans les Apocryphes ! Ah, ridicules ! Nous fûmes grotesques, lamentables !

Et, sur ces paroles désolées, le nonce laissa sa digne corpulence s'effondrer dans un des fameux fauteuils faisant face à celui, non moins célèbre, du professeur.

— Remettez-vous, dit ce dernier en mordillant le bout de son Chilios y Corona (il les faisait venir d'Oaxaca par paquets de cent). La *Vita* ne pouvait se trouver qu'à l'endroit le plus évident, si évident que personne n'aurait jamais eu l'idée de l'y aller chercher. C'est le principe de la lettre volée d'Edgar Poe.

— Qui a volé une lettre ? s'enquit le prélat dont les connaissances littéraires, au demeurant approfondies, n'avaient jamais dépassé le XIIIᵉ siècle, et qui, de surcroît, avait fourni un tel effort pour annoncer l'extraordinaire nouvelle que son cerveau tournait momentanément à vide.

Heureusement, à cet instant, l'un des deux domestiques en queue-de-pie et en gants blancs se pencha respectueusement vers Caracolli afin de lui demander quelle boisson il conviendrait de lui apporter, ce qui évita au professeur de se lancer dans un cours de littérature anglo-saxonne. Encore n'était-ce, de la part du serveur, qu'une question de pure convention, puisqu'il savait que le nonce, tout comme l'ensemble des membres du club pontifical, ne commandait jamais une autre liqueur que le Fernet-Branca, ainsi que le lecteur aura déjà bien voulu le noter.

Nous ouvrirons d'ailleurs ici une parenthèse non négligeable à propos de cet alcool dont certains osent critiquer le goût particulièrement amer qu'ils ont le mauvais esprit de trouver exécrable. En effet, depuis que la rumeur avait couru que le Saint-Père dégustait chaque soir, après la prière et avant de pénétrer dans son lit, un verre de ce revigorant breuvage, toute la cour pontificale s'était mise au diapason. Était-ce une manière de pénitence, ou plus simplement de médecine ? Le fait est que nul ne pouvait appartenir au Club *Agnus Dei* sans avoir accepté de se soumettre à ce rituel. La vénérable liqueur pouvait être accommodée de menthe ou de soda. En hiver, on la dégustait brûlante avec du citron. Certains, en cachette, la mêlaient de cola ou de rhum. Quelques rares fanatiques la préféraient avec de la bière.

Salvat, lui, dont le palais était depuis longtemps perverti par l'usage des Chilios, l'avalait comme font les Russes pour la vodka, d'un seul trait suivi d'un grognement de satisfaction.

Le nonce Caracolli trempait ses lèvres avec la prudence d'un rat goûtant au fromage, puis, par sèches petites secousses du poignet, buvait à coups saccadés en émettant de légers couinements. Sans doute le Fernet est-il aussi doué de vertus antitranspiratoires, car dès que le saint homme s'y fut adonné, son visage, de violet, devint quasiment vert, bien que ce ne fût pas là non plus sa couleur naturelle. Néanmoins, dès qu'il eut reposé son verre, le prélat sembla avoir recouvré la totalité de ses esprits, ce que Salvat remarqua à l'étincelle malicieuse qui brilla dans son regard.

— Et donc, cher professeur, il va falloir traduire. Si j'en juge d'après le simple coup d'œil que j'ai jeté sur le document, eh bien, ce sera d'une espèce de latin plus médiocre encore que celui des *Vitae patrum*. Une bouillie de latin, si vous préférez.

— Quel siècle ? s'enquit Salvat.

— Bof, bof... XIe siècle, pas plus tôt, il me semble. Mais avant Voragine, certainement. C'est calligraphié en petites carolines.

— Dominicain ?

Caracolli n'avait pas pour les frères de Dominique une affection démesurée, mais il lui fallait bien admettre que c'était en leur milieu que toutes les légendes des saints s'étaient habilement développées durant le Moyen Âge. Et puis, Jacques de Voragine, l'auteur de la *Légende dorée*, n'avait-il pas fini archevêque de Gênes dans les années 1290, ce qui, le mettant sur un pied d'égalité épiscopal avec le nonce, forçait bien évidemment le respect.

— Sa Sainteté a-t-elle été prévenue ? demanda Salvat, bien persuadé que le pape avait laissé traîner ses interminables oreilles jusque dans la salle XXIII, dite de Léon XIII, de la Bibliothèque Vaticane, où le manuscrit avait été trouvé.

— Tandis que je me hâtais vers vous, cher professeur, le chanoine Tortelli s'est rendu auprès du secrétaire personnel du cardinal Bonino qui l'avait prié de ne pas manquer...

— Parfait, l'interrompit Salvat en hissant son imposante carcasse hors du célèbre fauteuil. Le manuscrit est demeuré dans le dossier de la *Scala Coeli*, n'est-ce pas ?

— Comme vous me l'aviez demandé, professeur...

— Allons-y.

Et, avant que le nonce eût eu le temps de s'extirper de son siège, Adrien Salvat, tirant des bouffées nerveuses de son cigare, était déjà sorti.

J'ignore si mon lecteur, tout avisé qu'il soit, a déjà eu l'audace de pénétrer dans le saint des saints de la Bibliothèque Vaticane, la fameuse salle Léon XIII réservée aux manuscrits interdits. Cette appellation de « manuscrits interdits » est d'ailleurs trompeuse. Il s'agit en vérité de manuscrits qui, n'ayant jamais été ouverts, n'ont de ce fait jamais reçu le droit d'entrer dans le répertoire. Et pourquoi n'ont-ils jamais été ouverts ? Parce qu'ils ont été jadis frappés d'une mesure infamante, ont été scellés, puis mis sous séquestre avec un numéro d'ordre. Mais, comme personne ne possède la nomenclature correspondant à ces numéros, nul ne peut savoir à quels documents ils se réfèrent.

Alors, se dira le lecteur, comment a-t-il pu se faire que le professeur Adrien Salvat ait réussi à identifier un manuscrit scellé dans un dossier dont le numéro, B 83276, n'avait de signification pour personne ?

Pour le savoir, revenons un jour plus tôt au club *Agnus Dei*. Le professeur est assis dans le même fauteuil que celui où nous l'avons surpris le lendemain. Mgr Caracolli est là, lui aussi, mais il est accompagné d'un troisième savant que le cours de notre récit ne nous a pas encore permis de rencontrer : le professeur Standup, attaché à la British Library de Londres, éminent spécialiste des manuscrits médiévaux, délégué au Vatican depuis une bonne douzaine d'années où il ne cesse de pester contre les mondanités romaines et, en particulier, contre le Fernet-Branca qu'il considère comme un produit tout juste bon à faire reluire les cuivres.

Les domestiques en queue-de-pie et en gants blancs servent cérémonieusement le professeur Standup mais, dès qu'ils ont le dos tourné, le farouche Britannique verse le contenu du verre dans le pot de delphinium voisin et le remplace par un whisky de vingt ans d'âge qu'il a eu la précaution d'introduire précédemment dans le pommeau de sa canne. Seul motif d'étonnement : le delphinium semble supporter l'épreuve avec élégance. Est-ce pour narguer le digne représentant de Sa Majesté ?

Standup est, en effet, le modèle même de la distinction. Il se vêt comme les gentlemen de la City, en jaquette noire, pantalon rayé, chemise blanche à col cassé, nœud papillon noir à pois blancs, rose rouge à la boutonnière, melon sur la tête, qu'il a longue et étroite. Tout en sa personne est d'ailleurs long et étroit. Sa pensée elle-même est étriquée. Une seule passion paraît l'animer : la traduction ; et il traduit tout, quasiment de toutes les langues. C'est une machine à traduire instantanément, sans aucune hésitation, les idiomes les plus rares, les patois les plus compliqués. Aussi le monde scientifique le considère-t-il avec un respect quelque peu effaré.

Et donc Standup est assis tout droit sur une chaise, n'ayant jamais admis de s'affaisser dans un des célèbres fauteuils du club pontifical. Tout comme le nonce apostolique, il écoute les explications de son collègue français, le professeur Salvat.

— Messieurs, lorsque vous avez eu la bonté de me demander de rechercher avec vous la *Vie de Sylvestre*, je compris qu'il me fallait agir de manière totalement originale. Je ne doutais pas en effet, connaissant vos mérites respectifs, que vous n'eussiez tout essayé depuis de longues années et que les voies que vous aviez empruntées fussent toutes du domaine du raisonnable. Était-il utile de les reprendre ? Évidemment pas. Que me restait-il donc ? Les chemins de l'irrationnel.

Standup parut choqué par ce préambule. Pour lui, Salvat jouait les Sherlock Holmes mais n'était qu'un Hastings sans Hercule Poirot — références toutes britanniques, comme il se doit. Quant au nonce apostolique, il ferma un œil et, de l'autre, se prit à observer attentivement le tableau de la *Descente de Croix* attribué à Raphaël, orgueil de l'*Agnus Dei*, suspendu dans un cadre baroque au-dessus de la tête léonine de Salvat. Pour la première fois, il s'avisait que Marie-Madeleine tenait déjà dans ses mains le vase d'aromates qu'elle porterait trois jours plus tard à la grotte funéraire. Ce détail l'intrigua, si bien qu'il n'entendit point les déductions du professeur, que nous allons toutefois rapporter.

— Chers collègues, vous aviez, je n'en doute pas, cherché à percer le mystère de ces numéros qui, pareils à des sphinx, veillaient depuis des siècles sur l'anonymat des dossiers scellés. Or, je m'en aperçus très vite, ces numéros étaient d'une totale insignifiance et avaient été distribués au hasard lors du dernier inventaire, sous le pontificat de Léon XIII. Je dis « au hasard » car, bien entendu, les dossiers n'ayant pas été ouverts et nulle nomenclature n'existant, on ne fit que remplacer les anciens numéros par de nouveaux, et cela dans l'ordre des rayonnages. Quant aux numéros d'origine, qui dataient d'époques très diverses et qui, eux, auraient pu nous être utiles, ils avaient été jetés sans qu'aucune précaution ne fût prise pour en conserver la mémoire.

Salvat but une large lampée, fit entendre un grognement de circonstance et poursuivit :

— L'idée me vint alors d'aller chercher dans le fichier des *Vitae patrum* qui, comme vous le savez, est libre d'examen et se trouve dans la salle XII attribuée à Jean XXIII. J'y trouvai donc l'*Historia monachorum in Aegypto* de Rufin, le *Liber Geronticon* de Paschase de Dumi, le *Liber vitas sanctorum patrum orientalium* de l'Asturien Valerio del Bierzo, œuvres trop anciennes pour être utiles à notre propos. Mon intérêt se porta sur des légendiers d'origine dominicaine ; je formai l'hypothèse que notre *Sylvestre* appartenait à ce groupe dont l'exemplum est l'*Epilogus in gesta sanctorum* de Barthélemy de Trente.

— Croyez-vous, fit Standup d'un ton aigre, que nous n'ayons pas, nous aussi, cherché dans ce fichier ? Or nous savons tous qu'il ne s'y trouve aucune fiche au nom de ce *Sylvestre* !

— Certes, répliqua Salvat en allumant placidement un de ses horribles cigares. Mais je ne pensais pas non plus l'y rencontrer. En revanche, je me demandais si un autre titre ne cacherait pas le nôtre. C'est ainsi que je consultai systématiquement tous les fichiers, ce qui me prit trois semaines d'un travail mécanique et fastidieux, jusqu'au moment où je découvris que, sur une même fiche, avaient été inscrites deux références. Il s'agissait de la *Scala Coeli* de Jean Gobi, dont le numéro de dossier est B 83276 ; au-dessous de ces chiffres s'en trouvaient d'autres qui, de toute évidence, appartenaient à l'ancienne nomenclature, celle d'avant Léon XIII.

— Et donc, s'écria Standup en sautant sur sa chaise, vous pensez que cet autre numéro correspond à notre *Vita* ? Mais de quel droit ?

— La seconde numérotation est *Leg.Bas.666*, laissa tomber Salvat d'une voix sépulcrale.

— Comment ?

Pour le coup, Mgr Caracolli s'arracha au vase de Marie-Madeleine et, redescendant brutalement du tableau de

Raphaël à la bibliothèque du club pontifical, il s'y retrouva pressé de stupeur. 666, le nombre de la Bête ! Le nombre utilisé au XIe siècle pour stigmatiser une œuvre particulièrement impie ! Or, jamais, de mémoire d'homme, on n'avait retrouvé un tel document. Après avoir été marquées du sceau d'infamie, ces œuvres abominables étaient brûlées. Et là, à cet instant, le professeur Salvat déclarait que dans le dossier de la *Scala Coeli* avait été caché un de ces scandaleux manuscrits ! La *Vie de Sylvestre* que lui, prélat de la Curie romaine, recherchait depuis si longtemps, aurait été une œuvre du diable ! Mais déjà une singulière agitation s'emparait du saint homme. A la découverte du texte s'ajoutait à présent le piment de l'interdit.

— Vous croyez vraiment ? bégaya-t-il.

— Impossible ! décréta Standup.

— Vous avez dit « *Leg.Bas.* » ? reprit Caracolli dont l'excitation semblait se nourrir de la déconfiture de l'Anglais. *Leg.* pour *légende*, *Bas.* pour *Basophon*, le nom de Sylvestre avant son baptême ! C'est ainsi qu'en parle Vincent de Beauvais dans le *Miroir historial*.

Salvat récita :

— « L'histoire perdue de Sylvestre dont le nom païen était Basophon... » Et Rodrigo de Cereto dans son légendier : « Ce Sylvestre qu'il ne faut pas confondre avec Basophon... » Voyez, j'ai vérifié. Que de chercheurs se sont demandé qui était ce personnage au nom singulier ! Et voilà que ce 666 nous éclaire avant même que nous ayons ouvert le manuscrit.

— C'est choquant ! s'indigna Standup.

— C'est fabuleux, exaltant, *incredibile* ! explosa le nonce qui n'y pouvait plus tenir. Je vais de ce pas à la Vaticane !

Et c'est ainsi qu'ouvrant le dossier B 83276 de la salle Léon XIII, Caracolli découvrit, à côté d'une copie de la *Scala Coeli* de Jean Gobi, le manuscrit de la *Vita Sylvestri* qu'il recherchait depuis trente-deux ans.

Son Éminence le cardinal Alessandro Bonino, préfet de la Sacrée Congrégation des Rites, reçut la délégation le soir même. C'était un géant corpulent, autoritaire et précis. Héritière du Saint-Office, la Sacrée Congrégation avait pour devoir de maintenir la stricte orthodoxie doctrinale. De surcroît, administrateur de l'*Osservatore Romano*, le cardinal modelait de ses mains longues et raffinées l'éthique même de l'Église.

— Éminence, commença le nonce Caracolli, nos recherches sur le manuscrit de la *Vita Sylvestri* ont abouti grâce aux déductions du professeur Salvat, ici présent.

Salvat salua d'une légère inclination du chef. C'était la première fois de sa longue carrière qu'il avait partie liée avec le Vatican. Ses exploits l'avaient conduit de Manhattan à Londres, de la Chine à l'Amazonie. Il avait accepté de s'intéresser à l'« affaire Sylvestre » par curiosité pour le milieu pontifical plus que par l'attirance pour ce document égaré, tout sulfureux qu'il fût. Ceux de nos lecteurs qui n'ont pas encore eu l'heur de rencontrer le professeur Adrien Salvat se consoleront en pensant que dans le présent récit, ils le verront à l'œuvre dans un assez curieux exercice de déduction dont ils ont déjà pu goûter un échantillon.

Ajoutons que Salvat est, au physique, une manière de Winston Churchill mâtiné de l'Orson Welles des années 80, et, au mental, un Auguste Dupin renforcé par l'humour mathématique de Lewis Caroll. Certaines intelligences ne se mesurent pas à leur quotient intellectuel. Einstein, lorsqu'on lui proposa les tests, passa pour un idiot. Et combien de brillants sujets, premiers en toutes les matières, couronnés par la gloire universitaire, ne sont que de petits esprits tout juste bons à diriger un libre-service ou une firme de matériel agricole, à moins que ce ne soit à tenir les comptes d'une nation. En revanche, on vit des cancres, adeptes du radiateur du fond de la classe, qui, durant les récréations, flânaient sans but apparent sous le préau, se révéler des inventeurs, des manipulateurs de données nouvelles, des artistes inattendus et profonds, généralement jalousés par les forts en thème de jadis.

Salvat était semblable au cavalier du jeu d'échecs. Tout en lui n'était que quinconce. Prenant la réalité de biais, il réussissait à en démasquer les apparences pour ne plus la considérer que dans sa nudité, fût-elle généralement pénible à voir. Ainsi sort presque toujours la vérité de son puits : une vieille carabosse. D'où le pessimisme et l'humour nécessaires à ces sortes de magiciens à l'envers. Ils dévoilent les doubles-fonds et montrent que le lapin n'était qu'une peluche montée sur ressort.

Mais revenons-en, s'il vous plaît, au bureau en noyer ciré du cardinal Bonino, et laissons parler cette éminence.

— *De omni re scibili... et quibusdam aliis ! Felix qui potuit rerum cognoscere causas. Intelligenti pauca.*

Pour ceux qui ignoreraient les locutions latines (que chacun peut trouver néanmoins dans les pages roses d'un dictionnaire populaire), expliquons les détours de pensée du docte président de la Congrégation des Rites. En employant d'abord la devise de Pic de la Mirandole, prétentieuse à souhait (« sur tout ce qu'on peut savoir, je peux répondre »), et en y ajoutant « et même sur plusieurs autres », le cardinal voulait laisser entendre à ses interlocuteurs que l'érudition n'est que vanité, si bien que s'en vanter est une sottise. Par la deuxième locution (« heureux celui qui a pu connaître les causes des choses »), le prélat entendait montrer que, malgré la proposition précédente, il n'en était pas moins satisfaisant de rechercher et d'apprendre. Enfin, par la troisième, il concluait finement que « peu de mots suffisent à qui possède l'intelligence ».

Nous ignorerons toujours si Salvat comprit ce préambule. En revanche, soyons certains que le professeur Standup le reçut comme s'il se fût agi de sa langue maternelle, car il répondit sur l'instant :

— *Labor omnia vincit improbus.*

Ce qui parut plaire au cardinal, lequel, en sa jeunesse, avait apprécié les *Géorgiques*. N'est-ce pas que la beauté champêtre est un avant-goût du Paradis ? Mais, déjà, le cerveau du président de la Sacrée Congrégation s'était remis à tourner, délaissant vivement les rives de l'âge d'or. Il pencha son long cou blanchâtre vers le Britannique et, en parfait anglais :

— Et donc il faut traduire, articula-t-il, signifiant par là que tout avait été dit (« *ite, missa est* ») et que ces messieurs pouvaient se retirer.

Ainsi Standup fut-il chargé de décrypter la « bouillie de latin » du manuscrit retrouvé, ce qui lui causa un sincère déplaisir, non qu'il répugnât à traduire d'un langage bâtard, mais cette *Vita* était précédée d'une si fâcheuse réputation qu'il craignait que sa propre intégrité n'en fût entachée. Néanmoins, c'était là son devoir, et le professeur Standup en avait un sentiment si haut qu'il n'eût pour rien au monde laissé ses convictions personnelles l'emporter sur lui. L'archevêque de Canterbury, anglican comme on sait, ne lui avait-il pas recommandé de lui rapporter la traduction du document si jamais on venait à le découvrir ? Qui sait si les assises de Rome n'en seraient pas égratignées ? Standup devait cet effort aux mânes d'Henry VIII et de la grande Elizabeth.

Le lendemain, réunis dans une salle aimablement prêtée par le bibliothécaire en chef de la Vaticane, la salle Saint-Pie-V, nos compères se retrouvèrent afin d'assister à la traduction « sur le vif » du pernicieux document.

Imaginons-les autour d'une longue table Renaissance que des générations de religieuses ont cirée avec dévotion. Mgr Caracolli a disposé des feuillets devant lui afin de prendre des notes à l'encre violette, tandis que Salvat s'est enfoncé dans son fauteuil comme pour entamer une sieste. Au vrai, il a fermé les yeux pour mieux concentrer son attention et sa

mémoire. L'oreille papale, en la personne du chanoine Tortelli, a réussi à mettre en marche un magnétophone à fil afin
de ne rien perdre de la voix aigrelette et saccadée de Standup
qui, lui, se tient, comme le veut son nom, toujours aussi
raide sur sa chaise.

Certes, nous ne prétendons pas que la traduction sortît
des lèvres du professeur Standup bottée et casquée comme
Minerve du crâne fendu de Jupiter. Le cher homme, tout
savant et habile qu'il fût, ne manqua pas d'hésiter, de
bégayer, de trébucher, de revenir sur un mot afin d'en polir
et parfaire le sens, mais le rapporteur actuel a pensé qu'il
serait plus expédient de dispenser le lecteur de ces imperfec-
tions qui n'apporteraient rien à la connaissance du texte. On
voudra donc bien lui pardonner cette licence, d'autant plus
qu'elle ménage la susceptibilité toujours en éveil de la
savante Albion.

CHAPITRE II

Où l'on commence à lire la Vita, *faisant ainsi connaissance de Sabinelle et de Basophon.*

« Basophon naquit vers l'an 100, en Thessalie orientale, d'un père païen, gouverneur de la province, et d'une mère récemment convertie au christianisme. Elle s'appelait Sabinelle et voulut que son fils soit baptisé. Son mari, nommé Marcion, s'y refusa. Elle se rendit donc nuitamment chez l'épiscope de la région, qui était saint Perper, afin de lui demander conseil, mais, en chemin, elle fut arrêtée par les hommes de Marcion qui avaient reçu l'ordre de leur maître de surveiller la jeune femme. Ainsi fut-elle ramenée chez elle sans avoir pu rencontrer l'évêque.

Toutefois, saint Perper, à cette heure tardive, était en prière sur sa terrasse et vit un ange lui apparaître, qui lui dit :

— Perper, la lumière de Thessalie est prisonnière des ténèbres.

Il ne comprit pas les paroles de l'ange et s'abîma plus profondément dans ses oraisons. Or, à l'aube, il aperçut sur la terrasse un oisillon tombé du nid, qu'un rat affreux s'apprêtait à dévorer. Il chassa le rat et fit soigner l'oisillon. La vision de la nuit, ajoutée à la scène du matin, le rendait perplexe.

Durant ce temps, Sabinelle avait été amenée auprès de son mari qui lui reprocha sévèrement d'appartenir à ce qu'il estimait être une secte de fanatiques et d'agitateurs, car, à cette époque, la religion de Christos était considérée par la plupart comme une entreprise aux desseins tortueux. La jeune femme tenta d'expliquer à Marcion ce qu'elle entendait de sa foi, mais lorsqu'il fut question du supplice du Nazaréen, Marcion intima l'ordre à son épouse de se taire, ces événements lui paraissant du plus mauvais goût. Il fit donc enfermer Sabinelle dans une tour, la séparant ainsi de son enfant qui fut confié à des servantes.

La nuit suivante, alors que saint Perper priait sur sa terrasse, il fut bousculé, renversé à terre, et il vit deux hommes qui se battaient. L'un était lumineusement blanc comme la lumière du matin, l'autre était rouge comme le brasier le plus ardent. L'épiscope détourna les yeux afin de les protéger de l'intense foyer de clarté qui se dégageait du corps à corps des deux hommes. Puis il vit que la terrasse était à nouveau déserte.

Alors saint Perper tomba à genoux et pria ainsi :

— Seigneur, quels sont les signes que Vous daignez envoyer à Votre serviteur et qu'il ne comprend pas ?

Une voix s'éleva dans les ténèbres et hurla :

— Perper ! Cette âme m'appartient ! Laisse-la-moi !

Et il reconnut la voix du Malin. Et aussitôt une autre voix dit doucement :

— Perper ! Un enfant de Dieu est né non loin d'ici. Il sera la lumière non seulement de Thessalie, mais de l'Occident.

Sabinelle, fort attristée d'avoir été séparée de son fils, passait le plus clair de ses journées en prières. Elle demandait à Dieu que son mari fût éclairé et qu'il permît que Basophon fût baptisé. Mais, plus le temps passait, plus la colère de Marcion s'exacerbait. Lui qui avait été un mari aimant et doux devenait jour après jour plus acariâtre et plus entêté, car, en vérité, un démon s'était emparé de lui et l'avait rendu jaloux de l'amour que son épouse portait à Christos.

Un soir, il se rendit dans la tour où Sabinelle était retenue enfermée et lui dit :

— Les chrétiens sont les ennemis de l'empereur. Or, voici que l'on murmure que tu appartiens à leur secte. Si tu t'acharnes dans ton erreur, ma situation sera compromise.

Sabinelle répondit :

— Il n'est qu'un bien estimable : c'est la grâce de notre Sauveur.

Alors Marcion s'emporta. Il gifla sa femme, lui qui ne l'avait jamais molestée auparavant, puis il la laissa en pleurs dans l'obscurité de la tour.

Le lendemain, l'empereur, qui était à Rome, reçut la visite de Satanas qui lui dit :

— César, voici qu'est né en Thessalie un enfant destiné à affaiblir ton pouvoir. Il se nomme Basophon. Il est fils de Marcion, le gouverneur de cette province. Il te faut mettre tout en œuvre pour que cet enfant soit tué. Sans quoi, il ne pourrait manquer de t'arriver les plus grands malheurs.

L'empereur remercia le diable et fit aussitôt dépêcher un cavalier en direction de la Thessalie, avec ordre de faire périr l'enfant. Or, comme ce militaire faisait boire son cheval à la halte, un homme s'approcha et lui dit :

— Toi que l'empereur a choisi pour une triste besogne, as-tu un fils ?

Étonné, le cavalier répondit qu'en effet, il avait un fils. L'inconnu reprit :

— Qu'as-tu fait de ton fils ?

Le cavalier demanda :

— Pourquoi te préoccupes-tu de mon fils ?

Mais l'homme ne lui répondit point et s'éloigna.

En chemin, le cavalier réfléchit à la question que l'inconnu lui avait posée : « Qu'as-tu fait de ton fils ? » Et il commença à s'inquiéter du sort de son enfant. Puis il fit le rapprochement entre son enfant et celui qu'il avait reçu pour mission de tuer. Alors il lui apparut que s'il exécutait l'ordre de l'empereur, il arriverait malheur à son propre fils. Aussi, lorsqu'il parvint en Grèce, ne savait-il plus ce qu'il devait faire.

Ce jour-là était jour de marché à Thessalonique. Beaucoup de monde était accouru des campagnes avoisinantes. A cette occasion, saint Perper s'était déplacé en Macédoine afin de prêcher la Bonne Nouvelle. Comme l'envoyé de l'empereur passait devant le petit groupe qui, sur la grand-place, entourait l'évêque, son cheval s'arrêta. Le cavalier eut beau jouer de l'éperon et des rênes, il lui fallut descendre de sa monture.

Alors saint Perper, illuminé par l'Esprit saint, s'écria :

— Toi qui viens de Rome avec ton épée, qu'as-tu fait de ton fils ?

Pour le coup, le cavalier fut bouleversé, il s'approcha de l'évêque et, s'étant agenouillé devant lui :

— Père, dit-il avec tristesse, j'ai reçu l'ordre de l'empereur de tuer un enfant.

— Tu ne tueras point, répondit saint Perper, et il ôta l'épée du fourreau du cavalier qui, à l'instant, lui demanda le baptême.

L'épiscope lui donna le nom de Paul, car il s'était converti comme Saül de Tarse, en descendant de son cheval. Plus tard, la tradition l'appela Paul Hors l'Épée, en mémoire des circonstances de sa conversion.

Ainsi saint Perper et Paul, dès qu'ils furent en Thessalie, cherchèrent-ils le moyen de soustraire le petit Basophon à la fureur de l'empereur. Voici comment ils s'y prirent. Durant la première nuit sans lune, Paul se glissa dans la demeure du gouverneur Marcion, accompagné par un ange qui endormait tous ceux qu'il rencontrait : gardes, serviteurs et nourrices. Enfin Paul prit le berceau sous son bras, sortit comme il était venu, après quoi l'ange disparut.

L'enfant fut aussitôt porté dans la forêt à grand galop. Là, il fut confié à une vieille femme qui gardait des chèvres. Avec l'eau de la rivière, saint Perper et Paul Hors l'Épée baptisèrent Basophon et lui donnèrent le nom de Sylvestre, parce qu'il avait reçu une deuxième fois la vie dans les bois. Une chèvre nommée Aïga devint dès lors la nourrice du petit garçon.

Le lendemain matin, lorsque l'on constata la disparition de Basophon, la demeure du gouverneur fut mise sens dessus dessous, la ville fut fermée par des gardes et fouillée de fond en comble. Marcion alla trouver sa femme dans la tour et lui dit :

— C'est par ta faute que notre cher fils a disparu. Je ne doute pas que tu l'aies fait enlever par des fidèles de ta secte afin de le livrer à leurs pratiques abominables.

La malheureuse Sabinelle eut beau jurer sur son âme qu'elle n'était pour rien dans cette disparition qui l'inquiétait tout autant que son mari, ce dernier (que le diable conseillait toujours) décida de faire avouer à son épouse où l'enfant avait été emmené — ce qu'elle ignorait. Il la confia au bourreau.

Ainsi fut le martyre de Sabinelle, sur les ordres de son mari : elle fut dépouillée de ses vêtements et battue avec des nerfs de bœuf, puis on frotta ses plaies avec un rude cilice et on la jeta ensanglantée au fond d'une prison sordide. Elle y pria pour son enfant, craignant qu'il ne lui fût arrivé malheur ; et elle pria aussi pour Marcion et pour son bourreau afin que Dieu ouvrît leurs yeux aveuglés par le démon.

Alors un ange apparut à Sabinelle dans sa geôle, la toucha et guérit à l'instant toutes ses plaies. Puis il lui dit :

— Ne crains point. Ton fils est en sécurité dans la forêt et il a été baptisé.

A ces mots, la jeune femme tomba à genoux en remerciant Dieu de Sa bonté, ajoutant :

— Maintenant, Seigneur, je puis mourir. Mon fils sera la lumière de Thessalie.

L'ange la quitta.

Le lendemain, voyant que Sabinelle était saine de corps et d'esprit, Marcion lui dit :

— Les dieux que tu as osé dédaigner pour adorer cet esclave crucifié t'ont montré leur générosité en te guérissant durant la nuit. Abjure ce Christos et révèle-nous où est caché notre enfant !

Elle répondit :

— C'est Christos qui m'a guérie et qui m'a révélé où est caché notre enfant. Il est désormais hors d'atteinte dans la paix et la lumière des baptisés.

A ces mots, Marcion perdit l'esprit, se précipita sur sa femme, la frappa au visage, après quoi il la rendit au bourreau. Celui-ci fit déchirer son corps avec un peigne de fer, fit brûler ses plaies avec des torches et marqua son visage avec du plomb fondu. Et, comme elle louait toujours le Seigneur Jésus, il lui fit tenailler les seins, l'exposant ainsi sur la grand-place. Mais Dieu couvrit son corps d'une nuée si éclatante que tous ceux qui regardaient perdirent la vue.

Alors Marcion prit une hache, traîna sa femme par les cheveux jusqu'au billot où, dans sa fureur insensée, il lui trancha la tête. Celle-ci rebondit trois fois en l'honneur de la Sainte Trinité. Il en naquit trois sources aujourd'hui encore vénérées, car elles guérissent de l'épilepsie que l'on nomme aussi le haut mal.

Or, à l'instant où Marcion abattait la hache sur le cou de Sabinelle, un éclair fendit le ciel en deux, frappant de sa foudre le gouverneur qui paya ainsi son entêtement et sa colère, ce que voyant, le bourreau fut si effrayé qu'il alla se jeter dans le fleuve où il disparut.

Saint Perper, aidé par Paul Hors l'Épée, vint recueillir les précieux restes de la martyre et les porta dans la cave de sa maison, là où étaient déjà enterrés tous ceux de la région qui étaient morts dans la foi en Christos. Ce lieu fut plus tard nommé *Catacombe Perpérine*, du nom de l'évêque. Puis des prières furent dites en l'honneur de la nouvelle sainte dans le Ciel. »

Le professeur Standup s'arrêta.

— Merveille ! s'écria le nonce apostolique. Vous traduisez avec la fluidité d'un... comment dirais-je ?

— En tout cas, fit Salvat de sa voix grognonne, je ne vois rien là pour l'instant de bien extraordinaire. Nous sommes en présence d'une enfance de saint comme il en est tant. Mêmes miracles, mêmes oppositions de la Rome impériale. Toutefois, afin d'être prudent, je dirais que le côté traditionnel de ce premier chapitre a quelque chose de suspect.

— Suspect ? demanda le chanoine Tortelli en se débattant avec son magnétophone à fil qu'il ne parvenait pas à arrêter.

— Voilà qui ressemble en effet à beaucoup d'autres légendes chrétiennes, concéda Caracolli, mais n'ont-elles pas toutes en commun ce côté fabuleux : les anges, les démons... Notez bien que je crois à toutes ces entités. C'est un article de foi. Cependant, il me semble qu'elles n'apparaissent pas toujours aux humains avec une telle facilité.

— Sans doute, se permit d'avancer le chanoine, n'en allait-il pas comme aujourd'hui en ces temps bénis où, telle une fleur printanière, naissait notre sainte religion. Les sens des premiers chrétiens étaient plus exercés à l'invisible que les nôtres.

Salvat préféra ne pas s'avancer sur ce terrain. Aussi demanda-t-il si l'on pouvait dire que le gouverneur Marcion avait quelque existence historique ou bien s'il s'agissait d'un nom de fantaisie.

— De fantaisie ? glapit le chanoine en cessant de manipuler les boutons de son appareil récalcitrant. Comment osez-vous ? Une légende n'est pas un roman comme il s'en écrit,

hélas, à notre malheureuse époque. « Légende » signifie :
« ce qui doit être lu ». C'est donc une œuvre d'édification.
N'est-elle pas merveilleuse, cette Sabinelle, tout imprégnée
de l'amour de notre Sauveur ? Et combien étaient cruels ces
païens si endurcis dans leurs erreurs ! Comment, monsieur,
osez-vous parler de fantaisie ?

— Restons prudents, fit observer Salvat. Toute cette belle
odeur de sainteté cache sans doute des dessous plus obscurs.
La vie de Sylvestre n'a-t-elle pas reçu le nombre 666 comme
un sceau d'infamie ?

— Certes ! Certes ! s'empressa de confirmer le chanoine.
Mais il faut pour le moins reconnaître que dans ce premier
chapitre, on discerne aisément la force de caractère des
premiers martyrs. S'il fallait brûler le reste, ce morceau, à lui
seul, pourrait être gardé comme un superbe témoignage
d'époque.

— Quelle époque ? questionna sournoisement Salvat. Le
IIe ou le XIe siècle ?

Mgr Caracolli crut bon de venir en aide au chanoine.

— Le XIe siècle était une époque où le récit chrétien avait
gardé la fraîcheur des origines. Mais naïveté ne signifie pas
mensonge. Le merveilleux est source de vérité.

Adrien Salvat sortit de la poche intérieure de sa veste un
étui à cigares, ce qui, sur l'instant, commença d'inquiéter
l'assistance. Fallait-il être parvenu au dernier degré du vice
pour s'intoxiquer avec un tel mélange de tabacs à l'odeur de
kapok grillé mêlé d'encens et de naphte ? Seuls les indiens
Cupachos de la région de San Cristobal de Las Casas, à la
frontière guatémaltèque du Mexique, étaient capables de
fumer ces horreurs en forme de racines torves et noirâtres.

— Je doutais que Marcion fût un nom historique, reprit
Salvat. En effet, on le rencontre fréquemment en d'autres
légendes relatant des martyres. Il est presque toujours le
méchant mari d'une épouse chrétienne. Entêté jusqu'à la
folie, il choit dans le sadisme et, finalement, se retrouve puni

par les instruments mêmes de l'ultime supplice qu'il inflige. Et donc ce Marcion est le type du païen endurci, irrécupérable, qui, par contrecoup, permet à sa victime d'accéder à une sainteté plus grande encore. La *Légende dorée* de Jacques de Voragine utilise constamment ce processus attisé par Satan, comme il se doit, car il n'existe là que deux seuls combattants : Jésus et le diable. Tous les autres ne sont que des comparses.

— Sans doute, fit Caracolli en changeant de siège afin de s'éloigner du fumeur, mais c'est toujours la sainteté qui l'emporte.

— Pour la plus grande gloire de notre mère l'Église, confirma le chanoine.

Salvat choisit un cigare et l'alluma à l'aide du briquet marqué du sceau du Foreign Office qui lui avait été offert par le *commander* Batham lors de l'affaire Bloomington. Aussitôt, une âcre fumée se répandit dans la salle Saint-Pie-V, au désespoir de Standup qui, droit sur sa chaise, commençait à partager les affres de Sabinelle. Il s'efforça de tousser un peu afin d'avertir le fumeur de la gêne qu'il pouvait provoquer, mais Salvat, tout à sa réflexion, ne parut pas s'apercevoir de son manège.

— Nous devrions entendre le chapitre suivant, proposa le nonce, si toutefois notre docte traducteur le veut bien.

— Depuis douze ans, je réside à Rome afin de participer à ces recherches, fit Standup d'un ton pincé. Et je suis donc prêt à tout traduire, mais à une seule condition...

Il laissa sa phrase en suspens, jeta un regard furieux vers le cigare, puis leva un œil suppliant en direction de Caracolli. Enfin, après un silence lourd de menaces contenues, il acheva :

— A la condition que je puisse respirer.

— Écoutez, repartit Salvat, ce pur mélange mexicain m'est nécessaire pour activer les cellules cérébrales qui me servent à penser. Cependant, comme je ne souhaite pas déclencher une crise d'asthme chez notre excellent ami et confrère, je vais cesser d'en user pendant la lecture. Ensuite, et pour le bien de nos recherches, comme le soleil ne cesse de briller sur Rome, nous irons réfléchir dans les jardins, et là, au grand air, je pourrai m'adonner à mon excitant intellectuel favori sans angoisser personne.

— Excellent, s'empressa d'approuver le nonce.

— Je demanderai l'autorisation à Son Éminence, ajouta Tortelli.

Le professeur Standup ne dit mot, mais, lorsque Salvat écrasa son cigare dans le cendrier aux armes du Pontife, un éclair de victoire illumina son œil gauche, le droit demeurant férocement rivé sur le nœud papillon du fumeur. Entre la France et l'Angleterre, la guerre de Cent Ans ne serait décidément jamais terminée.

Adrien pensa : « Plus on croit à une vérité, plus la pensée rétrograde. »

CHAPITRE III

Où l'on assiste à l'enfance de Basophon et à son ascension dans le Ciel.

« S'apercevant qu'il avait été joué, Satan alla retrouver l'empereur à Rome et lui dit :

— Le cavalier que tu as envoyé auprès du gouverneur n'a pas obéi à tes ordres. Il est devenu à son tour chrétien et c'est lui qui, au lieu de tuer l'enfant, le fit cacher dans la forêt. César, il te faut commander un grand massacre de tous ces gens qui te trahissent, sans quoi il pourrait bien t'arriver quelque malheur.

L'Empereur nomma donc un nouveau gouverneur en remplacement de Marcion. Ce fut Rufus, homme dur, tout dévoué à son maître, car, ancien gladiateur, il avait été élevé dans la hiérarchie au prix des services sanglants qu'il avait rendus. Le peuple l'avait surnommé Rufus la Mort, car il se souciait aussi peu de répandre la mort que s'il eût été mort lui-même.

Durant ce temps, Basophon, devenu Sylvestre par son baptême, était soigné dans la forêt par la vieille femme à qui saint Perper l'avait confié. La chèvre Aïga le nourrissait. Des fleurs merveilleuses poussaient tout autour de la cabane où il grandissait. Les oiseaux des bois venaient bercer son sommeil de leurs chants les plus doux. Les biches s'attendrissaient en le regardant.

Or, une nuit, Paul Hors L'Épée fit un rêve, se leva et alla réveiller saint Perper.

— J'ai vu dans mon sommeil, lui dit-il, qu'un fléau nous arrivait de la mer. Il était là, monté sur un cheval verdâtre, à la proue d'un navire. Tout autour de lui gisaient des ossements, et ces ossements gémissaient en disant : "La peste fut sur nous et sur nos enfants."

L'évêque se leva, entra en prière, demandant à Dieu de l'éclairer sur le rêve de Paul. Alors apparut un ange qui portait un linge taché de sang ; des larmes coulaient sur ses joues. Il se taisait.

— Seigneur, s'écria saint Perper en joignant les mains, quelle est donc cette calamité à laquelle Tu souhaites exposer notre foi ? Ne sais-Tu pas quelles sont les difficultés que nous rencontrons ? La Thessalie est un désert. Peu nombreux sont ceux qui entendent la Nouvelle que nous annonçons. Quant à ceux qui vivent en Ton amour, ils ont peur et se terrent chez eux, car depuis le foudroiement du gouverneur, les païens les prennent pour des magiciens qu'ils projettent d'éliminer. Quel nouveau tourment peut encore s'ajouter à notre misère ?

Alors l'archange Michel apparut dans toute sa lumière et répondit :

— Perper, c'est du sang des martyrs que naît la joie. C'est au fond de l'abandon que tu trouveras Celui que tu cherches. Ne sait-Il pas ce qui est bon ?

— Seigneur, dit l'évêque, qu'il en soit fait selon Ta volonté.

Et il tremblait de toute sa carcasse d'avoir entendu l'archange lui parler.

Et donc la peste débarqua en Thessalie en la personne du nouveau gouverneur Rufus qui, sitôt installé, fit venir les officiers supérieurs de la place et leur tint ce langage :

— Honte sur vous tous, car un seul déserteur corrompt toute une armée. Or, ne voilà-t-il pas que l'envoyé de l'Empereur, loin d'accomplir sa tâche, a pris parti pour ceux-là mêmes qu'il avait mission de combattre ! On me dit qu'il se fit chrétien, qu'il prit le nom de Paul et que c'est lui qui enleva le fils du gouverneur Marcion afin de le confier à ses congénères ! Officiers, une telle trahison est le signe d'une intolérable corruption dans vos rangs ! Retrouvez ce Paul et menez-le-moi enchaîné afin qu'il nous dise en quel endroit il a caché cet enfant. Arrêtez tous ceux qui se prétendent chrétiens, car ils conspirent contre la Loi. Et si demain mes ordres n'ont pas été exécutés et que le traître ne gît pas ici, à mes pieds, deux d'entre vous seront punis de mort et jetés aux chiens avant que la lune se lève. Allez !

On arrêta saint Perper alors que Paul s'était rendu dans la forêt afin de prévenir la vieille gardienne de chèvres que Sylvestre était menacé. Lorsqu'il revint en ville, il comprit aussitôt quel malheur était arrivé et rassembla en toute hâte quelques femmes et quelques vieillards qui croyaient en Christos. Tous ensemble, ils entrèrent en prière, confiant leur destin entre les mains de Dieu. C'est alors qu'un voisin alla les dénoncer auprès du chef de la garde. La maison où ils se tenaient fut cernée. On les emmena.

Le martyre de tous ces gens eut lieu dans les jours qui suivirent par le fer, par le feu et par la fosse. Saint Perper et Paul, en revanche, furent conservés en prison, car, selon l'ordre de l'Empereur, il fallait leur faire avouer où ils avaient caché Basophon. On exerça sur leurs corps les tortures les plus épouvantables, mais les deux hommes ne cessaient de chanter la gloire de Dieu.

Alors Jésus convoqua l'archange Gabriel et lui dit :

— Il est en Thessalie deux hommes qui souffrent en mémoire de moi. Va les assister dans leur tourment, car ils sont au dernier degré de l'abandon, bien que leur foi et leur espérance soient intactes. Ensuite, cherche dans la forêt où se trouve Sylvestre, car j'ai conçu pour lui un destin inégalable. Lorsque tu l'auras trouvé, je te dirai ce qu'il faut faire.

Gabriel s'inclina devant Jésus et descendit sur Terre.

— Grand archange, dit Perper lorsqu'il vit l'envoyé de Dieu, voyez en quel état est le royaume... Votre évêque ne parlera plus aux hommes ; tous les chrétiens ont été massacrés.

— Reste l'enfant dans la forêt, répondit Gabriel. Lui seul portera le Tau sur son front.

— Que peut un enfant qui ignore même qu'il fut baptisé ? Qui lui enseignera les rudiments de notre sainte religion ?

— L'esprit sera sur lui.

— Alors, que la volonté de Dieu s'accomplisse et que la lumière surgisse de ténèbres si profondes, dit Perper. Gabriel le quitta.

Rufus se rendit auprès de Paul et lui dit :

— Toi qui fus choisi par l'Empereur pour tuer cet enfant, qu'en as-tu fais ?

Paul répondit :

— Je te parlerai de Jésus le Ressuscité.

— Puisqu'il en est ainsi, reprit Rufus, le fils que tu as laissé à Rome sera amené ici avec sa mère et torturé devant toi !

— Mon fils et ma femme sont innocents, mais qu'ils soient amenés ici afin que je leur parle de Christos et qu'ils meurent avec moi dans Son amour.

Le gouverneur fut stupéfait par tant de courage, mais n'en demeura pas moins ferme en la dureté de son cœur.

Durant ce temps, Gabriel apparut à la vieille femme dans la forêt. Il vit l'enfant qui reposait paisiblement dans un berceau de feuillage et la chèvre qui l'allaitait. Ce tableau heureux lui rappela le temps de l'Éden, à cette époque où Adam n'avait pas encore déchu, et il dit :

— Vieille femme, toi qui es gardienne de la lumière,

sache que Notre Seigneur va aujourd'hui accomplir de grandes choses.

— Oh, fit la vieille, il me suffit de respirer.

Alors Jésus commanda à Gabriel de convoquer les oiseaux. Et bientôt toute la clairière fut envahie par des milliers et des milliers d'anges qui avaient pris la forme d'oiseaux. Tous ensemble, ils commencèrent, par leurs chants, à enseigner l'enfant Basophon. Ainsi le fils de la pieuse Sabinelle et de l'odieux Marcion apprit à lire, à écrire et à penser de la bouche même du Ciel.

Mais, tandis que dans cette clairière merveilleuse toutes ces choses divines se passaient, tout autour, cachés derrière les arbres, grimaçants et perfides, les diables s'agitaient. Satan leur avait ordonné de rester là afin de surveiller ce qui se préparait. L'un d'eux, réputé pour sa méchanceté, avait été désigné comme messager. C'est lui qui, tous les soirs, descendait dans les enfers et faisait son rapport à son maître. Or ce diable s'appelait Barbulé. Il était le plus menteur de tous les diables.

C'est ainsi que, ne pouvant s'empêcher de mentir, il raconta à Satan une autre version que ce qu'il avait vu et entendu, ignorant comme il était, de surcroît, que les diables ne voient ni n'entendent les choses divines comme il convient. Par exemple, les oiseaux, qui étaient en vérité des anges, étaient perçus par les démons comme s'ils étaient des mésanges, des rossignols ou des pinsons. Au lieu d'entendre les sages enseignements que recevait l'enfant, les diables n'entendaient que des pépiements. Mais Barbulé, afin de raconter à Satan quelque événement extraordinaire, imagina un théâtre tout différent.

— Qui va là ? demanda le gardien de la porte d'ombre, un vieux cornu aux ailes membraneuses, tout agité de convulsions.

— Barbulé, le messager chargé de l'enfant Basophon, répondit Barbulé.

L'autre fit la grimace, cracha sur le sol et laissa passer le messager qui, escorté par deux gardes, traversa le couloir des soupirs, monta l'escalier des crimes et, par le corridor de la tentation, pénétra dans la grande salle secrète des petites instances de Sa Froide Majesté Satanas.

Là, parmi les braises et les rougeoiements des incendies, Barbulé se prosterna devant le trône en corne de bouc de son maître qui, vomissant du feu par sa gueule immonde, s'écria :

— Hé là ! infecte vermine ! Parle avant que je ne t'anéantisse !

Et Barbulé, mi-effrayé, mi-flatté, raconta son histoire :

— Excellence Révérendissime, ô Grand Maître Sublime, voici que le fils de Marcion grandit en force et en sagesse par la grâce des jeunes femmes qui lui apprennent ce que jeunes femmes peuvent apprendre aux hommes.

— Que me racontes-tu là ? fit Satan. Et qui sont ces femmes ?

— Des vierges, Excellence...

A ce mot, le prince se changea en serpent à la langue vibrante et acérée, puis il susurra :

— Des vierges, Barbulé... Ah, comme il va me falloir les tenter ! Allons !

Et, reprenant sa forme de roi déchu, il sortit rapidement de la salle, abandonnant le jeune diable à ses méditations. Puis, parvenu dans son cabinet particulier, où seuls ont accès les démons de première classe, il convoqua Belzébuth et lui dit :

— Voilà que les anges enseignent Basophon, cet enfant de Thessalie dont le destin menace de nous nuire, si nous n'y prenons garde. Or, mon admirable frère, ce sont des jeunes femmes que les anges utilisent à cet effet. Envoyons donc quelques délicieux démons à ces filles, qu'ils leur tournent la tête, le cœur et le reste...

— Excellent ! fit Belzébuth en se frottant les mains. J'ai

trois damnés pour fornication qui feront certainement l'affaire. Je leur confère l'apparence de trois jouvenceaux et je les envoie à ces demoiselles. Cela vous convient-il, ô Satan ?

— Ces trois damnés sont-ils vraiment très lubriques ? s'enquit Satanas.

— J'en réponds, fit Belzébuth.

Le Grand Maître le congédia.

Pendant ce temps, l'évêque Perper et Paul Hors l'Épée étaient tirés de leur geôle par les soldats du nouveau gouverneur Rufus, dit le Mort. On les mena enchaînés et sanglants devant le juge désigné par Rome, qui s'exprima en ces termes :

— Toi, Perper de Thessalie, et toi qui te fais appeler Paul, vous avez été convaincus de pratiques contraires à la Loi, vous avez avoué appartenir à la secte des chrétiens et avoir fomenté l'enlèvement du fils du gouverneur Marcion que vous avez ensuite dissimulé en un lieu que vous avez refusé de communiquer. Or, cet endroit nous est aujourd'hui connu grâce à un bûcheron qui, dans une clairière, vit une vieille femme garder un enfant. Tremblez donc ! Car non seulement votre forfait a échoué, mais l'heure approche où vous devrez être punis d'un si grand crime.

On les ramena désespérés dans leur prison tandis qu'un groupe de neuf soldats commandé par un officier était prestement envoyé dans la forêt, à l'endroit que le bûcheron avait indiqué. Rufus avait en effet pensé, qu'une simple brigade suffirait pour se saisir de l'enfant et de la vieille. Or, tandis que cette petite troupe se rendait à la clairière, les trois démons déguisés en jouvenceaux y arrivèrent. Ils virent Basophon parmi les oiseaux, la chèvre et la paysanne, mais point de ces jeunes femmes dont on leur avait décrit la beauté. L'un demanda :

— Où sont les demoiselles charmantes qui enseignent à ce petit ?

Et la vieille, qui était un peu sourde, de répondre :

— Les oiselles sont parties pour un instant, mais elles vont revenir.

Et donc les trois diables s'assirent en attendant leur retour.

C'est ainsi que, lorsque les soldats de Rufus entrèrent dans la clairière, ils crurent que ces trois hommes étaient des chrétiens désignés pour garder l'enfant. Ils voulurent s'en saisir, ce que voyant, les démons sautèrent sur leurs pieds et, ouvrant la bouche, en firent sortir un jet de feu qui calcina sur l'instant toute la troupe. Après quoi, voyant que les demoiselles n'arrivaient toujours pas, ils repartirent en maugréant en enfer. »

« La Sainte Vierge Marie qui, entre toutes femmes, est la plus miséricordieuse, vint trouver Jésus et lui dit :

— Mon doux fils, n'est-ce pas suffisant que tous ces gens aient souffert ? Faut-il encore les priver d'espoir ?

— Mère, répondit le Messie, c'est au cœur de la plus épaisse des nuits que naît l'étoile du matin. Basophon est cette étoile. Elle brillera d'autant mieux que la ténèbre aura été épaisse.

— Théologie que cela ! s'écria la Vierge. Perper et Paul, en attendant, désespèrent. Et voici, mon fils, ce que votre mère vous propose...

Et Marie demanda à Jésus de retirer Basophon du monde et de le mener au paradis où il poursuivrait son éducation, après quoi il redescendrait parmi les hommes.

— Vous parlez en mère aimante, dit le Messie. Toutefois, ce n'est pas un ange qu'il nous faut, mais un homme. Ici, dans le Ciel, tout est trop facile.

Marie insista. C'est ainsi qu'ils décidèrent de recourir à l'arbitrage de l'Esprit saint.

Celui-ci tenait séance parmi les prophètes. Ils étaient tous là, de Moïse à Isaïe, d'Ézéchiel à Daniel, et discutaient ferme sur quelque point délicat de doctrine. Lorsque la Vierge et Jésus entrèrent dans la salle du grand chapitre, ils se levèrent. On leur expliqua de quoi il était question et tous comprirent que si Basophon devait recevoir une éducation divine, il n'en devait pas moins connaître les rigueurs de la Terre.

Après quoi, l'Esprit saint commanda à Salomon de décider, ce qu'il fit en ces termes :

— Sylvestre dit Basophon, enfant de Thessalie, vivra la moitié de l'an sur Terre, et l'autre moitié dans le Ciel. Là, il apprendra ce qu'est l'obscurité et l'épaisseur ; ici, on lui enseignera la lumière. Ainsi, parmi les hommes, sera-t-il leur semblable, mais au plus secret de sa ténèbre, une force vive le soutiendra, lui qui tout vivant aura fréquenté le Ciel.

Les prophètes estimèrent que Salomon, comme toujours, avait bien parlé. Jésus convoqua donc l'archange Gabriel et lui expliqua ce qui venait d'être décidé. Le grand messager se rendit dans la partie occidentale du paradis et donna les ordres nécessaires pour qu'une demeure fût élevée où Basophon serait recueilli ; puis il se mit en quête de professeurs à qui il assignerait l'éducation de l'enfant.

C'est alors que Gabriel vit venir à lui une âme qui resplendissait si merveilleusement qu'il en fut tout joyeux. Cette âme n'était autre que Sabinelle.

— Seigneur Archange, s'écria-t-elle, vous me voyez pleine d'émoi ! J'apprends que mon fils va pénétrer au Ciel tout vivant afin d'y connaître les divines vérités. Me serait-il possible de m'occuper de sa subsistance dans le temps qu'il sera là ?

— Je te nomme intendante de ton enfant, dit Gabriel, mais il faut me promettre de n'être point triste quand, chaque six mois, il s'en ira.

Elle le promit et s'empressa, toute joyeuse, vers le lieu

choisi où déjà les anges bâtisseurs achevaient d'élever la demeure réservée à son fils.

C'était un véritable palais de nacre comme aucun empereur à Rome n'en avait jamais eu. Le porche d'entrée était fait de musique vivante. Les salles de travail étaient tapissées d'art et de science. Des salles de jeux et de repos avaient été prévues, mais c'étaient pour des jeux célestes et un repos divin. Des fontaines jaillissaient et coulaient dans des bassins. Le joyeux murmure des eaux était un hymne qui ne cessait de s'élever vers le Trône. Tout cela composait une demeure du plus remarquable effet.

L'archange Gabriel réunit les principales sommités de la science céleste et leur dit :

— Ô vous, incomparables frères, il me faut choisir parmi vous ceux qui se pencheront sur la jeune intelligence de Basophon pour la faire éclore en une rose de toute sagesse.

On l'applaudit, puis Noé prit la parole :

— Cet enfant est l'arche qui, en ce déluge d'impiété et de brutalité, portera le message du Christ sur la terre de Thessalie. Il m'appartient donc de lui apprendre l'art des vaisseaux et des mâts, des gouvernails et des voiles, et aussi la science des espèces, car je les connus toutes en ce singulier voyage qui nous sauva de la noyade, il y a de cela bien longtemps...

Abraham se leva et, à son tour, s'écria :

— Moi qui reçus le pain et le vin du roi de Shalem, il importe que ce soit moi qui enseigne à cet enfant l'art du sacerdoce, car il sera fondateur d'églises et de monastères, tout comme je fus le fondateur d'une assemblée plus vaste que le ciel et plus nombreuse que les étoiles.

Alors Jacob prit la parole et dit :

— Je serai aussi le précepteur de Basophon, car j'ai lutté avec l'Ange du soir au matin, et cet élu devra lui aussi lutter sans cesse avec les forces et les puissances. Je lui apprendrai la science de l'Invisible.

Joseph ajouta :

— Dans l'art du gouvernement des hommes, je ne crains personne, moi qui fus le conseiller de Pharaon. Voici donc que je serai le maître des études humaines de cet enfant, afin qu'il connaisse tout de la lucidité et des ruses politiques, et qu'il soit capable d'en remontrer aux plus grands stratèges de tous les temps.

Alors Gabriel s'inclina et remercia les patriarches, leur disant :

— Nul ne peut être meilleur professeur que vous pour cet enfant.

Ils s'inclinèrent à leur tour et allèrent chacun chez soi se préparer à la venue du garçon.

Mais, tandis que ces merveilleux événements célestes se préparaient, le gouverneur Rufus entra dans une colère épouvantable. Qui donc s'était permis d'anéantir la troupe qu'il avait envoyée quérir Basophon ? Sur l'heure, il réunit trois compagnies dont une à cheval, et prit le commandement de cette armée. Puis ils entrèrent dans la forêt et se rendirent à la clairière qu'ils cernèrent de toutes parts. Enfin, à un signal, l'assaut fut donné. Mais, à la grande rage de Rufus, il fallut se faire une raison : l'enfant avait disparu, lui, la chèvre, et la vieille paysanne qui le gardait.

Dans sa folie, Rufus ordonna à ses militaires de battre la forêt et de raser tous les arbres afin qu'il n'en subsistât rien qui pût cacher quelque être vivant. Les moindres bosquets furent arrachés, les plus petits trous de renard furent enfumés. On débusqua des sangliers, des cerfs et quelques putois, mais de Basophon, pas la moindre trace. Le gaillard s'était envolé.

Et, effectivement, il s'était envolé ! Des anges avaient saisi son berceau, sa nourrice et sa gardienne et tout ce monde, dans un grand froufrou d'ailes, s'était dirigé vers le Ciel où, comme il avait été prévu, on les déposa dans la demeure élevée expressément pour les accueillir. Et la vieille de ronchonner : Que lui voulait-on ? N'était-elle pas bien dans sa clairière ? Elle était sûre de ne point trouver au Paradis d'aussi bons champignons qu'à l'ombre de ses chênes... Et saint Pierre, toujours conciliant :

— Ne vous inquiétez pas, grand'mère. Je vous en apporterai !

A des milliards de mégasanges de ce haut lieu fortuné, vers le bas, dans les replis les plus profonds de l'abîme, le diable Barbulé accourut tout essoufflé et frappa au sombre portail de l'Empire de Satan. Il avait vu tout ce qui s'était passé et venait en faire rapport à son maître.

— Alors, ver de terre, fit l'effroyable seigneur en roulant des yeux verdâtres, nos très excellents diables ont-ils engrossé ces anges déguisés en femme ?

Et il se réjouissait à cette pensée.

— Hélas, fit Barbulé qui, malgré les circonstances, ne pouvait s'empêcher d'affabuler, nos trois compères se sont attardés sur la Terre auprès de filles de cabaret sans importance, si bien que lorsqu'ils arrivèrent à la clairière, ce fameux Basophon s'en était allé.

Satan poussa un cri si ignoble que les démons en eurent le cœur retourné. Puis il demanda d'un ton doucereux :

— Et où cet adorable chérubin s'en est-il allé ?

— Au Ciel, Révérendissime Splendeur...

Le Prince des Ténèbres poussa un nouveau hurlement, puis dit :

— Serait-il défunt ?

Et Barbulé, la tête enfouie dans le sol, d'expliquer comment des anges étaient descendus dans la clairière et avaient emporté l'enfant tout vivant.

Alors Satanas ne parvint plus à modérer sa fureur. Il se précipita sur Barbulé qu'il roua de coups ; puis il appela Belzébuth et, après l'avoir copieusement insulté, lui ordonna de condamner les trois diables qui s'étaient changés en jouvenceaux à forniquer avec des braises durant mille années. Enfin, il descendit prendre conseil auprès de Gadagon, son grand astrologue.

C'était un crapaud qui vivait au fond d'un puits immonde et dont la principale faculté était de lire dans les excréments.

— Où est Basophon ? lui demanda Satanas.

L'autre médita un long moment, ferma ses yeux glauques, les rouvrit, et, dans un croassement :

— Dans la partie occidentale du Paradis, Excellente Majesté.

— Et qu'y fait-il ?

— On lui enseigne les secrets de la lumière, Sublime Calamité...

Alors Satanas se prit à grincer des dents. Sa fureur était telle que son corps dégageait des odeurs pestilentielles, et celles-ci incommodèrent si fort le crapaud qu'il faillit passer. Puis il remonta dans son palais où il resta plusieurs jours sans pouvoir faire cesser le tremblement de sa carcasse.

Ainsi fut installé Basophon dans le Ciel, au grand déplaisir de Satanas qui, par haine, et pour se venger de quelque manière, envoya un messager auprès de Rufus, lui inspirant de mettre à mort saint Perper et Paul Hors l'Épée, ce que le Romain ne manqua pas de faire avec de perfides et atroces raffinements. Mais les deux chrétiens chantèrent allégrement dans les plus abominables supplices. Après quoi, leurs âmes gagnèrent le Ciel où elles retrouvèrent tous les fidèles de Thessalie qui avaient été martyrisés avant eux.

Ce fut une fête merveilleuse à laquelle tous les élus participèrent. Puis, Jésus nomma Paul à la garde particulière de son Saint Nom, et Perper à la dignité de Grand Épiscope du Sublime Secret. Durant le *Te Deum* qui suivit, tant et tant d'encens fut consumé que, de mémoire divine, on n'avait jamais vu si somptueuse fumée dans la Jérusalem Céleste.

— De rares événements se préparent..., pensa Job. »

CHAPITRE IV

Où l'on réfléchit en compagnie d'Adrien Salvat, tandis que Basophon s'installe parmi les élus.

— Admirable ! s'écria le nonce Caracolli. N'est-ce pas la foi médiévale la plus innocente et la plus pure qui nous est rendue ici ? Les anges, les démons, Jésus et sa mère, les patriarches, tous nous sont si proches que nous croyons réellement les voir et les entendre.

— Monseigneur, fit placidement Adrien Salvat, ne nous étions-nous pas promis d'aller réfléchir dans les jardins ?

— C'est que la permission..., objecta le chanoine, réussissant à arrêter son magnétophone à fil en ôtant de sa fiche la prise de courant.

— Nous le pouvons, assura le nonce. Nous ne piétinerons pas les parterres de fleurs, n'est-ce pas ?

Tous se levèrent. Le professeur Standup avait l'air épuisé par l'effort, mais nul ne se permit de le lui faire remarquer, pressentant qu'il n'eût guère apprécié une pareille remarque. Aussi ouvrit-on la porte vitrée donnant sur les jardins et commença-t-on à déambuler doctement comme, sans doute, le faisaient les philosophes à Athènes ou, plus tard, à Florence du temps de Laurent le Magnifique. Et naturellement, Salvat s'empressa d'allumer le cigare dont il avait écrasé le bout dans le cendrier, une heure auparavant.

— C'est péché pour le parfum des fleurs, laissa tomber le chanoine.

— Mais bon contre les insectes, ajouta Standup.

— Messieurs et chers collègues, fit le nonce, il ne semble pas, à entendre les deux chapitres si alertement traduits par notre distingué professeur, il ne paraît pas, disais-je, que la foudre ecclésiastique de l'époque ait pu s'abattre sur une aussi innocente histoire. Je m'attendais dès l'abord au pire. Et voilà que l'on nous charme, que l'on nous amuse. Ne le cachez pas, cher chanoine, vous avez souri.

— Et je le regrette, croyez-le bien, car ne vous déplaise, Monseigneur, nous nageons là en pleine hétérodoxie. Comment se pourrait-il qu'un être humain puisse monter vivant au Ciel ? Seule notre Sainte Mère eut cet honneur, bien qu'elle se fût préalablement endormie. Au surplus, elle était née sans tache et ne pouvait donc mourir. Ce n'est pas le cas de ce Basophon, tout Sylvestre qu'il soit.

— Hum, fit Salvat, ne nous égarons pas. Le merveilleux étant libre d'inventer selon ses lois, je ne vois guère de raison de ne pas marcher sur les eaux, grimper au Paradis sur le dos des anges — si tant est qu'ils aient un dos —, ou prendre conseil auprès d'un crapaud astrologue. L'essentiel est qu'une logique interne régisse l'ensemble. Quant à y croire, c'est une autre affaire.

— Des millions d'hommes et de femmes ont témoigné de leur foi en ce qui vous paraît n'être que des sornettes ! jeta le chanoine dont le visage devenait cramoisi.

— Messieurs, reprit Salvat, je n'ai pas accepté de collaborer à vos travaux afin de discuter de croyances, si respectables qu'elles soient, mais afin de découvrir un manuscrit, puis de l'analyser, enfin de donner mon sentiment à Sa Sainteté sur ce qu'il convient de penser scientifiquement de son contenu. Ne comptez donc pas sur moi pour entrer dans des querelles métaphysiques. Une légende n'est pas un objet de théologie, voyez-vous. Pour moi, Voragine fut un collectionneur doublé d'un agréable farceur. Pouvait-il croire à tant de chansonnettes ? Mais il savait que le peuple, surtout celui de la campagne, en avait besoin.

— Bref, piaffa Standup, fort agacé, vous n'avez pas grand-chose à reprocher pour l'heure à ce manuscrit.

— Pour l'heure ! fit le chanoine en levant l'index en guise d'avertissement. La montée au Ciel de ce Basophon ne me dit rien qui vaille. Permettez-moi de le répéter.

On déambula en silence. La soirée était belle, légèrement solennelle comme elle sait l'être à Rome. De la hauteur de ces jardins, on voyait les toitures à statues de la basilique et les arcades de l'esplanade. Des touristes et des fidèles se pressaient, éclairés par le soleil couchant, semblables à des millions d'autres qui, depuis des siècles, avaient donné rendez-vous à saint Pierre. Et c'est à ce dernier que pensait Salvat ; non pas au gigantesque saint Pierre en majesté sis dans la nef, au pied usé par les baisers et autres attouchements, mais au Simon Pierre dont le nom était Cephas, celui de Galilée.

Pour Salvat, la cause était entendue. Si Pierre avait été réellement pêcheur, il avait été un remarquable chef d'entreprise. Il l'imaginait, avec son frère André, propriétaire d'une trentaine de barques, de kilomètres de filet, d'un comptoir de vente avec distribution sur Tibériade, Magdala, Capharnaüm et Bethsaïde. Sans doute avait-il le monopole de la pêche sur le lac de Génésareth, voire même sur une partie du Jourdain. Il avait un financier pour conseiller : Matthieu, d'où le surnom de « publicain de Capharnaüm » qu'on lui donna. Quant à Jacques et à Jean, les fils de Zébédée, les Boanerges, ils étaient compagnons de Pierre, selon Luc, et donc ses employés, sans doute chargés de l'organisation des pêches et des ventes.

Cela dit, Salvat n'écartait pas l'idée que tous ces gens étaient, dans le même temps, des juifs agacés par la colonisation romaine. Pas de ces Zélotes qui dressaient des embuscades aux légionnaires et finissaient sur le gibet. Plutôt de bons religieux, fidèles à la Loi, mais obsédés par l'idée qu'un changement radical était nécessaire pour sortir de la crise intellectuelle et morale de leur temps.

Aussi, lorsque Pierre et ses compagnons eurent reçu le message messianique, transposèrent-ils leur organisation régionale en une vaste entreprise de diffusion de la Bonne Nouvelle autour de la Méditerranée, profitant des comptoirs juifs et des synagogues répartis autour du bassin. En somme, au lieu de Tibériade, Magdala, Capharnaüm et Bethsaïde, il fallait désormais prospecter Antioche, Édesse, Éphèse ou Alexandrie ; au lieu de poissons, il fallait prendre au filet les contemporains en crise spirituelle, au nom de l'Ichtus.

Ainsi pensait Adrien Salvat. Pour lui, Paul de Tarse avait été une sorte de concurrent de Pierre, un diffuseur dissident dont les idées tonitruantes avaient de quoi effaroucher alors qu'il s'agissait, en fait, de coups de génie stratégiques : accorder à tous ce que Pierre n'entendait transmettre qu'aux seuls circoncis, coloniser Rome par les conceptions messianiques, elle qui avait voulu coloniser Jérusalem par les armes. Et, naturellement, Pierre et les siens avaient dû finalement se ranger aux idées de Paul, puisqu'elles permettaient de passer des seuls juifs à tous les Gentils, donc de faire prospérer le nouveau langage.

— Alors, demanda Mgr Caracolli, que vous en semble, cher professeur Salvat ?

Notre homme fut tiré de sa rêverie, aspira une profonde bouffée de son Chilios y Corona, ce qui lui remit aussitôt les idées en place.

— Eh bien, il me semble que l'auteur de la *Vita* vient de mettre en situation tout son monde. La véritable histoire va pouvoir commencer. Nous n'en sommes qu'aux hors-d'œuvre, n'est-ce pas ? Et sans doute est-ce au moment du rôti que les sauces vont se gâter. Mais, dites-moi, chers collègues, n'est-il pas l'heure de dîner ?

— Certes, certes, acquiesça le nonce. Toutefois, me permettrais-je de souligner que nous avons bien peu parlé de ces deux chapitres... L'éducation offerte à Sylvestre par les patriarches, n'est-ce pas un thème totalement nouveau ? Je n'ai pas connaissance que d'autres saints aient reçu la pareille.

— C'est exact, fit le chanoine, et cela me conforte dans l'idée que ce malheureux texte nous mitonne des ingrédients totalement hétérodoxes. *Timeo Danaos et dona ferentes.*

— Ce qui signifie ? demanda Adrien Salvat en glissant un doigt entre son faux-col en celluloïd et son cou irrité.

Tortelli se rengorgea. Il n'était pas mécontent d'en remontrer à ces doctes étrangers qui avaient l'audace de se promener sans autorisation dans les jardins de Sa Sainteté.

— Virgile, dans *l'Énéide*, met ces paroles dans la bouche du grand prêtre Laocoon afin de dissuader les Troyens de faire entrer dans leurs murs le cheval de bois que les Grecs avaient perfidement abandonné sur le rivage. Autrement dit : méfions-nous des jouets que l'on nous propose trop aimablement. Qui sait quels maléfices se cachent à l'intérieur ? Mais, puisque c'est l'heure du repas, permettez-moi d'aller ranger le manuscrit en lieu sûr.

Le nonce eut à l'instant une réaction d'une rare vivacité :

— Non, non, laissez ! C'est moi qui m'occuperai de la *Vita.*

— Et pourquoi vous, Monseigneur ? demanda le chanoine d'un ton acerbe.

— Parce que j'en ai la responsabilité. Imaginez qu'il s'égare...

Tortelli se mordit les lèvres. Son visage blêmit sous l'outrage. Ainsi, on le suspectait de vouloir faire disparaître le manuscrit !

— Je vous remercie de votre confiance, glapit-il avant de s'éloigner à grands pas en direction du bureau central de la Sacrée Congrégation.

Mgr Caracolli, Salvat et Standup rentrèrent dans la salle Saint-Pie-V par la porte vitrée, prirent le document qui était demeuré sur la table et, avec quelque solennité, allèrent le rapporter au bibliothécaire en chef de la Vaticane, le père Grunenwald, qui, sous leurs yeux, le remisa dans le coffre-fort des ouvrages en attente. Après quoi, chacun se sépara pour le dîner.

Salvat avait pour Rome les yeux d'un éternel amoureux. Autant il détestait l'histoire des antiques Romains, avec leur esprit paysan, légaliste et militaire, autant il subissait toujours l'enchantement de leur cité. Il aimait s'asseoir à la terrasse des Tre Scalini, sur la piazza Navona, et regarder l'envol des pigeons autour de la fontaine de Neptune ou de celle du Moro. Il commandait un osso buco arrosé d'orvieto, puis, rassasié, reprenait sa lente promenade en direction du Panthéon, il empruntait tantôt la via Pastini, tantôt la via del Seminario pour rejoindre le Corso.

Ce soir-là, il s'était retrouvé piazza di Pietra et s'était attardé auprès des colonnes du temple d'Hadrien, à l'emplacement duquel s'élève désormais un autre temple, celui de la Bourse. Mais, comme il allait rejoindre la petite albergo Cesari où le Vatican l'avait modestement logé, une ombre se faufila à ses côtés : une jeune femme plutôt belle, vêtue d'un pantalon de jean et d'une chemisette bleue, qui, dans un français chantant, lui apprit qu'elle était journaliste à *La Stampa* et savait que la *Vie de Sylvestre* avait été découverte.

— Les nouvelles vont vite, remarqua Salvat. Et en quoi un si vieux grimoire peut-il intéresser une personne aussi moderne que vous ?

— On prétend que le manuscrit pourrait bien faire sauter le Vatican, fit-elle avec un imperturbable sérieux.

— Allons, mademoiselle, tout cela n'est que sornettes !

Elle parut déçue, puis, faisant une petite révérence comme le font les filles de bonne famille, elle s'excusa et s'éloigna en gambadant.

« Ah ! ces Italiens ! » pensa Salvat. Toutefois, cet incident ne manqua pas de l'inquiéter. Qui avait fait savoir à *La Stampa* que l'on avait trouvé la *Vita* et que le document risquait fort de se révéler pernicieux ?

Le lendemain, lorsqu'il se présenta salle Saint-Pie-V, il comprit que l'affaire grossissait comme la grenouille de la fable. Le cardinal Bonino en personne s'était déplacé. Sa robe formait une tache écarlate sur le décor de la bibliothèque. Le chanoine Tortelli, à sa droite, ne parvenait pas à masquer sa fierté.

Dès que Salvat se fut assis, la traduction commença.

« L'éducation céleste de Basophon devait lui être dispensée durant les six premiers mois de son séjour au Paradis, ces six mois angéliques correspondant à seize années terrestres.

Toutefois, les illustres professeurs n'étaient pas totalement satisfaits de leur élève. Sans doute apprenait-il aisément, tant sa mémoire était excellente. Mais meilleure encore était son imagination. Il ne cessait de faire des farces et de plaisanter là où il eût été de bon ton de se montrer serein ou pour le moins circonspect. N'était-on pas au Ciel ?

En fait, les saints éducateurs n'osaient en parler entre eux. Noé eût-il pu avouer que Basophon s'était moqué de son arche, demandant combien de rejetons les couples embarqués avaient fait naître durant le voyage, et comment toute cette population avait pu tenir dans un vaisseau si étroit ? Abraham eût-il aimé que les autres apprissent que Basophon lui avait fait des cornes avec ses doigts en évoquant les rapports de son épouse Sarah avec le roi Abimélek ? Joseph eût-il reconnu que son élève en l'art du gouvernement lui avait déclaré qu'à son opinion mieux eût valu que son maître devînt l'amant de l'épouse de Putiphar plutôt que d'attiser la calomnie de la belle Égyptienne ? Quant à Jacob, il n'eût certainement pas raconté à ses pairs que Basophon avait prétendu que sur son illustre échelle, le futur Israël avait crû voir des anges, alors qu'il s'agissait en vérité de babouins.

Sabinelle s'était aperçue de l'humeur fantasque de son fils. Elle s'en ouvrit à la paysanne qui avait gardé l'enfant dans la forêt. Cette femme pleine de bon sens lui expliqua que Basophon n'était, après tout, qu'un mortel. Toute la science céleste que ses précepteurs lui inculquaient ne pouvait, selon elle, que tournebouler sa cervelle. « Mieux vaudrait qu'avant de retourner sur Terre, il apprenne à travailler de ses mains, ce qui lui ferait une tête plus mesurée. »

Munie de ce conseil, Sabinelle s'en alla trouver saint Joseph. Le père nourricier du Christ enseignait justement le trait à des âmes qui n'avaient pu, durant leur vie terrestre, entrer chez les compagnons charpentiers. Elle n'osait l'interrompre, lorsqu'il la remarqua.

— Alors, bonne dame, que puis-je pour votre service ?

— Excellent père, dit Sabinelle, je suis la mère de Basophon qui reçut le nom de Sylvestre en son baptême. L'archange Gabriel a choisi d'excellents patriarches pour fortifier mon fils dans les sciences célestes, mais — puis-je me permettre d'exprimer ma pensée ? — les archanges et les patriarches ignorent ce qu'est devenue la Terre. Trop d'abstractions peuvent nuire à un mortel car, comme vous le savez, Basophon est tout vivant dans le Ciel.

Joseph le charpentier réfléchit longuement en caressant sa barbe blanche. Il avait toujours été fort scrupuleux et n'avait jamais pris une décision sans avoir longuement pesé les termes du problème. A la fin, il dit à Sabinelle :

— Bonne dame, je ne voudrais pas vexer d'aussi considérables personnes que Gabriel et les patriarches, mais, d'un autre côté, je me range à votre opinion. Lorsque ce garçon retournera sur Terre, il lui faudra se servir de ses mains. Comment pourrait-il gagner sa vie en ne professant que des sermons ? Aussi vais-je demander à ma sérénissime épouse de s'entremettre auprès des maîtres de votre fils pour qu'en sus de leurs leçons, il puisse recevoir un peu des miennes.

Ainsi fut fait. Et, en effet, il apparut que le jeune homme avait de meilleures dispositions pour la bisaiguë et l'équerre que pour les sciences célestes. Très vite, il apprit l'art du tenon et de la mortaise, maniant le rabot avec une dextérité appréciable. Néanmoins, plus il faisait de progrès dans cet art, moins il était attentif aux leçons des sublimes patriarches. Auprès d'eux, sa pensée vaguait. Au lieu de se tenir bien droit, comme il est de règle, il se tordait comme un ver et ne cessait de se gratter les pieds.

Ce fut Jacob qui, le premier, explosa.

— Hé quoi, s'écria-t-il, ne voilà-t-il pas un mécréant qui, loin de se sanctifier, se joue de nos augustes sciences, les traitant comme des bagatelles ?

Basophon, qui venait d'atteindre ses quinze ans terrestres, lui répondit :

— Peu m'importent vos discours sur les deux cent quatorze formes d'invisibles ! Ce que je veux, c'est que vous m'appreniez à me battre comme vous le fîtes si bien contre l'ange.

Jacob poussa les hauts cris, pensant qu'une telle prétention touchait au blasphème. Puis il alla trouver l'archange Gabriel.

— Que vous arrive-t-il, beau seigneur ? demanda l'archange. Vous voici tout décoiffé.

— C'est cet enfant, ce Basophon qui ne mérite pas le nom de Sylvestre. Figurez-vous qu'il se moque de mes propos comme d'une guigne, ironise sur mes visions et, comble d'impertinence, me demande de lui enseigner à se battre contre les anges !

Gabriel s'amusa intérieurement de l'agitation de Jacob, mais n'en laissa rien paraître.

— Eh bien, dit-il, cela signifie que ce garçon a besoin d'exercice. Nous avons négligé la culture physique. C'est un mortel, adolescent de surcroît. Il lui faut remuer davantage. Étant un pur esprit, j'ignore ce qu'il convient de faire exactement, mais je vais considérer la question. Excellent seigneur, allez en paix.

Jacob haussa les épaules et s'en alla en maugréant.

L'archange se rendit chez Joseph le charpentier et lui fit part des doléances du patriarche. Celui-ci caressa sa barbe blanche, réfléchit longuement, comme il en avait l'habitude, puis dit :

— Ce garçon est un excellent apprenti. Je n'ai pas à m'en plaindre. Cela montre qu'il est plus doué pour les travaux manuels que pour les spéculations intellectuelles. Noé a tenté de faire rentrer dans sa cervelle des chiffres et des formules, des mots grecs et hébreux dont Basophon n'a su que faire. Est-ce ainsi que l'on construit un vaisseau ? Non, n'est-ce pas ? C'est en dessinant par terre, selon le trait.

— Sans doute, l'interrompit Gabriel qui ne souhaitait pas être mêlé à quelque querelle, mais dites-moi, à votre avis, quel professeur pourrait-on choisir pour que le vibrion fasse un peu d'exercice ?

Joseph le charpentier caressa longuement sa barbe puis déclara :

— Vous devriez interroger le roi David. N'est-ce pas lui qui, dans sa jeunesse, triompha du géant Goliath ?

— Vous n'y pensez pas ! s'écria l'archange. Le roi David ? Il n'en est pas question. Une telle majesté, un souverain si illustre... Joseph, pardonnez-moi, mais vous perdez la tête.

— Bien, bien, fit le charpentier. Alors que penseriez-vous de Samson ?

Gabriel parut satisfait :

— Au moins, celui-ci n'eut-il pas l'outrecuidance de se battre contre les anges...

Et il se rendit d'un seul coup d'ailes chez le vainqueur des Philistins.

Samson habitait un temple tout semblable à celui qu'il avait détruit, entraînant avec lui dans la mort les sectateurs de Dagon. Il avait recouvré la vue, bien qu'il lui restât un strabisme assez prononcé. Énorme, musculeux, il ne cessait d'entretenir son corps en soulevant des colonnes, des linteaux avec une telle facilité qu'on eût cru qu'il se jouait. Son interminable chevelure rousse avait été tressée et enroulée autour de son crâne, telle une tiare d'or. Dalila, la belle Philistine de la vallée de Soreq, la traîtresse, s'était depuis longtemps réconciliée avec lui et le servait.

— Salut à toi, ô Samson, fils de Manoah, de la tribu de Dan, fit l'archange qui savait combien l'athlète était pointilleux sur les préséances. Je viens te proposer de participer à un nouveau combat.

Samson acheva de tordre la barre de fer avec laquelle il s'exerçait, la jeta négligemment au loin et demanda :

— Est-ce encore contre les gens de Gaza ?

— Ils sont morts et enterrés depuis belle lurette, dit Gabriel en riant. Cette fois, il s'agit d'entraîner un jeune mortel que nos maîtres ont souhaité préparer, tout vivant dans le ciel, à une lutte âpre et acharnée contre les idolâtres.

— Pourquoi pas ? répondit Samson. Je commençais à m'ennuyer. Seule Dalila parvient à me dérider quelque peu. Quant aux patriarches, ils ne sont pas gais et d'ailleurs me méprisent. Voilà un bon moyen de leur montrer que ma force n'est pas aussi inutile qu'ils le prétendent. Où est votre mortel ?

— Dans la partie occidentale du Paradis. Souhaitez-vous y aller par vos propres moyens ou préférez-vous que je vous y porte ? demanda l'archange d'un ton prévenant.

— Je suis trop lourd, fit Samson d'un ton pincé.

Gabriel n'insista pas, car il savait combien le colosse était susceptible. »

CHAPITRE V

Où l'on apprend ce qu'est un nazir, tandis que les savants se
perdent en conjectures.

« Les patriarches se réunirent et décidèrent d'abandonner Basophon à Samson. Ils avaient compris que leur enseignement était devenu inutile et, secrètement, ils se demandaient pourquoi le Messie avait choisi ce garçon ébouriffé et mal poli pour lutter contre les païens, alors que tant d'autres enfants eussent mieux fait l'affaire. D'ailleurs, il ne restait plus qu'un mois angélique avant que le jeune homme dût retourner sur Terre.

Lorsque Basophon vit Samson, il en fut satisfait. Ce bel athlète lui parut d'une meilleure nature que les savants vieillards qui, durant cinq mois célestes, l'avaient ennuyé au point de lui faire perdre sa bonne santé. Ne s'était-il pas mis à tousser ? Samson lui trouva le teint trop pâle et les muscles trop mous. Il fallait remédier à ces carences. Aussi entreprit-il de l'initier aux antiques arts martiaux de la tribu de Dan, qu'il avait lui-même appris dans sa jeunesse.

Basophon brilla très vite dans l'exercice du bâton et dans celui du boulet. Le main à main et l'art des chutes n'eurent bientôt plus de secrets pour lui. Sa musculature embellissait de jour en jour. Sabinelle était ravie de constater combien son fils se développait harmonieusement et quasi sans effort.

Sans doute Samson était-il un rude professeur, mais cette rudesse même plaisait au jeune homme. Le soir, après avoir couru, sauté, s'être battu de toutes les manières, il retournait chez le charpentier Joseph et se perfectionnait en l'art du bois avec une égale chaleur. Son seul souci était de parvenir à égaler ses deux maîtres.

Or le moment de quitter le Paradis approchait, les six premiers mois célestes étant presque écoulés. Basophon alla donc trouver Samson qui reposait dans son temple et lui dit :

— Tout ce que tu m'as appris me sera plus utile que les leçons des vieillards. Mais jamais je n'ai pu te vaincre à la lutte. Que me manque-t-il ? Les muscles ?

— Non, répondit Samson. Il te manque d'être nazir.

— Nazir ? s'exclama Basophon. Et qu'est-ce donc ?

— C'est un don de Dieu, un signe qui t'est donné et qui fait de toi un champion de la vérité.

— Donne-moi ce don ! exigea le jeune homme.

— Je ne le puis. Seul Dieu Lui-même peut l'accorder.

Alors Basophon retourna tristement dans le palais de nacre qui lui tenait lieu de résidence particulière et il le trouva laid. Le murmure des fontaines lui parut désagréable. Sabinelle, voyant son état, lui demanda quelle était la cause de son amertume. Il la lui avoua.

— Va auprès du bon charpentier Joseph. Peut-être connaît-il le moyen d'être nazir...

Basophon secoua la tête. Seuls les patriarches pourraient peut-être lui apprendre ce moyen, mais il les avait si mal traités qu'ils ne daigneraient même plus le recevoir.

Durant la nuit qui suivit, le jeune homme ne dormit pas. Se tournant et retournant sur sa couche, il se demandait comment il pourrait bien faire pour approcher Dieu afin de recevoir de Lui ce pouvoir. Toutefois, si tout le monde évoquait sans cesse ce puissant monarque, nul ne semblait l'avoir entr'aperçu. Il régnait dans des sphères beaucoup plus hautes que le Paradis. Seuls l'Esprit saint et le Messie avaient accès à Sa Splendeur. Aussi Basophon, au matin, décida-t-il de demander audience à ces deux considérables seigneurs afin qu'ils intercédassent pour lui auprès du Très-Haut.

Or, ce jour-là, l'Esprit saint était en tournée d'inspection du côté des jardins du Tétramorphe. On y prétendait que des démons de quelque grandeur s'y étaient glissés afin d'espionner la Cité sainte. Quant à Jésus, le Messie, il était allé accueillir une foule d'âmes victimes d'un tremblement de terre à Antioche, parmi lesquelles se trouvaient deux cents enfants. Aussi, lorsque Basophon se présenta devant le palais des saints présages, lui fut-il répondu par le portier que ces Excellences étaient absentes, mais que saint Pierre serait tout à fait heureux de le recevoir, pourvu qu'il voulût bien attendre quelque peu. Et on le pria de s'asseoir sur un banc du vestibule où se trouvait déjà une centaine de quémandeurs.

Allait-il patienter là ? Ce n'était pas dans sa nature. Il revint vers le portier et lui déclara qu'étant le seul mortel à vivre dans le Paradis, il avait droit à quelques égards. Il entendait être reçu à l'instant.

— Hé là ! jeune homme, fit le préposé. Comme vous y allez ! Ce serait plutôt à vous de passer le dernier. Tous ces gens sont des saints. Et vous, qu'est-ce que vous êtes ?

— Je suis Basophon, le disciple de Samson, et si vous n'allez pas de ce pas prévenir saint Pierre que je sollicite une entrevue, il faudra que je me fâche.

Le portier n'en avait jamais entendu autant. Il est vrai qu'il n'avait plus l'habitude des mortels, car il était au Ciel depuis quatre cents ans.

— Tout doux, mon ami, dit-il afin de calmer la fureur qu'il sentait monter chez le bouillant garçon. Et pourquoi donc souhaitez-vous être reçu si vite par le prince des apôtres ? Confiez-le-moi. Peut-être pourrai-je arranger quelque chose.

— Je désire le don de nazir avant de redescendre parmi les hommes.

Le préposé faillit s'étouffer de surprise.

— Vous ? Nazir ?

Et il partit d'un grand rire, ce que voyant, Basophon entra dans une vive colère. Il souleva le bureau derrière lequel le portier était assis et le lança contre un mur où il se fracassa. Puis, prenant le malheureux par le col, il le hissa à hauteur de son visage et hurla :

— Oui, moi, nazir ! Et pourquoi pas ? La Thessalie n'a-t-elle pas besoin d'un sauveur ?

Le vacarme avait attiré les saints qui attendaient dans le vestibule. Ils se précipitèrent afin de libérer le portier des mains de Basophon. De rage, ce dernier en bouscula une dizaine qui churent sur le sol, puis il s'éloigna en claquant la porte.

Quel scandale ! Jamais le paradis n'avait connu pareil événement. Le bruit courut que Basophon était un démon. La pauvre Sabinelle en était toute retournée.

— Pourquoi avoir agi de la sorte ? Sur la demande de notre Sainte Mère, il vous a été accordé de bénéficier au Paradis d'un enseignement dont aucun être humain n'aurait osé rêver ; vous l'avez reçu de mauvaise grâce. Et maintenant, voici que vous utilisez les leçons de Samson pour vous en prendre à un malheureux portier et renverser de saintes personnes sans raison. Que va-t-on penser de votre comportement ? Je suis honteuse d'avoir un fils qui se tient si mal, alors que j'avais cru qu'il serait la lumière de Thessalie.

Et elle pleura tandis que Basophon, ne sachant que répondre, s'éloignait.

Le bruit de l'événement arriva aux oreilles de Jésus alors qu'il revenait d'accueillir les victimes du tremblement de terre d'Antioche. Tous ces enfants tués par le séisme laissaient des parents éplorés. Le Messie était attristé. Aussi ne prêta-t-il guère attention à la colère de Basophon, qui lui parut subalterne. En revanche, l'Esprit saint, de retour des jardins du Tétramorphe, se demanda si le jeune homme n'était pas effectivement un de ces espions à la solde du diable qu'il recherchait. Aussi donna-t-il l'ordre à une brigade d'anges de la cohorte des armées célestes de lui amener le trublion sur-le-champ.

Ils n'eurent point de mal à le trouver. Basophon errait non loin du palais de nacre, en proie à un mélange d'amertume et de colère. Les remontrances de sa mère lui semblaient injustes. N'avait-il pas été choisi pour être le sauveur de Thessalie ? Dès lors, pourquoi ne le consacrait-on pas nazir, lui permettant ainsi de mieux accomplir sa mission ? Ne l'avait-on fait monter au Ciel que pour entendre les radotages des patriarches ? Et certes, il était lui-même injuste, mais sa conscience était si agitée qu'on eût dit une marmite en ébullition. Aussi, lorsque les anges casqués et cuirassés s'approchèrent de lui, commença-t-il par se mettre en garde pour se défendre, mais lorsqu'il apprit que l'Esprit saint le convoquait, il en fut rasséréné et même satisfait. Ne souhaitait-il pas précisément le rencontrer ?

Le Paraclet avait regagné son palais ordinaire, celui où il recevait en audience les âmes de catégorie inférieure. Il ne dédaignait pas, en effet, d'entendre les doléances et les suggestions de toutes ces petites gens qui peuplaient le Ciel. C'est pourquoi, afin de ne pas les effrayer, il prenait une apparence fort éloignée de sa puissance. Toutefois, la forme d'une colombe, que les mortels lui attribuent, ne convenait pas non plus à sa dignité. Il choisissait donc de paraître sous les traits d'un empereur sur son trône. Mais, comme la lumière qui émanait de lui ne pouvait être suffisamment affaiblie, on avait disposé un paravent devant sa glorieuse présence afin de protéger les regards.

Lorsqu'il pénétra dans la salle d'audience, escorté par les anges militaires, Basophon ne vit dès l'abord que ce paravent. Et comme on lui recommandait de s'agenouiller, il se demanda pourquoi il eût dû le faire devant un pareil meuble. Il s'y refusa.

— Vais-je m'accroupir devant une vulgaire cloison ? s'écria-t-il.

— C'est que le Seigneur Esprit est derrière, fit le chef d'escadron, fort gêné.

— Alors, qu'il se montre ! s'exclama hardiment le jeune homme.

Le Paraclet, en sa fulgurante clairvoyance, avait reconnu la future lumière de Thessalie et fut donc rassuré. Ce n'était pas un espion envoyé par Satanas. En revanche, il s'amusa fort de l'impertinence du garçon. Aussi décida-t-il de lui donner une leçon. S'enflant quelque peu, il fit jaillir de sa poitrine un vent assez puissant pour renverser le paravent. Il apparut dès lors dans un flot de lumière. Les anges poussèrent un cri de respectueuse terreur et, se voilant la face, se prosternèrent. Quant à Basophon, aveuglé, déséquilibré, il tenta de se retenir à l'aile d'un ange, puis tomba à son tour, mais sur le dos, dans une pose grotesque, incapable de se relever.

— Toi qui reçus le prénom chrétien de Sylvestre par la grâce de ton baptême, dit la voix divine, ignores-tu qui je suis ? Parle, je t'écoute.

Basophon, collé au sol, se débattait comme un hanneton renversé. Il n'y voyait plus. Ses paupières brûlaient. Enfin, dans cette position misérable, il s'écria :

— Est-ce charitable de profiter ainsi de sa puissance ?

L'Esprit se prit à rire :

— Tu as raison, après tout. Va, relève-toi, mais tourne-moi le dos. Autrement, il t'arriverait de plus grands malheurs.

Le jeune homme parvint à se redresser, prenant bien garde de ne pas faire face à la voix.

— Alors, reprit le Paraclet, où en es-tu ? On me dit que tu n'as guère apprécié les leçons de tes maîtres, ces bons docteurs, et que tu préfères les tours de force de Samson, ainsi que le rabot de ce cher Joseph. Après tout, je reconnais que de telles disciplines physiques te seront sans doute plus utiles, sur la Terre, que les démonstrations théologiques, toutes nécessaires qu'elles soient. C'est qu'en bas nos affaires ne s'arrangent pas. Un certain Bar Kokhba se prétend messie d'Israël en lieu et place de Jésus, le véritable, et les juifs croient en lui. Ils se révoltent contre Rome. Sylvestre, il va te falloir démêler un écheveau qui ne cesse de jour en jour de s'emmêler.

— Tant que vous voudrez, répondit Basophon, mais ne vaudrait-il pas mieux d'abord me rendre la vue et soulager mes paupières ?

— Oh, certainement, fit l'Esprit saint, et il guérit à l'instant le jeune homme. Puis il ajouta :

— Tu voulais me rencontrer, n'est-ce pas ? Quelle en était la raison ?

— Vous le savez, vous qui savez tout, fit Basophon de mauvaise humeur.

— Dis toujours...

— J'ai beau m'exercer, je ne parviens pas à l'emporter sur Samson. Il me manque d'être nazir. Seul Dieu le Père, paraît-il, peut m'accorder ce don. Je me demandais si vous ne pourriez intercéder pour moi auprès de Lui.

— Mon cher, fit le Paraclet, nul ne peut être nazir sans avoir participé à de hauts faits. Quels sont les tiens ? Allons, sois raisonnable. Ton impatience vient de ta trop grande jeunesse. Elle nous sera utile, mais, par pitié, songe que parfois un surcroît de grâces peut constituer un fardeau.

Basophon s'entêta et, gonflant sa voix :

— Je veux être nazir !

Mais, comme il n'obtenait aucune réponse et que les anges militaires se relevaient, faisant cliqueter leurs cuirasses, il se retourna. L'Esprit saint était parti. Alors il entra dans une grande colère, ce qui étonna les anges, peu habitués aux démonstrations puériles des mortels. »

Lorsque le professeur Standup se tut, le cardinal Bonino, président de la Sacrée Congrégation des Rites, poussa un profond soupir. Sans doute s'attendait-on à ce qu'il prît la parole, car tout un chacun se tenait coi. Mais il n'en fit rien. Son Éminence se contenta de faire circuler son fier regard autour de la table. Aussi, afin de rompre le silence qui menaçait de devenir angoissant, Mgr Caracolli intervint :

— Naturellement, il ne s'agit là que d'une légende. Hum, je veux dire que le Moyen Âge, dans son théâtre, par exemple, n'a jamais cessé de donner l'exemple de farces. Ici, dans ce texte si remarquablement, si aisément traduit par notre excellent ami...

— Ce texte est ignoble ! l'interrompit sèchement le chanoine Tortelli avant de se tourner vers le cardinal afin de cueillir son approbation.

— J'avoue, reprit le nonce, que cette façon de mettre en scène le Christ, Notre Seigneur, et l'Esprit saint a quelque chose de cavalier. Mais c'est là une tradition populaire.

— *Aura popularis*, dit le cardinal, citant Virgile (*Énéide* VI, 816) et Horace (*Odes* III, 2, 20).

— Ne voit-on pas le Christ et le Saint-Esprit séparés du Père, fit remarquer aigrement le chanoine. La Trinité est une. Elle est indivisible !

— Pourtant, objecta le nonce, ils agissent séparément. Le Christ s'est incarné. Ni le Père ni l'Esprit ne l'ont fait. De même, l'Esprit est descendu sur les apôtres sous forme de langues de feu. Ni le Père ni le Christ ne l'ont fait. Quant au Père, ce fut Lui qui créa le monde. Est-il dit que le Verbe et le Paraclet s'en soient mêlés ?

— *Spiritus ubi vult spirat*, laissa tomber le cardinal.

Le chanoine demeura interdit. Le texte de la Vulgate n'était-il pas : *Spiritus fiat ubi vult* (Sainte parole de l'apôtre bien-aimé [III, 8]) ? Mais, le moment n'étant pas aux chipotages philosophiques, il préféra passer outre et, tel un basset retroussant ses babines, s'élança :

— Messeigneurs, et vous, messieurs, qu'il me soit permis de stigmatiser d'autres invraisemblances qui, à elles seules, suffiraient à condamner cette *Vita*. Je les ai notées. D'abord, en admettant qu'un être vivant puisse accéder au Ciel — ce qui est une notion païenne —, il serait totalement impossible qu'un être ayant bénéficié de cette grâce extraordinaire n'en tire pas de merveilleuses leçons. Or ce Basophon, loin de progresser dans les sciences théologiques, se moque de ses éminents professeurs et préfère les exercices physiques de Samson. C'est absurde ! Dans le Ciel ne se trouvent que des corps spirituels. Imaginez les saints se livrant chaque matin à quelque gymnastique ! Ridicule ! Inconvenant !

— Dante, guidé par Béatrice, est monté tout vivant au Ciel, glissa malicieusement Adrien Salvat.

Le chanoine haussa les épaules et ne daigna pas répondre à une objection dont la perfidie lui parut d'une rare bassesse. Il poursuivit donc :

— Et ce don de nazir ! Quelle est cette invention ? En vérité, un nazir, dans l'Ancien Testament, était lié par un vœu le consacrant à Dieu. Le nazirat obligeait la personne à l'abstinence et, afin qu'on la reconnût, elle s'engageait à ne jamais se couper les cheveux. Ce qui fut le cas de Samson, effectivement, mais aussi de Samuel. Nulle part les Écritures ne parlent d'un don particulier attaché à leur engagement.

— Licence de poète..., fit le nonce Caracolli que la verve acariâtre du chanoine commençait à agacer. Il s'agit d'une légende, non d'un discours théologique.

— Licence ! s'écria Tortelli. Licence ! C'est ainsi que notre époque sombre dans l'athéisme. L'imagination déréglée règne partout. Et vous parlez de poésie ?

Le cardinal posa sa main gantée de rouge sur l'épaule du chanoine afin de le calmer.

— *Compos sui.*

Puis, fermant les yeux, il parut se désintéresser totalement de la réunion à laquelle il assistait. Pourtant, un minuscule rai de lumière filtrant entre ses paupières avertissait que le raminagrobis veillait au fond de son repaire cardinalice.

Le professeur Salvat prit alors la parole.

— Mes chers collègues, je ne m'attarderai pas pour l'heure sur le contenu de notre légende. Je rappellerai ce que nous connaissons de l'existence du manuscrit, le seul et unique spécimen de ce texte qui semble avoir jamais été copié, et cela, au XI⁰ siècle. Un siècle plus tard, Vincent de Beauvais en parle dans le *Miroir historial*. Je rappelle : « L'histoire perdue de Sylvestre dont le nom païen était Basophon. » Rien d'autre, sinon la phrase célèbre de Rodrigo de Cereto dans son légendier : « Ce Sylvestre qu'il ne faut pas confondre avec Basophon. » Car, effectivement, Rodrigo parle du pape Sylvestre qui combattit les Ariens et mourut à Rome en 335. Toutefois, on peut se demander pour quelle étrange raison il cite Basophon alors que, selon la *Vita*, ce dernier vécut deux cents ans plus tôt. Bref, revenons-en au XI⁰ siècle, date de notre manuscrit. Est-ce bien cette date-là ?

— Sans aucun doute, fit le professeur Standup. La graphie est d'époque. Quant à la langue, c'est du latin mêlé de mots celtes. Elle est à la fois archaïque et sophistiquée, ce qui laisse à penser que la légende fut longtemps diffusée oralement avant d'être fixée par un clerc qui voulut lui conserver certaines tournures populaires. Or nous savons que les *Passions* et les *Vies* d'origines grecque et latine ne remontent guère au-delà du X⁰ siècle. Quelques traces lacunaires peuvent en être repérées au VIII⁰ siècle, pas davantage. Les premiers manuscrits grecs et latins des *Vitae* datent de 930-935, ainsi qu'une amplification de Simon le Métaphraste, une glose de Nicétas le Paphlagonien, un poème de Flodoard et de nombreuses versions copte, syriaque, géorgienne et anglo-saxonne qui, toutes, tournent autour de la légende de Sylvestre-Basophon sans jamais, jamais citer son nom ni même entrer dans le vif du sujet.

— Pour parler par analogie, fit le nonce, dans tous ces manuscrits, l'ombre de Basophon apparaît de temps à autre, mais jamais sa personne.

— C'est, proposa Salvat, que Basophon est l'image du barbare. Il hante les manuscrits parce qu'il est aux portes, et qu'à tout moment il peut fondre sur la civilisation. Comment le convertir ? Il semble qu'avec cette légende, nous assistions à la résolution de deux contraires : la christianisation du barbare, toute précaire qu'elle soit, et, dans le même temps, l'utilisation du barbare pour semer la Bonne Parole.

— En somme, conclut Standup, Basophon est bien le fils à la fois du païen Marcion et de la chrétienne Sabinelle. Les deux tendances ne cessent de jouer en lui.

— *Contraria contrariis curantur*, souffla le cardinal en ouvrant l'œil gauche de telle façon qu'on l'eût cru de verre.

— Et si nous continuions d'entendre la traduction ? suggéra Salvat. Il semble que l'affaire prenne une tournure passionnante.

— Passionnante ! éructa le chanoine. Dans quel piège sommes-nous tombés ?

Il n'en mit pas moins en marche le magnétophone à fil qui recommença à tourner avec un grincement suspect, comme si le vieil appareil, qui avait enregistré tant de saintes paroles, redoutait le pire, lui aussi.

Adrien pensa : « Nul savoir absolu n'existe. C'est par cette lacune que nous sommes ouverts à la vérité. »

CHAPITRE VI

Où l'on apprend l'orgueil de Basophon et les malheureux
événements qui en naquirent.

« Le jour de la descente sur Terre approchait. Sabinelle, la pauvre mère, s'abîmait en prières, persuadée que Basophon était victime de l'hérédité de son mécréant de père. Avait-elle enduré sur terre le martyre pour souffrir dans le Ciel d'un martyre plus subtil et non moins douloureux ? Et certes, de voir sa mère dans cet état inquiétait le jeune homme, non qu'il en comprît la cause véritable, mais parce qu'il lui semblait que la chère femme avait perdu son bon sens. De quoi se plaignait-elle ? Son fils n'était-il pas le seul mortel vivant au Paradis ? Ce statut particulier ne lui conférait-il pas des privilèges ? D'ailleurs, qui allait rejoindre la Thessalie pour lutter contre les idolâtres, sinon lui-même et lui seul ?

Basophon se nourrissait de son orgueil comme s'il eût été déjà un héros. Aussi Satanas profita-t-il de cette disposition pour se jouer du jeune homme. Voilà comment il s'y prit.

Un de ses espions s'était glissé dans le Ciel afin de surveiller l'avancement des études de Basophon. Il se nommait Abraxas et avait été choisi parce qu'il était rompu dans les arts magiques, les sciences gnostiques et autres abracadabras hérétiques. Il avait pris l'apparence d'un doux vieillard, si bien que personne ne s'en méfiait. Aussi lui fut-il aisé d'approcher notre vibrion et d'engager une conversation dès l'abord anodine.

— Je vous félicite, dit-il de sa voix chevrotante. Vos muscles ont pris de l'embonpoint, et je suis sûr que votre cerveau s'est augmenté de milliers de connaissances. Quel mortel pourrait lutter contre vous tant sur le plan physique que pour l'intellect ?

— Je l'ignore, fit Basophon, car j'ai quitté la terre alors que j'étais tout enfant. Mais c'est vrai : il me semble que je ne craindrais personne si Dieu le Père m'accordait une faveur...

— Laquelle ? demanda sournoisement Abraxas.

— Il me faut être nazir.

— Nazir ? s'exclama l'autre, et il faillit s'étrangler de stupeur. Mais, cher ami, Dieu le Père vous le doit bien. Il ne s'agit pas d'une faveur. Élu comme vous l'êtes, il importe que ce don vienne s'ajouter à vos autres qualités.

Et, aussitôt, il conçut un stratagème.

— Sachez, expliqua ce traître, que le pouvoir d'un nazir est logé dans sa chevelure. C'est par la force cachée dans ses cheveux que Samson put l'emporter sur les Philistins. La preuve en est que lorsque Dalila les lui coupa, il perdit toute sa vigueur. Dès ce moment, ses muscles ne lui servirent plus à rien. Réfléchissez donc à cette question, et vous comprendrez ce qu'il vous appartient de faire.

Et, sur ces paroles, le vieillard continua son chemin.

Et voilà Basophon qui tourne le problème dans sa tête. Il comprend à présent quelle puissance se cache à l'intérieur du chignon d'or que Samson arbore fièrement sur le sommet de son crâne comme s'il s'agissait d'une tiare. Il lui faut s'emparer de cette couronne et la placer sur son propre chef. Alors il recevra le don. Il deviendra nazir. Sans réfléchir plus avant, il décide de surprendre le colosse dans son sommeil et de lui voler sa toison magique.

Une grande fête avait été offerte par le juge Gédéon en l'honneur de ses confrères. Baraq, Ehoud, Jephté, Chamgar y avaient été conviés et, naturellement, Samson qui avait jadis reçu ce titre en récompense pour ses hauts faits. Durant le banquet, on porta des santés à tous les héros de l'ancien temps et, comme il en était beaucoup, Samson rentra chez lui quelque peu alourdi par les libations, but encore quelques coupes afin de se rafraîchir le gosier et s'étendit tout habillé sur sa couche, s'endormant à l'instant même. C'est alors que, se glissant dans l'ombre, Basophon, armé de ciseaux, s'approcha du dormeur et, d'une main preste, coupa la chevelure de son maître.

Or, à ce moment précis, Dalila entra dans la salle. Croyant qu'il s'agissait de quelque voleur, elle poussa un grand cri qui, sur le coup, réveilla Samson. Mais à peine s'était-il dressé sur son séant que la belle Philistine jeta un cri encore plus horrible que le premier en découvrant le crâne dénudé du colosse. Basophon, son précieux trophée à la main, était déjà loin.

Rentré au palais de nacre, dans sa chambre, et encore tout essoufflé, le jeune homme posa sur sa tête le chignon d'or. Il avait cru qu'à cet instant le don descendrait en lui, et qu'il en ressentirait quelque effet. Mais, bien qu'il ne se passât rien, il se persuada que la force miraculeuse s'était malgré tout glissée en sa personne et qu'il était devenu nazir. Tout exalté à cette pensée, il se précipita dans la chambre de Sabinelle, qu'il réveilla.

— Mère, mère ! Ne t'inquiète plus pour ton fils ! Je suis nazir ! J'ai reçu de Dieu ce merveilleux pouvoir.

La chère femme fut étonnée mais bientôt ravie d'une si bonne nouvelle, et, se levant, elle alla embrasser le jeune homme. C'est alors qu'elle aperçut le chignon d'or qui tenait en équilibre précaire sur la tête de Basophon.

— Qu'est cela, mon fils ? demanda-t-elle, intriguée.

— C'est l'apanage d'un nazir. Là réside le secret de ma puissance.

— On dirait le chignon de Samson, remarqua Sabinelle.

— Chaque nazir reçoit cette chevelure en même temps que le don, répartit effrontément le menteur.

— Eh bien, il te faudra utiliser ce don pour convertir les païens et fustiger les idolâtres, dit la brave femme sans se douter de la supercherie. Remercions Dieu le Père d'avoir choisi notre humble famille pour éclairer la Thessalie de la lumière du christianisme.

Le lendemain, le scandale éclata. Au matin, Samson était sorti des brumes de la nuit et avait constaté le rapt de ses cheveux. Il entra dans une terrible colère, accusant Dalila d'avoir réitéré son antique forfait. Elle eut beau jurer qu'elle avait cru apercevoir un voleur, le colosse ne voulut point l'entendre. Il fit appeler la garde angélique afin qu'on s'emparât de la Philistine, puis il se rendit auprès du roi Salomon pour que justice fût rendue.

Tout ce tapage arriva aux oreilles de Sabinelle qui, aussitôt, comprit combien son fils l'avait trompée ! Elle en fut si troublée que la conscience vacilla dans son corps et qu'elle s'évanouit. Mais, dès qu'elle eut recouvré ses esprits, elle se précipita comme une folle dans la chambre où Basophon dormait encore.

— N'es-tu pas le diable en personne ? C'est toi qui as coupé la chevelure de Samson pour t'en parer. Malheureux enfant, ne te rends-tu pas compte de quel crime tu t'es rendu coupable ? Lève-toi et cours au tribunal où siège le roi Salomon, et avoue ton forfait.

— De quel forfait parlez-vous ? demanda Basophon. Je n'ai pris là que mon dû.

Sabinelle leva les bras en signe de désespoir. Des larmes de honte coulaient sur son visage. Décidément, cet enfant n'avait pas le sens commun. Le diable s'était emparé de lui. Il fallait qu'elle aille le dénoncer. Aussi héroïque dans le Ciel qu'elle l'avait été sur la Terre, elle courut se présenter devant Salomon.

— Hélas, gémit-elle, ce n'est pas mon fils que j'accuse, mais le démon qui s'est caché en lui.

On finit par comprendre ce que la pauvre femme voulait exprimer entre ses sanglots. Le roi dépêcha une brigade d'anges pour qu'on lui amenât Basophon, mais, dès que ce dernier les vit apparaître, il s'écria :

— Chétives créatures, que pouvez-vous contre la puissance d'un nazir ?

Étonnés, les anges s'arrêtèrent pour se concerter. Puis, le chef de la brigade s'avança :

— Nous ne sommes que des militaires et devons obéir aux ordres. Par commandement de Sa Majesté le roi Salomon, veuillez bien nous suivre.

Basophon s'assura que le chignon d'or était bien arrimé à son crâne au moyen des liens qu'il avait disposés à la façon d'une jugulaire, puis il lança :

— Venez donc me chercher, si vous l'osez ! Ne savez-vous pas que je suis la lumière de Thessalie ?

Les anges ignoraient où se trouvait la Thessalie et n'en furent pas autrement ébranlés. Il leur fallait obéir. Aussi se précipitèrent-ils avec un bel ensemble sur le jeune homme qui, persuadé de ses pouvoirs, commença à se battre comme il avait appris. En un instant, quelques anges se retrouvèrent sur le sol. Les autres, étonnés par cette résistance, sortirent leurs glaives et en menacèrent Basophon qui, en riant, crut qu'il allait aisément s'en rendre maître. Néanmoins, il dut très vite se rabattre, l'une des lames lui ayant blessé le poignet et le sang commençant à couler d'abondance.

Alors il prit peur, comprenant soudain qu'il n'était pas nazir et que le chignon ne lui était pas plus utile qu'un vulgaire chapeau. Déçu, mortifié, il se laissa emmener. »

« Le roi Salomon présidait le tribunal des affaires célestes lorsque, entouré de gardes en cuirasse, on lui amena Basophon. Le jeune homme était abattu. Sa désillusion l'avait conduit au bord des larmes. N'avait-il bravé son maître Samson que pour obtenir ce piètre résultat ? Et qu'allait décider le roi ?

Un greffier se leva et annonça que le présumé coupable était arrivé. Aussitôt, et comme mû par un ressort, on vit se dresser Samson que, sur le moment, Basophon n'avait pas reconnu, car il portait un turban pour dissimuler son crâne saccagé.

— Voilà l'infâme scélérat ! s'écria-t-il d'une voix tonitruante. Il a osé toucher à ma personne alors que je dormais, et non seulement à ma personne, mais à son ornement le plus sacré ! Voyez dans quel état m'a laissé cet ignoble sacrilège !

Et, d'un geste théâtral, il ôta le turban, découvrant son crâne dégarni. Un murmure de stupeur parcourut l'assemblée. En revanche, de voir le colosse ainsi déplumé parut si grotesque à Basophon qu'un irrépressible fou rire le prit. Il eut beau tenter de l'endiguer, il explosa, au grand scandale de l'assistance.

— Voyez, surenchérit Samson, comme, loin de se repentir, ce volatile puant se moque de son maître ! Je lui ai appris les arts martiaux de la tribu de Dan. Je l'ai traité comme un fils. Et voilà quelle est ma récompense. Justice, ô bon roi ! Justice !

A ce moment, Dalila, la belle Philistine, se leva à son tour et s'écria :

— Ce méprisable voleur n'a-t-il pas tenté de me faire endosser son forfait ? Sans doute, jadis, ai-je commis un acte comparable, mais j'en fus justement punie et, depuis cette lointaine époque, Samson m'a pardonné. Si la mère du criminel n'était venue le dénoncer, j'aurais été injustement accusée. Ainsi le criminel a-t-il ajouté l'imposture à son geste abominable. Qu'il reçoive le plus cruel châtiment !

Les glapissements de Dalila mirent un terme aux rires de Basophon. Salomon frappa sur le bois de son trône avec le sceptre qu'il tenait entre les mains, puis il dit :

— Tout m'a été déjà rapporté. Et certes, le délit est majeur. On ne dispose pas du bien d'autrui sans son autorisation, surtout s'il s'agit d'une partie de son corps et, de surcroît, lorsque cette partie du corps est particulièrement sacrée — ce qui est le cas de la chevelure de Samson. D'autre part, j'ai appris que l'auteur de ce méfait avait volé cette parure non pas pour sa beauté, mais parce qu'il croyait, ce faisant, subtiliser le pouvoir d'un nazir. Il y a là trois crimes différents : le vol des cheveux, le délit de lèse-nazir, et enfin le crime d'orgueil dans une affaire relevant de la compétence de Dieu le Père Lui-même, puisque seul le Très-Haut peut octroyer à qui Lui plaît le don que cet impudent voulut s'arroger.

— Horreur ! s'écrièrent les assistants d'une seule voix.

— Dès lors, reprit le roi Salomon, afin que justice soit rendue, il convient de punir trois fois le coupable. Pour le vol des cheveux, il sera chassé sur terre sans autre espoir de retrouver le Ciel qu'à sa mort. Pour le délit de lèse-nazir, il sera condamné à ne mourir que lorsqu'il sera devenu un saint de première catégorie. Pour le crime d'orgueil — le plus odieux —, il lui sera interdit d'accéder à la sainteté tant qu'il n'aura pas retrouvé par lui-même, sans l'aide de quiconque, la porte du Ciel.

Sur le moment, Basophon ne comprit pas la sentence. L'eût-il bien entendue qu'il se fût inquiété, puisque les termes des trois condamnations allaient à l'encontre les uns des autres. Cependant, afin de montrer que le verdict ne le touchait en aucune manière, il haussa les épaules et dit à la cantonade :

— Tant mieux ! Je commençais à m'ennuyer, dans votre Ciel. Peut-être s'amuse-t-on davantage en Enfer. Mais, pour l'heure, la Terre me suffira. Je vous remercie.

Sous les huées de l'assistance, les gardes l'emmenèrent. Il n'avait montré aucun remords.

L'Esprit saint, averti de ce comportement, alla trouver Jésus et lui demanda :

— Croyez-vous que le choix de ce garçon soit excellent ?

— Admirable Paraclet, le monde est un singulier grouillement. J'y suis allé et je peux vous affirmer que, considéré du Paradis, nous n'avons qu'une faible idée de ce qui s'y passe. J'ignore comment notre message d'amour et de paix pourra être entendu. Mes compagnons, les apôtres, ont regagné le Ciel. Jean, le plus jeune, vient de mourir à son tour. De multiples hérésies se font jour. Et, dans le même temps, les païens se ressaisissent. L'empereur se persuade que nos fidèles sont athées parce qu'ils refusent d'adorer les idoles. Il faut dénouer le monde. Sylvestre y pourvoira.

— Serait-ce, demanda le Paraclet, que vous envisagez la force et la ruse ?

— La Méditerranée, ce vaste étang salé au sein des terres, sera le théâtre de furieuses empoignades : combats intellectuels, combats politiques, combats religieux. Tout y sera. Or, pour débrouiller l'écheveau qui en résultera, l'esprit seul n'y suffira pas. Les hommes ont des cervelles trop biaisées. Ils se nourrissent d'arguties et tiennent pour véritables les mensonges les plus outrés, pourvu qu'ils soient bien tournés. Une peste est nécessaire, Sylvestre sera cette peste, déséquilibrant les consciences, les obligeant à creuser en elles-mêmes pour y trouver un terrain plus sûr. N'ai-je pas dit que j'apporterais non la paix, mais la guerre ? Il faut que la guerre ait d'abord fait rage pour qu'ensuite la paix s'instaure durablement.

L'Esprit saint se rangea, comme il est naturel, à la décision du Christ. Puis il se rendit auprès de la Vierge Marie et lui dit :

— Votre protégé, le jeune Basophon, dit Sylvestre, va retourner sur Terre. Vous savez que, selon le sage conseil du roi Salomon, il aurait dû y demeurer seulement six mois célestes. Toutefois, il s'est montré si impertinent avec ses maîtres que nous ne croyons pas qu'il soit nécessaire qu'il nous revienne de sitôt. Il était de mon devoir de vous en avertir.

Notre-Dame comprit fort bien que l'on changeât d'attitude à l'égard du jeune homme et elle ajouta :

— Ce garçon est du vif-argent. Son tempérament mercuriel le lancera dans des aventures si extravagantes qu'il convient de lui donner un compagnon qui sache refréner ses ardeurs, s'il se peut.

— Votre conseil est excellent, fit le Paraclet. Le seul professeur qui semble avoir eu quelque prise sur ce trublion n'est autre que Joseph, votre excellent mari terrestre. Je vais lui demander de choisir lui-même un tel compagnon pour Basophon.

— Oh, fit le maître charpentier, puisque vous avez la bonté de solliciter mon opinion, sachez que Sylvestre a surtout besoin d'un bon bâton. Je lui ai taillé une canne dans du bois de cèdre. Elle lui sera d'un grand secours dans les batailles que, par son humeur querelleuse, il ne manquera pas de susciter. Ne pourriez-vous pas ajouter un charme à cette canne, pour qu'elle puisse tantôt endiguer ses fureurs, tantôt les servir ?

Ainsi fut fait.

Le lendemain, on libéra Basophon et on l'amena à sa mère pour qu'il lui dise adieu. La chère femme avait beau être peu satisfaite de son fils, elle n'en demeurait pas moins confiante en la prophétie. Aussi est-ce en pleurant qu'elle l'embrassa, ne sachant trop que penser. Vint ensuite saint Joseph qui offrit la canne au jeune homme, lequel s'en montra satisfait. Il la fit aussitôt tournoyer en tous sens, montrant ainsi qu'il avait bien retenu les leçons de son maître Samson. Puis une escorte d'anges apparut et, sans autre cérémonie, emmena Basophon sur Terre avant même qu'il eût eu le temps de se retourner pour voir les portes du Paradis se refermer lourdement derrière lui.

Or, en ce temps-là, le cruel gouverneur Rufus était toujours en fonction en Thessalie. Il n'avait de cesse de suspecter les chrétiens, si bien que ceux-ci se cachaient. Des espions à sa solde surveillaient villes et villages. Parmi eux se trouvaient beaucoup de démons déguisés. En effet, le diable et ses émules redoutaient par-dessus tout l'extension de la religion nouvelle. Le martyre de saint Perper et de Paul Hors l'Épée avait semblé désorganiser la secte, mais il convenait de se méfier. En d'autres régions, en effet, les disciples de Christos paraissaient mieux réussir à catéchiser le peuple. Rome elle-même n'était pas à l'abri de ces pernicieux envahisseurs.

Satanas réunit donc son conseil. Il craignait que son supérieur hiérarchique, l'archange déchu Lucifer, ne le trouvât trop mou. Il félicita Abraxas de sa mission et lui demanda ce qu'il fallait redouter ou attendre de la triple condamnation infligée par Salomon à Basophon.

— Excellent maître, dit ce démon, j'ai réussi à brouiller ce jeune niais avec le Ciel, et je m'enorgueillis d'une telle habileté.

— Passons, éructa Satanas. Je crains que cette affaire ne cache quelque stratagème. Abraxas, ne relâche pas ta surveillance auprès de ce garçon. Son retour en Thessalie pourrait bien préluder à quelque divine manigance.

Abraxas promit de suivre Basophon comme son ombre et se retira. Alors Satanas alla consulter le crapaud Gadagon, son grand astrologue. Cette bête pustuleuse fouillait avec ses pattes griffues dans un vase empli de boues nauséabondes. Elle était visiblement en colère.

— Que vous arrive-t-il ? demanda Satanas.

— Peuf ! Peuf ! C'est une horreur, une véritable horreur...

— Et quoi donc ?

Le crapaud releva ses yeux globuleux vers le diable.

— Si on laisse faire, ce sera la fin des dieux.

— Des dieux ? s'exclama Satanas.

— Et des déesses, et des nymphes... Les fidèles de ce Nazaréen ont pris aux juifs ce qu'il y a de pis : la peur du corps, le mépris de la jouissance, le goût de la souffrance...

— Assez ! l'interrompit Satanas. Je connais ces gens-là. Et que me conseilles-tu ?

Gadagon réfléchit, puis dit :

— Vous devriez avoir une entrevue avec les dieux.

— Allons, tu sais que Zeus est inaccessible et que l'Olympe entier nous méprise. Pour eux qui se veulent les pères de la Grèce, nous ne sommes que des barbares, quelque chose comme des Perses ou des Scythes.

— Il est pourtant un dieu qui devrait particulièrement se méfier, fit le crapaud. C'est Hermès. Ne dit-on pas que Christos ambitionne de le remplacer ? Dès lors, ne pourrait-on s'attirer les grâces de ce bonimenteur, qui adore la spéculation et le commerce, en lui faisant craindre de perdre le monopole des revenus de la navigation et des taxes portuaires ?

— Excellente idée ! rugit Satanas. Il est à Alexandrie où il se dirige une sorte de collège. Ses disciples y préparent une anthologie de ses œuvres. Voilà le bon moyen de l'approcher.

Et, sur-le-champ, il décida d'aller lui-même le trouver. L'affaire était trop importante pour la laisser à quelque subalterne. Hermès avait la réputation d'être un dialecticien de première grandeur, et, de ce côté-là, Satanas ne redoutait personne. »

CHAPITRE VII

*Où Basophon descend sur terre tandis que les savants se
perdent à nouveau en conjectures.*

Le professeur Standup eut les plus grandes difficultés à
achever sa traduction. Le chanoine Tortelli se montra grotesque, poussant des cris effarouchés. La scène durant
laquelle Basophon avait coupé les cheveux de Samson lui
parut insupportable ; le tribunal présidé par Salomon lui
sembla hérétique ; mais ce n'était encore rien. Lorsque
l'Esprit saint et Jésus s'entretinrent du choix du jeune
homme comme lumière de Thessalie, le malheureux chanoine poussa des plaintes d'agonisant si lugubres que le
cardinal dut le prier de quitter la salle afin qu'il recouvrât
dehors ses esprits.

La fin du septième chapitre fut donc plus sereine. Néanmoins, Mgr Caracolli ne put s'empêcher de constater que
l'apparition de dieux païens, et singulièrement d'Hermès,
dans une légende chrétienne était pour le moins inédite.

— Ne dirait-on pas que le chroniqueur place sur le même
pied Dieu et Zeus, comme si le Paradis et l'Olympe étaient
deux États gouvernés par deux empereurs ?

— Le théâtre médiéval nous en offre quelques exemples,
rectifia Standup. Dans le *Mystère du vieil Adam*, Neptune
apparaît pour prévenir Ève de la duplicité du serpent. Dans

le *Mystère du nouvel Enfant,* au moment où naît Jésus, on voit Zeus et les dieux qui tremblent et bientôt basculent de leur trône sous les quolibets des anges.

— *Coeli enarrant gloriam Dei,* susurra Son Éminence.

— Et vous, professeur, qu'en pensez-vous ? interrogea le nonce en se tournant vers Salvat.

— Je pense que ce texte continue à développer l'image du barbare christianisé. Basophon a le plus grand mal à comprendre le langage spirituel. Pour lui, être nazir c'est avoir de bons bras. Mais ce qui me paraît fort instructif, c'est l'allusion répétée à Joseph le charpentier. Le jeune homme s'intéresse aux leçons toutes pragmatiques de son maître. Là où les doctes patriarches ont échoué, le patron des charpentiers réussit fort bien. En somme, Basophon devient compagnon du bois. Il reçoit la canne, signe qu'il a achevé son temps d'apprentissage. Nous verrons bien où cette précieuse donnée nous mènera.

Mais, à ce moment, la porte de la salle Saint-Pie-V s'ouvrit comme par grand vent, faisant sursauter les assistants. Un garde suisse, hallebarde au poing, entra puis s'effaça aussitôt pour laisser pénétrer un personnage ecclésiastique que nous n'avons pas encore eu l'honneur de rencontrer, le révérend-père Joseph Moréchet, jésuite français, professeur de théologie à la faculté catholique de Paris, réputé pour ses ouvrages sur le christianisme ancien, plus particulièrement le judéo-messianisme. Petit, sec, nerveux, le regard vif, il traversa la salle en trottinant, s'inclina d'un mouvement bref devant le cardinal, serra la main amicale que Mgr Caracolli lui tendait, salua de la tête le professeur Standup et, à la stupéfaction des trois premiers, tomba dans les bras de Salvat qui lui donna l'accolade.

— Quelle joie de te revoir, cher Adrien ! Toujours en train de fureter dans les énigmes ? Dès que j'ai su que tu étais au Vatican, je me suis précipité. Est-ce vrai, ce qu'écrit *La Stampa* ?

— Que dit *La Stampa* ? s'enquit le nonce, toujours inquiet à la pensée qu'un journal laïque fût mieux renseigné que *L'Osservatore Romano*.

— Que vous avez mis la main sur un manuscrit qui mettrait en cause les origines du christianisme ! Rien que ça ! Drolatique, non ?

Le père Moréchet alliait l'intelligence à l'humour, ce qui le faisait paraître doublement intelligent. Salvat et lui avaient suivi une partie de leur cursus universitaire sur les mêmes bancs de la Sorbonne. Après la licence de philosophie, le premier était entré à la faculté de médecine, le second au séminaire des jésuites afin d'y accomplir son noviciat. Depuis cette époque, ils s'étaient souvent croisés au hasard de leurs pérégrinations respectives. En particulier, lorsque Salvat avait dirigé l'hôpital psychiatrique de Villejuif, les deux hommes avaient longuement médité en commun sur les derniers travaux de la psychologie dite des profondeurs, reprochant à Karl Gustav Jung d'avoir fait entrer la psyché dans le magasin hétéroclite des sciences humaines.

Plus tard, lorsque Salvat s'était lancé dans l'étude des sociétés secrètes chinoises, Moréchet l'avait aidé à traduire les textes les plus ardus, car, à ses heures perdues, il avait appris le cantonnais. Bref, ils étaient amis de longue date et jamais aucun différend n'était venu ternir leur entente. Certes, Moréchet savait que Salvat n'avait pas la foi, qu'il ne se passionnait pour les religions et les métaphysiques que par intérêt pour ce qu'il appelait le « génie humain » ; « mais, après tout, qu'est-ce que Dieu ? » se demandait souvent le disciple de Loyola.

Mgr Caracolli admirait le père Moréchet dont il avait lu les ouvrages. Ainsi fut-il flatté de le revoir. Ils s'étaient rencontrés parfois lors de colloques. Il avait apprécié l'art avec lequel le jésuite savait retourner un délicat problème théologique face à ses contradicteurs. Mais n'est-ce pas le propre des membres de la Compagnie ?

— Si Son Éminence le permet, suggéra le nonce, peut-être le savant professeur Moréchet pourrait-il participer à nos travaux ?

— *Nihil obstat*, fit le cardinal, et l'on vit un subtil sourire orner ses lèvres, qu'il avait gourmandes.

Ici, le lecteur peut à juste titre s'étonner. Si l'honorable préfet ne s'exprime qu'en latin et en n'employant que des locutions tout justes bonnes à meubler les pages roses d'un dictionnaire populaire, serait-ce par vaine prétention ou par l'effet de quelque snobisme dû à son rang ? En tout cas, il ne semble pas que ce soit par humour, plutôt par une sorte de fatigue, comme si tout épuisait le cardinal à commencer par le commerce des humains. Son latin lui tenait-il lieu de refuge où dissimuler son désir d'un éternel repos ? Ou bien quelque autre dessein, plus complexe, se cachait-il derrière le masque de ces citations simplettes ?

Le père Moréchet s'assit en face de l'éminent somnambule, à la droite de Salvat. Et comme personne ne désirait gloser davantage sur la *Vita*, on convia le professeur Standup à reprendre sa traduction, ce qu'il fit, semblable à une momie que, pour quelque inexplicable rituel, on aurait calée sur une chaise.

« Les anges soldats avaient enfermé Basophon dans une cage d'osier afin de le convoyer plus aisément vers la Terre. Le jeune homme était fort vexé de la façon dont on le traitait, et il serrait sa canne contre lui comme pour étreindre sa fureur. Ainsi traversèrent-ils les trois cieux sans encombre. Mais lorsqu'ils atteignirent le cristal qui entoure le royaume sublunaire, ils durent s'arrêter afin de se repérer.

De noirs nuages, prélude à l'orage, couvraient l'Empire de Rome à Jérusalem. Aussi, ne sachant comment s'orienter, les anges décidèrent de descendre sans savoir où ils se poseraient. Un lambeau de clarté leur parut propice. Ils déposèrent la cage dans un lieu désert et rocailleux et, comme la pluie commençait à tomber en abondance, ils ouvrirent précipitamment le portillon d'osier et, à tire d'ailes, repartirent vers le Ciel sans plus attendre.

— Hé là, cria Basophon, voilà donc votre politesse ! Même pas un au revoir ! Vous ne valez pas mieux que des poulets déplumés !

— Et il sortit de la cage, gambadant un peu afin de se dégourdir les jambes. La pluie qui l'inonda aussitôt lui parut si agréable qu'il ouvrit les bras et bomba le torse vers le ciel pour mieux la recevoir. Comme au Paradis il ne pleut goutte, le jeune homme découvrait ce phénomène terrestre avec délice. « Ah, se dit-il, quelle merveille que cette eau fraîche qui ruisselle sur mon corps ! Et quel bonheur que d'avoir un corps qui ressent cette fraîcheur avec tant de volupté ! » Il rit de se sentir vivre comme un humain très ordinaire.

« Au diable, le Paradis ! » pensa-t-il. Puis il donna un coup de pied à la cage d'osier et, la canne sur l'épaule, se mit en marche d'un pas allègre, au hasard, à travers la pluie qui ne cessait de tomber de plus en plus drue, se souciant fort peu de ses habits trempés.

Or, à un détour du chemin, montant de derrière un rocher, il entendit un curieux murmure. On aurait dit le ronronnement cassé d'un vieux chat. Il s'approcha doucement et, là, dans une anfractuosité, il aperçut un homme très âgé, à la longue barbe blanche, portant pour seul vêtement un haillon qui lui tenait lieu de pagne. Les yeux clos, les mains jointes, à genoux sur la pierre, il priait. Toutefois, aucune de ses paroles n'était distincte tant ses lèvres blêmes les avalaient avant même de les exprimer.

Basophon s'abrita sous un arc rocheux, s'assit et attendit que le vieillard en eût fini avec ses dévotions. Mais, comme le temps passait sans que l'oraison semblât s'achever, notre jeune homme toussota, s'ébroua avec bruit, sans succès. Alors il s'écria :

— Est-ce ainsi que l'on reçoit un mortel qui, tout vivant, a vécu dans le Ciel ?

Toujours pas de réponse. Le solitaire continuait de psalmodier dans sa barbe. Cette fois, Basophon entra en colère :

— Carcasse moisie, si tu ne me réponds pas, je te casse sur les reins la canne que voici !

Et, pour montrer qu'il ne riait pas, il leva son bâton en s'approchant d'un air menaçant. Le vieillard demeurant toujours aussi immobile, il abaissa violemment son arme, mais, à sa stupéfaction, la canne lui échappa des mains et, après avoir tournoyé dans l'air, se retourna contre lui. Il reçut dans le bas du dos le coup qu'il avait voulu porter à l'anachorète.

— Voilà ce qui arrive quand on se croit trop malin, fit le vieillard en levant enfin les yeux sur lui.

Basophon, tout vexé qu'il était, était encore plus perplexe. Il ne comprenait pas comment la canne avait pu lui échapper. Il se demanda s'il n'y avait pas là quelque magie.

— J'ai été averti de ta venue par Artaxerces, mon corbeau. Il m'a même dit que tu étais descendu des nuages dans un panier, mais comme c'est un sacré menteur, je ne crois pas qu'il en soit ainsi.

— Et pourtant, répliqua Basophon, je viens tout droit du Ciel. Moi qui te parle, j'ai même rencontré l'Esprit saint.

Le vieillard rit si fort qu'il eut quelque mal à recouvrer sa sérénité.

— Tu es encore plus menteur qu'Artaxerces ! Mais puisque tu te vantes de l'avoir rencontré, dis-moi : est-il un homme ou une femme ? Un dieu ou une déesse ? Les philosophes sont partagés sur ce point.

— C'est un dieu, répondit Basophon. Il est même la troisième personne de la Trinité.

— Ah, tu vois bien que tu es un sacré menteur ! s'écria le

vieillard. Tu prétends que c'est un dieu et tu me parles de personnes ! Un dieu n'est pas une personne.

Basophon haussa les épaules. Allait-il entrer dans une discussion comme celles qu'il avait dû supporter auprès des patriarches ? L'anachorète reprit :

— D'ailleurs, si tu venais du Ciel, tu serais un ange, et je vois bien que tu n'es qu'un galopin à la tête un peu fêlée. As-tu croisé le dragon du deuxième ciel ? Était-il fait de glace ou de feu ?

— Tais-toi, pauvre édenté ! pesta Basophon. Et toi, le corbeau, cesse de jacasser comme ton maître !

Le volatile échappa au coup de bâton en se perchant au sommet du rocher. Le vieillard se prit de nouveau à rire. Décidément, ce freluquet l'amusait beaucoup. Il est vrai que dans sa retraite, il n'avait pas tellement l'occasion de se distraire. Et, naturellement, de voir le bonhomme s'esclaffer mit Basophon dans un tel état qu'il ne put résister à l'ardeur de sa colère. Il empoigna sa canne et, prenant son élan, allait l'abattre sur l'ermite lorsque, comme la première fois, elle lui échappa. Après avoir voleté dans les airs, elle vint le frapper en plein visage, lui faisant éclater le nez qui, à l'instant, se mit à pisser le sang.

En vérité, Basophon ignorait que l'Esprit saint avait jeté un charme sur la canne de saint Joseph de telle façon qu'il ne pût l'utiliser qu'en toute justice. Toutefois, le jeune homme, meurtri, hébété, crut qu'il devait sa mésaventure à quelque pouvoir du vieillard. Aussi baissa-t-il le ton.

— Pardonne-moi, lui dit-il, mais je ne te savais pas sorcier. Comment as-tu fait pour retourner le bâton contre moi ?

— Oh, fit l'anachorète, ne compte pas sur moi pour t'apprendre quoi que ce soit. Tu es bien trop grossier.

Basophon s'alarma :

— Ne vois-tu pas que je perds tout mon sang ? Vas-tu me laisser me vider comme un poulet à qui l'on a coupé la langue ?

— Foi d'Elenkos, jamais je n'ai autant ri ! Tu devrais te produire dans le cirque ! Mais, puisque tu n'es qu'un niais, je vais te soigner comme il convient. Avant, cependant, il te faut t'excuser des regrettables paroles que tes lèvres insipides ont laissées échapper.

— Tout ce que tu voudras, gémit Basophon, mais empêche ce sang de couler !

Et il s'excusa des propos malséants qu'il avait prononcés. Après quoi, Elenkos nettoya la plaie avec l'eau qui coulait d'une faille du rocher, appliqua des herbes sur le nez tuméfié et fit un bandage avec un morceau de tissu arraché à son pagne. Jamais le jeune homme n'avait été aussi mortifié.

— Écoute, dit le vieillard, je ne sais d'où tu viens, et peu m'importe. Peut-être m'es-tu envoyé par celui que l'on appelle le Messie. On dit qu'il vécut du côté de Jérusalem, la cité des juifs, et qu'il est monté au Ciel dans une nuée de gloire. En as-tu entendu parler ?

Basophon, défiguré comme il l'était, s'était étendu à l'ombre du rocher, bien décidé à ne plus se vanter de son séjour céleste. Aussi répondit-il prudemment :

— On raconte tellement d'histoires...

— Oh, fit Elenkos, j'en ai entendu beaucoup, en effet, et pourtant certaines me font l'effet d'être meilleures que d'autres. Nous allons vers la fin des temps, n'est-ce pas ?

Le jeune homme n'avait jamais entendu évoquer cette notion. Les patriarches, ses précepteurs, ne l'avaient pas instruit sur ce point. Il demanda :

— La fin des temps ?

— Le temps un jour a commencé. Un autre jour il finira. Des nuées de criquets s'abattront sur la terre. Les étoiles se décrocheront et la mer se mettra à bouillir. Aucun être humain ne pourra échapper aux calamités. Voilà pourquoi je me suis isolé du monde. Ici, dans cette grotte, je me prépare.

Basophon pensa que le vieil homme n'avait plus tout son

bon sens, mais qu'en revanche, il possédait un pouvoir magique dont il avait pu apprécier la redoutable efficacité. Ne valait-il pas mieux que les tours de force de Samson ?

— Écoute, vieil homme, de l'endroit d'où je viens, nul ne m'a entretenu de tes criquets. Si la fin des temps devait avoir lieu, on me l'aurait dit. Je ne sais comment tu as fait mais, bien que je sois rompu au combat, tu m'as frappé de belle manière. Apprends-moi ton secret.

— Quel secret ? demanda Elenkos. Maladroit comme tu es, tu t'es frappé toi-même. A toi de m'écouter, car si tu ne crois pas à la fin des temps, c'est que tu es mal renseigné. N'as-tu pas rencontré les disciples de ce Nazaréen que l'on nomme le Messie ?

— Qu'ai-je à faire de ces disciples, fit Basophon avec dédain, alors que, comme je te l'ai déjà dit, je viens du Ciel, là où ce Nazaréen habite en compagnie du Saint-Esprit, de la Vierge et de tous les saints de l'ancienne Loi.

— Bon, bon, fit le vieillard. Continue de délirer à ton aise. Quant à moi, je n'en démordrai pas. La fin des temps est pour demain ou après-demain, mais pas plus tard. Que deviendras-tu si tu ne t'es pas préparé ? J'étais disciple de Dionysos et passais le plus clair de mes journées à boire, à manger et à caracoler avec les filles, surtout celles dont c'est la profession. Ah, j'étais riche, j'étais beau et je croyais être malin ! L'univers m'appartenait et je louais les dieux de leur clémence.

« Or, voici qu'un matin, ayant séduit l'épouse d'un magistrat, ce dernier nous envoya trois gladiateurs qui, nous tirant du lit, étranglèrent la femme et me rouèrent de coups de telle façon que je devins aveugle. Imagine mon angoisse. Je demeurai ainsi durant deux années, prostré, incapable de réagir, dans la plus sombre des nuits. Mais c'était en moi que la ténèbre était la plus profonde.

« On apprit qu'un prophète venait d'arriver à Hermopolis. La rumeur prétendait qu'il guérissait les malades. Mon frère cadet m'accompagna durant le long trajet qui mène à cette ville. Il y avait foule, car c'était une semaine de foire qui attirait les gens de toute la région. Le prophète parlait, monté sur un muret, non loin du temple à la Lune. Ce fut alors que j'entendis évoquer pour la première fois la fin des temps, les criquets, la mer qui bout et autres horreurs.

« Le peuple rassemblé autour de l'orateur était inquiet. Mais là où il fut le plus effrayé, ce fut lorsque celui-ci leur apprit que les morts allaient sortir du tombeau. Quelqu'un demanda si les anciens pharaons eux-même allaient ressusciter. Il répondit que ceux qui croiraient à un certain Messie nommé aussi le Nazaréen seraient les seuls à échapper aux atrocités de la fin des temps, mais que tout le monde ressusciterait en chair et en os afin de se présenter intact devant le Tribunal céleste.

« Mon frère me conduisit devant le prophète dès qu'il se fut arrêté de parler. "Crois-tu en mes paroles ?" me demanda le saint homme. Je lui répondis que j'étais disciple de Dionysos, lequel n'avait jamais évoqué la fin des temps. "Abandonne tes anciens dieux et crois à celui qui reçut l'onction royale, le glorieux salvateur du genre humain. Il a tué la mort." Alors mon frère lui dit : "Qui nous prouve que tu dis vrai ?" Le prophète toucha mes yeux de ses doigts, fit une prière dans une langue inconnue, et, à l'instant, je vis aussi clairement que si je n'avais jamais été aveugle.

« Voilà pourquoi je crois en la fin des temps et je t'engage à faire de même. Sans cela, qu'adviendra-t-il de toi au jour du jugement ? »

Basophon avait écouté l'histoire d'Elenkos afin de s'attirer ses bonnes grâces. Lorsqu'il se tut, il lui dit :

— Je suis prêt à croire en ce que tu voudras, mais il te faut m'initier à ce pouvoir qui fit se retourner le bâton contre moi.

Le vieillard, comprenant qu'il ne parviendrait pas à raisonner le jeune homme, lui annonça que pour accéder à ce pouvoir, il lui faudrait méditer.

— Méditer ? fit Basophon. Qu'est-ce que c'est ?

— C'est se tenir assis dans un coin durant des heures, sans bouger la moindre partie de son corps, et exercer son esprit à la lumière divine. Le prophète m'a promis que, grâce à la méditation, j'échapperai à la punition que me mériterait ma vie antérieure dissolue.

— Eh bien, s'il le faut, je méditerai, assis dans un coin, comme tu le dis. Mais cela suffira-t-il à me donner le pouvoir que tu as sur les bâtons ?

Le vieillard se retint de rire, car il avait compris que Basophon était encore plus naïf que querelleur. Du doigt, il lui désigna une pierre sur laquelle le fils de Sabinelle alla s'asseoir. »

CHAPITRE VIII

Où Satanas déploie son odieuse intelligence, tandis que Baso-phon rencontre Hermogène.

« Basophon ignorait que les anges l'avaient déposé non loin d'Alexandrie. Or c'était dans cette ville tumultueuse que Satanas avait décidé de rencontrer le grand Hermès. Le diable s'était changé en astrologue, ayant revêtu l'habit particulier de ces docteurs : toge noire bordée de rouge et collier d'or. Dès qu'il apparut dans les faubourgs, une foule de curieux, surtout de femmes et d'enfants, s'attroupa autour de lui et le suivit.

Hermès présidait en son collège. Depuis une trentaine d'années, ses disciples s'inquiétaient. Les rumeurs les plus sournoises circulaient. Ne disait-on pas que la secte d'un dénommé Christos accusait toutes les antiques et vénérables religions de n'être que des impostures ? Ces fanatiques ne refusaient-ils pas de sacrifier devant les effigies impériales sous le fallacieux prétexte qu'une statue n'est pas un dieu ?

— Excellent Hermès, dit Hermogène, il nous faut protéger notre science et la transcrire en un dépôt qui puisse témoigner pour les siècles à venir.

— Hermès Trois fois grand, ajouta Hermophile, la menace est à nos portes. L'assèchement de la pensée qui résultera de l'activité pernicieuse des barbares ne pourra être compensée que par votre parole vivifiante. Qu'elle soit transcrite, recopiée et disséminée en de nombreux lieux afin qu'elle voyage à travers le temps et l'espace.

— Hermès, toi le dieu des échanges, fit Hermodule, que ce livre soit le recueil de tes préceptes essentiels. Les fidèles de ce Christos, s'ils réussissent à imposer leurs croyances, auront besoin un jour de connaître ta sagesse.

Ainsi dissertaient ces savants gardiens de la tradition antique. Hermès les écouta avec attention, puis dit :

— J'ai appris qu'un disciple de Christos, nommé Paul, accompagné d'un comparse appelé Barnabé, a tenté de se faire passer pour Zeus escorté d'Hermès. Cela se passait à Lystres, en Lycaonie, il y a une trentaine d'années. Les Juifs de l'endroit s'emparèrent des deux hommes et tentèrent de les lapider, mais ils s'enfuirent. Cet événement nous montre que ces gens ne reculent devant rien pour réussir dans leur projet.

Alors on entendit une voix au fond de la salle :

— N'est-ce pas aussi votre faute ? Vous, Hermès, dont le devoir était de relier le Ciel à la Terre, ne vous êtes-vous pas complu dans des spéculations si abstruses que vous avez coupé les ponts entre les dieux et les hommes ?

Un murmure désapprobateur accueillit ces dures paroles. Mais l'on vit un astrologue qui s'avançait sans crainte vers l'estrade où était assis le divin Hermès.

— Qu'il parle ! ordonna le Trois fois grand.

Satanas reprit :

— Que votre Excellence daigne pardonner ma franchise. Vous avez laissé les religions tomber en jachère. Nulle impulsion nouvelle ! L'anarchie a succédé au laxisme. Des cohortes de dieux et de déesses innombrables n'ont fait que plonger les hommes dans la perplexité. Les mystères se sont changés en obscures boutiques où l'on vend les secrets à l'encan. Ainsi vous avez permis à une pensée différente de se faire jour. Et quel jour ! Une religion d'esclave crucifié !

— En fait, dit Hermès, ce Christos est une contrefaçon d'Osiris. Je ne vois rien là d'extravagant. Tout meurt. Tout ressuscite. Mais que ses disciples prétendent s'arroger le droit de détenir la seule vérité, voilà qui montre un singulier manque de modestie. Nos anciens, lorsqu'ils apprenaient qu'un nouveau courant religieux venait d'apparaître, s'en réjouissaient, car les faces du mystère divin sont infinies. Tout regard apporte aux autres sans les réduire.

— Certes ! renchérit Satanas. Il faut se ressaisir. Sans cela, qu'adviendrait-il de la beauté, du plaisir, de l'harmonie ? Vous faudra-t-il adorer un cadavre cloué sur un gibet ? Ces gens ont le goût du sacrifice, de la souffrance. Le corps est pour eux objet de suspicion.

Les disciples d'Hermès poussèrent des cris scandalisés à cette évocation. Puis Hermodule prit la parole :

— J'ai ouï-dire que la secte juive adoratrice de Christos est en lutte contre le pouvoir romain. Il nous faut donc instruire l'empereur afin qu'il pourchasse ces fauteurs de troubles. Qu'adviendra-t-il si les esclaves se révoltent ? Qui déchargera les navires ?

Satanas ajouta :

— Un excellent gouverneur a été nommé en Thessalie. Il se nomme Rufus et a déjà montré ses capacités à lutter contre les athées à la solde de Christos. Il convient que cet exemple s'étende sur la Méditerranée et plus certainement à Rome. Ô grand Hermès, ne tardez pas à avertir le divin Trajan du danger qui guette l'Empire.

— Trajan guerroie contre les Parthes et n'a guère la tête à s'occuper de telles affaires, dit Hermès. En revanche, l'empereur vient de nommer Caius Plinius au poste de gouverneur de Bithynie. Cet homme intègre ne devrait pas supporter le fanatisme. Envoyons-lui un émissaire. Il saura persuader Trajan dont il a l'oreille.

— Je m'y rendrai, décida Hermogène. Mais, Trois fois grand, il me semble qu'au lieu de vouloir anéantir la secte, mieux vaudrait la subvertir.

— Comment cela ? demanda Hermès.

— Cette pensée juive est confuse, emplie de fatras. Le divin Platon mettrait de l'ordre en ce chaos. Hellénisons la rustrerie. Ainsi échappera-t-elle à la plèbe et ne menacera-t-elle plus l'Empire.

— Voilà qui est bien pensé, fit Hermès.

— Croyez-vous vraiment ? s'insurgea Satanas. Votre Platon fait partie de ces idéalistes fort capables d'ensemencer la secte au lieu de la détruire. N'allez-vous pas donner des ailes à une taupe ? Non, non ! Amenez l'empereur à occire la bête avant qu'elle ne prolifère.

Le divin Hermès n'aimait pas le sang versé. Déjà Hermogène s'était retiré afin de se préparer au long voyage qui devait le mener, à travers la Méditerranée, jusqu'au Pont-Euxin dont Caius Plinius était le gouverneur. Cette décision ne plaisait guère à Satanas, mais il n'avait aucun moyen de s'y opposer. Il quitta donc Alexandrie dans un état fort irrité, bien convaincu qu'il lui faudrait agir promptement, par quelque autre subterfuge, afin d'arrêter la propagation des chrétiens.

Une nuit s'était écoulée depuis que Basophon avait rencontré l'ermite Elenkos. La plaie de son nez s'était refermée grâce aux herbes. Mais, à sa honte, il n'avait pu demeurer en place pour méditer. Il lui fallait bouger un bras, une jambe, ou bien il lui était urgent de se gratter. A la fin, au lieu de trouver la sérénité, il explosa en invectives à l'adresse du saint homme.

— Qu'est-ce donc que cette sottise bonne pour les agonisants ? A quoi sert de jouer les statues, sinon à gagner des crampes ? Tu m'as trompé. Ce n'est pas ainsi que l'on apprend l'art magique.

A l'aube, le vieillard comprenant qu'il n'arriverait à rien avec lui, décida de se débarrasser de l'intrus.

— Écoute, lui dit-il, je vais te révéler un secret. Rends-toi à Alexandrie toute proche. Va sur les quais et là, tu verras un homme grand, à la peau basanée, vêtu pour le voyage. Approche-toi de lui et, sans crainte, demande-lui de t'enseigner l'art magique. Mais prends bien soin, auparavant, de prononcer le mot *gadalcavar* qui assurera ce haut personnage de ton appartenance aux apprentis en haute science.

En vérité, Elenkos se moquait du jeune homme. Il ne connaissait personne qui fût magicien. Quant au mot secret, il venait de l'inventer à l'instant.

— Je vous remercie, fit Basophon, mais est-ce bien ce mot-là et pas un autre ?

— Celui-là même, assura le vieillard.

Le corbeau, au sommet du rocher, riait comme le font les oiseaux de son espèce, en poussant des cris funèbres.

Muni de sa canne, notre naïf salua à peine, puis s'éloigna en direction de la ville. Elenkos, soulagé, le regarda partir sans regret.

Et donc Basophon marcha toute la matinée et une partie de l'après-midi. Il arriva au port, harassé mais gonflé d'espoir. Au Ciel, on lui avait refusé d'être nazir. Sur terre, grâce à la magie, il parviendrait à acquérir des pouvoirs comparables et même supérieurs à celui dont on l'avait privé. Il n'en doutait pas. Et il commença de déambuler sur les quais à la recherche du maître magicien que le solitaire lui avait décrit.

De son côté, Hermogène était en quête d'un navire qui pût le mener sur l'autre bord de la Méditerranée. Il avait emporté avec lui deux sacs de voyage qui contenaient les effets nécessaires ainsi que quelques traités philosophiques dont il se promettait la lecture durant la traversée. Or, comme il s'entretenait avec un équipage grec en partance pour Éphèse, un voleur s'empara subrepticement de l'un de ses sacs et l'aurait emporté si, à ce moment, Basophon, s'apercevant de son manège, ne s'était précipité. Et, cette fois, la canne fit merveille. D'un seul coup, elle fendit le crâne du malandrin qui se retrouva à demi mort sur le quai.

— Sans toi, dit Hermogène, j'aurais perdu mes précieux traités. Qui es-tu ?

— Basophon, fils du gouverneur Marcion de Thessalie, maître charpentier de mon état.

Aussitôt Hermogène pensa qu'il pourrait se faire escorter par ce vigoureux garçon. Il lui proposa de l'engager pourvu qu'il acceptât de voyager en sa compagnie. Basophon n'attendait que cette bonne nouvelle, ainsi qu'elle lui avait été prédite — croyait-il — par l'anachorète Elenkos. Il empoigna les deux sacs et les jeta d'un geste résolu sur ses épaules, plaçant sa canne en travers.

Ainsi embarquèrent-ils le soir même sur le vaisseau en partance pour Éphèse, qui d'abord devait mouiller à Rhodes. Basophon était ravi. C'était la première fois qu'il naviguait. D'autre part, le seigneur qui l'avait engagé lui plaisait. L'équipage semblait avoir pour lui la plus grande déférence. Et alors que l'ensemble des passagers dormaient comme il le pouvaient, en s'étendant pêle-mêle sur le pont, dans les escaliers ou la soute, Hermogène, lui, avait eu droit à une cabine à côté de celle des armateurs et du capitaine.

— Dis-moi, fit le disciple d'Hermès, que faisais-tu en Égypte ?

— J'y vins par accident, répondit le jeune homme sans malice. Les anges devaient me déposer en Thessalie, mais ces gens-là n'ont pas de bons yeux. Ils sont surtout entêtés.

— Les anges ? Quels messagers ? Étaient-ils romains ?

— Vous n'y êtes pas, mon maître. Je parle des anges du Ciel.

— Les messagers du Ciel ? fit encore Hermogène. Étaient-ils des envoyés du divin Zeus ou de la bienheureuse Aphrodite ?

— Je ne connais pas les personnes dont vous parlez, rétorqua Basophon. Mais, pour tout vous expliquer, sachez que dans ma prime enfance, je fus enlevé de terre pour être porté au Paradis afin d'y étudier en compagnie des patriarches.

— Quel paradis ? Quels patriarches ? fit Hermogène de plus en plus perplexe, car il ignorait quasiment tout de ce vocabulaire hébraïque.

— Je vois, dit Basophon, que vous ne connaissez pas grand-chose à ces affaires. Et, sauf votre respect, je m'étonne que vous n'ayez jamais entendu parler de ces vieux raseurs d'Abraham, de David et de Salomon.

— Ah, j'ai entendu parler de cet Abraham ! Donc, tu es juif ?

— Certes non, fit Basophon. Je suis né en Thessalie, de parents tout à fait grecs. Comment mon père Marcion eût-il été gouverneur s'il avait été juif ?

— C'est exact, reconnut Hermogène, mais pourquoi tes parents t'ont-ils donné comme précepteurs ces vieux juifs dont tu parles ?

— Ah, je sens que vous n'y êtes pas du tout, dit Basophon. Quand je vous parle du Ciel, c'est vraiment du Ciel d'en haut, celui où habitent la Vierge, l'Esprit et Notre-Seigneur.

Cette fois, Hermogène pensa que le jeune homme n'avait pas toute sa tête ou qu'il appartenait à quelque secte insensée comme, hélas, il en avait surgi un peu partout depuis une quarantaine d'années. Qu'étaient cette fille, cet esprit et ce seigneur ?

— Écoute. Tes muscles sont meilleurs que ta tête. N'écoute pas les sottises que les gens colportent. Et comme il se fait tard, va dormir. Demain, tes idées seront peut-être un peu plus claires.

Basophon ne voulut pas insister. Que lui importait, après tout ! Ce riche voyageur l'emmenait gracieusement sur l'autre bord de la Méditerranée ; n'était-ce pas l'essentiel ? Il alla donc à la recherche d'un coin où s'allonger pour dormir. Il le trouva entre un tonneau et des ballots de laine. Mais à peine commençait-il à sommeiller qu'une conversation, non loin de lui, attira son attention.

— Cet Hermogène est un puissant magicien, disait une voix.

— Un redoutable jeteur de sorts, répondit une autre.

— Il peut ressusciter les morts, ajouta une troisième.

— Méfions-nous de sa puissance, conclut une quatrième.

Ces voix s'éloignèrent. Rompu de fatigue, Basophon s'assoupit. »

CHAPITRE IX

Où la Vita *n'est peut-être pas le document que l'on croit et où Basophon accompagne Hermogène dans son voyage.*

Ce soir-là, le professeur Salvat et le père Moréchet, tout à la joie de se retrouver, allèrent fêter la circonstance à l'Antico Caffè Greco qui, depuis 1760, avait vu s'attabler Casanova et Goethe, Stendhal et Berlioz, Andersen et Liszt, Tchakeray et Hawthorne, Corot et Gounod, sans parler de toutes les altesses sérénissimes de l'Europe, les princes enturbannés des émirats, la foule burlesque et bigarrée des divorcées américaines.

Ils commandèrent un sabayon, ce qui leur permit de disserter durant quelques moments sur l'origine padouane de ce *zambaglione* que, dans la préface à la *Chartreuse*, Stendhal baptise *zambajon*. Puis ils en revinrent à la *Vita*.

— Curieux morceau, fit le jésuite.

— Un apocryphe, précisa Salvat.

— A ton avis, quelle époque ?

— Fin XVIᵉ ou début XVIIᵉ.

— Origine ?

— Venise. Le papier comporte un filigrane caractéristique : une ancre entourée d'un cercle surmonté d'un fleuron. Les papetiers italiens l'utilisaient depuis le XVᵉ siècle, mais pas avant. Il faudra attendre 1588 pour qu'on le rencontre à Mantoue, 1591 à Vérone, 1609 à Venise, 1620 à Padoue. De plus, la bouillie de latin du texte utilise des mots typiquement vénitiens : *disnare* pour manger, *sentare* pour s'asseoir, *scampare* pour fuir, *fiolo* pour fils, sans compter l'orthographe en « lg » pour rendre un « l » palatal : *talgiaire, milgiore, ralchogere*. Or, si j'en crois notre confrère Ascoli, cette orthographe n'est attestée qu'à partir du XVIᵉ siècle.

— Excellent, apprécia Moréchet en connaisseur, mais pourquoi ce faux et à cette date ?

— Te souviens-tu du pseudo-évangile de Barnabé ?

— Celui de la bibliothèque nationale de Vienne ? Il avait appartenu au prince Eugène. Dans la *Menagiana*, Bernard de la Monnoye le décrit aux environs de 1715, il me semble.

— John Toland, le déiste du *Nazarenus*, se vante de l'avoir découvert vers la même époque. Eh bien, lui aussi est d'origine vénitienne et, tout comme la *Vita*, il se donne pour un texte de l'Église primitive. Il se pourrait que, comme l'évangile de Barnabé, il s'agisse d'un apocryphe musulman assez subtil pour ne pas apparaître comme tel. On y trouve des traces du judéo-christianisme palestinien et égyptien du Iᵉ siècle, mais controuvées.

— Mais alors, fit Moréchet, comment se fait-il que le professeur Standup ne s'en soit pas aperçu ? Il traduit sans l'ombre d'un repentir ni d'une critique.

— Il sait et ne dit rien. Il se doute que nous avons déjà compris de quelle duperie il s'agit. Néanmoins, comme il ignore les véritables imbrications de l'affaire, il préfère demeurer discret. J'ai saisi son regard lorsque, avant-hier, j'évoquais la datation face au chanoine. Il ne m'aime pas, mais du moins ne me considère-t-il pas comme un imbécile.

— Ainsi, pour toi, la *Vita* serait un apocryphe musulman traduit au XVIᵉ siècle à Venise...

— Une excellente copie de carolines. Il s'en faisait encore au siècle dernier, et rien ne s'oppose à ce qu'il s'en fabrique encore aujourd'hui. Seulement, le filigrane a trahi le contre-facteur.

— Il n'en reste pas moins, fit remarquer le jésuite, que ce faux appartenait aux rayonnages médiévaux interdits avant le regroupement de la salle Léon-XIII. Comment s'est-il trouvé dans la *Scala Coeli* de Jean Gobi ?

Salvat laissa échapper une fumée de locomotive entrant en gare.

— Il existait certainement un document désigné à l'ancienne par *Leg. Bas. 666*. C'est après l'installation de la salle Léon-XIII que la substitution eut lieu. Le vol, la destruction de documents sont monnaie courante. La subs-titution est un fait rarissime. Or le premier *Leg. Bas. 666* était déjà une légende de Basophon condamnée par l'Église. J'avoue ne pas comprendre ce que cela signifie.

— Mais, dit Moréchet, la substitution n'a-t-elle pas pu s'opérer au moment de la découverte actuelle du docu-ment ? Imaginons le nonce Caracolli, averti par toi de l'exis-tence de la *Vita*, inquiet de l'odeur sulfureuse du manuscrit, et t'apportant le faux tandis qu'il garde l'authentique en lieu sûr...

— J'y ai pensé, fit Salvat, mais Caracolli aurait dû avoir à sa disposition un faux tout préparé de longue date, ce qui paraît bien difficile. Et où l'aurait-il trouvé ? Décidément, il y a là un mystère d'autant plus étrange que nous ne saisis-sons pas, du moins, pour l'instant, l'intérêt de cette substi-tution. Quant à Caracolli, je le vois mal dans la peau d'un faussaire.

Ils quittèrent l'Antico Caffè Greco sur cet échange de réflexions. Moréchet logeait à la Maison des Jésuites et devait rentrer avant minuit. Quant à Salvat, il erra un peu dans les rues, songeant tantôt à l'ancienne gloire romaine, qu'il n'estimait guère, tantôt à cette jeune journaliste de *La Stampa* qui l'avait accosté et qui était au courant de la découverte de la *Vita*. Qui avait répandu la nouvelle ? Et pourquoi l'avait-on assortie de cette stupide remarque sur un danger que le texte était supposé faire courir à la papauté ?

Caracolli avait-il bavardé avec quelqu'un qui se serait empressé de colporter le renseignement dans tout Rome en l'agrémentant de ce péril imaginaire pour faire mousser la nouvelle ?

A peine Adrien Salvat venait-il de pénétrer dans le hall de son hôtel que le concierge se précipita sur lui avec toutes les marques de la parfaite flagornerie.

— *Egregio professore, telefono, per lei. Il Vaticano per lei. Oh, egregio professore, il Papa, per lei.*

Salvat se dirigea vers la cabine en grommelant et appela le numéro que le concierge avait noté. Le secrétaire personnel de Mgr Caracolli répondit.

— Ah, professeur... Quel bonheur d'avoir pu vous atteindre ! Je vous passe Monseigneur.

Et, aussitôt :

— Professeur, cria le nonce d'une voix suraiguë. Il se passe quelque chose. Puis-je vous parler sans que personne ne nous écoute ?

— Certainement, affirma Salvat après avoir lorgné du côté du concierge. Que se passe-t-il ?

— Le professeur Standup a disparu. Après la lecture de cet après-midi, il devait rencontrer le cardinal Bonino. Il ne s'est pas rendu au rendez-vous. Nous avons appelé son hôtel. Il devait y discuter avec l'un de ses collègues britanniques. Là non plus, il ne s'est pas montré. A vingt heures, nous sommes allés au club *Agnus Dei* où il devait passer la soirée en ma compagnie. Personne. J'ai attendu jusqu'à vingt et une heures trente, tout en retéléphonant à son hôtel. Professeur, je suis inquiet. Un homme si ponctuel...

— Curieux, en effet, admit Salvat.

— Dois-je avertir la police ? Je ne sais que faire. Peut-être va-t-il réapparaître et je ne voudrais pas que...

L'inquiétude du nonce aurait pu sembler dérisoire si l'on n'avait connu la ponctualité quasi mécanique du savant anglais. Mais que faire à onze heures du soir ?

— Nous avons rendez-vous demain matin à dix heures pour la traduction. Attendons ce moment-là et, s'il n'a pas réapparu, nous préviendrons alors la police, proposa Salvat.

— Vous devez avoir raison, acquiesça Caracolli, mais j'espère que le malheureux n'a pas besoin de notre aide. Imaginez-le perdu dans Rome, blessé peut-être, à son âge... Il y a tant de malandrins par ces temps d'incroyance...

Le lendemain, à l'heure dite, il fallut se rendre au constat : Standup n'était pas rentré à son hôtel. Il n'était pas au rendez-vous quotidien de la salle Saint-Pie-V. Le visage du nonce avait tourné au gris. Le chanoine Tortelli, son enregistreur sous le bras, semblait plutôt satisfait de la disparition du traducteur.

— Rien de bon ne pouvait sortir d'une lecture si insane, fit-il observer. Son Éminence a-t-elle été prévenue ?

— Pas encore, soupira Caracolli. Ah, quelle fâcheuse... comment dire ? *faccenda ! Che brutta...*

Le révérend-père Moréchet s'était assis dans le fauteuil occupé la veille par le cardinal Bonino. Son œil vif allait et venait du chanoine à Salvat, puis du nonce à la pendule qui, avec une parfaite indifférence, ne cessait d'approfondir le retard de l'Anglais et, par conséquent, de confirmer sa troublante absence.

— Eh bien, lâcha enfin Salvat, ne serait-il pas bon de nous ouvrir du problème à Son Éminence, comme le suggère le chanoine ?

— Certainement, reconnut le nonce d'un ton las.

Il se leva néanmoins pour aller décrocher le téléphone suspendu près de la porte d'entrée.

Nul n'entendit la conversation entre les deux prélats. Lorsque Caracolli revint vers le groupe, il s'assit face au manuscrit de la *Vita* que le bibliothécaire avait cérémonieusement déposé parmi eux.

— Qu'a-t-il dit ? demanda, anxieux, le chanoine.

— Il a dit : *Requiescat in pace* !

— Standup serait-il mort ? s'exclama Salvat.

— En latin, il a dit aussi : « Continuez à traduire. »

— Continuer à traduire ? se récria le chanoine. Encore !

Un superbe brouhaha s'ensuivit. Après deux heures de vaines discussions, il fut décidé que le cardinal avait raison. En attendant le retour hypothétique du disparu, il reviendrait au nonce Caracolli de se mettre à l'ouvrage. Celui-ci prit toutes les mines de son ample répertoire avant d'accepter, passant de l'humilité maniérée à la vertueuse indignation, après quoi, s'étant épongé le front à dix reprises avec son mouchoir à carreaux, il s'appliqua à la tâche d'une voix d'écolier apprenant à déchiffrer.

Pendant ce temps, Adrien Salvat laissait errer sa rêverie. Qu'était-il venu faire en ce lieu feutré ? La curiosité n'était pas seule à l'y avoir poussé. Désormais, il se retrouvait avec un manuscrit controuvé et la disparition d'un citoyen britannique, dont le moins que l'on pouvait prétendre était qu'il ne montrait aucune disposition pour la fugue. Mais que savons-nous des êtres et des choses, si ce n'est qu'ils sont au bout de notre regard ? L'énigme d'autrui ne fait que nous renvoyer à notre propre étrangeté.

« En Méditerranée, les tempêtes sont assez fréquentes et d'autant plus dangereuses qu'elles sont inattendues. A la mer d'huile succède un vent brutal qui secoue la bonace et la transforme en cataclysme. Et donc, cette nuit-là, le navire qui emmenait Hermogène et Basophon vers Rhodes fut brutalement pris dans des vagues si hautes et si puissantes qu'il en fut culbuté.

Basophon courut vers la cabine de son maître. Déjà l'eau se déversait de toutes parts. Surpris dans son sommeil,

Hermogène était si hébété que, sans l'intervention du jeune homme, il eût péri noyé. L'obligeant à sauter dans les remous et le maintenant hors de l'eau, Basophon semblait aussi à l'aise dans la fureur des éléments liquides que sur la terre ferme et — prodige ! — sa canne flottait si bien qu'ils purent tous deux s'y agripper tandis que le bateau sombrait dans un dernier tournoiement d'agonie.

Après de longues heures passées dans le tumulte des flots, ils furent rejetés sur une plage de sable fin entre de grands escarpements rocheux couverts d'une végétation chétive.

— Je te dois la vie, déclara Hermogène dès qu'il eut recouvré le sens commun. Sans toi, j'aurais succombé à ce naufrage. De surcroît, sans cette canne, nous n'aurions pu lutter bien longtemps contre les vagues monstrueuses qui ne cessaient de déferler sur nous.

— C'est la canne du bon Joseph, fit Basophon. Mais elle ne fut pas toujours aussi aimable.

— Ce Joseph doit être un grand magicien.

— Il n'est que charpentier, mais ne raconte-t-on pas que les gens de cette espèce ont leur besace bourrée de malices ? Cela dit, s'il est un magicien, ô mon maître, c'est vous. Je l'ai entendu assurer sur le bateau.

Ruisselant d'eau comme il l'était, Hermogène ne ressemblait guère à un disciple du grand Hermès, mais plutôt à un mendiant que l'on vient de jeter au fossé. Néanmoins il fut flatté, et, se redressant afin de gagner quelque prestance aux yeux du jeune homme, il lui dit :

— Mon cher, je suis prêt à te léguer un de mes pouvoirs. Ce n'est que justice, puisque tu m'as sauvé d'une mort certaine. Mais d'abord, que sais-tu de la magie ?

— Un seul mot que l'on m'a confié il y a peu. Je devais vous le dire lorsque je vous ai rencontré. Toutefois, vous m'avez engagé avant même que j'aie songé à le prononcer.

— Quel est-il ?

— *Gadalcavar*, récita Basophon.

Hermogène se mit à rire.

— Quel est le coquin qui t'a enseigné une telle baliverne ? Sais-tu ce que signifie *gadalcavar* dans le dialecte d'Alexandrie ? « Je suis un âne ! » On a voulu se moquer de toi, c'est certain.

La colère entreprit le jeune homme, commençant par les pieds et lui remontant jusqu'à la tête.

— Je vais retourner là-bas lui fracasser la carcasse !

— Écoute, ce n'était qu'une plaisanterie. Et sans doute sommes-nous bien loin d'Alexandrie et de ton farceur. Allez, viens. Marchons et essayons de trouver quelque humain.

Basophon ne cessa de grommeler durant tout le chemin. Il en avait oublié qu'Hermogène avait promis de lui céder un pouvoir magique. En revanche, le disciple d'Hermès était fort intéressé par la canne de Joseph et se promettait de l'échanger contre quelque tour dès que la fureur du jeune homme se serait apaisée. Aussi, tandis qu'ils marchaient et afin de distraire son compagnon, il commença par lui raconter son histoire.

— Avant d'être cet humain que tu vois, je connus de fort nombreuses existences, si longues et si extraordinaires que je ne peux toutes te les évoquer. Que préfères-tu ? Que je te raconte ma vie en grenouille ou en chat-huant, en dromadaire ou en aigle ? Je fus libellule et bovin, ciron et éléphant. Choisis et je ne te cacherai rien de cet état.

— Hé, fit Basophon, voilà du nouveau. Serait-ce qu'avant d'être homme nous passons par des existences aussi diverses ? Mes patriarches ne m'ont rien appris de semblable.

— Seul l'enseignement secret du divin Hermès, le Trois fois grand, permet de remonter à la source du temps et de se souvenir des identités passées. Alors, que choisis-tu ?

Il faisait chaud. Le chemin était poussiéreux et désert. Nulle habitation ne paraissait à l'horizon. Le jeune homme pensa que la vie d'un dromadaire l'aiderait à traverser l'épreuve.

— Ah, s'écria Hermogène, tu as bien choisi, car, du temps où j'étais dromadaire, de fameux événements eurent lieu que j'aurai grand plaisir à te raconter. Et donc, c'était à l'époque du pharaon Amenhotep V. Je servais de monture à un marchand attaché au service du palais. Cet homme vendait des dattes qu'il allait cueillir dans le Sud et ramenait sur mon dos jusqu'à la cour du prince. Ces dattes étant réputées, il n'avait le droit de les vendre qu'aux aristocrates et aux prêtres. Je n'étais pas mécontent de mon sort.

« Or il advint que mon marchand, qui se nommait Kénéfer et qui avait plus de soixante ans, tomba amoureux d'une jeune servante du palais, la très ravissante Néfériret. Cette fille ne vit dans cette union que la fortune de mon maître, lequel crut qu'elle l'épousait pour sa superbe et son intelligence. En vérité, il était fat et ne devait sa richesse qu'à la qualité de ses dattes. Ils eurent un enfant, puis deux et un troisième. Et toujours nous allions dans le Sud, Kénéfer et moi, à la recherche de ces fruits, remontant ensuite en longeant le Nil jusqu'à Thèbes.

« Un jour, alors que nous venions de quitter la capitale, mon maître s'aperçut qu'il avait oublié sa bourse. Nous revînmes sur nos pas et rentrâmes dans la cité. Devant sa maison, le marchand me pria de baraquer, ce que je fis. Mais, à peine venait-il de franchir le seuil qu'il faillit s'étouffer de colère. Son épouse fêtait déjà son absence dans les bras d'un jeune homme. Sortant son cimeterre, il trancha la tête du galant et sépara en deux la perfide.

« Hélas, le garçon était le plus jeune fils d'Amenhotep ! Le malheureux marchand fut coupé en petits morceaux, puis ses restes furent entassés dans une barrique et liés sur mon dos, après quoi on me chassa dans le désert.

« Que faire dans une situation semblable ? Je courus autant que je pus, espérant qu'une caravane croiserait ma route. Il n'en fut rien. Épuisé, au bout de huit longs jours, je m'arrêtai à la tombée du soir, me préparant à succomber, le macabre fardeau toujours attaché entre mon encolure et ma bosse.

« C'est alors que l'extraordinaire se produisit. Et certes, je ne vous demande pas de me croire. Une voix sortit de la barrique :

— Chameau, mon ami, je suis ton bon maître Kénéfer. Tout dispersé que je sois, il m'est encore donné de te parler. Notre seigneur Osiris a eu pitié de ma disgrâce, car il a souffert de la même punition que moi et alors que ni l'un ni l'autre n'étions coupables. Le fils du pharaon et la scélérate méritaient la mort. Et donc ce fut Amenhotep qui mania l'injustice et commit un crime en me faisant exécuter.

— Sans doute, répondis-je en tremblant de terreur, mais que puis-je faire pour vous alors que nous sommes seuls dans ce désert et que, coupé en morceaux, vous ne pouvez sortir de la barrique amarrée sur mon dos ?

« J'entendis alors un vacarme derrière ma tête. Le bougre, tout dépecé qu'il était, se démenait dans sa prison, et à tel point qu'il finit par rompre les liens qui la maintenaient à mon échine. Elle chut sur le sable avec une telle force qu'elle se brisa. Je vis les débris de mon malheureux maître joncher le sol : la tête ici, les membres là, le corps en cinq ou six parties différentes, ce qui faisait peine à considérer, car Kénéfer avait été un bel homme malgré son âge.

— Crache sur moi ! ordonna la tête.

— Jamais je n'oserai profaner mon maître, fût-il en cet état ! m'écriai-je.

— Je te l'ordonne ! clama la tête d'un ton si impérieux que, rassemblant le peu de salive qui me restait, je crachai comme elle le voulait. Et, aussitôt, tous les morceaux dispersés se rassemblèrent. Kénéfer se retrouva tout entier et comme si les événements qui l'avaient si cruellement mutilés n'avaient été qu'un mauvais rêve. Or, tandis que je m'étonnais de la puissance de ma salive, il se moqua de moi.

— C'est le seigneur Osiris qui, par ta misérable salive, a réalisé ce miracle. Seul un dieu comme lui pouvait ressusciter un mort. Toi, dromadaire tu étais, dromadaire tu demeures, et pauvre d'esprit !

Puis il adressa une prière de remerciement à son seigneur, après quoi il monta sur moi et regagna Thèbes où il reprit ses affaires, à la stupeur générale.

Hermogène se tut.

— Amusant, fit Basophon, mais si j'avais été le chameau, je me serais vengé de l'ingratitude de ce vieillard.

— C'est parce que tu n'es pas un chameau, remarqua le disciple du Trois fois grand.

Ils continuèrent de marcher. La colère du jeune homme s'était apaisée. En revanche, il commençait de penser que son compagnon affabulait. Aussi décida-t-il de le provoquer un peu.

— Dans le Ciel d'où je viens, dit-il, les personnages dotés d'un certain pouvoir se déplacent d'un lieu à l'autre en un clin d'œil. Il ne semble pas que votre magie égale la leur. Cela fait plus de trois heures que nous trimons sous le soleil.

— Je n'ai pas ce don, en effet, répondit Hermogène. Mais j'en ai quelques autres. Lorsque nous serons à la halte, je t'en montrerai les effets. D'ailleurs, nous pourrons nous livrer à un échange : un de mes dons contre ta canne, par exemple...

— Jamais ! s'écria Basophon. Je suis charpentier et cette canne est l'insigne de mon état. Je ne m'en séparerais pas contre tous les pouvoirs du monde.

Hermogène se le tint pour dit. En effet, si Hermès est le dieu du commerce, il est aussi celui des voleurs. C'est pourquoi notre magicien décida d'attendre un moment propice pour s'emparer de la canne, et continua de marcher en silence.

Enfin ils arrivèrent aux abords d'un village creusé dans le

rocher, qui leur parut convenable pour recouvrer leurs forces et organiser la suite de leur voyage. Or ils ignoraient qu'un serviteur de Satanas les y attendait : le fameux Abraxas, chargé de surveiller Basophon et qui, par ruse plus que par méchanceté, avait excité les flots et provoqué le naufrage. Il pensait ainsi empêcher le fils de Sabinelle de rejoindre la Thessalie, ignorant que, de ce fait, il retardait la rencontre d'Hermogène et du gouverneur Caius Plinius. Ainsi sont les démons : les vicissitudes qu'ils provoquent se retournent souvent contre eux.

Une auberge rustique accueillait les voyageurs. Là, nos deux rescapés rencontrèrent Abraxas, qui avait pris l'apparence d'un paisible commerçant. Il leur apprit que le hasard des vagues les avait fait échouer sur l'île de Chypre, à bonne distance de Paphos. Aussitôt, Hermogène décida de se rendre dès le lendemain à ce port et d'y chercher un navire, mais Abraxas l'en dissuada, prétendant qu'aucun bateau en partance n'était à prévoir avant un grand mois — ce qui était faux. Mais comment duper un disciple d'Hermès ? Il offrit au démon et à Basophon un repas durant lequel le vin fut si largement servi qu'à son issue ses deux hôtes eurent le plus grand mal à retrouver leur couche.

Puis, lorsque Basophon se fut pesamment endormi, Hermogène se glissa à ses côtés et chercha la canne que le jeune homme étreignait. Il tenta de la faire glisser hors des mains qui la serraient, mais s'aperçut qu'il n'y parviendrait pas sans éveiller le dormeur. Il fit alors appel à l'un de ses pouvoirs. Ayant esquissé quelques gestes au-dessus du corps étendu, il lui dit :

— Donne-moi la canne.

Et le corps lui tendit la canne, mais, comme il allait s'en saisir, celle-ci lui échappa et vint le frapper dans le dos avec une telle force qu'il tomba sur le sol en poussant un grand cri. Basophon se réveilla.

— Eh bien, admirable seigneur, que vous arrive-t-il ?

La canne s'était replacée d'elle-même entre les mains du jeune homme, si bien qu'il ne comprenait rien à la présence d'Hermogène.

— Seriez-vous venu afin de me confier l'un de vos secrets ? J'ai trop bu de cet excellent vin de Paphos, mais me voici bien éveillé pour recueillir votre précieux enseignement.

Le magicien se redressa, douloureusement surpris par le pouvoir du bâton, et le dos en piteux état.

— Ah, ah, dit-il en tentant de ne pas perdre contenance, te confier mes secrets ? Tu m'a sauvé la vie, en effet, et je te dois une récompense.

Basophon s'était levé. La tête lui tournait encore un peu, mais que n'eût-il pas fait pour acquérir de quoi battre un jour quelque Samson ?

— Écoute, reprit Hermogène, tout serait plus simple si tu acceptais d'échanger ta canne contre ma magie.

— Non, non, persista Basophon. Vous me devez un secret, et moi je garde mon bâton.

— Qu'en feras-tu ? A ton âge, a-t-on besoin de s'encombrer les mains ? C'est bon pour un vieillard et, tu le vois, je ne suis plus de première jeunesse.

— Oh, vous êtes encore bien conservé ! remarqua le jeune homme non sans malice, car il comprenait que le disciple d'Hermès essayait tous les arguments pour lui soutirer sa canne.

Puis il ajouta :

— Mais, dites-moi, de quelle nature serait votre secret ?

Hermogène se rengorgea :

— J'en ai de si nombreux que je ne pourrais les énumérer tous. Ce sera à toi de choisir parmi les pouvoirs de septième catégorie.

— Pourquoi de septième ?

— Parce que c'est la classe la plus basse. T'imagines-tu que je pourrais te confier une magie de première grandeur ?

— Expliquez-moi cela. Mes patriarches ne m'en ont rien dit.

— Eh bien, fit doctement Hermogène, les magies de première grandeur ont trait à la résurrection des morts, à l'animation des statues, à la création d'homoncules et aux transformations de l'évolution céleste. En revanche, les magies de septième grandeur s'occupent de la pousse des cheveux, du domptage des animaux et des philtres contre le rhume des foins, la fièvre aphteuse et la constipation.

— Et ce sont ces secrets ridicules que vous voulez me confier, moi qui vous ai sauvé la vie ?

— Doucement, je te prie. Ne t'emporte pas. Les échelons de la magie suivent les échelons de l'initiation. Or, pour l'heure, tu n'en es qu'au commencement. Tes patriarches ne t'ont rien appris. Donne-moi la canne et, par des voies rapides, je te ferai gravir tous les degrés. Ainsi pourras-tu acquérir les pouvoirs que tu mérites.

— Rien ne me prouve que vous possédez ces pouvoirs, dit Basophon.

— Eh bien, regarde ! s'écria Hermogène que la résistance du jeune homme commençait à agacer.

Ils sortirent de la chambre et, lorsqu'ils furent dans la cour de l'auberge :

— Vois-tu cet arbrisseau ? Un geste !

Et l'arbrisseau prit feu soudainement.

— Vois-tu cette poule qui dort sur ce perchoir ?

Et le volatile tomba raide sur le sol.

— Pas mal, fit Basophon, mais ce n'est là que prestidigitation sans importance. Au ciel, le Saint-Esprit se change en colombe. Pourriez-vous en faire autant ?

— Oh, quelle idée ! s'exclama Hermogène. Comme je te l'ai déjà dit, avant d'être homme, je fus une assez belle collection d'animaux. Pourquoi régresserais-je en me faisant pigeon ou corbeau ?

— Bref, conclut Basophon, vous n'avez pas grand-chose à m'offrir.

Cette fois, Hermogène se fâcha.

— Petit impudent, oser parler sur ce ton au plus célèbre disciple du Trois fois grand ! Allez, cède-moi ta canne et je te confie un secret du sixième échelon.

— Lequel ?

— Tu le sauras assez tôt ! La canne, s'il te plaît.

— Le secret d'abord.

Hermogène comprit qu'il n'obtiendrait jamais par un échange ce qu'il convoitait. Il haussa les épaules et s'éloigna, laissant Basophon seul dans la cour. « Ce philosophe mérite une leçon », pensa le jeune homme. Mais il se promit d'attendre d'être arrivé à destination avant de tenter quoi que ce fût. N'était-ce pas l'Alexandrin qui tenait la bourse du voyage ? »

CHAPITRE X

Où la lecture de la Vita *entraîne le lecteur à travers la Méditer-ranée et lui fait rencontrer des Romains.*

« Le lendemain, dès la première heure, Hermogène et Baso-phon se mirent en route pour le port de Paphos. Abraxas dormait encore, rivé à sa couche sous l'effet du vin. Lorsqu'il s'éveilla, il était midi. Il courut aussitôt aux cellules où les voyageurs s'étaient reposés et, comprenant qu'ils étaient par-tis, s'élança dans les airs afin d'arriver le premier sur le quai. On sait en effet que les démons possèdent des ailes très membraneuses et très puissantes qui leur permettent de cou-vrir d'énormes distances en un rien de temps.

Et donc, lorsqu'Hermogène et Basophon arrivèrent four-bus au port de Paphos, Abraxas y avait déjà semé un grand trouble afin que le bateau en partance pour Rhodes et Éphèse fût retardé. Voici comment il s'y prit. Ayant constaté que plusieurs marins de ce navire se divertissaient au cabaret, il mêla un poison à leur vin, entraînant ainsi des vomissements et autres malaises disgracieux parmi l'équi-page. Après quoi, il fit courir le bruit que la peste était à bord. Une heure plus tard, l'accès en était interdit.

— Eh bien, fit Hermogène, il ne nous reste qu'à gagner Salamine. Je vais louer deux ânes qui nous conduiront jusque-là.

— Holà ! s'écria Basophon. Allons-nous courir toutes les routes de Chypre ?

— Préfères-tu rester ici et périr de la peste ?

Ils quittèrent Paphos le soir même, profitant d'une caravane qui, longeant le littoral et en deux étapes, ralliait chaque semaine la côte orientale. Mais, cette fois, il y avait foule. La population était terrorisée par le simulacre d'épidémie et fuyait la ville. Ce fut un tumultueux tohu-bohu qui accompagna nos deux voyageurs.

Dans ce flot, monté sur un baudet de belle taille, se tenait souverainement un géant au crâne chauve et à la barbe en collier qui, trottinant à la hauteur de Basophon, commença à l'entreprendre.

— Gloire au soleil invaincu !

Hermogène se tenait à quelque distance, discourant de son côté avec un militaire romain juché sur une haridelle apathique et quasiment mourante.

— Certes, répondit le fils de Sabinelle. Chaque matin, le soleil se lève à l'Orient.

— Seriez-vous des nôtres ? demanda le géant.

— Je suis disciple de Jésus de Nazareth.

— Est-ce un initié du seigneur Mithra ?

— Je ne crois pas. Il est Dieu lui-même.

— Quelle sorte de dieu ?

— Oh, fit Basophon, vous n'y êtes pas du tout. Il n'y a qu'un seul Dieu, bien qu'il soit en trois personnes.

— Non, non ! s'écria le géant. Lorsqu'Ahura se sépara de Mazda, il donna le jour à Mithra, mais ils ne sont pas trois. Mithra a remplacé les deux autres.

« Quel fatras ! » pensa le jeune homme. Il ignorait tout, en effet, des religions qui se combattaient à cette époque où la seule et sainte vérité n'avait pu encore percer le voile des ténèbres. Et comme l'adepte de Mithra s'évertuait à lui expliquer les aventures de son dieu, il trouva plus expédient d'appeler Hermogène à la rescousse.

— Voilà quelqu'un qui aurait tout intérêt à discuter avec vous, lui dit-il malicieusement.

Le géant recommença d'évoquer le soleil invaincu et ajouta que le sang du taureau primordial avait réchauffé l'astre du jour comme nous le connaissons, mais que si, par malheur, on cessait de lui offrir des sacrifices, il se refroidirait, entraînant la mort de la Terre.

— La preuve en est, ajouta-t-il, que le soleil décline jusqu'à une porte et que, grâce au sang des sacrifices, il se ranime et court victorieux vers l'autre porte de l'année.

— Vous évoquez les solstices, dit Hermogène. Mais laissez-moi vous apprendre que les taureaux n'ont aucun mérite en cette affaire.

— Et qui donc, selon vous ? demanda le géant fort vexé.

— L'âme du monde. C'est elle qui règle l'univers. N'est-il pas une subtile machine animée par cet être éternel, principe de l'harmonie ?

— De quoi parlez-vous ? Deux forces contraires se combattent et c'est ce combat qui fait se mouvoir le monde.

Le bruit de la discussion avait attiré le militaire romain qui, ayant réussi à pousser sa monture efflanquée, l'avait menée à la hauteur des protagonistes.

— Hé, lança-t-il de sa voix tonitruante, allez-vous cesser de jacasser ? Qui est revenu de la tombe ? Qui a pu raconter ce qui s'y passe ? Personne. Ainsi, toutes les religions ne sont que des inventions de prêtres et de philosophes qui, par ce moyen, tiennent le peuple dans la superstition tandis qu'ils règnent.

Du coup, Hermogène et le géant se retrouvèrent pour s'opposer au militaire.

— Et la révélation ? Les théophanies ? Les songes ?

Le militaire rit si fort que son cheval fit un écart et faillit s'affaler sur le bord du chemin.

« Voilà donc l'état des esprits, pensa Basophon. Bah, il va falloir y mettre un peu d'ordre. N'ai-je pas eu la chance de monter tout vivant au Ciel et de voir de mes propres yeux ces choses que les autres doivent croire sans les avoir jamais rencontrées ? Il me faut témoigner, et si l'on ne me croit pas, gare au bâton ! »

Et il commença à discourir, coupant la parole aux trois autres qui en demeurèrent cois.

— Moi, Basophon, fils du gouverneur Marcion, j'ai eu l'honneur d'aller dans les sphères célestes et d'y constater que vos religions et vos philosophies ne sont que des coquilles vides. J'ai vu l'Esprit saint et la mère de Dieu. J'aurais pu rencontrer le Messie, mais il était occupé. Quant au Père, il n'y a que les archanges qui peuvent L'approcher, et encore est-ce en Lui tournant le dos afin de ne pas être aveuglés, et en s'éventant avec leurs larges ailes afin de ne pas être brûlés par la chaleur intense qui se dégage du Brasier divin.

Hermogène fut le premier à se ressaisir.

— Quelle fable nous racontes-tu là ? As-tu toute ta tête ?

Le Romain s'interposa et, d'une voix terrible :

— C'est un juif ! s'écria-t-il. Pis encore : c'est un fanatique de la secte du dénommé Christus ! J'en ai rencontré à Athènes. Ils se vantent d'être les seuls à connaître la voie du salut. Ils complotent contre l'empereur. On m'a même dit qu'ils brisent les statues des dieux et se moquent de nos plus anciennes traditions.

Le géant fit une grimace qui voulait exprimer le plus profond dégoût, puis il lança :

— Nul ne peut se mesurer au Soleil invaincu. Les juifs et toutes leurs croyances n'ont aucun avenir face au seigneur Mithra.

— Hé, fit Basophon, moi qui suis allé dans le ciel, je peux vous affirmer que votre Mithra n'y habitait pas. S'il est un soleil invaincu, c'est le Messie ressuscité d'entre les morts. Ni Orphée, ni Osiris, ni Hermès, ni Mithra qui ne sont qu'élucubrations de poètes et de philosophes exténués !

Ce fut un beau vacarme. En un instant, la caravane se disloqua. Les ânes et les chevaux se mirent à galoper en tous sens tandis que leurs cavaliers hurlaient pour les retenir. Hermogène souffla au fils de Sabinelle :

— Sauvons-nous avant que l'on ne te fasse un mauvais sort. Tu vois bien que les disciples de ce Christos ne sont pas aimés. Change de religion, cela vaudra mieux pour toi !

— Ce que j'ai vu, je l'ai vu. S'ils osent, qu'ils viennent se battre contre moi !

Le tumulte s'était apaisé. Le soldat romain et le géant mythriaque attachèrent leur monture et s'approchèrent à pied de Basophon, toujours monté sur son âne. Ils étaient furieux.

— En tant que citoyen romain et, qui plus est, en tant que militaire de la glorieuse armée du divin empereur Trajan, je ne peux accepter qu'un malotru se permette d'insulter publiquement les religions reconnues par le Sénat. C'est un blasphème et qui, comme tel, doit être puni.

Et, sur ces fortes paroles, il dégaina le glaive qui pendait à son côté, tandis que Basophon mettait pied à terre.

— Ah, tu fais moins le fier ! railla le géant. On va voir si ton esclave crucifié pourra te sauver de la puissance romaine, garante de notre bon droit.

— Écoute, fit Hermogène, présente tes excuses à ces nobles personnes et je suis assuré que leur bienveillance...

— Jamais ! s'écria Basophon. Ces gens ne savent pas qui je suis. Qu'ils approchent, s'ils veulent tâter de mon bâton !

Le soldat romain ricana et, d'un bond, se rapprocha du jeune homme afin de lui porter un coup. Mais Basophon s'était prestement écarté, si bien que le militaire, déséquilibré, tomba de tout son long sur le chemin. Sa fureur n'en fut que plus grande. Se relevant, il poussa un grognement si horrible que les spectateurs ne doutèrent pas que sa vengeance serait sans merci. Toutefois, la canne de Joseph se mit à l'œuvre de manière si surprenante que nul ne comprit comment le fils de Sabinelle s'y prenait pour l'agiter avec autant de pugnacité. Au vrai, Basophon l'ignorait lui-même. Ce n'était pas lui qui guidait le bâton, mais le bâton qui le dirigeait au risque d'échapper à ses mains, tant il y mettait de bon cœur.

Rompu par les coups précipités qui lui tombaient à verse, le Romain eut beau tenter de résister à ce déluge, il s'écroula bientôt, retrouvant la poussière de la route sans être cette fois capable de se relever. Les assistants, sidérés par une si rapide et décisive démonstration, demeurèrent muets durant un instant, après quoi ils se détournèrent prudemment de la scène et, reprenant les rênes de leurs montures, poursuivirent leur chemin. Ils craignaient en effet la colère des Romains dont le camp militaire élevait ses tentes et ses trophées à la lisière de Salamine.

— Hé, fit Hermogène, voilà un travail bien fait qui risque de tourner bien mal. Lorsque le soudard va se réveiller, il courra vers sa garnison et ameutera toute la troupe. Viens, continuons notre route au plus vite. Peut-être arriverons-nous au port avant que l'alerte ne soit donnée.

Basophon avait enfin compris qu'il tenait sa victoire de la canne et non de son propre talent. Il ignorait que le Saint-Esprit avait déposé en elle le pouvoir de lutter pour la bonne cause et de se retourner contre la mauvaise. Aussi remercia-t-il intérieurement le charpentier Joseph de lui avoir fait don d'une arme si utile. Il pensa qu'avec elle, il ne craindrait désormais plus aucun ennemi et en fut si fier qu'il commença de se vanter.

— Toute la garnison peut venir me combattre. J'en viendrai à bout avec autant de facilité que s'il s'agissait d'un seul homme.

— N'exagérons rien, fit Hermogène.

Puis, montant sur son âne, il rejoignit la caravane, suivi par Basophon dont l'orgueil était d'autant plus grand que le soldat romain était toujours étendu en travers du chemin.

Quant à son cheval, il avait disparu. Le géant, disciple de Mithra, avait en effet profité de la diversion pour s'en emparer et, à petite allure, gagner la ville. »

« Le démon Abraxas avait assisté à la rixe et s'était précipité dans le camp romain afin d'avertir qu'un disciple du Nazaréen avait sournoisement attaqué un militaire de leur corps. Le centurion désigna aussitôt une brigade pour qu'elle se rendît à la rencontre de la caravane et se saisisse de l'agitateur.

Durant ce temps, Hermogène et Basophon allaient leur train en direction du port de Salamine. Les autres voyageurs les évitaient, si bien qu'ils se retrouvèrent en tête du convoi. Le disciple d'Hermès était d'autant plus désireux d'acquérir la canne qu'il venait d'en voir un nouveau prodige. Aussi tenta-t-il à nouveau de fléchir l'intransigeance de son compagnon.

— Mon cher, lui dit-il, d'où tiens-tu cette canne ?

— De saint Joseph qui est dans le ciel. Faut-il encore le répéter ? Mais je vois bien que vous me prenez pour un menteur.

— Certes non ! protesta Hermogène. Toutefois, ce que l'on a donné une fois, on peut le donner plusieurs. Vends-moi cette canne et lorsque tu retourneras dans ton Ciel, Joseph la remplacera aisément par une autre. Ainsi nous serons tous deux satisfaits.

— Tout l'or de la terre ne me ferait pas vendre ma canne. D'ailleurs, vous n'êtes pas charpentier, que je sache !

— Et toi, l'es-tu ? Qu'as-tu donc bâti ? Où est la maison que tu as élevée ?

— Je le suis, s'écria fermement Basophon. Le tenon et la mortaise n'ont aucun secret pour moi.

— Quel charabia est-ce là ? demanda Hermogène, fort

vexé. Mes maîtres sont les descendants des architectes qui dressèrent les pyramides. Ton Joseph en a-t-il fait autant ?

Comme ils parlaient ainsi, la petite troupe romaine déboula au détour du sentier. Apercevant les deux voyageurs montés sur leur âne, ils s'arrêtèrent. Puis le chef de la brigade fit avancer son cheval à leur hauteur.

— Toi, le jeune homme, ne serais-tu pas le disciple du révolté Christus ? N'est-ce pas toi qui t'es permis d'attaquer l'un des nôtres ?

— Non, non, fit Hermogène. Je suis le disciple du divin Hermès.

— Ce n'est pas à toi que je parle ! grogna le chef de brigade.

Basophon descendit de son baudet et s'approcha. Puis il clama :

— Je suis le disciple du Messie, Jésus le Nazaréen, et c'est bien moi qui ai corrigé un Romain assez prétentieux pour m'accuser de blasphème alors que j'avançais la plus simple des vérités.

— Et quelle est cette vérité ? demanda le chef en secouant la tête avec un courroux tel que son casque faillit choir.

— Qu'il n'existe qu'un seul Dieu dont le Christ est le fils incarné sur terre.

— Un seul dieu ? fit le militaire. Et les autres, que sont-ils donc ?

— Des potiches !

Les Romains estimèrent qu'ils en avaient assez entendu. C'était donc là un de ces forcenés dont on leur avait parlé. Mais, comme ils allaient brandir leurs glaives, Basophon leur dit :

— Emmenez-moi auprès de vos chefs. Je leur parlerai.

— Petit insensé ! gronda le capitaine de la troupe. Quelle impudence ! Nos chefs n'ont rien à entendre d'une voix si minuscule.

— Alors, tant pis. Je ne leur révélerai pas le secret.

— Quel secret ?

— Eux seuls peuvent l'entendre, et si vous m'empêchez d'aller jusqu'à eux, vous risquez fort de vous en mordre les doigts.

L'assurance du jeune homme désarçonna l'officier.

— Fort bien, dit-il.

Et il donna des ordres pour que l'on prît en croupe Basophon. Quant à Hermogène on l'abandonna sur place. Basophon lui cria :

— A bientôt, sur le port !

Mais le disciple d'Hermès pensait qu'il ne les reverrait jamais plus, lui et son bâton, ce qu'il regretta amèrement. Qu'aurait-il pu faire contre les soldats ? Sa magie n'était pas comparable à celle de la canne. Il pestait d'être aussi impuissant alors que, sous son nez, un pareil trésor s'échappait.

Basophon, lui, était ravi. Il en avait assez de ce voyage à dos d'âne. Installé en croupe sur le cheval romain, la fin du parcours lui parut plus agréable. Serrant contre lui le don de Joseph, il ne doutait pas de pouvoir, grâce à lui, franchir tous les obstacles. Aussi, lorsque la petite troupe arriva au camp, dans la banlieue de Salamine, le jeune homme se trouva-t-il frais et dispos pour affronter le centurion Brutus.

Ce Brutus avait été militaire dans la colonie romaine de Judée et, par conséquent, connaissait les mœurs juives. Il avait assisté à différents soulèvements provoqués par les zélotes et avait été obligé de sévir contre eux. Mais, s'il demeurait attaché aux vertus de ses ancêtres, il n'en était pas moins tolérant.

— Alors, commença-t-il lorsque Basophon lui fut amené, on me dit que tu es querelleur. Est-ce la leçon de ton maître ? Et quel est donc ce secret dont tu veux me gratifier ?

— D'abord, fit le jeune homme d'un ton ferme, sachez

que je suis né en Thessalie mais que, par mon père, je suis né citoyen romain.

— Qui était ton père ?

— Le gouverneur Marcion.

— Hé, s'écria le centurion Brutus, n'est-ce pas lui qui périt par la faute de sa femme qui était chrétienne ?

— Mon père haïssait les fidèles du Messie. Il a fait torturer ma mère jusqu'à la mort. Le Ciel l'en a puni par la foudre. Voilà la vérité.

Le centurion demeura pensif. Il avait entendu parler de cette malheureuse affaire. Ainsi la secte des messianistes divisait-elle les familles au point d'engendrer de semblables tragédies. Il en frémit.

— Ce Messie dont tu parles était-il si violent que ses disciples sèment partout la discorde ? L'existence est-elle si longue qu'il faudrait la traverser dans l'incompréhension, l'hostilité ? Rome apporte la richesse et l'ordre dans ses colonies. Pourquoi ton Messie a-t-il voulu lutter contre l'empereur en se prétendant roi contre Hérode ? Pourquoi a-t-il tenté d'ameuter le peuple juif ? Et toi, jeune citoyen romain, pourquoi suis-tu ce sinistre exemple alors que tu en as expérimenté le triste salaire dans ta propre famille ?

— Écoutez, dit Basophon, j'ai été emmené au Ciel alors que j'étais encore enfant. Ce que j'y ai vu ne peut être discuté. Et voilà le secret que je tenais à vous révéler : il n'existe qu'un seul Dieu, celui d'Abraham et de Jacob. Son Fils divin s'est incarné sur terre. C'est lui le Messie dont je parle. Il se nomme Jésus le Nazaréen.

— Je connais cette histoire. Mais tous les juifs ne reconnaissent pas ce Jésus. Beaucoup pensent que leur dieu ne peut se changer en homme et que, de toute manière, il n'a pas de fils.

— Les juifs ont la tête dure ! fit Basophon.

— Ton Jésus était juif.

— Mais il a voulu que toutes les nations croient en la

Bonne Nouvelle qu'il a apportée. Si les juifs refusent de le suivre, tant pis. Je connais les patriarches. Ils voulaient m'enseigner leur sagesse. Suis-je un philosophe ? Les leçons de Samson m'ont paru plus efficaces.

— Cessons là, dit Brutus. Toutes les philosophies détiennent une part de vérité. L'empereur a demandé aux gouverneurs de surveiller les fidèles de ta secte afin qu'ils ne créent pas de troubles que nous devrions réprimer. Tu as frappé l'un de nos militaires. Je crois être juste en pensant qu'il ne sut pas se défendre. Mais enfin, il me faut être certain que tu n'as pas agi en révolte contre Rome.

— Il m'avait insulté.

— Pour me montrer ta bonne foi, il te suffira de rendre hommage à l'empereur en brûlant de l'encens devant son effigie. Et tu pourras continuer ton chemin.

— Où est l'effigie ? demanda Basophon.

— Dans le temple de fortune que nous avons dressé à l'intérieur du camp. Mais es-tu si pressé ?

— Je mangerais bien d'abord un morceau, reconnut le jeune homme.

Le centurion, amusé, le fit mener auprès du cuisinier qui lui donna de quoi se rassasier, ce dont il avait le plus grand besoin. Et, tandis qu'il mangeait, Brutus continua de l'interroger.

— J'ai beaucoup réfléchi aux adeptes de Christus. Comment se fait-il que, n'étant pas juifs eux-mêmes, ils s'intéressent aux traditions de cette vieille peuplade nomade toute emplie de préjugés ?

— A vrai dire, je n'en sais rien, répondit Basophon. Le Messie a annoncé que seuls ses disciples seront sauvés lorsque la fin des temps sera venue. Il faut avoir été purifié par l'eau pour ne pas périr par le feu. C'est ce que nous appelons le baptême, parce que nous sommes plongés dans l'eau vive et qu'ainsi nous en avons par-dessus la tête.

— Les juifs ne le font pas. Ils se font circoncire. Es-tu circoncis ?

— Bien sûr que non ! Encore une fois, je ne suis pas juif, mais fidèle du Messie.

Le centurion servit lui-même à boire. Il avait le plus grand mal à comprendre ce qu'était la religion des chrétiens.

— Ce Messie qui devait sauver Israël, n'est-il pas mort dans des conditions abominables ? Il fut crucifié, n'est-ce pas ?

— Il a été mis au tombeau mais est ensuite ressuscité d'entre les morts.

— Crois-tu que cela soit possible ?

— Bah, je n'en sais trop rien. Le fait est qu'au Ciel il va et vient comme vous et moi sur la Terre. Mais, pardonnez-moi, il faut que je m'en aille. J'ai promis à mon compagnon de voyage de le retrouver sur le port.

— Il te faut d'abord encenser l'effigie, souviens-toi.

— Le faut-il vraiment ?

— Vraiment. Ensuite, tu pourras repartir. Je ne vois rien de néfaste dans tes élucubrations.

— Élucubrations, dites-vous ? C'est la plus sainte vérité.

— Il n'y a pas de vérité.

Ainsi devisant, ils pénétrèrent dans le petit temple qui avait été dressé au centre du camp. Au fond se tenait un autel éclairé par des torches. Sur l'autel avait été placée une peinture représentant l'empereur.

— Ainsi, fit Basophon, voici donc l'image de César. Mais est-ce bien lui ?

— Qui veux-tu que ce soit ? Il est couronné de lauriers d'or.

— Certes, c'est un empereur, mais est-ce Trajan ? Il ne lui ressemble pas.

— Tu sais bien que l'effigie représente la fonction, et non pas l'homme.

Basophon secoua la tête.

— Et pourquoi encenserais-je une fonction ?

— Disons que c'est un principe. Il te faut sacrifier devant le principe qui fait que Trajan est empereur.

— Trop compliqué pour moi.

Le centurion Brutus comprit que le jeune homme ne rendrait jamais le culte prescrit à l'empereur. Il haussa la voix :

— N'ai-je pas été fraternel avec toi ? N'ai-je pas essayé de te comprendre ?

— Ceci est une idole.

— Mais non ! C'est une effigie. Te demande-t-on de l'adorer ? Il te suffit de lui montrer du respect.

— Comment une image peinte pourrait-elle s'apercevoir que je lui montre du respect ?

Brutus appela la garde, qui surgit aussitôt. C'était quatre forts gaillards. Deux tenaient le glaive et deux la lance.

— Je le regrette, dit le centurion, mais je dois te faire arrêter pour insoumission.

A ces mots, Basophon recule vers l'autel. Les soldats avancent vers lui l'arme haute. Il recule encore et commence à agiter sa canne qui heurte une torche dont la chute entraîne celle de l'effigie.

— Blasphème ! s'écrient les soldats.

— N'exagérons rien, leur rétorque tranquillement le fils de Sabinelle. Ce n'est jamais qu'un morceau de bois sur lequel on a badigeonné de la peinture.

A ces mots, les Romains se précipitent. Et, comme on s'en doute, la canne les accueille de la plus terrible façon. Les quatre hommes sont bousculés, bastonnés, jetés à terre, tandis qu'effaré, le centurion Brutus se tient éloigné du combat.

— Eh bien, voilà une manière de se battre que je ne connaissais pas. La promptitude avec laquelle tu manies ton arme est proprement stupéfiante. Ma garde personnelle est pourtant l'une des plus valeureuses, l'une des mieux exercées. Elle gît, ridiculisée, sur le sol. Où as-tu appris un pareil tour ?

— Ce n'est pas un tour, dit Basophon. J'ai bien retenu les leçons de Samson, c'est tout.

— Non, non. Il y a de la magie dans ton adresse. J'ai vu le bâton voler. Mais, vois-tu, que tu sois disciple de Christus ou de tout autre prophète m'importe bien moins que cette démonstration. Relève l'effigie et viens avec moi. Je te présenterai au général.

— Si l'effigie est divine, elle se relèvera bien toute seule. Quant à votre général, qu'en ferais-je ?

Le centurion Brutus sortit du temple, laissant les quatre gardes étendus au beau milieu. Basophon lui emboîta le pas. Décidément, le garçon plaisait bien à l'officier. Au surplus, il pensa que le général, chef du camp et de toute la région, lui saurait gré de lui présenter un guerrier si efficace malgré son jeune âge.

En fait, ce général avait été en poste durant longtemps à Athènes, si bien qu'apprenant l'identité de Basophon, il s'écria :

— Le gouverneur Marcion ? Je l'ai bien connu et j'ai suivi avec tristesse les malheurs qui s'abattirent sur lui. Son épouse avait été séduite par une secte qui, finalement, lui enleva son enfant. Et tu serais cet enfant ?

— Pardonnez-moi, fit le jeune homme, mais ce n'était pas une secte. C'était la plus pure religion. Quant à moi, je fus enlevé au Ciel par les anges, qui ne me firent aucun mal.

Le centurion s'interposa vivement.

— Général, le fils du gouverneur est aussi un remarquable combattant. Il a appris l'exercice du bâton auprès d'un grand maître en cet art. Nos meilleurs soldats ont tenté de lutter contre lui. Aucun n'a résisté.

— Voilà qui est passionnant. J'adore les combats. Centurion, inscrivez ce garçon pour le concours de demain. Je présiderai l'assemblée. Allez.

Lorsqu'ils furent sortis de la tente du général, Basophon s'écria :

— Mais je n'ai aucune envie de me donner en spectacle ! Je dois retrouver mon compagnon Hermogène et poursuivre mon voyage.

— Écoute, je ferme les yeux sur ton blasphème si tu acceptes de participer à ce concours. Sinon, ma conscience m'obligera à te dénoncer. N'as-tu pas jeté à terre l'effigie de l'empereur ?

A ce moment, les quatre gardes que Basophon avait frappés arrivèrent en boitillant. Leurs visages tuméfiés révélaient la vigueur des coups qu'ils avaient essuyés. Ils se plaignirent auprès de Brutus.

— Il a employé des moyens magiques pour nous battre. Son bâton volait dans les airs sans qu'il le tînt entre les mains. Nous allons nous plaindre au général.

— Hé là, s'écria le centurion, n'avez-vous pas honte ? Vous cherchez des raisons fallacieuses pour tenter de vous disculper. Sachez que le général a décidé que, durant le concours qui se tiendra demain, ce garçon luttera contre nos meilleurs champions. Qu'avez-vous à dire ?

Les gardes s'éloignèrent, mais leur haine ne faisait que se renforcer. Aussi décidèrent-ils de dresser un piège à Basophon. Et, puisque sa magie tenait dans la canne, ils allaient exiger que les combats se déroulassent au glaive, au filet et au trident, à l'exclusion de toute autre arme.

Quant à Basophon, au fond de lui, il n'était pas peu fier de montrer ses qualités devant un cénacle romain. Aussi décidat-il de demeurer dans le camp jusqu'à l'issue de concours, qu'il comptait bien gagner sans effort. Le centurion l'hébergea sous sa propre tente, ce qui lui parut fort naturel — alors que, de mémoire de soldat, jamais Brutus n'avait consenti pareille invitation. Était-ce que la grâce divine travaillait en secret son cœur ? Fort tard dans la nuit, il questionna son hôte sur l'organisation du Ciel. Basophon ne lui cacha rien de ce qu'il y avait vu et entendu. Lorsqu'ils se séparèrent, le centurion demeura longtemps perplexe, se demandant quelle part de vérité se cachait dans les affabulations du jeune homme. »

CHAPITRE XI

Où les anciens dieux tentent de circonscrire Basophon tandis qu'il se bat contre les Romains.

— Vous nous aviez caché un si grand talent ! s'écria Salvat lorsque le nonce Caracolli eut achevé de traduire les trois chapitres de la *Vita* dont le lecteur vient de prendre connaissance.

— Je vous félicite, renchérit Moréchet, le jésuite. Vous vous jouez des difficultés du texte avec la maîtrise d'un cavalier de Vienne.

— Il n'empêche, fit le chanoine Tortelli, que cette histoire est une réelle abomination. Que n'a-t-elle été brûlée !

— Ce qui me navre, dit piteusement le glorieux traducteur, c'est que nous n'avons pas été interrompus par l'annonce du retour parmi nous du professeur Standup. Où peut-il bien être ? A votre avis, le cardinal a-t-il prévenu la police ?

— Nous le saurons assez tôt, grogna Salvat, mais, puisque nous venons d'achever ces trois chapitres, je serais fort intéressé d'entendre vos commentaires à leur égard.

— Eh bien, répondit le nonce, laissez-moi penser que ce ne peut être un texte aussi ancien que je le croyais dès l'abord. C'est d'ailleurs ce qui permet de le traduire aussi aisément. Il y a là des idiotismes vénitiens, par exemple, qui sentent leur XVIᵉ siècle à plein nez.

— Excellent ! applaudit Salvat. J'en étais arrivé aux mêmes conclusions que vous. Nous sommes en présence d'un faux que quelqu'un a glissé dans le dossier de la *Scala Coeli*, soit au moment du regroupement de la salle Léon-XIII, soit plus récemment. Je veux dire... Vous me comprenez, n'est-ce pas ?

Mgr Caracolli devint blême, puis rouge, et, pour finir, de la couleur parme de sa soutane.

— Vous soupçonneriez quelqu'un d'avoir substitué ce manuscrit au texte *Leg. Bas. 666*, et cela au moment où vous l'avez découvert ?

— Je ne suis pas allé chercher le dossier, rectifia Salvat. C'est vous, Monseigneur, qui vous y êtes rendu. Mais rassurez-vous : je ne vous accuse nullement d'avoir opéré cette substitution. En fait, je suis persuadé que quelqu'un avait découvert le secret de ce dossier avant moi. Il s'est bien gardé d'en parler et, de ce fait, a eu tout le temps de procéder à l'échange.

— Mon Dieu ! gémit simplement le nonce en exhibant son mouchoir.

— Mais, objecta le chanoine Tortelli, je ne comprends pas... A quoi bon ?

Le professeur Salvat sortit de la poche de son gilet rayé un de ses trop fameux cigares, ce qui ne provoqua aucune panique dans l'assistance. Les esprits vaquaient ailleurs.

— Raisonnons un peu. Depuis une quinzaine d'années, une commission a été constituée afin de découvrir la *Vie de Sylvestre*. On se doutait en effet qu'il s'agissait d'un texte dangereux dont l'intérêt n'en était que plus fort. Mais qu'entendait-on par « dangereux » à une époque où l'on marquait du sceau « 666 » de tels ouvrages avant de les brûler ? Il ne s'agissait pas seulement d'une œuvre considérée comme hérétique, mais, plus encore, comme un produit si pernicieux qu'il ne pouvait être qu'enfanté par le diable. Et encore fallait-il que le document fût plus abominable que les traités de magie, sorcellerie et envoûtement qui, comme vous savez, sont venus jusqu'à nous. Alors, de quoi était-il question ? Que se cachait-il de si effroyable dans ces manuscrits ? Tel était l'objet de la recherche, et l'on comptait sur la *Vita* pour dissiper ce mystère puisque, de toute évidence, il s'agissait du seul témoin restant de cette littérature exécrée.

— Oui, dit Caracolli en recouvrant ses couleurs naturelles, cette *Vie de Sylvestre* était un trou béant dans nos connaissances médiévales. Et voici que ce manuscrit ne nous renseigne en rien, puisqu'il s'agit d'un faux ! *Un maledetto falso !*

— Continuons de raisonner, proposa Salvat en mâchouillant le bout de son cigare sans l'avoir allumé. Pour quelle raison aurait-on échangé la *Vita* contre ce texte apocryphe du XVIᵉ siècle vénitien ? S'il s'était seulement agi de subtiliser un document abominable, nous n'aurions rien retrouvé dans le dossier de la *Scala Coeli*, sinon la *Scala* elle-même. Non, on a voulu que nous découvrions cette histoire de Basophon. Sans cette volonté, pourquoi l'aurait-on placée là ? Et, naturellement, on a tenté de nous faire croire qu'il s'agissait de l'original de la *Vita*, lequel a disparu.

— Comme le professeur Standup, fit Moréchet.

— Comme le professeur Standup, répéta Salvat.

Le nonce se leva soudain. A nouveau son visage avait tourné au blême.

— Vous croyez qu'il existe un lien entre la substitution de la *Vita* et la disparition de notre ami ?

— On ne peut encore l'affirmer, répondit Salvat, mais avouez que tout cela est bien curieux. Cela me rappelle l'affaire Des Grieux.

Personne n'osa lui demander ce qu'avait été l'affaire Des

Grieux. Un long silence s'établit autour du manuscrit que Caracolli tenait encore ouvert devant lui. Puis on entendit la voix du chanoine Tortelli annonçant qu'il allait se rendre chez le cardinal Bonino afin de l'informer de l'état des supputations de « messieurs les experts », et d'apprendre auprès de lui si quelque trace du professeur Standup avait été découverte. On le laissa s'éloigner, plutôt satisfait de voir disparaître pour un temps ce suffisant raseur.

— Quelle abomination ! s'écria le nonce dès que le chanoine fut sorti. Et tous ces bruits qui courent en ville ! Cette horrible rumeur que *La Stampa* a propagée et que tous les journaux viennent de reprendre !

— Il y a dans toute cette histoire quelque chose de concerté. Mais pourquoi ? demanda le jésuite. Et par qui ? Adrien, il va te falloir secouer tes cellules grises.

Cette allusion à un célèbre détective belge ne plut guère à Salvat. Il avait rencontré le petit homme chauve aux moustaches lustrées et l'avait trouvé d'une insupportable fatuité. C'était lors du crime de Stradford-on-Avon. Sans l'aide du professeur, le malheureux Poirot n'eût pas été capable de découvrir que le comédien assassiné l'avait été par son domestique indien et non par la ravissante Miss Cloud-Buster que le Belge s'obstinait à accuser, par misogynie sans doute.

— Il nous faut donc trouver le lien entre la substitution de la véritable *Vita* par cet apocryphe, la disparition — momentanée, je l'espère — de Standup, et la rumeur que quelqu'un a lancée à travers *La Stampa*. Donc, premièrement, interroger le bibliothécaire en chef de la Vaticane ; deuxièmement, nous rendre à l'hôtel de Standup et, malgré ma répugnance, fouiller dans ses affaires ; troisièmement, assiéger *La Stampa* jusqu'à ce qu'elle nous révèle l'identité de la personne qui leur a appris la découverte de la *Vita*.

Le nonce, de plus en plus anéanti, leva des yeux suppliants vers Salvat.

— Vous seul, professeur, pouvez agir de la sorte. Je ne puis que vous assister de mes prières.

— Certes ! Je vous demanderai seulement de me présenter à ce bibliothécaire que, jusqu'ici, je n'ai fait qu'apercevoir lorsque, après chaque séance de traduction, nous lui remettons le manuscrit pour qu'il le range dans le coffre.

— Le père Grunenwald est un dominicain d'origine allemande. Une sommité. Il aurait pu nous aider dans nos travaux s'il n'était tellement absorbé par sa charge. Mais, je vous en supplie, tentez d'abord de retrouver le professeur Standup.

Ainsi Adrien Salvat fut-il une fois encore chargé d'élucider une bien curieuse énigme. Il demanda à Moréchet de l'accompagner à l'hôtel où résidait l'Anglais. C'était naturellement le Victoria, viale Giulio Cesare, non loin de la place Saint-Pierre par la via di Porta Angelica. La directrice, italienne, montra avec force mouvements de mains et de poitrine combien elle était inquiète de la disparition d'un « monsieur si comme il faut », etc. Toutefois, elle fut plus impressionnée par la soutane du jésuite que par la volumineuse prestance du professeur. Ce fut grâce à la première qu'ils purent pénétrer dans la chambre 12 qui, à leur stupéfaction, se révéla dans un état de bouleversement tout à fait incompatible avec la méticulosité de son occupant.

On avait fouillé les meubles, laissant les portes et les tiroirs ouverts. Le lit avait été renversé, le matelas lacéré. Le bureau n'était plus qu'un amoncellement de papiers en vrac ; beaucoup avaient été jetés sur le plancher. Livres et dossiers avaient été inspectés à la hâte ; si bien qu'il n'en restait plus un dans la bibliothèque. La penderie béait, les vêtements jonchaient le sol dans un désordre qui évoquait le spectacle de la rue Morgue, mais il n'y avait point là de cheminée ni de cadavre. On s'était contenté de tout vérifier sans prendre la moindre précaution pour les affaires personnelles du cher homme. La directrice de l'hôtel mima l'évanouissement comme il lui parut séant de le faire. Quant à Salvat, il remarqua :

— On cherchait l'original de la *Vita*, tout simplement.

— Tu penses que Standup l'avait subtilisé ? fit Moréchet, assez surpris.

— Je pense qu'il aurait pu le faire et que quelqu'un l'a cru. C'est pourquoi il s'est donné tout ce mal afin de le récupérer. Il se peut d'ailleurs que ce quelqu'un ait fait d'abord enlever l'Anglais afin de lui faire avouer sa supposée cachette et que, l'Anglais étant demeuré muet, on soit venu tout bouleverser. Or, dans cette hypothèse, Standup n'était pas homme à conserver un tel document chez lui. Il l'aurait placé dans un coffre à la banque. Je parle bien sûr au conditionnel, car rien ne nous permet d'affirmer qu'il ait eu seulement l'intention de voler la *Vita* authentique. En revanche, il n'est pas inconcevable qu'il ait découvert l'apocryphe et l'ait glissé dans le dossier de la *Scala Coeli* à la place du document primitif. C'est concevable, mais est-ce la vérité ? Je n'en sais diantre rien. Gardons cette supposition en réserve et allons à *La Stampa*.

Ils y allèrent et furent reçus par le rédacteur en chef, personnage affairé et disert, qui, après maintes simagrées, avoua qu'il ignorait totalement d'où lui venait l'information de la découverte de la *Vita*. Il fit appeler le chef de rubrique, un Sicilien au visage sombre en lame de couteau, qui expliqua sèchement que la déontologie lui interdisait de révéler ses sources. Mais, comme Salvat menaçait de le faire inculper de complicité de meurtre sur la personne du professeur Standup — ce qui était osé —, il fit mine d'hésiter encore et, d'une voix blanche :

— C'est la comtesse Kokochka, l'épouse de l'ambassadeur de Pologne auprès du Vatican.

Toute la nuit qui suivit, Salvat, après avoir dîné en hâte d'une pizza, se tourna et retourna pour tenter de mettre un peu d'ordre dans l'imbroglio. Mais, bientôt, sa pensée dériva et, dans un semi-éveil, se prit à descendre vers des zones plus cachées de sa mémoire. Car, s'il avait répondu à l'invitation de ces éminences, ce n'était pas seulement poussé par la curiosité d'un Fabre empressé à décortiquer les insectes. Rome avait pour lui un attrait douloureux. S'il s'était refusé jusqu'à présent d'y séjourner, ce ne pouvait être que par crainte d'y retrouver le fragile fantôme d'une jeune fille aimée, trop aimée, la séduisante et capricieuse Isiana — il avait vingt ans, elle en avait seize — qui, au fil ténébreux du Tibre, une nuit de folie, s'en était allée.

Était-ce pour fuir cette adolescente d'autrefois que Salvat avait couru le monde entier, tentant de dénouer des énigmes comme autant d'échos multiformes du mystère de cette fin ? Avant de glisser dans l'eau, ne lui avait-elle pas murmuré à l'oreille : « Ne crois jamais en ce que tu crois » (*Non creder mai a quel che credi*) ? Singulier et redoutable message qu'il avait gardé inscrit au fond de lui et qui, au-delà, bien au-delà de ses enquêtes, lui avait été un guide difficile mais précieux.

Le lendemain matin, sa tête était aussi lourde que s'il avait trop bu. Son corps lui parut plus épais qu'à l'ordinaire. Il le traîna à travers la ville sur laquelle rôdait un brouillard léger et tiède. Il arriva moite, quasiment fiévreux, à la salle Saint-Pie-VI où le nonce Caracolli commença par faire toutes sortes d'embarras au sujet de la piètre qualité de sa traduction, tandis que le père Moréchet le complimentait pour le brio de sa prestation. Lorsque leur petit duo s'acheva, la journée de travail débuta, à la vive satisfaction de Salvat dont l'esprit réclamait que l'on chassât ainsi ses souvenirs blafards de la nuit.

« Tandis que Basophon, alias Sylvestre, se reposait sous la

tente du centurion Brutus, un remue-ménage inaccoutumé vint à troubler l'Olympe. Zeus, qui sommeillait sur sa litière de nuages, en fut alerté. Depuis quelque temps, il sentait bien que quelque chose d'anormal se passait sur la Terre, mais ses messagers ne savaient pas lui expliquer de quoi il retournait. Aussi, cette nuit-là, lorsqu'il entendit la rumeur enfler aux abords du palais, appela-t-il le conseiller privé qui veillait à la porte de sa chambre et lui commanda-t-il d'aller s'enquérir de ce qui se passait.

Zeus n'eut pas longtemps à attendre. L'envoyé revint tout essoufflé, et dans un tel état d'excitation que l'on eût cru qu'il avait Cerbère à ses trousses.

— Majesté suprême, c'est Apollon. La guerre, Majesté, la guerre !

Zeus descendit pesamment de sa litière.

— Quoi, Apollon ? De quelle guerre parles-tu ?

— Un nouveau dieu, Majesté ! Apollon vient d'apprendre qu'un usurpateur a pris son visage et se prétend Soleil de l'univers, tout comme lui.

— Bah, c'est déjà arrivé. Ils se veulent tous semblables au Soleil. Ce n'est jamais qu'une étoile, après tout. Quant à la guerre...

— Apollon prétend que le Ciel des juifs a décidé d'entrer en concurrence avec nous.

— Ces gens-là ne sont que des marchands et des ratiocineurs.

— Apollon assure que l'un d'entre eux s'est déclaré dieu sans qu'aucun décret n'ait été signé et que c'est justement ce personnage qui lui a dérobé ses traits. De plus, ses disciples ne tolèrent aucun autre dieu que lui, hormis son père, un nommé El, que l'on nomme aussi Yéhové.

— Et moi, dans tout cela ? demanda le roi des dieux.

— Ces gens-là vous combattent, Majesté.

— C'est à coup sûr ennuyeux. Va chercher Apollon, je te prie.

A ce moment, Junon entra, les cheveux dénoués, en tenue de nuit, arrachée elle-même au sommeil.

— Ce que l'on dit est-il vrai ?

— Mais non, mais non, fit Zeus afin de calmer son inquiétude. De temps en temps, quelque fou se prend pour un dieu. D'autres insensés l'acclament. Et puis tout finit au cabanon.

— J'ai peur. Cette fois, nous courons un grand péril. Ne savez-vous pas que toutes ces religions d'Orient grignotent peu à peu notre empire ? La Grèce, notre berceau, ne jure plus que par des taureaux qu'on égorge. Et maintenant — Artemis me l'a dit —, il s'agit d'un homme que les Romains ont crucifié et qui, loin d'être anéanti par ce bois d'infamie, en a tiré une espèce de gloire, à tel point que ses fidèles le croient ressuscité et vont proclamer sa victoire sur la mort à travers la Méditerranée.

— Nous sommes des dieux et sommes donc immortels, fit remarquer Zeus. Que peut-il nous arriver ?

A ce moment, Apollon entra, si lumineux et si jeune que Junon ne put s'empêcher de l'admirer.

— Majesté, on a volé mon image.

— Qui donc ?

— Ce juif qui se prétend fils de Yéhové. On ose même le représenter conduisant le char du Soleil à ma place. C'est inadmissible !

— Certes, certes ! Et ce Yéhové se prend pour moi, n'est-ce pas ? Tout cela me paraît un déplorable galimatias. Ces juifs sont bien surprenants.

— Cette fallacieuse croyance s'est répandue ailleurs que chez les juifs. En Grèce même, j'ai honte de le dire...

Zeus caressa sa barbe auguste avec quelque nervosité. Puis il demanda :

— Et que fait Hermès ? Ne l'avais-je point chargé de rénover le système ?

— Il élucubre.

— Cher Apollon, je sais que tu ne l'as jamais beaucoup apprécié, mais les humains ont pour lui quelque faiblesse. Bref, le moment exige que nous soyons solidaires les uns des autres. Donc, pas de dispute, je te prie.

— Un de nos espions m'a appris que le Ciel des juifs a envoyé sur terre un personnage singulier dont la mission serait de parfaire l'enseignement du Crucifié.

— Singulier ?

— C'est un jeune homme rébarbatif et sans grâce dont le seul mérite semble de savoir adroitement jouer du bâton. Mais je me méfie. Ne serait-il pas bon de l'approcher afin d'apprendre quels sont sa valeur et son but ?

— Agis à ta guise, fit le monarque en bâillant.

N'était-ce pas le moment de se reposer ? Tous ces tracas agaçaient Zeus. Le sommeil lui était un havre où les oublier. Il s'y enfonça.

Or, quelques instants plus tard, sur l'île de Chypre, aux abords de Salamine, l'heure de l'exhibition guerrière approchait. On avait élevé au centre du camp une estrade sur laquelle le général et son état-major viendraient s'asseoir. Les troupes s'étaient disposées en carré, chaque brigade occupant un côté, délimitant ainsi l'aire des combats. Les Romains raffolaient de ces fêtes qu'ils improvisaient au gré des événements et de leur humeur.

Basophon avait bien dormi, aussi se trouva-t-il dans les meilleures conditions pour participer au concours qu'avec l'aide de sa canne il ne doutait pas de remporter sans effort. Les quatre gardes, pour leur part, avaient demandé audience au général et lui avaient expliqué par quel tour magique le jeune homme les avait terrassés. Cette plainte ne fit qu'exciter davantage la curiosité de l'officier qui, néanmoins, décida qu'après la lutte au bâton, chaque participant devrait montrer sa valeur au glaive. Il écarta le trident et le filet, réservés aux gladiateurs.

Et, donc, l'heure arriva. Les trompettes sonnèrent. Le

général et ses hommes prirent place sur l'estrade. Puis, à un signal, les premiers combats commencèrent. Basophon devait montrer sa dextérité vers le milieu de la manifestation. Il ignorait quel serait son adversaire. Néanmoins, comme il était pressé de se faire valoir, et alors que nul ne l'y avait convié, il se précipita entre les deux premiers adversaires, s'employant à les menacer tous deux de sa canne.

Il ignorait que le don de Joseph ne pouvait lui venir en aide que confronté à une juste cause et qu'il se retournerait contre lui dès lors qu'il l'utiliserait à mauvais escient. Comme, cette fois, la cause n'était ni bonne ni mauvaise, s'agissant d'un simple exercice, la canne demeura ce qu'elle était : un simple morceau de bois. Heureusement, Samson lui avait appris quelques fortes notions d'esquive et d'attaque. Mais, face aux glaives, il eut le plus grand mal à n'être pas blessé avant la fin du temps imparti, et rentra exténué sous la tente.

— Est-ce donc là votre brillant sujet ? demanda le général à Brutus.

— Il se réserve pour son combat, fit le centurion.

Mais, au fond de lui, il commençait à craindre le pire. Il connaissait en effet l'adversaire qui avait été désigné pour combattre Basophon : un Éthiopien, géant et sans pitié, dont la rumeur prétendait qu'il se repaissait de chair humaine. Il quitta l'estrade et vint retrouver le fils de Sabinelle sous la tente où il le trouva étendu, suant et soufflant, le visage rouge comme la brique.

— Que t'arrive-t-il ? Es-tu malade ? Pourquoi t'es-tu lancé dans ce combat et t'es-tu si mal battu ?

Fort vexé, Basophon se tourna de l'autre côté et ne répondit pas. Le centurion reprit :

— Je vais passer pour un menteur aux yeux du général. Ressaisis-toi, je te prie ! Voudrais-tu que, par ta faute, je sois dégradé ? Ne t'ai-je pas évité d'être traité comme un blasphémateur ?

— C'est vrai, bredouilla le jeune homme, mais je n'y peux rien. Ma canne ne m'obéit plus.

— Et pourquoi ne t'obéit-elle plus ?

— Je ne sais. Aurais-je déplu au charpentier Joseph ?

— Écoute, dit le centurion, je crois comprendre ce qui se passe. Ta canne ne t'obéit que si tu défends la cause de ce Joseph. N'est-il pas du nombre des fidèles de Christus ?

— Il est son père nourricier.

— Cesse de dire n'importe quoi, reprit Brutus. En revanche, concentre-toi sur cette idée. Ta canne ne pourra te défendre que si tu combats au nom de ton dieu.

Basophon ne fut guère convaincu. C'était à sa valeur propre qu'il devait de si bien manier le bâton. Il avait eu un moment de faiblesse, voilà tout. Le centurion le quitta, fort inquiet. Or, comme il sortait de la tente, il rencontra un des quatre gardes qui lui dit :

— Nous savons que vous protégez le magicien. Nous vous dénoncerons auprès du général si vous ne nous aidez pas à le punir.

— Que dois-je faire ? demanda Brutus.

— L'empêcher d'utiliser son bâton. C'est en lui que réside sa magie.

— Vous avez bien vu que, face aux deux porteurs de glaive, il a failli perdre. Sa canne ne lui a servi de rien.

— C'est une ruse ! s'écria le garde excédé. Vous complotez avec le magicien parce que vous appartenez secrètement à la même secte que lui. Ne seriez-vous pas disciple de ce Juif à tête d'âne qui s'est révolté contre l'empereur ?

— Je ne crois pas à ces balivernes, assura le centurion. Mais est-ce ainsi que vous osez parler à un supérieur ?

A ce moment, les trois autres gardes rappliquèrent. Le premier leur dit :

— Brutus est ensorcelé par le blasphémateur. Pouvons-nous lui obéir encore ? Nous le dénoncerons auprès des autorités.

Pendant ce temps, les joutes se poursuivaient. Le centurion regagna sa place auprès du général et des autres officiers. Puis il attendit dans la fébrilité le moment du combat entre Basophon et l'Éthiopien. Lorsque ce fut l'heure, on vit d'abord apparaître le colosse. Noir, luisant, le visage grimaçant, il tenait un bâton de la grosseur d'une poutre qui, entre ses mains énormes, semblait n'être qu'un fétu. Les soldats l'acclamèrent, car ils connaissaient sa valeur toute barbare, d'une efficacité redoutable.

Lorsque Basophon parut, on eût dit un nain. Sa canne sembla bien puérile face à celle de son adversaire. Au surplus, le combat auquel il avait précédemment participé l'avait marqué si fort que ses jambes le portaient à peine, comme s'il avait bu. Les spectateurs, étonnés, l'accueillirent d'abord par un silence, mais une rumeur monta bientôt des rangs. Puis l'assemblée entière partit d'un grand rire.

— Avez-vous tenu à nous amuser aux dépens de ce garçon ? demanda le général.

Le centurion ne sut que répondre. Mais, déjà, l'Éthiopien faisait tournoyer son gourdin au-dessus de sa tête afin d'en assener un coup à Basophon qui, par un bond de côté, l'esquiva. Toutefois, le Noir ne perdit pas un instant et, avant que le jeune homme ait pu retrouver l'équilibre, lui porta un deuxième coup qui, cette fois, l'atteignit à l'épaule. Le public hurla de joie, s'attendant au massacre. Les quatre gardes exultaient, vociférant encore plus fort que les autres.

Alors Brutus se leva et, mû par une force intérieure qui dépassait sa volonté, il couvrit de sa voix le vacarme :

— Basophon ! Souviens-toi de Christus !

Un silence épais chut sur l'assemblée. Le général, livide, se tourna vers l'officier :

— Qu'avez-vous dit ? Seriez-vous disciple de ce juif ? Gardes, arrêtez le centurion !

Basophon sortit de sa torpeur. La canne vibrait dans sa main, soudain pressée d'entrer en action, pareille à un léopard qui se tend avant de sauter sur sa proie. Et, alors que les quatre gardes commençaient à se porter vers l'estrade, notre charpentier fondit sur eux, entraîné par le prodigieux bâton. Quelques moulinets plus tard, les soudards jonchaient le sol, à la vive stupeur des spectateurs.

L'Éthiopien, considérant la promptitude de l'abattage, demeura un instant paralysé au centre de l'espace réservé au concours. Puis il courut en direction de Basophon qui, son œuvre accomplie, tenait à distance la haie des soldats terrorisés par la brutalité de son attaque. Mais à peine le géant noir eut-il fait trois pas que le fils de Sabinelle revint vers lui d'un seul bond et lui prodigua une volée de coups à la tête, à la poitrine, à l'abdomen, partout, si bien que le mastodonte plia les genoux et s'écroula bientôt dans la poussière.

— Arrêtez-le ! répéta le général d'une voix changée.

Les quatre rangs de soldats s'avancèrent lentement vers le centre où Basophon, un pied sur la poitrine du vaincu, se tenait dans une attitude provocante. C'est alors que l'invraisemblable atteignit son comble. Au fur et à mesure que les porteurs de glaive approchaient, ils étaient fauchés comme blé à la moisson, s'entassant les uns par-dessus les autres. Comprenant l'inutilité de leurs efforts, les survivants tournèrent prestement les talons et s'enfuirent, abandonnant le général et l'état-major sur leur estrade.

Basophon vint à eux et leur dit :

— N'ayez crainte, mon bâton et moi nous ne vous ferons aucun mal. Reconnaissez seulement la puissance du Dieu vivant.

— Certes ! bêla le général. Va-t'en. Tu es un magicien trop puissant.

Le centurion Brutus jeta son casque et son glaive. Puis il mit un genou à terre et déclara :

— Que ton dieu soit désormais le mien.

— Partez avec lui, hurla le général. Honte sur vous ! Vous êtes révoqué !

Basophon accueillit Brutus et lui donna le baiser de paix. Puis les deux hommes quittèrent le camp, laissant derrière eux l'affligeant spectacle de la cohorte anéantie.

— Hé là ! s'écria Apollon qui s'était penché au-dessus des nuages de l'Olympe afin de surveiller Basophon. Quel est le pouvoir de ce garçon ? Sa façon de combattre est fort étrange. Quant à ce centurion, pourquoi donc a-t-il semblé basculer du côté de Christos ?

Il appela son char, qui lui fut avancé aussitôt. Pouvait-il continuer à se faire voler son image par un brigand crucifié, un juif qui s'était pris pour un roi et qui n'était qu'un usurpateur, comme tous les fidèles de Yéhové ? Il commanda qu'on le déposât sur le quai principal du port de Salamine. »

CHAPITRE XII

Où Basophon rencontre les dieux de l'Olympe, perd sa canne,
et ce qu'en pense Adrien Salvat.

« Après quelques recherches, Basophon et le centurion Brutus retrouvèrent Hermogène dans une taverne du port où, en compagnie de marins crétois, il avait beaucoup bu. Un navire devait appareiller le lendemain pour Séleucie, sur la côte de Cilicie. Le disciple d'Hermès, se débattant dans les vapeurs de l'alcool, tentait de démontrer que la quintessence n'était autre que l'âme du monde. Les autres prétendaient que la psyché avait chu sur terre où elle s'était prostituée.

Basophon eut le plus grand mal à arracher Hermogène à ces doctes propos. Lorsqu'ils se retrouvèrent seuls dans une auberge pour passer la nuit, ils ne purent guère converser tant l'Égyptien avait accumulé de sommeil par la grâce du vin de Smyrne. Aussi, dès qu'il fut endormi, Basophon proposa-t-il à Brutus de le faire entrer dans le cercle des fidèles de Jésus.

— Je dois devenir la lumière de Thessalie. J'ignore ce que cela signifie exactement, mais je suppose qu'il me faudra des alliés pour y réussir.

— Bah, fit Brutus, je suis désormais sans emploi. Ma carrière d'officier est brisée. Que deviendrais-je si je n'épousais ta croyance ? Toutefois, je suis romain et militaire dans ma tête. Il ne me sera pas facile de me défaire de certains principes.

— Cela n'est rien, le rassura Basophon. Écoute : tes semblables ont cru à un dieu qui se changeait en taureau ou en cygne. Pourquoi un dieu ne se serait-il pas changé en homme ? Marie, mère de Jésus, est pareille à votre Léda.

— Te voilà bien savant ! s'exclama Brutus.

— L'esprit de mon Dieu est sur moi, expliqua le fils de Sabinelle.

Et c'était vrai : à ce moment, l'Esprit saint veillait sur le jeune homme, ainsi que le Messie lui avait demandé de le faire. Pourtant, au fond de lui, le Paraclet s'interrogeait sérieusement sur l'efficacité d'un garnement mieux doué pour la lutte que pour la dialectique. Faudrait-il lui souffler mot à mot tous les arguments et toutes les réponses ?

Le lendemain matin, Hermogène retrouva son bon sens et fut satisfait de constater que Basophon s'était bien tiré des griffes de l'aigle romain. Quant à Brutus, il pensa qu'il pourrait se révéler utile. Aussi accepta-t-il qu'il fît aussi partie du voyage. Le centurion avait échangé son uniforme contre une tunique et une cape qui le rendaient anonyme. Tous trois embarquèrent pour Séleucie quelques instants avant midi.

Le navire était chargé de victuailles de toutes natures destinées à la Cilicie. Des passagers parlant les langues les plus diverses encombraient le pont. Parmi eux, s'exprimant en un grec très pur, se trouvait un homme de belle stature, au visage avenant couronné de cheveux d'or, qui, dès qu'il le put, s'approcha de Basophon et lui chuchota à l'oreille :

— Excellence... Un grand secret, Excellence... Suivez-moi.

Comment résister lorsqu'on vous appelle « Excellence » et que l'on vous parle d'un secret ? Basophon suivit le bel inconnu vers la poupe, laissant ses deux compagnons se restaurer auprès d'un marchand ambulant qui proposait des fruits et des gâteaux de semoule.

— Je vous connais, dit l'inconnu. J'étais parmi les soldats romains que vous avez si aimablement traités. Jamais je n'avais assisté à semblable exploit. Et donc, le soir même, j'en ai parlé à mon maître qui m'a prié de vous amener jusqu'à lui. C'est une personne très puissante, si puissante que personne au monde ne peut l'égaler.

— Même pas l'empereur qui est à Rome ? Ou serait-ce lui ?

— Ce n'est pas lui.

— Mais où est donc le secret promis ?

— J'y viens. Figurez-vous que mon maître règne sur un lieu où la mort, la misère et la faim n'existent pas, un lieu tissé de lumière où les femmes sont les plus belles, où l'or est le plus brillant ; bref, un lieu de bonheur et de paix. Mon maître vous y invite.

Basophon réfléchit un instant. Quelle était donc cette étrange proposition ? Pourtant, l'homme avait figure honnête.

— A vous entendre, dit-il, l'endroit où se tient votre maître n'est autre que le Paradis. Et j'y suis déjà allé. C'est d'un ennui !

— Non, non, répliqua vivement l'inconnu. Je ne sais ce que vous appelez Paradis. Sans doute est-ce quelque hammam. Le lieu dont je vous parle n'est pas de ce monde. Je me propose de vous y mener. Croyez-moi, vous n'en serez pas déçu.

— Écoutez, fit Basophon, j'ai été choisi pour une mission particulière et je ne suis pas homme à l'abandonner pour je ne sais quelle chimère. Allez présenter mes civilités à votre maître et dites-lui que je suis fort occupé.

Puis, tournant le dos à l'inconnu, il revint vers ses deux compagnons et commença à se restaurer. Mais le Grec ne voulait pas lâcher prise. Il se mêla au petit groupe et, s'adressant à Hermogène :

— N'êtes-vous pas disciple d'Hermès ?

— Si fait. Je m'enorgueillis même d'être son premier disciple.

— Alors, puisque je vous vois en compagnie de ce jeune homme, ne pourriez-vous pas lui expliquer qu'une invitation chez le souverain du Ciel est un honneur que nul ne peut refuser ?

— De qui parlez-vous ? demanda Hermogène, fort intrigué.

— De notre père Zeus, naturellement, fit Apollon en se rengorgeant.

Il y eut un moment de stupeur, puis Basophon prit la parole.

— Votre Zeus n'existe pas. Une statue de marbre peut-elle me convier à dîner ? Et que mange-t-elle ? La pluie qui lui bat le visage ?

— Cesse de blasphémer ! s'écria le dieu. Et si tu ne me crois pas, parie avec moi. Alors tu apprécieras ta sottise.

Pour le coup, Basophon s'emporta.

— Je parie. Oui, je parie ! Et je suis tellement certain de l'emporter que je veux bien gager ma canne si tu insistes ! Quant à toi qui n'es qu'un menteur, que gageras-tu ?

— Je gagerai ma personne, et donc j'insiste. Que ces deux témoins soient garants de notre pari.

Basophon fut étonné de l'assurance de l'inconnu et pensa que c'était là un fou. Il demanda :

— Et comment pourras-tu me prouver que ton Zeus existe ?

— En te conduisant jusqu'à lui.

Hermogène s'interposa.

— Ami, ton pari est perdu d'avance. Zeus existe, c'est l'évidence. Dans quel guêpier t'es-tu jeté ? Mieux vaudrait que tu renonces à l'instant, ou adieu ta canne !

— Je ne sais que croire, dit Brutus à son tour, mais je flaire un piège et te supplie de ne pas y tomber.

Basophon se montra agacé par la prudence de ses compagnons. Zeus ne pouvait exister, puisque le seul Dieu était celui que Christus avait enseigné et dont on lui avait parlé dans le Ciel. Sans doute ne L'avait-il pas vu de ses propres yeux, mais il avait rencontré l'Esprit saint qui est l'une des trois personnes du Dieu unique. Le Messie, Dieu incarné, l'avait choisi afin qu'il devienne la lumière de Thessalie. Et il comprenait que le Père, dans Sa souveraine majesté, ne pouvait être considéré par un regard humain. Alors, que pouvait-il craindre de ce Grec et de sa jactance ?

— Cela suffit ! s'écria-t-il, excédé. Vous voyez bien que cet homme n'a plus sa tête ! Oser prétendre que Zeus existe et qu'il m'invite ! Quelle mascarade est-ce là ?

— Quand partons-nous ? demanda Apollon.

— Où veux-tu que nous allions ?

— Sur l'Olympe, bien sûr.

Et il tendit la main au fils de Sabinelle qui, haussant les épaules, accepta le défi. Aussitôt ils disparurent tous deux à la vue de Brutus et d'Hermogène qui restèrent sur le pont du bateau, se demandant quel puissant magicien pouvait bien être l'inconnu.

Ainsi Basophon et son guide arrivèrent dans le ciel des dieux. Une lumière d'apothéose y régnait. Ce n'était que jardins aux fleurs éternelles, aux fruits d'immortalité. Des temples blancs s'y dressaient en parfaite harmonie. On voyait des centaures et des faunes batifoler parmi des nymphes.

— Où sommes-nous ? demanda le jeune homme, fort surpris.

— Je te l'ai dit. Nous sommes dans l'Olympe, où règnent les dieux.

— Allons, fit Basophon. Je rêve. Nous sommes sur le bateau qui nous mène à Séleucie.

— Pauvre sot ! Tu as parié, n'est-ce pas ?

Le fils de Sabinelle haussa les épaules. Comment était-il

possible que ces légendes éculées puissent avoir la moindre réalité ? Et pourtant, les centaures et les faunes se trouvaient là, devant lui. Quant aux nymphes, jamais il n'avait vu femmes aussi belles. Il tressaillit. Était-ce que plusieurs cieux cohabitaient dans le ciel ? Toutefois, il n'était pas garçon à admettre facilement sa défaite.

— Tu es magicien. Tout ce que je crois voir n'est qu'illusion.

— Eh bien, fit Apollon, allons jusqu'au palais de Zeus. Aurais-tu la tête dure ?

Ils avancèrent vers un temple qui brillait comme un soleil, à tel point que Basophon en fut aveuglé. Mais, serrant sa canne contre lui, il entra dans l'édifice où une musique de harpe l'accueillit. Là, il recouvrit la vue et comprit que son guide l'avait mené dans un immense vestibule au fond duquel s'élevait une haute porte de bronze, peut-être d'or.

— Non, s'écria-t-il, tout cela n'est que mensonge ! Vous n'existez pas ! Vous ne pouvez exister !

Apollon sourit tandis que la lourde porte s'ouvrait lentement à deux battants. Ils se retrouvèrent bientôt au pied d'un trône en forme d'aigle sur lequel un colossal vieillard était majestueusement assis. Son visage orné d'une forte barbe blanche était nimbé de lumière.

— Alors, dit la voix souveraine, il paraît que l'on ne croit pas en ma présence ?

Basophon, abasourdi, mit quelques instants à se reprendre. Puis il se redressa et, levant sa canne :

— Par Christos et au nom du Saint-Esprit, je vous adjure de disparaître, pauvres créatures de cauchemar !

Zeus s'amusa de cette invective qui lui parut du dernier grotesque.

— Écoute, toi que l'on nomme Sylvestre dans ton étrange religion, cesse de nous combattre. Que t'avons-nous fait ?

— Vous avez obscurci la cervelle de mon père, si bien

qu'il fit torturer ma mère avant de la mettre à mort. N'est-ce pas une raison suffisante ?

— La religion de Yéhové appartient aux juifs. Ton père étant grec, n'était-il pas naturel qu'il fût des nôtres ? Et par quelle folie ta mère nous a-t-elle trahis pour rejoindre une secte d'Israël dirigée par cet insensé qui se surnomme Messie ou encore Christos ? Quant à toi, quel est ton rôle dans ce misérable complot ?

Basophon se dressa de toute sa hauteur et s'écria :

— Pourquoi vous répondrais-je, puisque vous n'existez pas ? J'ai trop mangé de ces gâteaux de semoule que l'on sert sur le bateau.

— Tu as parié, dit Apollon, et tu as perdu. Donne-moi ta canne.

— Ma canne ? Jamais je ne me séparerai du don que me fit le charpentier Joseph.

— Tu l'as gagée !

Le jeune homme se sentit pris au piège. Quel maléfice le tenait ? Il recula, puis, brandissant la canne, il tenta d'en porter un coup en direction d'Apollon, mais, comme la cause n'était pas juste, elle lui parut si lourde qu'il faillit la laisser choir. Alors il hurla :

— Esprit-Saint, à moi, je te prie !

Mais comment l'Olympe pourrait-il communiquer avec le Paradis ? Ce sont des domaines bien trop étrangers l'un à l'autre. L'appel de Basophon se perdit dans les espaces éthérés.

— Cesse d'appeler les esprits, fit Zeus d'un ton paternel. Laisse-les reposer dans les enfers où le murmure de l'Achéron les berce.

— Et remets-moi cette canne, ajouta Apollon.

Bien résolu à ne pas abandonner son précieux bâton, le fils de Sabinelle se retourna et tenta de s'éloigner en courant, mais deux gardes le retinrent sans que sa canne pût lui être de quelque secours. On la lui ôta.

Alors le désespoir chut sur le jeune homme. Que se passait-il donc ? Quelle comédie lui jouait-on ? Et pourquoi le don de Joseph l'avait-il quitté ? Sans doute comprenait-il qu'il n'aurait pas dû parier et qu'il n'aurait surtout pas dû gager sa canne, mais il était tellement certain que Zeus ni l'Olympe n'existaient. Or, il lui fallait bien se rendre à l'évidence. Il ne rêvait pas. La canne lui était réellement retirée. Zeus parlait.

— Jeune homme, ton outrecuidance est suffisamment punie par la perte de ce bout de bois que tu sembles amèrement regretter. Ma Majesté estime que l'on peut te renvoyer sur Terre. Sache seulement que nous te tiendrons à l'œil. Ne recommence pas à frapper nos effigies et à prétendre que ton Yéhové ou ton Christos ont quelque existence. Ils n'ont de consistance que dans l'esprit tortueux des Juifs dont on connaît le goût pour les macérations. Trouve-toi une belle fille, ou un giton si tu préfères, et que l'amour de la vie ôte de ta cervelle les toiles d'araignée que les élucubrations y ont tissées.

Basophon eût voulu répondre, mais déjà un tourbillon l'emportait. En un instant, il se retrouva sur le pont du navire qui voguait vers Séleucie.

— Qu'as-tu fait ? lui demanda Brutus. Pourquoi as-tu jeté ta canne à la mer ?

— Malheureux, ajouta Hermogène, je te l'aurais achetée...

Basophon, hagard, allait sauter par-dessus la rambarde afin de rejoindre la canne — si tant était qu'il l'eût effectivement lancée par-dessus bord —, mais ses compagnons le retinrent. Alors il s'effondra, prit sa tête entre ses mains et pleura. De sa vie c'était la première fois. »

Le texte que le lecteur vient d'achever fut consigné par le

rapporteur sous une forme continue. En fait, le nonce apostolique, Mgr Caracolli, ponctua sa traduction de nombreuses exclamations qui furent souvent suivies de digressions telles que : « Ce n'est plus un texte médiéval, mais baroque », « L'Olympe, à présent ! » ou encore : « Que veut-on nous faire entendre ? »

Le père Moréchet et Adrien Salvat n'étaient pas moins ébahis par le tour pris soudain par la *Vita*. Cette excursion dans le monde païen avait de quoi effarer non seulement le héros de l'histoire, mais nos doctes chercheurs eux-mêmes. Et certes, si le document était un apocryphe du XVIᵉ siècle, l'apparition des dieux antiques pouvait s'expliquer ; toutefois, on était en droit de se demander ce que l'auteur du texte — quelle que fût son origine — avait eu la prétention d'exprimer ainsi.

— A mon avis, fit Moréchet, il s'agit d'une moquerie. Ne veut-on pas se gausser du Paradis en le mettant sur le même pied que l'Olympe ? Et, comme chacun sait que l'Olympe n'existe pas...

— Bien raisonné, approuva Salvat. Sous le couvert d'une anecdote amusante, on sape les bases mêmes de l'imaginaire chrétien.

— De l'univers chrétien ! rectifia le nonce. Pour tout vous avouer, cette lecture me met de plus en plus mal à l'aise. Je comprends que le Saint-Office lui ait apposé le nombre 666.

— N'oubliez pas, rappela le professeur, que ce n'est pas ce texte qui fut stigmatisé. Celui-ci est un faux plus récent.

Mgr Caracolli s'épongea le front. Puis il dit :

— Je vais demander au cardinal de nous autoriser à cesser cette traduction. A quoi peut-elle bien servir, à présent ?

— Telle n'est pas mon opinion, s'excusa Salvat. Il y a dans le déroulement de ce récit des éléments si déconcertants qu'ils ne peuvent que cacher quelque secret. Je souhaiterais donc que nous continuions. Mais, si vous le permettez, je dois à présent rencontrer le bibliothécaire en chef de la Vaticane, après quoi je rendrai visite à cette comtesse, cette Polonaise...

— Madame Kokochka, précisa le nonce. C'est une excentrique. Cette rencontre ne vous mènera nulle part.

Salvat pria le père Moréchet de l'accompagner, ce qu'il accepta volontiers. Le jésuite raffolait des énigmes. Ils se rendirent donc dans le bureau du père Grunenwald, le dominicain qui régnait sur l'univers feutré de la plus célèbre bibliothèque catholique du monde.

Comme ils avaient pris soin d'obtenir un rendez-vous, ils furent ponctuellement reçus. L'homme était immense dans sa bure blanche d'où émergeait un visage énergique, légèrement bleuté, couronné de cheveux roux. Il se leva à l'approche des visiteurs puis, ayant prié ses hôtes de s'asseoir, il s'installa dans une cathèdre que dominait un immense crucifix de style espagnol.

— Messieurs, que puis-je pour vous ?

— Mon père, commença Salvat, je voudrais savoir tout d'abord si vous avez été averti de l'énigme posée par le dossier B 83276 qui contenait non seulement une version de la *Scala Coeli* de Jean Gobi, mais un curieux manuscrit que nous avons identifié dans un premier temps comme la *Vie de Sylvestre*, que tous les chercheurs désespéraient de trouver.

Le dominicain ferma les yeux avec componction, puis daigna les ouvrir à nouveau, une étincelle de malice dans le regard.

— Je ne serais pas digne de cette noble maison si je ne connaissais toutes les recherches qui s'y font. Et je dois dire, cher professeur, que les déductions qui vous ont amené à découvrir ce document m'ont été fidèlement rapportées par mon excellent ami le nonce Caracolli. Je ne saurais trop vous en féliciter.

— Cependant, dit Salvat, il s'agit d'un apocryphe.

— C'est ce que m'a laissé entendre le nonce. Et de quelle époque serait-il ?

— Il paraît être du XVIe siècle, alors que l'original marqué de l'infâme 666 devait appartenir aux tout premiers siècles de notre ère. Néanmoins — et c'est l'un des objets de notre visite —, j'aimerais que le document soit scientifiquement vérifié et expertisé. N'aurait-on pu utiliser des feuilles vierges du XVIe siècle, d'origine vénitienne, et exécuter un faux en écriture caroline à l'époque contemporaine — peut-être même tout récemment ?

— Cela me paraîtrait bien extraordinaire, fit l'Allemand d'un ton qui laissait entendre combien une telle hypothèse était saugrenue. Mais, si vous le souhaitez, je livrerai le document à nos laboratoires. Nous sommes particulière-ment bien équipés, vous savez. Cela dit, je voudrais comprendre comment, à votre sens, quelqu'un aurait pu remplacer la *Vita* d'origine, si elle a jamais existé, par ce manuscrit, s'il s'avère qu'il est de facture récente. Et pour-quoi l'aurait-on fait ?

— Peut-être pour soustraire certaines révélations du manuscrit authentique, proposa le père Moréchet.

— Il eût suffi de le voler, remarqua le père Grunenwald. Pourquoi cet échange, et avec un texte assez scabreux, lui aussi, si j'ai bien compris le chanoine Tortelli.

— Je crois, dit Salvat, que nous nous trouvons là devant une conspiration qui dépasse de loin une simple substitu-tion de manuscrits. Le professeur Standup a disparu. On fait courir dans Rome les rumeurs les plus extravagantes. Quel-que événement a été programmé dont nous ignorons la signification et l'importance. Nous n'en voyons que des signes avant-coureurs. Et bien que, pour l'heure, ils ne nous renseignent pas sur leur sens, ils nous préviennent qu'il se trame quelque chose, et ce quelque chose est vraisemblable-ment d'une exceptionnelle gravité.

— Hé là ! s'écria le dominicain. N'exagérez-vous pas

l'importance de ce qui n'est peut-être que le forfait d'un collectionneur ? Il a découvert la *Vita* et la cache dans ses archives. Mais, par une manière d'honnêteté, il la remplace par le document que vous traduisez.

— Je vous remercie de votre accueil, fit Salvat en se levant soudain, montrant ainsi le peu de prix qu'il accordait à cette dernière hypothèse.

Lorsqu'ils furent sortis de la bibliothèque, le professeur laissa éclater sa colère en allumant furieusement un Chilios y Corona et en maugréant :

— Aucune logique ! Et, pendant ce temps-là, le Saint-Père voyage en Afrique...

Moréchet n'osa demander ce que la tournée évangélique du pape avait à faire avec la *Vie de Sylvestre*. Mais, déjà, ils étaient montés dans un taxi stationné sur la Piazza della Cità Leonina et gagnaient le 9 de la via Pompeo Magno, où s'élève l'ambassade de Pologne auprès du Saint-Siège.

La comtesse Kokochka les fit attendre suffisamment longtemps pour que le Chilios achevât de se consumer. Parmi les dorures et les angelots en stuc du palais, nos deux hommes ressemblaient à deux campagnards égarés dans un hôtel de grand luxe. Salvat bouillait d'impatience. Quant à Moréchet, s'il s'amusait assez des circonstances, il commençait à se demander si le mystère de la *Vita* ne finirait pas par déboucher sur quelque drame — si celui-ci n'avait pas déjà eu lieu. Toutefois, il inclinait à penser que le professeur Standup avait simplement oublié de prévenir son entourage d'un départ inopiné, comme il arrive lorsqu'on vous avertit par téléphone du décès d'un proche, par exemple.

Enfin, un domestique astiqué et ganté vint chercher les visiteurs, puis, à travers des couloirs à l'odeur de moisi et des escaliers d'opéra, les mena jusqu'aux appartements particuliers de l'ambassadeur et de son épouse, laquelle les reçut dans un salon baroque tout encombré de meubles surchargés de vases et de statuettes violemment coloriés.

Elle-même ressemblait à une châsse mérovingienne ou à une cantatrice ornée pour le *Crépuscule des dieux* dans une salle de concert provincial. La comtesse voilait son obésité sous des couches successives de tissus bigarrés et de bijoux barbares qui la rendaient plus énorme encore. Son visage fané était rehaussé de fards violets et roses d'où jaillissaient deux yeux verts d'une telle intensité passionnée que, dans ce tableau grotesque, on ne voyait qu'eux.

— Très satisfaite de vous connaître, professeur. Mon mari Son Excellence et moi-même avec soulagement avons suivi l'affaire Dobrinski et, comment dirais-je, avec extrême reconnaissance. Prenez siège, je vous prie.

— Madame, commença Salvat, mon ami le père Moréchet et moi-même nous sommes permis de solliciter ce rendez-vous afin de vous entretenir d'un manuscrit très rare, la *Vie de Sylvestre*, qui depuis sa découverte ne cesse de nous donner quelques soucis.

L'idole se redressa et, d'un ton légèrement acerbe :

— Et en quoi ce manuscrit pourrait intéresser mon mari Son Excellence et moi-même ?

— Pour parler franc, madame, je n'en sais rien encore. Mais il se trouve que votre visite à *La Stampa*...

Elle se leva avec une vivacité dont on l'eût crue incapable, et, pointant un doigt encombré de bagues vers Salvat :

— Ces misérables journaleux ! Tous hypocrisiaques ! Certaine j'étais de leurs mensonges. Écoutez, professeur, je n'ai rien à dire.

Elle s'assit à nouveau, théâtralement outrée.

— Madame, reprit Salvat, nous sommes ici confrontés à la disparition d'un homme, le professeur Standup, et le moindre indice peut être révélateur. Or, le professeur Standup travaillait à la traduction de la *Vita*, cette même *Vita* dont vous avez appris la découverte à un journaliste de *La Stampa*. De qui teniez-vous cette information qui devait demeurer secrète ?

Elle roucoula.

— Professeur, si je ne connaissais votre.... comment dire je serais très abominablement fâchée. Et *La Stampa*, mon Dieu, c'est un journal... vous connaissez... Certaines informations sont nécessaires et même dispensables. Mon mari Son Excellence et moi-même nous savons comme il convient de faire.

— Madame, veuillez me pardonner si j'insiste, mais qui vous a tenu au courant de la découverte du document ?

Elle s'agita, faisant frétiller ses bijoux sur sa plantureuse poitrine.

— Ne me poussez pas ! Ici, à l'ambassade, il y a des oreilles. Comment on sait les choses ? Elles vont et viennent. On apprend, c'est tout.

— Et pourquoi avez-vous pensé qu'il était de votre devoir d'aller annoncer à *La Stampa* cette découverte qui, à première vue, devait ne vous intéresser en rien ?

— Oh, professeur, mon mari Son Excellence et moi-même nous intéressons avec intense passion à toutes les remarquables découvertes. Et si moi j'ai parlé à votre *Stampa*, c'est par hasard, je suppose. Me rappellerai-je ? On dit tellement de choses, n'est-il pas ?

Moréchet qui, jusqu'à ce point de la conversation, n'y avait pas participé, prit la parole.

— Chère madame, il me semble que nous nous sommes déjà rencontrés à Varsovie, chez notre ami commun, le cinéaste Wodjech Has.

— Oh, certainement ! Cher grand ami et réalisateur dont mon mari Son Excellence et moi-même avons présenté le film au festival de... Vous connaître...

— Au festival de Gdañsk, madame.

— Exact ! Vous connaître Pologne mieux que moi !

— J'aime la Pologne, madame.

— Vous, Français, êtes grands amis de la Pologne. Quand mon mari Son Excellence et moi-même habitions

Cracovie et que nous recevions le cardinal, aujourd'hui Sa Sainteté, nous avions très beaucoup d'amis français et le cardinal, aujourd'hui Sa Sainteté, aimait parler leur langage et disait que la France est fille majeure de l'Église, et après seulement c'est la Pologne.

— Madame, reprit Salvat, et si nous vous affirmions que Sa Sainteté elle-même est en danger, accepteriez-vous de nous révéler qui vous apprit l'existence de la *Vita* et pourquoi vous avez cru nécessaire d'en parler à *La Stampa* ?

— Sa Sainteté en danger ? s'écria la Kokochka et, cette fois, elle ne jouait plus. Et qui oserait toucher cheveux de Sa Sainteté ? Un homme si colossal, si plein de devoir et de bonté...

— Madame la comtesse, insista Moréchet, il vous faut parler.

— Pour Sa Sainteté et entre nous, naturellement, je dirai quelque chose, mais il faut d'abord que je parle avec mon mari Son Excellence. Il est à Varsovie et reviendra demain, après-demain, je ne sais.

— Est-ce donc si grave ? demanda Salvat.

Elle se leva et tendit la main, signifiant que l'audience était terminée. Puis elle ajouta :

— Cracovie est une ville merveilleuse, n'est-elle pas ?

Le domestique astiqué et ganté de blanc les reconduisit jusqu'au portail d'entrée du palais.

— Eh bien, que t'en semble ? demanda le jésuite. Elle est au nœud de l'énigme, dirait-on.

— Ou elle veut nous le faire croire pour se donner de l'importance. Qui sait, avec une femme comme celle-là ?

Ils rentrèrent au Vatican et se rendirent au bureau de Mgr Caracolli auquel ils se gardèrent de parler de leur journée. La police italienne avait été prévenue de la disparition de Standup et allait commencer son enquête. Quant au cardinal Bonino, contrairement à l'avis du nonce, il souhaitait que la traduction se poursuivît. « *Tenere lupum auribus* », avait-il dit. Et il est vrai que la *Vita* était un curieux loup qu'il convenait de tenir ferme par les deux oreilles.

CHAPITRE XIII

Où Basophon rencontre un magicien, une prostituée, et ce qui s'ensuivit par la faute des ténèbres.

« Le navire accosta au port de Séleucie en fin d'après-midi. Brutus, l'ancien centurion, et Hermogène étaient fort inquiets de l'état de Basophon. Le malheureux se demandait s'il avait vraiment vécu son aventure dans l'Olympe aux côtés d'Apollon ou s'il avait été victime d'un charme qui l'avait incité à jeter sa canne par-dessus bord. Mais, quelle que fût la réalité, il avait perdu le don de Joseph et en était profondément affligé.

Un grand marché avait lieu ce jour-là. Des paysans venus de tout le sud de la Cilicie vendaient bétail et denrées dans une ambiance de fête. Parmi eux, les bateleurs rivalisaient en prouesses, tandis que des orateurs juchés sur des tonneaux haranguaient la foule. L'un d'eux, apercevant le petit groupe, interpella Hermogène.

— Hé toi, l'Égyptien, réponds-moi : quel est le premier de la poule et de l'œuf ?

Comme nos amis faisaient mine de passer leur chemin, il descendit prestement de son promontoire et, s'accrochant à la tunique de Brutus :

— Il faut me répondre. Toi, le Romain — car tu es romain, n'est-ce pas ? — quel est le premier de l'œuf ou de la poule ?

— Le coq, fit Brutus par plaisanterie.

L'autre s'esclaffa, après quoi il demanda :

— Serais-tu disciple d'Esculape ?

— Je l'ai été.

— Et maintenant ?

Basophon sortit de sa torpeur. A nouveau l'Esprit saint le reprenait en main. Il dit :

— Toi qui poses des questions sans réponse, serais-tu du parti des sceptiques ? Et, si tel est le cas, à quoi bon te soucier des autres quand tu ne te soucies même plus de toi-même ?

— Oh, fit l'orateur, voilà qui est bien parlé. A quelle école appartiens-tu ?

— Mon maître n'appartient à aucune école. Il est la voie, la vérité et la vie.

— Ne serait-il pas ressuscité, par hasard ? demanda le drôle.

— D'entre les morts, confirma Basophon.

— Tu es donc disciple d'Osiris. Je m'amuse ainsi à deviner le dieu de tous ces étrangers qui défilent ici. Il y en a de toutes les façons, ce qui montre combien le cerveau humain peut être fertile en inventions.

— Tais-toi ! s'écria le jeune homme. Tu blasphèmes. Mon Dieu est le seul dieu, le Dieu unique, et il a envoyé Son fils sur la Terre afin de nous rédimer.

— Ah, je vois, fit l'orateur. Il s'agit de Simon, celui que l'on nomme le magicien. Tu as de la chance : il se promène justement par ici.

— N'as-tu jamais entendu parler de Jésus le ressuscité ? demanda Brutus.

— Oh si ! Il est également très à la mode. Les gens d'Antioche lui ont élevé un temple mais, entre nous, c'est une secte abominable. On y mange du corps humain. Quelqu'un m'a même assuré qu'on y boit le sang des suppliciés qui coule le long du gibet.

Basophon ferma les yeux. Dans quel monde était-il tombé ? Au Paradis, tout était ordonné ; chaque chose avait sa place. Ici, tout n'était que rumeurs et faux-semblants. Le vertige le prit et, comme il n'avait plus sa canne pour le retenir, il faillit choir sur l'étal d'un marchand. Hermogène le retint, puis l'entraîna à l'écart.

Or, pendant ce temps, le diable Abraxas, envoyé par Satanas pour surveiller Basophon, était arrivé lui aussi à Séleucie. Il avait rencontré Simon le magicien qui, des années plus tôt, avait vendu son âme afin de garder une éternelle jeunesse. Ce Simon avait jadis fait un pari avec l'apôtre Pierre et l'avait perdu. Aussi nourrissait-il une haine vigoureuse envers les disciples de Christos.

— Excellent Simon, lui avait dit Abraxas, voici que nous arrive par bateau, venant de Chypre, un des envoyés de ce Messie que tu exècres à juste titre. J'ai conçu un plan afin de le détourner de sa mission. Peux-tu m'y aider ?

Ce Simon vivait avec une ancienne prostituée nommée Hélène. Elle prétendait avoir appartenu aux vestales sacrées du temple de Delphes. En vérité, elle était issue d'un bordel d'Alexandrie d'où le magicien l'avait tirée. Lorsqu'elle entendit la proposition d'Abraxas, elle s'empressa.

— Nous sommes tout dévoués à la cause de notre divin maître Satanas. Dis-nous ce que nous devons faire pour ruiner les plans du Crucifié, et nous l'accomplirons.

— Fort bien, ricana Abraxas. Voilà de quoi il s'agit. Cet envoyé du Nazaréen est un garçon nommé Sylvestre par son baptême et Basophon par sa naissance. Jusqu'à présent, il possédait une canne magique qui lui permettait de vaincre les plus forts et les plus habiles. Brusquement, hier, il l'a jetée à la mer. Ce geste étrange demeure pour moi une énigme, mais il n'importe. Il est désormais sans défense.

— Faut-il le brutaliser ? demanda Simon.

— Non, non, il convient de le séduire, et ainsi de le corrompre. Satanas sera trop heureux de pouvoir le compter parmi les nôtres, de le ravir à la barbe de Dieu le Père et de son exécrable fils. Donc, premièrement, il vous faut approcher le gibier ; deuxièmement, l'amadouer ; troisièmement, lui faire avouer pourquoi il a jeté sa canne. Était-ce par révolte contre Dieu ? Ensuite, il nous faudra aviser. Mais faites attention à ses deux compagnons : l'un est disciple d'Hermès et connaît quelques tours ; l'autre est un militaire romain défroqué qui ne manque pas d'à-propos.

— C'est bon, fit Hélène. Je m'occuperai de ce puceau tandis que Simon distraira les deux autres. Cher Abraxas, tu peux compter sur notre fidélité.

Ainsi fut fait. Alors que les trois voyageurs se reposaient à l'écart du marché, Simon s'approcha d'eux et commença d'entrer en conversation sous prétexte d'obtenir des renseignements sur l'état de la mer au large de Chypre où, prétendait-il, il devait se rendre. Puis, de digression en digression, il orienta habilement ses propos, assurant qu'il venait d'achever la lecture de l'ouvrage le plus remarquable qu'il eût jamais lu, le *Poïmandres* du grand Hermès.

Naturellement, Hermogène s'en trouva satisfait, si bien qu'ils se retrouvèrent tous attablés au cabaret où Simon leur présenta Hélène. Et, tandis que le magicien tenait l'Égyptien et le Romain sous l'empire de son discours, sa compagne attirait Basophon à l'autre bout de la table et le charmait par sa présence et ses compliments.

— Vous avez la pureté du front et la ligne du nez d'une statue de Phidias. Votre mère est-elle si charmante ?

— Elle n'est plus, fit le jeune homme, maussade.

— Oh, serait-elle déjà décédée ?

— Je ne sais trop. Dans le Paradis, elle était aussi vivante que vous et moi.

— Dans le Paradis ?

D'un ton las, Basophon raconta qu'il avait été admis dans le Ciel des Chrétiens mais qu'à présent, il se demandait s'il ne s'agissait pas là d'un songe.

— Un songe ? demanda Hélène en commandant de l'alcool de figue.

— Je ne sais plus, soupira le fils de Sabinelle d'une voix sans espoir.

— Je vous devine accablé. Que s'est-il donc passé ?

— Rien, rien.

Et il se mit à bouder. Que lui voulait cette femme, belle, certes, ou plutôt appétissante, fort séduisante et même, par quelque côté obscur, fascinante ? Mais la perte de la canne obturait ses sens aussi bien que sa pensée. Aussi l'alcool de figue fut-il le bienvenu. Il y goûta d'abord avec prudence, puis en vida un premier gobelet et, secouru par la main alerte de la femme, un second, bientôt un troisième. Ainsi commença-t-il à envisager la situation sous un angle nouveau. Le genou d'Hélène pesait contre le sien.

— Dites-moi ce qui vous rend si malheureux.

— Malheureux, moi ? Suis-je malheureux ? Révolté, oui. Et révolté contre Dieu qui se moque de moi en me plongeant dans un univers d'illusions.

— Je ne sais pas de quel dieu vous parlez..., fit la subtile.

— Du Père, du Fils et même de l'Esprit ! Tous trois se sont ligués pour me nuire, puisqu'ils ne sont qu'un.

— Que vous ont-ils fait ?

— Ils m'ont mené au Paradis et là, ils ont refusé de me faire nazir. Était-ce juste, moi qui devais devenir la lumière de Thessalie ?

— Ah, ce n'était pas juste, en effet. Mais qu'est-ce qu'un nazir ?

Basophon ingurgita un nouveau gobelet d'alcool de figue et, après avoir fait claquer sa langue :

— Le nazir possède des pouvoirs, tout comme Samson lorsqu'il emporta les portes de Gaza.

— Je vois, fit la maligne. Mais ce qu'un dieu refuse, un autre peut le donner. Vous méritez d'accéder à ces pouvoirs que vous souhaitez obtenir.

— Vous croyez ? Et quel pourrait être cet autre dieu, puisqu'il n'en est qu'un seul ?

— Écoutez. On vous a plongé dans un univers d'illusions. Vous l'avez dit, n'est-ce pas ?

— C'est la vérité. J'ai même vu Abraham et Jacob, mais ensuite ce fut Zeus et Apollon. Est-ce possible ?

— Illusions, en effet. Le monde n'est qu'un piège dressé par un démon. Celui que vous appelez Dieu est ce démon, maître des songes et de l'imposture. D'ailleurs, L'avez-vous rencontré ?

A ce moment, le magicien Simon proposa à Brutus et à Hermogène de leur montrer le trésor de Korastène dont il les entretenait depuis un moment. A l'entendre, il s'agissait de la huitième merveille du monde, un amas de pierres précieuses, de pièces et de vaisselles d'or comme il n'en existait aucun de comparable sur la Terre.

— Est-ce loin ? demanda Brutus que l'état de Basophon inquiétait quelque peu.

— Au sommet de la colline, fit le magicien. Dans un palais qui, à lui seul, vaut toutes les architectures égyptiennes.

— Cela m'étonnerait, dit Hermogène, mais allons-y. Je serais curieux d'apprendre à qui appartient une telle fortune.

— Vous le saurez, assura Simon.

Ils sortirent de la taverne, laissant Basophon entre les mains expertes de la trop remarquable Hélène. Aussitôt, elle l'assiégea ; et lui, que l'ivresse commençait à dominer, se laissa entraîner dans la chambre que le couple louait au tenancier. Puis elle lui dit :

— Cher ami, voulez-vous accepter de croire en mes paroles ? Si oui, sachez que je détiens moi aussi de généreux pouvoirs et que je suis toute prête à vous les faire partager.

— Quels sont-ils ? demanda le jeune homme au cerveau embrumé.

— Pour vous les faire connaître, il convient que vous ôtiez ces habits. J'ôterai les miens. Ainsi serons-nous plus à l'aise pour entrer en communication l'un avec l'autre.

— Devrai-je être nu ? s'étonna Basophon.

— Il le faut.

Ainsi se dévêtirent-ils tous deux et s'étendirent-ils sur le lit. Or, à ce moment, de son regard omnipotent traversant les nuages, le Saint-Esprit surprit la scène et en fut outré, même si elle ne l'étonna guère. Il tenait Basophon pour un godelureau que le Christ avait bien tort d'estimer. Il tenta d'exercer son pouvoir sur le jeune homme, mais, pris par l'alcool de figue et le corps somptueux d'Hélène, ledit jeune homme n'était plus perméable à de telles ondes, toutes bénéfiques qu'elles eussent été pour l'éclairer sur le stratagème dont il était le jouet.

Et donc Basophon, Sylvestre par son baptême, succomba sans scrupule à l'ardeur de la Fête, car personne ne lui avait jamais dit que l'œuvre de chair était impie. Au surplus, il ignorait que l'ardente Hélène était le vestibule de Satan. Aussi, lorsqu'il se fut rassasié, fallut-il en venir aux comptes.

— Alors, lui demanda la drôlesse, n'était-ce pas un autre paradis ? Et qui était le dieu en ces méandres, sinon toi ?

L'exercice avait dessoûlé le jeune homme. Une fierté puissante l'envahissait. Hé quoi, n'avait-il pas dominé cette femme, ce continent volcanique, cette hydre au vagissement d'enfant ? Il avait planté son pieu dans la Terre-mère, persuadé à cet instant d'avoir engrossé Déméter. N'avait-il pas montré sa vaillance et n'en avait-il pas reçu le droit de recevoir tous les honneurs ?

— Quels pouvoirs veux-tu encore ? demanda Hélène.

Enhardi, il répondit qu'il les voulait tous. Elle rit et, profitant de son enthousiasme, elle ajouta :

— Mais, puisque tu désires obtenir tant de pouvoirs, pourquoi t'es-tu séparé de ta canne ? Ne faisait-elle pas des merveilles ?

Il avoua qu'il l'avait gagée, mais se refusa à révéler quel était l'autre parieur. Alors Hélène lui dit :

— Pauvre ami, tu es tombé entre des mains perverses. Il serait stupide que tu continues d'admirer ceux qui te veulent tant de mal. Simon et moi sommes capables de te libérer de l'étreinte néfaste du faux dieu qui se joue si cruellement de toi.

— Mais obtiendrai-je des pouvoirs ? s'entêta le naïf.

— Naturellement. Pourquoi notre Maître ne se montrerait-il pas généreux envers toi ? Il te fera nazir, je te le promets.

Basophon n'en croyait pas ses oreilles. Était-ce possible ? Pourtant, cette femme qui lui avait montré tant de bonté ne pouvait l'égarer. Il décida de la croire, d'autant plus qu'il estimait n'avoir rien à y perdre.

— Eh bien, fit-il, allons voir ton maître. Il me tarde de recevoir de ses mains le pouvoir d'un nazir.

— Attendons Simon. Il est allé montrer à tes compagnons le trésor de Korastène. Dès son retour, nous partirons.

Abraxas, invisible, avait assisté à la scène et s'en réjouissait. En effet, il n'ignorait pas que, dans le même temps, le magicien avait fait pénétrer Hermogène et Brutus dans une cave sous le fallacieux prétexte de les mener jusqu'à l'endroit où Korastène avait caché sa fortune. Mais à peine y étaient-ils entrés qu'il avait refermé derrière eux la porte de cèdre qui gardait cette geôle et les y avait abandonnés.

— Ne pouvez-vous utiliser votre alchimie pour nous sortir de ce piège ? demanda le Romain à Hermès, sachant que celui-ci était aussi le dieu des voleurs.

— Hélas, j'ignore les formules qui permettent d'ouvrir les portes, avoua l'Égyptien à sa plus extrême confusion.

Et donc Simon revint vers la caverne. Il y trouva son épouse fort satisfaite de sa mission et un Basophon tout préparé aux pires aventures.

— Voilà un jeune homme, expliqua la maligne, qui fut trompé par le Ciel. Ne devait-il pas recevoir les plus hauts pouvoirs ? Et, au lieu de cela, on ne lui remit qu'un vulgaire bâton. Aussi lui ai-je promis que notre dieu, dans sa justice, réparerait les torts que l'on eut envers lui.

— Assurément, confirma Simon. Ce monde-ci est à l'envers par la faute de ce monstre qui ose se déguiser en dieu. N'a-t-il pas fait croire que le bas était en haut, que le véritable ciel était dans la terre, et que sa haine de l'homme était du pur amour ?

— Écoutez, fit Basophon, j'ignore tout de la philosophie. Ce que je veux, c'est être nazir. Si votre dieu me donne ces pouvoirs, je croirai en lui.

— Excellent, répondit le magicien. Je vais donc préparer ton entretien avec notre maître. Pendant ce temps, Hélène continuera de s'occuper de toi comme il convient.

Puis il s'en fut et rejoignit Abraxas qui se tenait dehors, à l'arrière du bâtiment. Le démon avait pris l'apparence d'un marchand.

— Alors, demanda-t-il, où en est notre poulet ?

— Cuit à point, ricana Simon. Comment procédons-nous ?

— Laissez-moi faire. Tout est agencé de telle façon que le jeunot n'y verra que du feu — si j'ose dire —, car c'est en Enfer qu'il va descendre, croyant accéder au vrai Paradis des justes. Ne sommes-nous pas les plus grands illusionnistes de l'univers ? Amenez ce Sylvestre à la grotte d'Aléazar. Je me chargerai du reste.

Le magicien revint donc à la caverne où il trouva Basophon sous le charme d'Hélène qui s'amusait assez. Le jeune homme, en effet, ne manquait pas de vigueur. Lorsqu'ils en eurent fini, Simon leur dit :

— Comment serais-je jaloux ? C'est un honneur de voir sa femme ensemencée par un si fringant coursier. Jeune homme, vous méritez les pouvoirs que le dieu juif vous a refusés. Suivez-moi donc.

Basophon fut enchanté de savoir que le magicien ne lui en voulait nullement d'avoir lutiné son épouse, et bien plus encore d'apprendre qu'on allait le conduire auprès de celui dont Hélène lui avait vanté la générosité. Il se rhabilla en un tournemain et, sans plus se poser de questions, sortit de la taverne en compagnie de Simon. »

« L'Esprit saint se précipita chez le Christ et lui dit :
— Malheur ! Votre Sylvestre n'est qu'un misérable Basophon. Ne voilà-t-il pas qu'il va pactiser avec Satanas ?
— Je le sais.
— Et vous laissez faire ?
— Il faut que notre vibrion descende au plus bas, qu'il atteigne le fond avant de s'élever au plus haut. Cher Paraclet, je suis descendu sur Terre ; je connais la nature humaine. Ne suis-je pas moitié homme, moitié dieu ?
— Pardonnez-moi, fit l'Esprit saint, mais vous savez que je n'ai jamais rien compris à cette étrange démarche qui consiste à se faire assassiner pour donner la vie. Et pourtant, je constate que ça marche... quelquefois.
— L'être humain est paradoxal. C'est cela que vous ne pouvez comprendre. Ici, dans le Ciel, le blanc est blanc, le noir est noir. En bas, il en va tout différemment. Les hommes ne peuvent concevoir l'absolu qu'en rêve.
— Que dois-je donc faire pour aider ce Basophon ?
— Abandonnez-le. C'est au fond de la fosse la plus profonde qu'il vous appellera. Pour l'heure, il se révolte, il aspire aux pouvoirs. En quoi pourriez-vous lui être utile ?
L'Esprit saint se retira et, selon le conseil du Christ, décida de laisser le jeune homme à ses extravagances.
Ainsi, suivant Simon le magicien, Basophon se rendit à la grotte d'Eléazar. Abraxas, sous l'apparence d'un marchand, les y attendait.

— Voici le remarquable héros dont je vous ai parlé, dit Simon.

— Excellent, fit le démon. Sa renommée est venue jusqu'à moi. N'est-il pas celui que les puissances du mal ont odieusement trompé, lui faisant croire qu'il était allé au Ciel ?

— C'est lui-même.

— Eh bien, excellent Simon, nous allons réparer cette erreur. Marchez, je vous prie. La lumière est au fond du puits.

Sur cette phrase sibylline, Abraxas entraîna Basophon vers les profondeurs de la caverne. Ils avancèrent dans l'obscurité, le diable tenant le garçon par la main. Simon était demeuré à l'entrée.

— Est-ce encore loin ? s'inquiéta le fils de Sabinelle.

Une porte fut ouverte. Alors Basophon fut ébloui par l'intense lumière rougeâtre qui, surgissant de quelque abîme, inondait la vaste salle où ils pénétrèrent.

— Qui va là ? demanda une voix puissante et majestueuse.

— Le héros Basophon, répondit Abraxas.

— Qu'il approche !

Aveuglé comme par vingt soleils, le jeune homme ne pouvait garder les yeux ouverts. Il suivit docilement le démon qui l'entraînait.

— As-tu jamais connu semblable lumière ? interrogea la voix. Dans le Ciel de l'imposteur, la lumière était-elle aussi grande ?

— Non, bredouilla Basophon. Elle était plus douce.

Il y eut un ample ricanement, quelque chose comme un interminable grincement de chaînes rouillées, puis :

— Telle est la preuve de notre puissance.

Alors des trompettes sonnèrent, puis des chœurs se prirent à entonner une hymne d'une suprême beauté qui saisit l'âme de Basophon et lui fit monter les larmes. Les jambes lui manquèrent. Il tomba à genoux tandis qu'un sanglot lui nouait la gorge. Il demeura ainsi un long moment, puis, lorsque les chœurs se turent, la voix reprit :

— Tu es ici dans le vestibule du véritable Ciel. Dieu t'attendait depuis longtemps déjà. Il va te déléguer un de Ses meilleurs anges, mais, afin que tu puisses plus aisément converser avec lui, nous placerons un voile sur la lumière. Relève-toi et ouvre les yeux.

Basophon obéit. Il se trouvait à présent dans une cabane au bord de la mer. Abraxas avait disparu en même temps que l'intense clarté. Un personnage de forte stature, en toge grecque, se tenait devant lui. Il avait le teint sombre des Égyptiens. Ses yeux noirs fixaient le jeune homme avec une intensité qui le glaça.

— Comment avez-vous fait ? bégaya-t-il.

— Nos pouvoirs sont tels que nous aurions pu te mener au sommet de quelque montagne ou dans les bas-fonds les plus obscurs de la mer, répondit l'inconnu. Or nous savons que ton désir est de partager avec nous cette puissance que le dieu mensonger t'a méchamment refusée. C'est bien ce que tu souhaites ?

— Je ne comprends pas, dit Basophon. Je connaissais la vérité, et voici que tout est à l'inverse de ce que je croyais.

— Il n'est pas de plus grands mensonges que ceux qui se déguisent en vérité, ni d'illusions plus perfides que celles qui se donnent pour le réel. Mais baste ! Parlons entre amis.

Et il pria Basophon de s'asseoir. La cabane était tendue de filets de pêche. La table était faite de rondins maintenus par du cordage. Dehors, on entendait la rumeur paisible des vagues.

— La nature, commença le haut personnage, est un assemblage de particules qui ne tiennent entre elles que par la magie. C'est ainsi que, pour ceux qui ont reçu le pouvoir de disséminer ces particules et de les réunir autrement, le monde peut être changé à leur gré. Naturellement, il existe des échelons dans la puissance. Mais ces échelons ne peuvent être gravis que dans la mesure où l'on se donne à eux corps et âme. Le comprends-tu ?

Basophon, qui s'était assis, se releva brusquement.

— Je veux tous les pouvoirs, et celui de nazir en particulier.

— Certes ! fit l'Égyptien. Tu les auras. Mais, pour cela, je le répète, il faut que cette magie dont j'ai parlé soit entrée par tous les pores de ta peau et de ton esprit. Il faut qu'elle fasse partie de toi-même.

— Comme vous voudrez, dit Basophon avec impatience. Que faut-il que je fasse ?

— Oh, c'est très simple. Il suffira que tu acceptes d'être des nôtres et que, ce faisant, tu répudies les fausses pensées qui obscurcissaient ton entendement.

— Pour tout vous dire, avoua le fils de Sabinelle, je ne sais qui croire ni que penser. On m'avait promis d'être la lumière de Thessalie et je suis pareil à un aveugle.

— Nous te donnerons l'intelligence.

— Est-ce un pouvoir ?

— L'intelligence du monde est un fabuleux pouvoir. Il te permettra de percer à jour les ruses de tes adversaires et ainsi de te jouer d'eux pour les amener à tes fins. Nous te donnerons aussi la beauté.

— Ne suis-je pas assez bien comme je suis ?

— Il te faut une beauté qui fasse enrager les femmes et les jette à tes genoux. Sais-tu que ce sont elles qui, en secret, dirigent les hommes ? Par elles, tu atteindras le pouvoir terrestre. Enfin, nous te donnerons la richesse.

— Ai-je besoin de richesse ?

— Nul ne peut dominer s'il ne possède ce levier essentiel. Intelligence, beauté, richesse, voilà qui fera de toi la lumière non seulement de Thessalie, mais du monde.

— Hé ! s'écria Basophon. Voilà un langage que l'on ne me tint pas dans le Paradis.

— Ces gens-là sont des avares. N'as-tu pas compris qu'ils ne cessent de rabaisser l'être humain en lui promettant une vie éternelle qu'ils ne lui donnent jamais ?

— Pardon, fit le jeune homme en se ressaisissant, j'ai vu de mes propres yeux les élus dans le Ciel.

— Illusion ! Tous ceux que l'on te présenta n'étaient que des comédiens destinés à t'abuser. Le décor était en carton-pâte. Quant aux trois divinités qui gèrent ce manège, ce ne sont que des bonimenteurs. Je les ai bien connus. Celui qui se targue du nom de Père n'est autre que le vieux Yéhové des juifs, ruine d'un désert où ne prolifèrent que des scorpions. Quant à son fils qui se prétendit oint par son propre sang, il ne fut qu'un esclave révolté, puni à juste titre par les Romains, un insensé tout imbu de gloire, un blasphémateur. Et je ne parle pas de l'Esprit, qui n'est en réalité que du vent.

— Et Joseph, le charpentier ? Ne m'a-t-il pas donné la canne ?

— Oui, celui-là... Je veux bien admettre... Mais cela suffit ! Veux-tu recevoir des pouvoirs, oui ou non ?

— Certes !

— Alors suis-moi.

A l'instant, la cabane disparaît, puis la mer. Basophon suit le grand homme le long d'un sentier qui bientôt s'enfonce dans la terre. Au fur et à mesure qu'ils descendent, le corps du démon se change peu à peu. Sa blancheur première se prend à jaunir, puis à rougir. Le voici écarlate lorsqu'ils pénètrent dans la salle où les attend Satanas.

Le prince du monde est assis sur un trône ardent. Il a choisi une belle figure et des habits rutilants afin de ne point effrayer sa proie. Sa grimace s'est métamorphosée en sourire. Autour de lui, il a disposé sa cour en l'ornant de vêtements somptueux et de pierreries multicolores : Gibosus le Cornu, le Tétrapède Omniscient, Calomne Oxydron, Fageoton le Stromaque, Clissodius Balternum, Anamnoque

Verbosim, Chatum Caninolphe, Batracien Farnèse, Occiputin Bascul, Papalissime Extendu, Ronolphase Ambigu, Potocorèse Achildon, Gada, Boursoufle Cesarus, Minicardon Volvustum, Centrodiase Omnarouf, Coquin Putu, Anaconda Palmipède, Bachiterne Voltaïque et d'autres encore tels que Sexobournicol Fafa, Angeliomanirequin le Pédo ou Racaillon Batiscot.

Tous ces beaux princes se retinrent de rire derrière les masques de cire qu'ils arboraient sur leur effroyable museau. Ils avaient pris pour nom Prince de la Rosée, Petit Renard du Levant, Grandeur de la Soie, Archicomte des Feuillages, Magnificence de la Prunelle, Sérénissime Gardien des Lucioles, Archiviste en chef de la Parole, Cacophoniste Merveilleux, Sublime Organe de la Peste, Porte Munificente du Désert, Sa Sainteté des Hirondelles, Plain-chant du Cygne futur, Majestueux Calendrier des Énigmes, Mironton Sublime de la Soldatesque, Aquafurtiste de la Mancha, Prophète Intégral de la Clepsydre, Éclatant Tout du Sublime Reste, et mille autres d'une beauté factice, comme diables en prennent dans leurs orgiaques folies d'après-boire.

À la vue de ce théâtre déployé devant lui, Basophon s'étonna. Était-ce la trop grande effusion de richesses qui soudain l'éclaira ? En y regardant mieux, et malgré la hâte qui le pressait de devenir nazir, il commença de flairer la supercherie. N'était-ce pas un pied fourchu qui dépassait de la robe ? Et là, n'était-ce point des poils roux qui saillaient de la bouche de ce personnage trop jovial pour être sincère ? Une âcre fumée ne filtrait-elle pas du siège de cette manière d'empereur tout caparaçonné dans sa tunique de cuir ? Satanas parlait. Sa voix mielleuse ne charriait-elle pas d'infimes relents nauséabonds qui, peu à peu, devenaient perceptibles à l'esprit en éveil du fils de Sabinelle ?

— Nous, dieu extrême des univers, potentat surexcellentissime du visible et de l'invisible, nous te saluons. N'avons-nous pas appris que les vieux démons de l'air ont tenté de te tromper en s'affublant de mensonges hébraïques éculés dont les scorpions eux-mêmes ne veulent plus ? (Rires de l'assistance.) N'avons-nous pas appris de surcroît que toi, le héros promis aux sphères les plus élevées de la concupiscence spirituelle, avais été spolié des pouvoirs magiques dont tu avais le droit sublimissime de recevoir le dépôt ? Et donc nous, dans notre furigineuse bonté, nous allons réparer le tort infâme qui te fut infligé en te conférant la beauté, la richesse et l'intelligence. Il te suffira de nous remettre ton âme, ce qui est bien naturel, puisque c'est en ton âme que réside le feu, lequel sera embrasé par notre souffle omnipotent et caritatif, amen.

Abraxas, toujours sous l'apparence d'un marchand, s'approcha de Basophon qui, au milieu de la salle du trône, se tenait planté, fort perplexe.

— Ainsi que notre dieu souverain vient de le proposer en son infinie bonté, remets-moi ton âme afin que je la porte sur son autel. Là, il l'animera par le souffle et lui confiera tous les pouvoirs de la richesse, de la beauté et de l'intelligence.

— Pas si vite ! s'écria Basophon. Je me moque de votre richesse, de votre beauté et de votre intelligence. Je veux de vrais pouvoirs : ceux d'un nazir, c'est-à-dire le pouvoir de me changer en ce qu'il me plaira, le pouvoir de détruire et de construire ce que je déciderai, le pouvoir d'évoquer les esprits inférieurs et supérieurs afin qu'ils m'obéissent.

— Hé là, fit Satanas, ce sont des pouvoirs du six cent soixante-seizième rang que seuls quelques maîtres sublimes peuvent posséder.

— Ce sont eux qui m'intéressent. Tout le reste n'est que pacotille.

Il y eut un grand remue-ménage dans les rangs des faux-semblants qui, tournant leurs masques de cire à droite et à gauche, s'interrogeaient sur tant d'impudence. Satanas, lui, n'hésita pas fort longtemps. Il lui fallait l'âme de ce Syl-vestre afin de la ravir à Dieu. Il savait que Basophon était marqué d'un signe divin qui était contraire à ses plans démoniaques. Et donc il était urgent de le corrompre, fût-ce au prix d'un pouvoir que l'on pourrait ensuite lui retirer.

— Parfait, dit-il de sa voix sirupeuse. Tu me donnes ton âme et je lui insuffle le pouvoir de destruction.

— Non, répondit Basophon en haussant le ton. Je ne vous confierai mon âme que si vous me donnez d'abord ce pouvoir.

— Tu es redoutable, grinça Satanas, mais comment pour-rais-je t'insuffler le don si ton âme demeure attachée à tes ridicules croyances ?

— Pftt ! Je vois bien que vous ne possédez pas les pou-voirs que vous prétendez détenir. Dans le Ciel, il suffisait à l'Esprit saint de vouloir pour que sa volonté s'accomplisse.

Et il fit mine de s'en aller. Or le prince des démons avait été piqué au vif par la remarque du jeune homme.

— Penses-tu vraiment, pauvre chose, que je ne puisse te donner le pouvoir de destruction par mon seul bon vou-loir ?

— Vous ne le pouvez pas ! affirma Basophon.

Satanas se leva et tendit les mains en avant, d'où sortit une boule de feu qui traversa la salle, venant frapper le jeune homme. A l'instant, ce dernier fut comme embrasé. Il sentit qu'une force gigantesque était entrée en lui.

— N'ai-je pas réussi ? demanda le diable.

Alors Basophon s'écria :

— S'il est vrai que je possède le don de destruction que le démon m'a donné, que cet Enfer soit détruit sur-le-champ !

Satanas fut secoué d'un grand rire.

— Me croyais-tu assez stupide pour tomber dans ton piège ? Je t'ai donné le pouvoir de la force physique, rien de plus.

Tous les autres démons mêlèrent leurs éclats de rire à

ceux de leur maître, à tel point que leurs masques de cire se détachèrent, faisant apparaître leurs vrais visages — s'il est possible d'appeler de la sorte d'abominables museaux. Alors Basophon entra dans une fureur terrible. Il arracha une colonne qui soutenait le toit du palais des ombres. Le toit vacilla, semant la panique parmi les damnés. Abraxas voulut s'interposer. Basophon le souleva comme un fétu et le jeta en direction de Satanas qui le reçut en s'écroulant au bas du trône. Dès lors, la colère du jeune homme ne connut plus de bornes. Fauchant toutes les colonnes, il acheva de détruire le bâtiment tandis que les démons disparaissaient dans la poussière soulevée par l'effondrement de la toiture.

Lorsque l'endroit ne fut plus que ruines, Basophon se retrouva au-dehors, à l'entrée de la grotte d'Éléazar où l'avait mené le magicien Simon. Il comprit que tout ce qu'il venait de vivre n'était que mensonges accumulés, hormis le pouvoir physique qui lui avait été conféré et qui remplaçait avantageusement la canne du charpentier Joseph.

— Ah, déclara-t-il, je n'ai pas entièrement perdu mon temps.

Et, avec sa rugueuse inconscience, il revint à la taverne où il avait laissé la trop belle Hélène. Celle-ci, bien persuadée comme elle était de ne plus jamais revoir le garçon, fut stupéfaite et, sur le moment, crut que c'était un spectre qui entrait. Affolée, elle courut se réfugier dans une pièce voisine où Simon faisait la sieste. Éveillé d'un coup, ce dernier se dressa sur son séant à l'instant où Basophon apparaissait.

— Eh bien, fit-il, te voici revenu ?

— Tu voulais me tromper, vieil animal ! s'écria le fils de Sabinelle.

— Te tromper ? Aux dieux ne plaise ! Que veux-tu dire ?

Mais, ne pouvant maîtriser sa colère, Basophon empoigna le magicien et, comme s'il n'eût été qu'un mannequin de paille, le jeta violemment contre le mur où il s'assomma. Puis, venant vers Hélène, il lui dit :

— Tu as osé te moquer de la lumière de Thessalie. C'est entre les griffes de Satanas que tu m'as envoyé. Avoue qu'il est ton maître !

Paralysée d'effroi, elle se recroquevilla sans répondre. Alors Basophon lui saisit un bras, l'attira à lui et, l'obligeant à le regarder :

— La magie de ton corps est plus redoutable que celle de Simon. Je devrais te défigurer à jamais. Mais, pareil à Jésus qui pardonna à Marie de Magdala, patronne des charpentiers, je veux bien t'absoudre à la condition que tu renonces à l'Enfer auquel tu t'es soumise.

— Comment le pourrais-je ? demanda Hélène en détournant les yeux.

— Quitte Simon et suis-moi.

La perfide crut que Basophon désirait ainsi la posséder. Sur ce terrain, elle se sentait beaucoup plus à l'aise. Aussi retrouva-t-elle tout son talent.

— Mais voudrai-je seulement de toi ? fit-elle en minaudant.

Le jeune homme comprit qu'elle se méprenait. Il la secoua vivement et, d'un ton si rude que son visage en devint tout blanc, il lui dit :

— Limace putride, combien je regrette d'avoir profité de ton corps ! J'étais alors naïf, ignorant du charme trouble qui allait m'égarer. Maintenant, je sais qui tu es. Tu seras ma servante et rien de plus.

— Ta servante ! Moi, servante ! s'écria-t-elle en reprenant ses esprits. Plutôt mourir !

Or, à ce moment, le magicien Simon sortit de son évanouissement, ce que voyant, Basophon revint vers lui qui gisait sur le carrelage de la chambre. Avant qu'il eût pu utiliser ses pouvoirs, il lui demanda :

— Et toi, vieille outre pleine de vents puants, où as-tu caché mes compagnons ?

Comme il commençait à lui allonger les oreilles, Simon crut bon de révéler la vérité.

— Dans la cave où jadis se cachait le trésor de Korastène.

— Ne t'avise pas de me tromper et de faire le malin avec ta magie, ou je te casse les deux bras.

Et, relevant d'un geste brutal le magicien, lui tenant fermement les bras repliés dans le dos, il le poussa devant lui.

— Mène-moi à cette cave, et vite !

Il fallut s'y rendre. Simon bouillait de rage, car il ne pouvait exercer ses pouvoirs que de regard à regard. Ainsi se retrouvèrent-ils devant la porte qui tenait enfermés Hermogène et Brutus.

— Êtes-vous là ? demanda Basophon.

— Ouvrez-nous vite, car nous manquons d'air et les rats nous grimpent le long des jambes.

D'un coup d'épaule, le fils de Sabinelle enfonça la porte comme si elle n'était qu'une feuille de parchemin. Puis, tenant toujours Simon sous son emprise, il dit à ses compagnons retrouvés :

— Je me suis laissé leurrer par cet animal. Plus féroce que la hyène et plus hypocrite que le serpent, il a le courage d'une limace. Brutus, couvre-lui les yeux d'un bandeau, car c'est par les yeux qu'il prodigue ses méchants tours. Et vous, mon maître, attachez-lui les jambes que je m'occupe de ses poignets.

En un instant, le sorcier fut réduit à l'état de paquet au fond de la cave de Korastène. Alors, se tournant vers Hélène, Basophon lui dit :

— Tu t'es donnée à moi afin de me tromper. Tu n'en es pas moins ma femme, désormais, et c'est ainsi que je te traiterai.

— Ni servante, ni épouse ! cria la maligne. C'est à Simon que j'appartiens.

Et, avant qu'aucun n'eût pu l'en empêcher, elle se précipita vers le magicien, ôta le bandeau qui cachait son regard. Il en jaillit aussitôt deux flammes, l'une qui vint heurter Brutus, aussitôt changé en âne, l'autre qui parut embraser

Hermogène, lequel se retrouva sous la forme d'un perroquet. Puis un vent terrible s'éleva qui prit Basophon dans son tourbillon et le rejeta au loin, tandis que la voix du magicien emplissait les airs de sa colère :

— Hélène est à moi !

Quand la tempête se fut apaisée, le fils de Sabinelle était assis au bord du rivage. Au loin, on apercevait le port de Séleucie. Il se frotta les yeux, persuadé d'avoir rêvé. Mais, à ses côtés, les quatre pattes bien campées dans le sable, semblait attendre un âne gris sur le dos duquel était fièrement juché un psittacidé du plus beau rouge.

— Ce n'est pas vrai ! s'écria le jeune homme en se levant d'un bond.

— Si, c'est vrai, dit le perroquet. Et c'est ta faute. Qu'avais-tu besoin de cette Hélène ? »

CHAPITRE XIV

*Où la disparition du professeur Standup n'empêche pas Baso-
phon de se rendre à Édesse auprès d'un suaire.*

Le commissaire romain chargé d'enquêter sur la disparition du professeur Standup était un ancien capitaine des
Carabinieri. Il en avait gardé une allure militaire fort élé-
gante et un langage qui se voulait maniéré, ce qui tranchait
curieusement avec sa taille petite et son visage de maître
coiffeur. Le nonce Caracolli l'avait convoqué dans les salons
du club *Agnus Dei* où l'attendaient également Adrien Salvat
et le père Moréchet.

— Éminence, et vous, mon révérend-père, ainsi que
vous-même, monsieur le distingué professeur, veuillez bien
accueillir l'expression de mes plus respectueux compliments. Ce n'est pas la première fois — et je m'en flatte —
que je mettrai à la disposition du Saint-Siège mes humbles
services et les quelques mérites qui me valurent le titre de
commendatore. De la discrétion, du doigté, de l'efficacité :
telle est ma devise qui, nul ne l'ignore, était aussi celle du
condottiere Colleone, mon exemple, mon maître, bien qu'il
fût padouan et que je sois né à l'ombre du Vésuve. Bref, j'ai
l'habitude.

— Commendatore, commença le nonce, nous connaissons votre supérieur, le ministre Bertollucci, un saint

homme qui nous est beaucoup attaché. Nous avons en effet souhaité que l'enquête soit menée comme il convient. D'où le choix que notre ami Bertollucci a porté sur votre personne. Car, après tout, nous ignorons ce qu'est devenu le professeur Standup et peut-être nous inquiétons-nous pour rien. La presse n'est que trop avide de vulgaires sensations, n'est-ce pas ?

Le commissaire Papini goûta à son verre de Fernet Branca à l'eau gazeuse, puis, après une moue de circonstance, s'exclama :

— Le vin du Saint-Père ! Quel homme sublime, n'est-ce pas ? Est-il vrai qu'il le boit légèrement tiède ?

— Secret d'État, fit Caracolli, quelque peu agacé. Mais, pour en revenir au professeur Standup... Tout est venu du fait qu'un homme aussi ponctuel que lui ne peut avoir disparu d'aussi cavalière façon. Cher professeur Salvat, expliquez toute l'affaire au commendatore, je vous prie. Les mots s'étouffent dans ma gorge.

Adrien Salvat commença non sans une pointe d'ironie mâtinée de vanité intellectuelle.

— Une fiction ! Voilà de quoi il est question. Imaginez, commendatore, qu'une histoire, censée se passer au début de notre ère et supposée écrite au IIIe ou IVe siècle, soit en vérité un document du XVIe siècle vénitien. De plus, imaginez que le traducteur de cet étonnant document disparaisse après la lecture des premiers chapitres, au moment où nous apprenons que le texte est un apocryphe destiné à remplacer un document original qui aurait dû être brûlé par l'Inquisition. Qu'en déduisez-vous ?

— Eh bien, professeur, je dirais que c'est un fameux imbroglio, bredouilla le policier que la prétendue explication de Salvat n'avait fait que plonger dans les ténèbres les plus épaisses.

— C'est en effet une fiction, insista Salvat. Mais une fiction qui ne peut égarer les spécialistes que nous sommes.

Par conséquent, ni le professeur Standup, ni le nonce, ni moi ne pouvions en être dupes. Autrement dit : l'auteur a écrit ce texte pour un public non spécialisé, sans se soucier de l'authenticité de son document.

Le nonce se hissa hors de son siège :

— Professeur Salvat, vous avez raison ! Cependant, il y a volonté de tromper, puisque le manuscrit est rédigé en carolines sur du papier fabriqué au XVIᵉ siècle.

— D'où l'on pourrait déduire que le faussaire a recopié un texte qui, primitivement, était destiné au simple usage littéraire. En nous en tenant à cette première hypothèse, essayons de reconstituer les faits. Un personnage que nous appellerons X apprend qu'un manuscrit sulfureux se cache dans le dossier de la *Scala Coeli* de Jean Gobi, classé B 83276, de la Bibliothèque Vaticane. Il décide de subtiliser le document et de le remplacer par un autre. Il utilise un texte vraisemblablement inédit d'un auteur que nous nommerons Y, et le fait recopier par un faussaire que nous désignerons par Z. Ce dernier est un spécialiste de ce type de contrefaçon. Il possède des feuilles de papier vénitien. Il transpose le texte dans cette bouillie de latin que nous connaissons. Puis il le recopie en petites carolines. Énorme et minutieux ouvrage, ne trouvez-vous pas ? Est-il concevable ?

— Adrien, fit Moréchet, ce n'est pas vraisemblable. Il aurait fallu plusieurs années pour traduire, et autant pour recopier à l'ancienne.

— Et donc, deuxième hypothèse, reprit Salvat, cela prouve que Y et Z sont une seule et même personne, qu'elle vécut au XVIᵉ siècle à Venise, qu'elle était écrivain de fiction et utilisait le bas latin. L'expertise du père Grunenwald nous le confirmera. Quant à X, celui qui procéda à l'échange, de quelle époque est-il ? Du Cinquecento, lui aussi ? Ou d'aujourd'hui ? Ou de n'importe quel autre siècle entre le Cinquecento et aujourd'hui ?

— Je pense, dit Moréchet, que le manuscrit du XVIe siècle se trouvait déjà à la Vaticane et que X n'eut qu'à le changer de dossier. Mais encore fallait-il qu'il en connût l'existence. C'était donc un habitué des lieux, un spécialiste.

— Hé oui, fit Salvat. Un spécialiste qui s'arrangea ensuite pour brouiller les pistes de telle façon que les chercheurs de notre époque missent des années pour en trouver le fil.

— Grâce à vous, glissa le nonce.

— Permettez, Excellence, à un humble policier de s'immiscer dans vos propos fort savants, s'interposa le commissaire, mais en quoi tout cela peut-il nous aider dans l'enquête destinée à éclairer la disparition de cet Anglais... de ce professeur...

— Standup ! Ah oui, Standup..., reprit Caracolli que les réflexions de Salvat avaient subjugué. Eh bien, le fait est que le professeur Standup ne fut certainement pas dupe du faussaire. Il se peut qu'il se soit vexé. A cette heure, il est peut-être déjà à Londres. N'est-ce pas ce qu'on appelle « filer à l'anglaise » ?

— Monseigneur, fit remarquer Salvat, vous oubliez que sa chambre fut retournée de fond en comble. Ses affaires personnelles y étaient toujours, mais en quel état !

— Ah, s'écria le commissaire Pépini, j'ignorais ce détail important. La chambre du disparu aurait-elle été fouillée ?

Il fallut tout expliquer par le menu. Le commendatore se retrouvait là sur un terrain plus stable, ce qui lui permit de reconquérir son autorité.

— Excellence, plastronnait-il, je vous laisse à vos travaux érudits, mais, je vous en prie, laissez à la police le soin de ce professeur anglais dont le comportement me paraît suspect. Nous avons nos méthodes. Nos hommes sont les plus fins limiers du monde. Soit dit en passant, la réputation de Scotland Yard est fort exagérée. D'ailleurs, Sherlock Holmes, n'est-ce pas...

— Pepini, l'interrompit le nonce, que la presse soit tenue

à l'écart. Une disparition au Vatican ! Vous imaginez ! Comment dit-on en français : des gorges *brûlantes* ?

On en resta là pour cette matinée. Aussi Adrien Salvat et le père Moréchet décidèrent-ils de retourner à la Bibliothèque Vaticane afin de connaître les résultats de l'expertise du dominicain allemand. Ils le trouvèrent dans un état d'excitation fort peu compatible avec la dignité dont le Teuton aimait d'ordinaire à se parer.

— Messieurs ! Incroyable ! Colossale méprise et inconcevable scandale !

On le laissa s'apaiser, après quoi il expliqua la raison de son état.

— Jamais de mon existence de bibliothécaire je n'ai été à ce point mortifié. Mon intégrité morale est atteinte. J'en arrive à douter de moi-même. Figurez-vous que non seulement quelqu'un a frauduleusement touché au manuscrit original contenu dans le dossier de la *Scala Coeli*, mais il l'a caviardé ! Je dis bien : *caviardé* !

Les larmes lui montaient aux yeux. La honte le submergeait.

— Que l'on ait pu intervertir des dossiers, passe encore ! Mais qu'un dossier ait pu sortir de la Vaticane à mon insu, qu'il ait été manipulé de manière éhontée et que, toujours à mon insu, il ait été remis en place, voilà qui passe les bornes ! Je remettrai ce soir ma démission. Mon honneur est fracassé.

Adrien Salvat lui demanda de s'expliquer mieux. Pour toute réponse, le père Grunenwald lui tendit une liasse de pages, résultats des examens scientifiques opérés sur le document. Il apparut que les premiers chapitres dataient du XIIIe siècle alors que les suivants étaient incontestablement du XVIe, et qu'enfin les tout derniers avaient été copiés récemment. Le tout avait été relié quelques mois avant sa découverte. L'étude assurait que les feuillets médiévaux avaient été rognés afin de s'adapter au format de ceux du

XVIᵉ siècle et de l'époque contemporaine. A part les pages du XIIIᵉ, toutes les autres avaient été copiées sur des feuillets vénitiens au filigrane à l'ancre entourée d'un cercle surmontée d'un fleuron.

— Eh bien, fit Moréchet, voilà qui nous éclaire. Le texte original a été modifié par deux fois : la première au XVIᵉ siècle, la seconde à notre époque.

— Retournons chez la comtesse Kokochka, dit précipitamment Salvat. Quant à vous, mon père, ne vous désolez pas. Je commence à comprendre ce que signifie toute cette affaire. Vos qualités de bibliothécaire ne sont pas en défaut.

Le dominicain était effondré sur son siège et ne parut pas rasséréné par les paroles bienveillantes de Salvat. Cet homme savant et sévère, allemand et qui plus est prussien, ne pouvait comprendre par quelle étrange manigance on avait réussi à déjouer les dispositifs de surveillance de la Vaticane. N'avait-on pas installé des systèmes électroniques à chaque porte, des caméras dans chaque salle ? Des spécialistes américains s'étaient déplacés et avaient éprouvé l'installation trois mois durant, après quoi ils s'étaient vantés auprès du Saint-Père d'avoir réussi là le chef-d'œuvre de leur carrière.

Était-il concevable qu'un employé de la Vaticane, sérieusement choisi et contrôlé comme ils l'étaient tous, eût pu emporter le dossier sans qu'aucun des dispositifs n'eût fonctionné ? De mémoire d'homme, jamais aucun livre ou document appartenant à la bibliothèque n'en était sorti, les consultations, expertises ou restaurations s'effectuant sur place. Ne prétendait-on pas que les laboratoires de la Vaticane surpassaient ceux du Louvre ?

— Alors, demanda Moréchet tandis qu'en compagnie de Salvat il se rendait à l'ambassade de Pologne, cette expertise semble t'avoir éclairé.

— Il se pourrait que le faussaire soit un des experts de la Vaticane et que ce soit dans les laboratoires de celle-ci qu'il ait travaillé. De plus, c'est une personne que la Kokochka connaît bien, puisque c'est par elle que la comtesse a appris l'importance du document.

— Suffirait-il de savoir qu'un expert polonais a aisément accès aux laboratoires pour désigner le coupable ?

Les deux amis furent introduits par le chambellan astiqué et ganté de blanc dans le salon baroque où la comtesse les avait reçus lors de leur précédente visite. L'abondante épouse de l'ambassadeur, assise dans son fauteuil à ramages, les accueillit plutôt crûment.

— Hé là, messieurs, bousculés vous êtes un peu trop, n'est-il pas ? J'ai dit : mon mari Son Excellence être encore à Varsovie et donc ne pourrai parler davantage.

— Pardonnez, chère madame, à des amis de la Pologne leur empressement à venir au secours de votre illustre compatriote, le Saint-Père, fit Moréchet.

— Quel secours a besoin le Saint-Père ? s'exclama la Kokochka en haussant les épaules avec dédain.

— Madame, dit Salvat d'une voix agacée, nous sommes revenus vous importuner par nécessité et non par plaisir, croyez-le. Nous avons la quasi certitude qu'un complot a été ourdi contre le Vatican et sans doute contre le souverain Pontife lui-même. Sans vous en rendre compte, vous détenez une information qui nous permettra de déjouer ce complot. Veuillez donc bien avoir l'obligeance de répondre à nos questions.

Sous l'outrage, le visage de la comtesse avait viré au blanc. Qui avait déjà osé lui parler sur un tel ton ? Elle pinça les lèvres, puis d'une voix glaciale :

— Allez, inspecteur, allez. Dans ces jours, la respectuosité des personnes est piétinée. Fouillez l'ambassade et moi-même, et pourquoi pas mon mari Son Excellence !

— Madame, reprit plus posément Salvat, lors de notre précédente visite, je vous ai demandé le nom de la personne qui vous avait renseignée sur la découverte de la *Vie de*

Sylvestre. J'ai besoin de connaître ce nom. J'insiste respectueusement auprès de vous pour que vous me le confiiez, là, maintenant.

— Et si le nom je donne pas ?

— Comtesse, vous pourriez, hélas ! être considérée comme complice.

Elle explosa :

— Sortez ! Dans mon ambassade, être insultée par policier même pas polonais !

— Madame, fit remarquer Moréchet, mon ami le professeur Salvat a été choisi par le Saint-Siège pour mener l'enquête...

Elle se calma aussitôt, bien que sa considérable poitrine continuât de souffler comme une forge. Puis elle lança comme on lance un os à un roquet :

— Un Polonais.

— Mais encore ? insista Salvat.

— Un très respectable et même considérable Polonais.

— Son nom ?

— Ma mémoire est, comment vous dites ? Elle est trouée, voilà. Peut-être mon mari Son Excellence se souvient. Moi, qu'ai-je à faire dans cette histoire ?

— Vous en avez parlé à *La Stampa*.

Elle se recroquevilla dans le fauteuil à ramages autant que son corps auguste le lui permettait, comme font les enfants pris en faute. Puis, d'un coup, elle se décida :

— Youri Kosciuszko.

Et, libérée, pareille à un barrage soudain brisé :

— Mais c'est pour le Saint-Père. Chaque femme de Pologne aime le Saint-Père, si génial et si considérable, je dis, messieurs, vous ne pas pouvez comprendre...

— Youri Kosciuszko est attaché à la Bibliothèque Vaticane, n'est-ce pas ? demanda le père Moréchet.

— Youri, le pauvret, à la Vaticane ?

Elle partit d'un rire énorme qui fit frétiller ses innombrables bijoux.

— Il est secrétaire de mon mari Son Excellence. Un communiste, vous savez, totalement idiot que c'est drôle, terriblement drôle, et il boit vodka beaucoup, même que vers onze heures, le matin, il est mort. Stupide, non ?

— Mais pourquoi avez-vous tenté de nous dissimuler son nom ? questionna Moréchet, intrigué.

— Je sais pourquoi, dit Salvat d'un air grave. Kosciuszko est un homme de main à la solde de l'URSS. Il a été placé auprès de l'ambassadeur afin de le surveiller.

— Youri ? fit la comtesse, jouant mal la stupéfaction.

— Il comptait sur vous pour répandre la fausse nouvelle dans Rome et déstabiliser ainsi le pape, du moins le croyait-il ! Comme si ce manuscrit truqué pouvait déstabiliser qui que ce soit ! Mais il pensait que le document était beaucoup plus scandaleux qu'il ne l'est. On le lui avait laissé entendre. *On*, c'est-à-dire le K.G.B., je suppose. Ce pape est un ferment de liberté, ne l'oubliez pas. Ah, si l'on pouvait le piéger par quelque scandale !

La comtesse se leva telle une impératrice à l'acte IV de la tragédie.

— Messieurs, plus rien à dire. Trop bonne j'ai été. D'ailleurs, ce pauvre Youri n'est plus encore secrétaire de mon mari Son Excellence. Est retourné à Cracovie. Salutations, messieurs. Que Dieu garde votre santé.

Lorsqu'ils furent dans la rue, Salvat ne put refréner sa colère.

— Cette femme absurde est soit un génie de la dissimulation, soit une franche imbécile. Elle prétend que son informateur est un « très respectable et considérable Polonais » (ce sont ses mots), puis elle nous donne ce Youri Kosciuszko qui est un personnage insignifiant et qui, bien entendu, a quitté l'Italie.

— Ce Youri cache un autre Polonais. L'expert de la Vaticane, n'est-ce pas ?

— Sans aucun doute. Mais la disparition de Standup

m'inquiète davantage. Aurait-il cherché à percer le mystère sans nous en rien dire ? L'aurait-on supprimé parce qu'il aurait déterré quelque secret trop brûlant ?

Ils revinrent à la bibliothèque et, comme notre lecteur l'aura déjà compris, ils demandèrent au père Grunenwald de leur faire savoir si quelque Polonais n'appartenait pas à ses services.

— Un Polonais ? Mon Dieu, une trentaine... Depuis l'arrivée du nouveau pape, c'est l'invasion.

— Et quels sont ceux qui ont accès aux laboratoires ?

Le dominicain alla consulter ses fiches. Trois chercheurs polonais, spécialistes des documents anciens, étaient plus spécialement attachés au centre de restauration.

— Pouvez-vous avoir l'amabilité de les convoquer ? demanda Salvat. Je souhaiterais les interroger.

Grunenwald considéra le professeur d'un œil navré, puis lâcha :

— Pardonnez-moi, mais je lis sur les fiches que ces trois experts ont regagné la Pologne il y a deux jours.

Adrien Salvat connaissait bien cette sensation de s'enfoncer dans un labyrinthe de foire aux parois tapissées de miroirs. Et là, le léger fantôme d'Isiana réapparut. Sa bouche enfantine répétait une fois encore : « *Non creder mai a quel che credi.* » Or, il n'était pas question ici de croyances, mais de convictions toujours fuyantes. Dans son esprit, le vieux professeur mêlait l'étonnante histoire de Basophon à la disparition de Standup et celle-ci à la descente ludique et mortelle de la jeune fille dans le Tibre.

De la fiction, tout cela n'était que de la fiction, et pourtant elle devait bien receler quelque signification. Quel lien obscur pouvait exister entre des événements si différents qui, toutefois, étaient marqués du même sceau : la marque de l'improbable, comme si la marge avait peu à peu envahi le texte, le dissimulant sous sa blancheur ?

Salvat avait remarqué combien toute existence est le

brouillon d'une œuvre future, bien qu'il pensât que jamais cette œuvre ne serait écrite, animant le brouillon de sa naïve espérance. Était-ce ainsi qu'était née l'idée de Dieu ? Parfois, Adrien enviait des gens comme Moréchet ou Caracolli qui avaient su ménager leur esprit dans le confort d'une conviction. Pour lui, ce refuge était interdit. Il se fût traité de lâche s'il avait succombé à cet attrait.

Ainsi comprenait-il que le texte de la *Vita*, pour fallacieux qu'il fût, et par cela même, était une image assez juste de la destinée humaine, avec ses incohérences, ses élans, cette étrange passion d'ajouter quelques mots à la blancheur de la page. Mais, depuis la disparition d'Isiana, l'univers de Salvat s'était réduit à cette blancheur qui recouvrirait peut-être à jamais le sens du texte qu'en sa jeunesse il avait commencé de déchiffrer dans l'exaltation de la découverte.

Adrien pensa : « L'homme n'est pas un problème dont il lui appartiendrait de trouver la solution. Il est une énigme à laquelle il se doit de demeurer fidèle. Mais n'est-il pas constant que cette énigme soit elle-même une recherche ? Paradoxe d'un abîme qui se considère. »

« Satanas entra dans une des plus grandioses fureurs de son existence. Il avait perdu la face devant ses subordonnés et son palais était détruit. D'un bond, il se rendit à Rome, prit l'apparence d'un des conseillers de l'empereur, le préfet Caïus, et se fit annoncer, porteur de nouvelles pressantes.

Trajan était partagé entre les révoltes des colonisés aux confins de l'empire et l'agitation des esclaves dans les faubourgs de la capitale. Aussi reçut-il sur-le-champ Satanas, persuadé que le préfet allait lui annoncer que l'ordre avait été rétabli. Mais tel n'était pas l'intérêt du démon.

— Ô César, le fleuve des difficultés que nous rencontrons dans les provinces et dans la cité est alimenté par une seule et même source. Il s'agit des disciples de Christus, ce juif agitateur qui fut crucifié. Ces gens abominables n'ont aucune foi en les dieux que vénère Rome et, pis encore, ils refusent d'adorer les effigies à ta gloire. Ils soulèvent le peuple, excitent les esclaves, détournent les riches de leur devoir.

L'empereur se montra étonné. Les rapports qu'il avait reçus jusqu'alors lui avaient décrit les chrétiens comme des sectateurs plutôt anodins et quelque peu gyrovagues. Toutefois, il avait grande confiance en Caïus. C'est pourquoi il l'écouta avec attention.

— Les fidèles de Christus utilisent les synagogues réparties sur les pourtours de la Méditerranée pour ameuter les juifs. Quant aux autres qui ne sont pas juifs, ils les recrutent sur les places publiques en se livrant à des harangues forcenées et à des actes de magie. Beaucoup s'y laissent d'autant mieux prendre qu'on leur promet le bonheur éternel et de grands honneurs dans le Ciel.

— Écoute, dit Trajan, apporte-moi la preuve que ces gens complotent contre moi et je sévirai.

— Mille preuves ! Il suffit de tendre l'oreille pour les entendre pérorer contre nos lois les plus sacrées. Tiens, regarde par cette fenêtre. Que vois-tu, ô César ?

L'empereur regarda et vit un spectacle qui le déconcerta. Une dizaine d'hommes armés de maillets s'efforçaient de briser la grande statue d'Esculape qui s'élevait en face du palais. En vérité, rien de tel n'avait lieu : c'était un tour de Satanas.

— Sont-ce là des disciples de ce juif ?

— Hélas..., fit l'éternel menteur.

Trajan appela sa garde personnelle et lui ordonna de se rendre sur la place, d'arrêter les iconoclastes et de les lui amener. Mais, bien entendu, les soldats eurent beau chercher, ils ne trouvèrent personne et revinrent sans avoir pu accomplir leur mission.

— Vois comment sont ces gens ! s'écria le faux Caïus. Leur lâcheté n'a d'égale que leur impiété. César, si tu n'y prends pas garde, cette vermine va se multiplier et provoquer la guerre civile. Ignores-tu que profaner les dieux est injurier le droit ?

Trajan était un honnête homme. Il voulut approfondir le cas des chrétiens et dit à Satanas :

— Va dans Rome. Choisis un fidèle de ce juif. Amène-le-moi. Je l'interrogerai.

— César, qu'il en soit fait selon ton désir. J'ai justement emprisonné un de ces rebelles qui me paraît prêt à trahir sa secte pourvu que tu lui fasses grâce. Je vais de ce pas le chercher.

Et, sur ces paroles, le démon sortit, puis se rendit dans une salle déserte du palais où il convoqua le trop fameux Abraxas. Il lui dit :

— Tu vas te changer en disciple de Christus. Prends une tête lamentable et prétends que tu fus égaré par le Crucifié. Repenti, délivré des sortilèges de ces impies, tu es prêt à tout révéler de leurs secrets infâmes. Et là, je laisse à ton imagination perverse le soin de dresser le tableau le plus infect, afin que l'empereur en soit horrifié.

— Ne vous inquiétez pas, promit Abraxas. Je dois me venger de Basophon à travers ces chiens enragés qui se prétendent fils d'un dieu ressuscité de la tombe.

A l'instant, il se métamorphosa en vieillard que Satanas, sous l'apparence du préfet Caïus, amena devant Trajan.

— Alors, fit l'empereur, voici donc un de ces Romains qui s'adonnent à cette curieuse religion. Comment te nommes-tu ?

— Maximus Gratius, ô César, mais, dans la religion du Sauveur, on m'appelait Paulus en souvenir du glorieux apôtre.

— On me dit que tu es prêt à me révéler les secrets de cette secte. Pourquoi le ferais-tu ?

— Parce que je suis romain et que les chrétiens complotent contre Rome, en particulier contre toi, ô César.

— Explique-toi mieux.

— Hier encore, j'étais parmi ces gens. Ils se rassemblent dans les caves afin de dissimuler leurs forfaits. Là, ils mangent et boivent plus que de raison et, lorsqu'ils sont ivres, ils injurient ton image par la parole et par des gestes obscènes. Puis ils se saisissent d'un enfant qu'ils ont volé, l'enveloppent dans de la pâte à pain, et lui tranchent la gorge, disant que la descendance de Rome doit périr, puisque ce sont les Romains qui ont tué Dieu en la personne de Christus.

— Sont-ils juifs ?

— Ils le sont souvent de naissance mais, de plus en plus, des Romains viennent grossir leurs rangs car, tu le sais, ô César, les religions d'Orient sont à la mode ; mais celle-ci allie la barbarie à l'insoumission.

— As-tu réellement vu de tes yeux un enfant égorgé par ces impies ?

— César, je sais qu'en témoignant, je m'accuse. Toutefois, le préfet Caïus m'a promis la vie sauve si je révélais la vérité sur de si abominables secrets.

— Je t'accorderai d'être exilé en Gaule, mais dis-moi : combien d'enfants as-tu vus périr de la sorte ?

— Un chaque soir, et que les dieux m'en pardonnent.

Alors Trajan couvrit son visage de son manteau. Puis il commanda que l'on enlevât le prétendu Gratius de sa vue, après quoi il dit à Satanas :

— Jamais je n'entendis confession plus affreuse. Mais toi, Caïus, pourquoi m'as-tu caché que des enfants disparaissaient ? Ta police ne pouvait-elle intervenir pour faire cesser de telles abominations ?

— Grand César, répondit Satanas, mes hommes eux-mêmes ne sont pas sûrs. La gangrène s'est installée jusque dans les casernes. L'ombre pernicieuse de ce Christus est partout. C'est pourquoi je te demande si fermement d'éradiquer ce chancre alors qu'il en est encore temps. Ta bonté, César, pourrait devenir faiblesse.

Trajan demeura perplexe et demanda au faux Caïus de se retirer. Aussi Satanas comprit-il que les mensonges d'Abraxas avaient attiré la méfiance de l'empereur sur l'autorité de son préfet. Il se rendit donc chez ce dernier et, sans autre considération, l'assassina cruellement, prenant bien soin de laisser dans la demeure des signes chrétiens tracés sur les murs, tels que le poisson, l'ancre et le tau, y ajoutant « *christus vaincra* » pour faire bonne mesure.

Alors, comme du temps de Néron, commença la persécution des chrétiens dans la ville de Rome et ses faubourgs. Trompé, l'empereur fit venir le gouverneur Rufus de Thessalie et lui confia le poste de préfet que le meurtre de Caïus avait laissé vacant. Ainsi, celui qui avait causé la mort de saint Perper se retrouva-t-il à la tête de la police romaine. Cette hyène sanglante n'était déjà que trop prévenue contre les fidèles de Jésus de Nazareth. A peine fut-il installé dans la place que les arrestations les plus arbitraires commencèrent. On tortura pour extorquer des aveux sur de prétendues malversations, des complots imaginaires, des crimes inexistants. Puis, malgré la répugnance de Trajan, on se mit à jeter les chrétiens dans l'arène afin que les bêtes sauvages les dévorent, les laissant ainsi sans sépulture.

Cette idée perverse était née du cerveau malade de Rufus. Puisque les fidèles du Nazaréen prêchaient la résurrection des corps, rien ne devait les effrayer davantage que de se savoir mastiqués, digérés et déféqués par un fauve. Mais, loin de les intimider, un tel supplice galvanisait les martyrs, ce que Rufus ne parvenait à comprendre. C'est qu'il ignorait l'histoire de Jonas avalé par la baleine, parabole de la mort et de la résurrection du Christ.

On perçut alors, au milieu des rugissements, parmi les craquements des os, les crépitements des torches, une

immense prière ininterrompue montant de ces chairs tortu-
rées, si bien que chaque fidèle sacrifié donnait naissance à de
nouveaux disciples. Or, plus les chrétiens se multipliaient
dans la ferveur, plus Rufus multipliait ses ordres déments, si
bien que Rome devint une horrible machine à enfanter des
chrétiens dans la souffrance de leurs pairs.

Tandis que Sylvestre, alias Basophon, gagnait la ville
d'Antioche, accompagné d'un âne et d'un perroquet, Sa
Majesté Lucifuge Rofocal convoqua Satanas en son repaire
de braise. Le prince des ténèbres macérait dans une colère si
intense que son corps fumait comme volcan à la veille d'une
éruption. Ses valets tremblaient si fort que leur squelette
faisait un bruit de castagnettes. En ce tragique endroit,
jamais l'on n'avait assisté à pareille fureur depuis les temps
primordiaux où le maître de céans avait été chassé hors du
Ciel.

Satanas quitta Rome à regret, car il aimait se repaître de la
douleur des chrétiens et de la rage meurtrière des Romains.
Devant le trône de Lucifuge, il s'inclina avec les marques les
plus serviles du respect. Tout crépitait autour de lui.

— Excellence, votre humble serviteur...

— Tais-toi ! Tu n'es même pas l'ombre de ma grandeur.
Miroir bouffon ! Ce que je fais dans l'esprit, tu tentes de le
réaliser dans les corps, et tu bégaies. Mon palais est la
lumière, ton antre la boue. Toi, ma caricature, je te déteste !
Et sans doute m'es-tu attaché par dérision. L'Autre a voulu
que tu sois une plaie à jamais ouverte dans mon orgueil.
Moi, le plus beau des anges, il me fallut accoucher de toi, le
plus immonde. Moi, le plus intelligent, il me fallut t'engendrer, toi, le plus insane. Moi, le plus abstrait, il me fallut
excréter ta grossière puanteur, ignoble étron !

Sous l'injure, Satanas se taisait, profondément ulcéré,
sachant que l'archange déchu l'avait toujours haï, lui qui
n'était pas né dans le Ciel mais dans les égouts de la Terre
parmi les scolopendres, les vers et les scorpions.

— Le Verbe, non content de m'avoir chassé des hauts territoires où je régnais, est descendu dans le monde où l'on m'avait relégué. Sous la forme d'un humain, il s'est glissé dans la corruption afin de l'entreprendre pour sa gloire et la changer en ascèse. Il m'a provoqué, et toi que j'avais chargé de subvertir ses fidèles par le lucre et la luxure, tu n'as été capable que d'enflammer leurs ennemis, les poussant ainsi vers des tortures qui les grandissent. N'as-tu pas compris que le martyre est la semence des chrétiens ?

Satanas reconnut en bafouillant qu'il n'avait pas songé un seul instant que la fureur de Rufus pût être un stimulant pour les sectateurs. D'ordinaire, les gens craignaient la torture et la mort. Pouvait-il prévoir que les disciples de Christus iraient à l'abattoir en chantant ?

— Et ce Basophon, reprit Lucifuge Rofocal, qui s'est joué de toi ! N'as-tu pas honte ?

— C'est qu'il a vécu tout vivant dans le Ciel et a appris des tours de force de Samson lui-même.

— Silence ! tonna l'archange déchu. Nous savons que ce garçon a été choisi pour devenir la lumière de Thessalie. Cela signifie qu'il imposera les lois du Crucifié à ce peuple que, naguère, nous dirigions à notre aise. Il faut donc l'en empêcher, et par des voies plus subtiles que celles dont tu usas jusqu'à ce jour. N'as-tu pas remarqué qu'il se délecta de cette Hélène et qu'il eût été satisfait de la ravir au magicien Simon ? Les filles ne manquent pas. Corromps-le en l'amollissant par le désir de ces femelles. Choisis-les splendides au-dehors et malsaines au-dedans, de façon qu'il contracte une maladie qui le ronge et le ravale au rang des fous. Mais ne tarde pas ! Si tu venais à échouer, je te dégraderais, te renvoyant dans les soutes infectes dont tu es issu. Va !

Satanas sortit à reculons, vexé de n'avoir pas pensé lui-même à cet excellent stratagème. Il enrageait de ne jamais pouvoir surpasser l'intelligence de son maître. Aussi, lorsqu'il retrouva Abraxas, passa-t-il toute sa honte et sa colère sur son subalterne, comme si ce dernier était responsable de sa sottise.

Or, tandis que nous assistions à l'entrevue de Lucifuge Rofocal et de Satanas, Sylvestre, alias Basophon, était arrivé dans la ville d'Antioche qu'un grand remue-ménage agitait. Des groupes de gens discutaient avec véhémence tandis que d'autres se rendaient d'un pas pressé vers le palais du gouverneur devant lequel une foule s'était amassée. Le fils de Sabinelle fut attiré par ce qui ne pouvait être qu'un événement extraordinaire et, tirant son âne par le licol, suivit le flot par curiosité. »

CHAPITRE XV

Où Basophon exerce ses talents à Édesse malgré les réticences
des gens d'Antioche.

« Le peuple d'Antioche avait été convié à se rassembler
devant le palais des anciens rois afin d'y entendre un certain
Cephas qui, venant de la ville d'Édesse, y avait été témoin
de prodiges. Quelques dizaines d'années plus tôt, Abgar fils
de Maanon, le monarque de cette région, avait entendu
parler de ce Christos qui guérissait les malades en Palestine.
Il lui avait fait tenir un message l'enjoignant de venir lui
rendre visite, car il était lui-même souffrant.

Or, Jésus de Nazareth avait répondu à Abgar, lui disant
qu'il ne pouvait se déplacer mais qu'il lui ferait envoyer un
témoignage de son amitié dès qu'il en serait l'heure. Le roi
ne comprit pas ce que le thaumaturge voulait exprimer par
là, jusqu'au jour où un jeune homme du nom de Thaddée
s'était présenté à lui, porteur d'un étrange paquet qu'il lui
remit avec les marques les plus déconcertantes de la dévotion. Ce Thaddée était originaire d'Édesse, mais avait suivi
le Christ dans les derniers mois de sa vie.

— Excellence, dit le jeune homme, le présent que je vous
apporte de la part de mon maître est le témoignage d'amitié
qu'il vous avait promis. Laissez-moi vous apprendre qu'il
fut assassiné par les Romains qui le confondirent avec un

agitateur politique, mais qu'après avoir séjourné dans la tombe, il en sortit tout vivant. Je puis en témoigner, car je le vis non comme un fantôme, mais comme un être de chair. C'est alors qu'il me commanda de vous porter ce drap dans lequel on l'avait enveloppé en le déposant dans le sépulcre. Jean, le plus jeune des douze, l'avait emporté chez lui après qu'il se fut aperçu que le tombeau était vide.

Abgar ouvrit le présent et, à sa stupéfaction, vit non seulement qu'il s'agissait d'un linceul, mais que les traces d'un corps s'étaient imprimées sur la toile. Pris d'une frayeur respectueuse, il referma le paquet et se laissa choir sur le sol, tant son émotion avait été vive. Cependant, lorsqu'il recouvra ses esprits, il s'aperçut que la maladie qui affligeait son corps avait disparu. Dès ce moment, il crut à la toute-puissance du Nazaréen et, avec l'aide du jeune Thaddée, se convertit à sa religion.

Le linceul avait été plié de façon que seules les traces du visage apparussent, et avait été exposé dans un petit sanctuaire bâti tout exprès pour le recevoir. C'est ainsi que Céphas l'avait vu. Il témoignait que des foules se pressaient pour venir considérer ce prodige car, de toute évidence, il ne s'agissait pas d'une peinture, mais de la marque même du visage qui s'était merveilleusement recopié sur le tissu. Des malades guérissaient et même un enfant mort avait repris vie, disait-on, lorsqu'on l'avait déposé devant cette considérable relique.

Le peuple d'Antioche fut enthousiasmé par la nouvelle. Une partie de la ville était déjà acquise à la cause de Christos, et d'apprendre que l'image du Sauveur se trouvait non loin de là galvanisa la foi de ces disciples. Ils décidèrent de se rendre à Édesse sans plus tarder, si bien que l'on vit un immense cortège quitter la cité en direction du nord. Basophon s'y joignit.

Hermogène, changé en perroquet, ne cessa de pérorer, juché sur le dos de Brutus, durant le long trajet. Être métamorphosé en volatile avait atteint sa dignité à tel point qu'il ne parvenait à calmer sa colère.

— Moi, le disciple préféré du Trois fois grand Hermès, sous la forme d'un psittacidé ridicule ! Et c'est par ta faute ! Attends que je trouve le moyen de me venger, et tu verras de quel bois se chauffe un magicien rompu aux trente-trois échelons de l'alchimie alexandrine !

— Cesse de piailler ! railla Basophon. Ta magie ne m'a jamais semblé dépasser les capacités d'un hanneton. Remercie plutôt le Ciel que Simon ne t'ait pas changé en ce bel insecte bourdonnant.

Brutus, lui, supportait sa condition d'âne avec philosophie. Il avait lu Apulée et comprenait que son état n'était que le passage au noir nécessaire avant d'accéder à quelque degré supérieur.

— Ah, faisait-il entre ses dents, l'asinité me rend à la modestie que j'avais perdue sous l'influence militaire. Si je dois embrasser la foi des chrétiens, voilà une préparation que je crois excellente.

Les gens d'Antioche arrivèrent enfin aux portes d'Édesse. Mais la vue de tout ce monde inquiéta si fort le gouverneur qu'il fit envoyer une garde armée à la rencontre des pèlerins. Du haut de son cheval, le chef de la brigade interrogea le premier rang.

— Y aurait-il la peste dans votre région ?

— Ne vous trompez pas, répondit l'épiscope (le vieux sage qui dirigeait cette foule de croyants). Nous ne fuyons aucun mal, mais venons ici dans la paix du Seigneur afin d'y rencontrer un grand bien.

— Quel grand bien ? fit le cavalier en se raidissant.

— La Sainte Image..., dit imprudemment le vieil homme.

A ces mots, le chef de brigade entra dans une colère aussi puissante qu'inattendue.

— Retournez d'où vous venez ! Vous n'êtes que des idolâtres ! Avez-vous besoin d'effigies pour adorer Dieu en esprit et en vérité ?

— Vous vous égarez encore..., reprit l'épiscope. Le suaire qui contint notre Seigneur n'est pas une effigie, mais l'image même de Sa présence parmi nous.

Le ton paisible du vieil homme rasséréna quelque peu l'officier. Toutefois, il déclara que nul ne pouvait entrer dans la ville sans autorisation et que, de ce fait, il conseillait aux pèlerins de dresser un camp en attendant que le roi statuât sur leur sort. Ce qu'entendant, Basophon prit la parole :

— Refuseriez-vous l'entrée à d'honnêtes disciples du Messie ? N'est-ce pas Lui qui a guéri l'ancien roi Abgar, le fils de Maanon ?

— Je n'en sais rien, fit le militaire. D'ailleurs, les ordres sont les ordres et je n'ai pas à les discuter. Dressez votre camp. Lorsque le roi reviendra de voyage, il décidera selon son bon plaisir.

— Mais, demanda l'épiscope, votre roi sera-t-il long-temps absent ?

— Cela ne vous regarde pas ! rugit le hautain person-nage.

Et il rentra dans la ville, suivi de son escorte, laissant les pèlerins tout pantois.

— Voilà une mauvaise affaire, dit Basophon. Nous sommes si nombreux que ces gens ont cru à une invasion. On peut comprendre qu'ils se méfient. Aussi vais-je tenter de pénétrer seul par une autre porte afin d'étudier la situa-tion et de vous en aviser dès que je le pourrai.

On déclara qu'il avait raison, puis on commença à s'ins-taller dans la plaine qui jouxte la cité d'Édesse. Et donc Basophon, son âne et son perroquet contournèrent les rem-parts et se présentèrent à la porte du nord que ne gardaient que quelques militaires.

— Je suis charpentier. Je sais réparer les toitures aussi bien que les escaliers. Votre roi a besoin de mes services.

Le garde le plus élevé en grade s'approcha du jeune homme et lui dit :

— Notre roi est absent depuis fort longtemps. Nul ne sait quand il reviendra. Mais le gouverneur sera satisfait d'apprendre que vous savez manier la bisaiguë et le fil à plomb. Un incendie a ravagé sa demeure particulière. Nous manquons de bras pour tout restaurer au plus vite. Entrez et allez vous présenter au palais.

Ainsi Basophon pénétra dans Édesse. Il se rendit aussitôt auprès du gouverneur qui se nommait Shamashgram. Et certes, il ne fut pas reçu par cet homme illustre, mais par le secrétaire de son sous-intendant. C'est à ce moment qu'il comprit que les affaires d'Édesse n'allaient pas comme il convient. Tout ici semblait objet de suspicion. Les regards biaisaient. Les gestes furtifs jouaient de connivence avec l'ombre. Chacun tremblait de peur à l'évocation de Son Excellence le gouverneur qui, de toute évidence, avait assujetti son monde et le traitait en tyran. Quant au roi, il avait disparu, si bien que Basophon supposa qu'il avait été déposé par le gouverneur et croupissait dans quelque geôle. Toutefois, il n'en laissa rien paraître.

Le secrétaire du sous-intendant lui dit :

— Si vous êtes réellement charpentier, vous pouvez vous joindre aux autres ouvriers qui travaillent sur le chantier. Mais n'écoutez pas la rumeur.

— Quelle rumeur ?

Le secrétaire parut gêné, se tortilla sur son siège et, en rougissant :

— Les gens parlent. Ils ne savent jamais de quoi ils parlent.

Basophon n'en obtint rien de plus. Tirant l'âne par le licol, il entreprit de chercher la demeure du gouverneur. Mais, tandis qu'il avançait, une vieille femme trottina vers lui, puis se mit à marcher à ses côtés.

— Étranger, fit-elle à voix basse, tu dois faire attention à ta vie. Tu es jeune encore. Le gouverneur Shamashgram est une hydre qui s'abreuve de notre sang. Le bon roi est mort, je le crains.

— Bonne dame, dit Basophon, sais-tu où est exposée l'image du Sauveur ?

— Depuis deux mois, le gouverneur a fait fermer le sanctuaire où elle repose. Cet homme a horreur des disciples du Nazaréen. Moi-même, je suis juive. Je ne comprends pas grand-chose à tout cela. On nous persécute, voilà tout ce que je sais. Sois prudent et tiens ta langue.

Elle s'éloigna. Ainsi le fils de Sabinelle arriva-t-il devant la demeure incendiée du gouverneur. Des ouvriers s'affairaient, mais ce qui le surprit, ce fut le nombre de soldats qui les entouraient. Dès qu'il se fut mis à l'ouvrage, il s'approcha d'un des charpentiers et lui demanda pour quelle raison les militaires les gardaient de façon si peu amène.

— Le gouverneur suspecte tout le monde. L'armée est en partie à sa dévotion et surveille nos travaux de peur que nous n'allions pas assez vite pour reconstruire sa bâtisse. Lorsqu'elle a brûlé, il a fait arrêter une centaine de juifs dont certains sont des adeptes de Christos, persuadé qu'ils étaient responsables.

— Je vois ce que c'est, fit Basophon.

Il attendit l'heure où les ouvriers s'arrêtaient pour manger un morceau et, subrepticement, laissant l'âne attaché, il se rendit à la porte du nord, celle par laquelle il était entré dans la ville. Il feignit d'avoir oublié un outil, ce qui abusa les gardes dont l'intérêt, pour l'heure, se portait sur une partie de dés. Puis il gagna rapidement le camp improvisé que les gens d'Antioche avaient dressé durant la matinée.

— Un usurpateur règne sur Édesse, expliqua-t-il à l'épiscope. Il faut le renverser et remettre à l'honneur l'image du Sauveur.

— Sans doute, répondit le vieil homme, mais nous ne sommes pas des soldats. Nous portons le bâton des pèlerins. Comment pourrions-nous opposer nos faibles forces à ce tyran ?

— Comptez sur moi. Cette nuit, surveillez la porte dont

on vous a interdit l'entrée. Elle s'ouvrira. Profitez de ce moment pour tous vous faufiler dans la ville.

— Et les gardes ?

— Je les aurai éliminés.

Le vieil homme fut horrifié à cette pensée. Basophon le rassura.

— N'ayez crainte. Je les estourbirai seulement un peu. Ensuite, lorsque vous serez dans la place, rendez-vous aussitôt à la chapelle de la Sainte-Image. Vous la reconnaîtrez à sa tour pointue. Je serai là à vous attendre.

— Et que ferons-nous ensuite ?

— Vous le verrez bien.

— Non, non, fit l'épiscope. Cette entreprise est trop risquée. Nous serons hachés comme chair à pâté.

Basophon se montra vexé par le manque de confiance que le respectable personnage lui témoignait.

— Eh bien, dit-il, n'en parlons plus. J'agirai seul. N'étais-je pas trop bon de vouloir m'encombrer de tous ces paresseux ?

Et, comme il était venu, il repartit en direction de la porte du nord, emportant avec lui un des bâtons que les pèlerins d'Antioche avaient laissés là. En passant devant les gardes, il le leur montra, ce qui amusa fort ces soldats qui se demandèrent quel drôle d'outil c'était là.

— Messieurs, fit Basophon, ceci est la règle des charpentiers. Vous n'y voyez qu'une canne. En vérité, c'est une mesure. Elle fut confiée au patriarche Noé pour qu'il pût construire son vaisseau. Ainsi tout bâtiment élevé selon l'harmonie de cette règle est-il plus solide que tout autre, et surtout d'une plus grande beauté.

— Assez de boniments ! s'écria le chef de brigade. Va rejoindre les autres, afin que la demeure du gouverneur soit bientôt réparée !

Au lieu de retourner sur le chantier, Basophon se rendit à nouveau auprès du secrétaire du sous-intendant qui l'avait reçu précédemment. Il lui dit :

— Je viens d'étudier les raisons pour lesquelles votre gouverneur a perdu la moitié de sa maison dans les flammes. Reconstruire à l'identique ne ferait qu'aggraver le cas. Veuillez bien m'introduire auprès de vos supérieurs afin que je leur explique de quoi il retourne exactement.

— Vous n'y pensez pas ! s'écria le bureaucrate. Ce sont des personnalités trop occupées pour recevoir une aussi petite personne que vous.

Le sang du fils de Sabinelle lui monta d'un coup à la tête.

— C'est ainsi ! Eh bien, tâtez un peu de ce bâton-là !

Et, d'un revers du poignet, il abattit la canne sur la tête du secrétaire qui s'étendit de tout son long sur le sol. Comme nul témoin n'assistait à l'entretien, Basophon traîna le corps inanimé jusqu'à un réduit où il l'enferma, puis, prestement, il se saisit d'un laissez-passer sur lequel il inscrivit son nom. Après quoi, il monta à l'étage, y présenta le papier.

— C'est pour le gouverneur Shamashgram, fit-il avec aplomb.

— Son Excellence ne reçoit que les visiteurs de première grandeur. A vous considérer, vous n'êtes pas de ces gens-là.

A nouveau le bâton fit son office. Les deux bureaucrates du premier étage se retrouvèrent assommés en un instant, puis cachés sous la table qui contenait toutes sortes de papyrus et de parchemins. Basophon y choisit un autre laissez-passer et se rendit vivement à l'étage supérieur. Là se trouvaient une douzaine de gardes armés de glaive, commandés par un haut personnage à l'allure considérable.

— Bonjour, messieurs, fit Basophon. Voici mes documents. Ils sont en règle. Je dois rencontrer Son Excellence à l'instant même.

— Hé là ! s'écria le supérieur. Vos papiers sont peut-être en règle, mais encore faut-il que Son Excellence daigne vous recevoir. Quel est le but de votre visite ?

— Dites-lui qu'il y va de l'avenir de sa demeure personnelle. Je suis expert en charpente et, à vrai dire, si les travaux se poursuivent comme ils ont commencé, je ne donne pas cher de sa reconstruction.

— Fort bien, dit le prétentieux en frisant sa moustache. Je vais avertir Son Excellence de votre présence, mais sachez que si vous le dérangez pour rien, il en ira de votre vie.

— Je ne crains rien de ce côté-là, se moqua Basophon.

Et il attendit que l'officier revînt. Les hommes d'armes le considéraient avec suspicion tout en manipulant leurs glaives. Enfin la porte s'ouvrit. Le gouverneur Shamash-gram en personne apparut dans la splendeur de son habit d'apparat que, sans doute, il ne quittait jamais. Ce fut comme si un vent glacial avait d'un coup traversé la pièce. Le regard de cet homme avait la fixité cruelle d'un œil de reptile. Les militaires se figèrent en un garde-à-vous qui fit tinter leurs armes.

— Ainsi, fit le gouverneur d'une voix rauque et plutôt vulgaire, tu prétends t'y connaître mieux en charpente que mes hommes. D'où viens-tu ?

— Mon maître fut Joseph, le charpentier céleste, père adoptif de celui que l'on nomme ici le Nazaréen.

— Hé ! Tu ne manques pas d'aplomb ! Ce Nazaréen m'exaspère. Ses fidèles sont des larves qui adorent un linceul comme si, pour eux, la mort était plus essentielle que la vie. Mais baste ! Parle ou je te fais couper en morceaux.

— Excellence, votre demeure est construite de travers. Voilà pourquoi elle a brûlé.

— C'est stupide ! Gardes, saisissez-vous de cet idiot !

Mais, comme les gardes se ruaient sur Basophon, il fit un écart en arrière, si bien qu'ils faillirent renverser le gouverneur. Il se mit alors à rire :

— Je tiens ma force de l'Enfer. Vous ne pouvez rien contre moi !

Et, comme les soldats se ruaient à nouveau sur lui, il leva son bâton, le fit tournoyer au-dessus de sa tête avec tant d'habileté et de force que ses assaillants se retrouvèrent projetés sur le sol en un rien de temps.

— Joli tour, fit le gouverneur Shamashgram, quelque peu effrayé mais qui, pour rien au monde, n'eût accepté de perdre sa dignité. Plutôt que charpentier, tu ferais mieux d'être militaire. Je te ferais entrer parmi mes gardes personnels. Peut-être deviendrais-tu facilement leur chef. Qu'en penses-tu ?

— Je pense, répondit Basophon, que votre demeure est construite de travers.

— Tu l'as déjà dit.

— Cela signifie que votre jugement est aussi tout de travers.

Les gardes s'étaient relevés et attendirent un nouvel ordre pour tenter de s'emparer de l'intrus, mais le gouverneur, bien que profondément vexé par les paroles du jeune homme, n'en était pas moins fasciné par son audace.

— Entre dans la salle des réceptions afin que ta jactance puisse s'épanouir tout à son aise. Après quoi, j'aviserai si je dois te faire pendre ou ordonner ta décapitation.

Ils pénétrèrent dans une immense pièce aux dorures si abondantes que leur éclat faisait cligner les yeux. Le gouverneur alla s'asseoir sur une sorte de trône qui, juché sur une estrade, dominait l'endroit.

— Alors ?

— Excellence, il vous faut donner l'ordre d'exposer la Sainte Image.

— Et pourquoi le ferais-je ?

— Pour que la cité d'Édesse soit à nouveau rendue à la paix. L'incendie de votre demeure vient de votre manque de respect envers cette précieuse relique.

— Blasphème ! Le roi avait les mêmes idées que toi. Il s'était confit en dévotion et passait des heures abîmé en prières devant cet infâme tissu. Pendant ce temps, son royaume périclitait. Voilà pourquoi j'ai dû prendre les rennes du pouvoir. Mais pourquoi suis-je en train de te parler ainsi ?

— Parce que nul ne peut me cacher la vérité.

— Prétentieux sot ! Je te parle ainsi parce que, de toute manière, tu vas mourir. Et donc, selon toi, il me faudrait adorer ce bout de chiffon ? Je vais donner ordre de le jeter au feu. Et toi avec. Gardes, emparez-vous de ce raisonneur !

Cette fois, Basophon ne chercha point à se défendre. On lui lia les mains derrière le dos après lui avoir arraché son bâton. Puis, sous la direction du gouverneur, on le conduisit jusqu'à la chapelle à la tour pointue où avait été exposé le linceul. »

CHAPITRE XVI

Où le lecteur se rend en Pologne, rencontre de fort curieux savants et continue d'entendre la Vita.

Mgr Caracolli avait eu le plus grand mal à achever sa traduction. Le texte lui était apparu de facture différente, semé de difficultés nouvelles, comme s'il eût été composé par un auteur au style maniéré. (« Et pour cause !... », pensa Salvat). Aussi le nonce, lorsqu'il arriva au bout de ce dix-septième chapitre de la *Vita*, se laissa-t-il aller à d'amères confidences.

— Qu'apprenons-nous de cette histoire, sinon que Basophon a de bons bras ? Sa descente aux enfers est classique. La tentation par la femme ne l'est pas moins. Ah, nous perdons notre temps ! Et que devient le pauvre Standup ?

— Je ne suis pas de votre avis, fit Salvat. D'abord, il me semble que l'évocation du linceul du Christ ne manque pas d'intérêt en un moment où nos savants se préoccupent du suaire de Turin. Vous n'ignorez pas, en effet, qu'il serait important de savoir si le *mandylion* rapporté d'Édesse à Constantinople en 944 aurait pu se retrouver en France dans la famille de Charny en 1353. Car si tel était le cas, le tissu évoqué dans la *Vita* ne serait autre que ce *mandylion*, lequel, par voie de conséquence, serait la célèbre relique de Turin.

Mandylion est en effet l'arabe *mandul* hellénisé, qui signifie *linceul*.

— Un manuscrit syriaque actuellement à Saint-Péters-bourg, et datant de la fin du Vᵉ siècle, dit Moréchet, témoigne d'une singulière correspondance entre le roi Abgar et Jésus, celle-là même qu'évoque notre manuscrit. Or je constate qu'il existe à la Bibliothèque nationale de Paris un *Nouveau Testament* écrit en 1264 qui reprend cette légende, et un manuscrit de la Vaticane de 1584 qui comprend un exemplaire de la réponse de Jésus. Il s'agit donc d'une tradition ancienne qui a survécu jusqu'à l'époque de la rédaction vénitienne de notre *Vita*.

— Sans doute, s'écria le nonce, excédé, mais toutes ces considérations ne nous feront pas retrouver le professeur...

— Oh si ! reprit Salvat. Car, voyez-vous, le professeur Standup a compris plus vite que nous ce que tout cela signifiait. Il en a tiré les conséquences.

— Quelles conséquences ?

— Il est parti en Pologne.

— *Ma come, in Pologna ?*

Cette fois, le nonce Caracolli se demanda si Salvat avait toute sa raison. En Pologne ? Et pourquoi donc en Pologne ?

— Parce que le faussaire contemporain est polonais. Et parce que Sa Sainteté est polonaise. Il y a là un enchaîne-ment d'évidences que Standup avait saisi. Aussi allons-nous nous rendre également à Cracovie sans plus attendre. Nous n'avons que trop perdu de temps.

— Pourquoi Cracovie ? demanda encore Mgr Caracolli.

— Parce que c'est là que se trouve le plus important centre polonais de recherches médiévales. Notre faussaire a travaillé là-bas. Puis il a apporté avec lui le pseudo-manuscrit à la Bibliothèque Vaticane, l'a échangé contre l'authentique, lequel a été caché dans un autre dossier. Tout simplement.

— Est-ce possible ? Avec toutes les précautions qui ont

été prises, tous les systèmes d'alarme ? s'interrogea le père Moréchet.

Adrien Salvat sourit avec indulgence.

— Ces systèmes électroniques ne fonctionnent que pour combattre le vol, donc pour empêcher de faire sortir des documents. Pragmatiques comme ils le sont, les ingénieurs américains n'ont jamais pensé que quelqu'un aurait eu l'idée d'introduire une œuvre, puisque toutes les réfections se font dans les laboratoires de la Vaticane et qu'aucun prêt n'est possible. Ainsi donc, n'importe qui peut y faire entrer n'importe quoi. Nul ne s'en soucie.

— Sapristi ! s'écria Moréchet. Tu as raison. La partie authentique de la *Vita* est toujours à la Vaticane, dans quelque dossier.

— C'est ce que n'avaient pas compris ceux qui ont fouillé la chambre d'hôtel de Standup. Ils pensaient que le professeur y avait caché le document. N'est-ce pas, Monseigneur ?

Le nonce se troubla. Son visage devint écarlate. Puis il avoua :

— A quoi bon vous le celer davantage ? Lorsque nous avons appris la disparition de Standup, nous avons pensé qu'il avait pu subtiliser le document. C'est pourquoi nous avons fait fouiller sa chambre. Pardonnez-moi de n'en avoir rien dit ; j'avais honte d'avoir suspecté le professeur.

— Voilà au moins un point résolu, dit Salvat. Pour le reste, veuillez bien nous faire retenir deux places d'avion pour Varsovie, je vous prie.

— Deux places ?

— Moréchet m'accompagne. Il m'est très précieux.

Caracolli sortit, tout honteux, tandis que le jésuite reprochait aimablement à Salvat de disposer de sa personne un peu trop à sa guise.

— Ah, commença Salvat dans un bel accès de lyrisme, quelle fiction extravagante que la vie ! Et combien j'admire tous ces théologiens, ces métaphysiciens, ces spéculateurs de l'invisible qui échafaudent des systèmes d'une intelligence abstraite, repoussant sans cesse plus loin les limites de l'aberration. Sans eux, combien l'existence serait morne, sans relief ! Ce sont des humoristes supérieurs.

— Tu refuses de passer pour crédule, n'est-ce pas ? fit remarquer le jésuite dans un sourire.

— Et toi, quelle est ta croyance ? Soyons honnêtes : nous croyons que nous sommes là, et encore nous demandons-nous parfois s'il ne s'agit pas d'un rêve. Dans vingt ans, de toute façon, nous aurons disparu. Que sera alors l'univers ? Pour d'autres, sans doute, il sera encore visible, mais pas pour longtemps. A leur tour ils s'en iront. Ce que nous appelons la réalité n'est donc qu'un reflet passager que nous nous transmettons les uns les autres par la chair ou par les œuvres. Rien de plus.

— Tu es trop intelligent, pas assez sensible. Je veux dire : pas assez proche des choses et des êtres. Ils ne sont pour toi qu'équations à résoudre.

Adrien Salvat rit de bon cœur. Seul Moréchet pouvait se permettre de lui parler ainsi. Déjà, au lycée, ils partageaient leurs heures de loisir à ce genre de conversations tandis que les autres jouaient au ballon. Mais n'eût-il pas mieux valu jouer au ballon ?

Et maintenant, lecteur attentif, nous allons quitter Rome pour la Pologne. Nos amis s'y rendent par avion et nous, sur l'aile prompte de la narration. Il suffit de prétendre que nous sommes à Varsovie pour nous y trouver, alors que nos voyageurs ont dû préalablement se rendre à Paris afin d'obtenir un visa que l'ambassade polonaise de Rome leur aurait peut-être refusé ; après quoi, ils se sont rendus à l'aéroport de Roissy et, au terme d'un vol de trois heures agrémenté d'un repas, ils se sont retrouvés à Varsovie où, la longueur du passage en douane aidant, Salvat fut pris d'une colère où se fondaient pêle-mêle son horreur des tracasseries administratives, la mauvaise digestion du déjeuner aérien et le désagrément de devoir être véhiculé en taxi jusqu'à Cracovie.

Enfin ils y advinrent, fourbus. On les logea dans un vieil hôtel au bord de la Vistule. C'était un ancien palais délabré qui sentait le moisi mais qui recelait encore de beaux meubles et des tapisseries du XIIIᵉ siècle laissées à l'abandon. Salvat fut installé dans une chambre où trônait un lit à baldaquin si énorme que l'on eût dit un catafalque. Moréchet avait été accueilli par un de ses confrères, le père Karmitz, qui travaillait au Centre européen médiéval, non loin de la cathédrale. Ainsi purent-ils rapidement s'entretenir du but de leur voyage.

— Effectivement, dit Karmitz, deux chercheurs polonais qui travaillaient à la Vaticane sont rentrés la semaine dernière. Il s'agit de personnalités au-dessus de tout soupçon. L'un est ecclésiastique : le père Jarovski ; l'autre est laïque : le professeur Lodst. On voit mal l'un de ces éminents savants se livrer à une quelconque falsification.

— Je désire les rencontrer, fit Salvat d'une voix têtue.

Puis il alla se coucher, laissant les deux jésuites à leurs supputations.

Le lendemain, dès dix heures, ils se retrouvèrent au Centre médiéval, merveilleuse bâtisse du XVIIIᵉ siècle qui émergeait du brouillard, pareille à un énorme vaisseau. Le père Jarovski et le professeur Lodst les attendaient dans une petite salle à l'odeur de cire qui avait dû jadis servir de sacristie. A l'arrivée de Salvat et de Moréchet, ils se levèrent fort courtoisement. Le premier était gros, rubicond, jovial, tandis que le second mesurait près de deux mètres et était d'une maigreur effrayante. Le contraste entre les personnages était si caricatural que les deux voyageurs durent se retenir de pouffer.

— Messieurs, dit Salvat en s'asseyant, nous sommes venus jusqu'ici afin d'en finir avec un petit mystère que, j'en suis certain, vous voudrez bien nous aider à éclaircir. Il s'agit d'un manuscrit.

— Certainement, fit le père Jarovski. De quel manuscrit s'agit-il ?

— De la *Vie de Sylvestre*.

— Quel Sylvestre ? demanda le professeur Lodst. Le pape de l'an mil ? Gerber ?

— Basophon, laissa tomber Moréchet.

Le professeur Lodst partit d'un grand rire.

— Cette légende idiote ! Vous savez bien que personne n'a jamais retrouvé ce manuscrit. Il n'existe pas.

— Et vous, père Jarovski, qu'en pensez-vous ?

L'ecclésiastique parut embarrassé.

— A Rome, la rumeur courait que l'on avait retrouvé quelque chose...

— Et comment se nommait cette rumeur ? Qui la colportait ?

— Mon Dieu, je n'y ai pas prêté attention.

— Ne serait-ce pas Youri Kosciuszko, le secrétaire de l'ambassadeur ?

— En effet, bégaya le père, troublé. Mais c'est une petite personne, un communiste, vous comprenez... Je n'ai pas cru bon de m'intéresser à de telles divagations.

— Et que contenaient ces divagations ?

— Des billevesées. Comme si ce manuscrit retrouvé contenait un secret qui aurait pu déstabiliser la papauté !

— Mais encore ?

— Eh bien, ce manuscrit aurait constitué la preuve que saint Pierre n'est jamais venu à Rome. Bref, des sottises.

Adrien Salvat se leva.

— Messieurs, pourquoi nous cachez-vous que vous avez rencontré dernièrement le professeur Standup ?

Les deux hommes firent mine d'être étonnés — et peut-être bien l'étaient-ils.

— Mais, dit le professeur Lodst, nous ne vous cachons rien. En quoi notre entrevue avec le professeur Standup peut-elle vous intéresser ?

— Vous l'avez rencontré au Vatican. Puis il a quitté Rome. Il est venu ici, à Cracovie. L'y avez-vous vu de nouveau ?

— Je crois, en effet que le professeur se trouve à Cracovie, dit le père Jarovski. Il me semble l'avoir aperçu dans la rue, avant-hier soir, mais je ne saurais le jurer.

— Ni l'un ni l'autre ne lui avez parlé depuis votre retour ?

Les deux hommes assurèrent que leur dernier entretien avec Standup avait eu lieu à la Bibliothèque Vaticane.

— Vous avait-il appris que nous avions découvert la *Vita* et qu'il la traduisait ?

— Non. En revanche, il s'informa des possibilités de nos laboratoires à Cracovie et nous lui recommandâmes d'entrer en relation avec le docteur Groshech notre spécialiste en paléographie.

— Voilà qui nous éclaire, fit Salvat. Je vous remercie de votre aide si précieuse. Où peut-on trouver ce docteur Groshech ?

Ils le rencontrèrent quelques heures plus tard dans sa demeure particulière. C'était un homme sombre, voûté, arborant de petites lunettes sur un visage blafard mal rasé. Son costume élimé devait être le seul qu'il endossait chaque matin depuis plusieurs années, à en juger par sa chemise jaunie qui s'ornait au col d'une auréole de crasse.

— Entrez, messieurs, entrez, je vous prie.

Sa voix fluette était ponctuée à intervalles réguliers d'une toux sèche qui le secouait si fort qu'une légère rougeur venait alors colorer la pâleur de ses joues. Salvat et Moréchet pénétrèrent par un obscur couloir dans un bureau faiblement éclairé envahi par des livres dont la plupart étaient empilés sur le plancher ; d'autres, par dizaines, reposaient sur des chaises et des tables qui formaient l'essentiel de l'ameublement de cette étrange bibliothèque sans rayonnages.

— Ah, monsieur le professeur, et vous, père Moréchet, hum-hum, je ne saurais dire la satisfaction que j'éprouve, hum-hum, mais, s'il vous plaît, veuillez bien ôter ces livres de ces chaises et vous asseoir.

— Docteur Groshech, commença Salvat, avez-vous rencontré dernièrement notre ami et collaborateur le professeur Standup ?

— L'Anglais ? Certainement. Il désirait, hum-hum, entrer en relation avec un de mes amis, un artiste, je ne sais pour quelle raison.

— Pourriez-vous nous préciser le nom de cet ami ?

— Janosh Koshusko. Un spécialiste inestimable en paléographie, hum-hum. J'ai beaucoup travaillé avec Koshusko. Dernièrement, nous avons étudié ensemble l'art des enluminures rhénanes, hum-hum, celles des manuscrits B 146 et F 307 de notre université. Et quand je dis combien Koshusko est un artiste, hum-hum, c'est par le fait de sa compétence en calligraphie médiévale. Une main très sûre.

— A-t-il déjà recopié des manuscrits en carolines ?

— Quelques-uns. Vous savez, hum-hum, ici, avec le régime politique, l'argent manque. Koshusko gagne bien sa vie avec ses reproductions. Il les vend à des marchands allemands. Il faut comprendre...

— Et, à votre avis, se serait-il risqué à inventer une parodie de *Vita sanctorum* qu'il aurait copiée en carolines ?

Le docteur Groshech fut pris d'une quinte de toux qui se révéla bientôt n'être qu'un fou rire.

— Janosh est un fameux coquin, plaisant et inspiré. Hum-hum, comment vous dire ? Les clients des marchands allemands regardent la beauté du manuscrit et sont incapables d'en comprendre le texte. Ce sont de riches bourgeois, des industriels, hum-hum, des porcs qui paient, comme nous disons.

— Le professeur Standup a-t-il effectivement rencontré Koshusko ?

— Je l'ignore. Mais tenez, vous voyez ce dossier, là-haut, sur le dessus du buffet ? Hum-hum. C'est l'*Histoire de Charlemagne* de l'abbaye de Grunaü. Le manuscrit authentique. Je l'ai volé et déposé là de peur que nos chers gouvernants n'aillent le vendre. Tout leur est bon, vous savez. Alors, hum-hum, dans cette folie, qu'est-ce que la vérité, le mensonge ?

Janosh Koshusko habitait sur l'autre rive de la Vistule, dans un bâtiment construit vers les années 50, déjà délabré, où s'entassaient pêle-mêle enfants, femmes et vieillards, tandis que les hommes, hors leurs heures de travail, passaient leur vie à l'estaminet. En haut d'un sombre escalier en béton décoré de graffiti obscènes, au sixième et dernier étage se trouvait l'appartement du paléographe.

Salvat frappa à la porte et, après un certain temps d'attente, s'y reprit avec plus de force, ce qui fit apparaître un homme encore jeune, quelque peu éméché, mais dont le beau visage s'éclairait d'un agréable sourire. Il était vêtu d'un short et d'un tee-shirt imprimé aux couleurs de l'Université d'Arkansas.

— Entrez, bonnes gens ! Le vieux Groshech m'a prévenu par téléphone de votre visite. Voyez : comme tout le monde ici, je parle le français.

Ils pénétrèrent dans une pièce qui, de toute évidence, était le lieu de travail d'un copiste. Sur la table, on voyait des spécimens d'écritures anciennes, quelques livres, mais surtout un manuscrit gothique en cours de confection.

— Ainsi, dit Salvat sans préambule, voici l'homme qui a écrit la troisième partie de la *Vie de Sylvestre* qui se trouve au Vatican dans le dossier B 83276 en compagnie de la *Scala Coeli* de Jean Gobi...

Puis il alluma un Chilios y Corona qui dégagea aussitôt une âcre fumée. Nous ne saurons jamais ce qui surprit le

plus Koshusko de l'assertion du professeur ou de l'épouvantable odeur.

— Pardonnez-moi, fit-il vivement, mais c'est la deuxième
fois en trois jours que l'on me parle de ce manuscrit. Et
certes, je vois de quelle *Vita* vous voulez parler, mais,
comme je l'ai déjà affirmé, elle ne peut se trouver au Vatican.

— Et pourquoi donc ? demanda Moréchet.

— Écoutez, dit Koshusko, je veux bien vous parler de ce
manuscrit, mais pouvez-vous avoir la bonté d'éteindre préalablement cette chose ?

Salvat ne se fit pas prier et écrasa le Chilios au fond d'un
cendrier. Puis il s'assit, imité par les deux autres.

— La *Vie de Sylvestre* se trouvait dans la bibliothèque
municipale de Cracovie. Elle était incomplète. Une partie
datait du XIIIe siècle, une autre était une copie vénitienne du
XVIe siècle. Manquait une troisième partie. Et, j'eus beau
chercher, cette dernière partie avait disparu, à moins qu'elle
n'eût jamais existé. C'est alors que j'eus l'idée de compléter
le manuscrit en m'inspirant de la *Vie de Gamaldon*, qui date
du IXe siècle et qui, par quelque côté, rappelle l'aventure de
Basophon.

— Évidemment, s'écria Moréchet. Gamaldon ! J'aurais
dû y penser ! Bête insane que je suis !

— Et donc, conclut Salvat, vous avez écrit la partie man-
quante sur du papier vénitien identique à celui du
XVIe siècle.

— C'est même ce papier vierge qui m'a donné l'idée de
compléter cette *Vita*. Il se trouvait dans le dossier à la suite
de la seconde partie. Voyez, il m'en reste encore.

Il montra quelques feuillets que Salvat considéra avec
attention. Puis il ajouta :

— Lorsque j'eus achevé ce travail, ce qui me prit une
grande année, je décidai de le vendre. Vous savez, ici, la
dilapidation des œuvres est un sport national. Les Alle-

mands de l'ouest sont des collectionneurs qui paient bien. Bref, j'allais traiter avec un marchand lorsqu'un proche de Sa Sainteté, croyant que la totalité de la *Vita* était authentique, me proposa de l'acheter afin de l'offrir à une personnalité étrangère dont le nom ne me fut pas révélé. J'acceptai. Et c'est ainsi que le manuscrit quitta la Pologne.

— Quel est le nom de ce proche du pape ? demanda Salvat.

— Le secrétaire particulier que le pape avait toujours à ses côtés lorsqu'il était cardinal à Cracovie : Mgr Olbrychski. Il est demeuré ici après l'élection de Sa Sainteté.

— Et donc le manuscrit fut offert à cette personnalité étrangère ?

— Je l'ignore, et j'avoue que je m'étonne de l'intérêt que cet Anglais et vous-mêmes portez à ce document.

— Oh, fit Salvat, il ne nous intéresse que dans la mesure où il s'est trouvé dans un dossier où il n'aurait pas dû être, et de surcroît à la place d'un manuscrit autrement plus important, signalé en fiche par le « 666 » de la condamnation majeure.

— Vraiment ? s'écria Koshusko. Nul n'a jamais retrouvé l'un de ces fameux textes, puisqu'ils étaient brûlés. Comment eût-il été possible que l'un d'eux eût échappé au bûcher ?

— Or, il s'agit également d'une *Vie* de Sylvestre, alias Basophon, souligna Moréchet. Ne trouvez-vous pas la coïncidence troublante ?

— Écoutez, fit le Polonais en proie à une vive agitation. J'ignore tout de cette affaire. Je suis un copiste et peut-être même un faussaire, c'est vrai, mais je vous jure que je n'ai eu connaissance de cette substitution que par ce professeur anglais qui est venu m'en parler, comme vous le faites aujourd'hui, il y a trois jours.

Adrien Salvat se leva pesamment. Puis il se dirigea vers la table où était ouvert le manuscrit en lettres gothiques qu'il considéra longuement, après quoi il demanda :

— Ne saviez-vous pas qu'un groupe de chercheurs était en quête de la *Vita* primitive, et cela depuis plus de trente ans ? Le nom de Basophon ne vous a-t-il pas frappé ? Vous qui êtes spécialiste de cette époque, ne vous souvenez-vous pas de la fameuse phrase de Vincent de Beauvais dans son *Miroir historial* : « L'histoire perdue de Sylvestre dont le nom païen était Basophon » ? Et cette autre de Rodrigo de Cereto dans son légendier : « Ce Sylvestre qu'il ne faut pas confondre avec Basophon » ? Allons, monsieur Koshusko, vous ne me ferez pas croire qu'en découvrant le manuscrit de Cracovie, vous n'avez pas pensé que vous aviez mis la main sur le monument que tant de chercheurs se sont épuisés en vain à retrouver. Avouez, je vous prie.

Le Polonais demeura pétrifié durant un interminable instant. Le sang avait quitté son visage. Puis il se lança :

— Messieurs, lorsque j'ai découvert le manuscrit, j'ai d'abord cru, en effet, que j'avais fait la rencontre de ma vie. Le *Basophon* ! Mais, très vite, en déchiffrant le texte, j'ai compris qu'il s'agissait d'une autre version que celle qui reçut la marque d'infamie, le terrible « 666 » qui l'aurait condamné au bûcher. Toutefois, il y était question de Basophon...

— Et donc, poursuivit Salvat, vous avez eu l'idée d'achever le manuscrit en vous inspirant de la *Vie de Gamaldon*, afin de le vendre comme s'il s'agissait de la sulfureuse *Vita* — ce qui, logiquement, devait vous rapporter beaucoup d'argent, n'est-ce pas ? Pensez ! Le seul « 666 » qui aurait échappé au bûcher ! Mais le futur pape a vent de l'affaire. Il vous envoie son émissaire, le prélat Olbrychski, qui, persuadé qu'il s'agit de l'authentique, vous somme de le lui remettre. Est-ce bien cela ?

— Il ne m'a rien payé.

— A moins que ce ne soit en Suisse... Mais passons ! Là n'est pas mon propos. Vous nous disiez que Mgr Olbrychski avait reçu mission d'acheter le manuscrit pour une personnalité étrangère. C'est faux, n'est-ce pas ?

— Peut-être était-ce pour la Bibliothèque Vaticane... Puisque vous me dites qu'il s'y trouve !

Le père Moréchet et Salvat n'en obtinrent rien de plus. Ils quittèrent l'appartement avec un certain dégoût. Ce Koshusko ajoutait le cynisme à la plus parfaite mauvaise foi. Au moins commençait-on à y voir clair dans la fabrication du manuscrit. Restait à se rendre à l'archevêché afin d'y rencontrer l'ancien secrétaire de Sa Sainteté. En chemin, le Jésuite se plaignit.

— Nous sommes menés d'un témoin à un autre, et, peu à peu, notre enquête semble progresser, mais où cela nous conduit-il ? Et le professeur Standup, dans tout cela ?

— Il a compris avant nous que la source de cette affaire se trouvait ici. Or, ne l'oubliez pas, ce qu'il cherche est le manuscrit primitif, celui qui reçut le nombre d'infamie. Il a dû penser qu'il avait été échangé par les savants polonais et qu'il se trouvait donc à Cracovie en lieu et place de la *Vie de Sylvestre* falsifiée par Koshusko.

— Évidemment ! s'écria Moréchet. C'est là qu'il se trouve !

— Mais non, fit Salvat en allumant un de ses cigares. Nous savons qu'aucun document n'a pu quitter la Vaticane. Et pourquoi l'aurait-on amené ici alors que l'hémorragie de manuscrits se fait en sens inverse ? Les Polonais ont besoin de dollars, non de *Vitae* ! D'ailleurs, dans ce pays si catholique, j'imagine mal la rentrée d'un écrit considéré comme diabolique.

Oui, Salvat s'amusait. Cette enquête qui commençait à peser au père Moréchet plaisait à notre limier. Il y trouvait la satisfaction de suivre le fil ténu d'une série d'événements qui, quelque jour, lui apporterait sans doute la solution de l'énigme. Mais quelle énigme ? La terrible phrase d'Isiana lui revenait en mémoire : « Ne crois jamais en ce que tu crois. » Et déjà dans sa tête s'échafaudait une théorie fort éloignée des pensées de son compagnon.

L'archevêché de Cracovie est un monument baroque dont on ne sait s'il recèle les maléfices du Moyen Age le plus ensorcelé ou les plus hautes spéculations de la Divine Science. Dès le porche franchi et la première cour traversée, le sombre bâtiment engloutit les visiteurs à travers de hauts couloirs glacés qui mènent à une seconde cour au centre de laquelle s'élève une reproduction immense de la Vierge de Czestochowa.

D'un guichet éclairé par une lampe au néon poussiéreuse sortit une voix nasillarde accompagnée d'une main qui frappa sur une pancarte dont le texte en polonais laissa nos amis fort perplexes. Toutefois, l'homme y mit tant de vigueur que Salvat s'approcha. Dans un méchant anglais, la voix tenta de s'expliquer :

— Écrire ! Pas entrer ! Là, sur papier, écrire !

Il s'agissait de remplir une fiche. Moréchet tenta de faire comprendre qu'ils souhaitaient rencontrer Mgr Olbrychski mais, à ce nom, le portier sortit de derrière son guichet et, levant les bras au ciel, tel un pantin désarticulé, se mit à proférer une suite d'onomatopées qui montraient assez combien la requête des visiteurs était incongrue.

C'est alors qu'apparut un prêtre en soutane qui, attiré par le bruit, vint à eux. Il parlait français et se fit un plaisir évident de le montrer. D'où il résulta que l'évêque était un personnage si considérable que nul ne pouvait l'approcher sans avoir demandé audience deux mois à l'avance.

— Eh bien, dit Salvat, il va nous falloir réclamer l'aide de la police et obtenir un rendez-vous de gré ou de force.

— Vous n'y pensez pas ! s'écria l'abbé. D'ailleurs, monseigneur est en déplacement. Quant à la police...

— Je ne sais qui vous êtes, reprit Salvat fort en colère, mais veuillez prévenir qui de droit que nous sommes délégués par le Saint-Siège et que rien ne nous arrêtera.

Et, tirant de la poche intérieure de sa veste un document aux armes du Vatican, il le présenta au prêtre stupéfait.

A ce moment, d'autres ecclésiastiques sortirent d'un peu partout, entourant le petit groupe. Ils se montraient fort empressés d'approcher Salvat et Moréchet comme s'il se fût agi de hautes personnalités. En fait, ayant reconnu des étrangers, ils venaient à eux par curiosité. Tout ce monde pépiait comme une volée de moineaux.

— Écoutez, fit Salvat, si vous comprenez le français ou l'anglais, je vous somme de nous introduire auprès de Mgr Olbrychski ou, s'il est absent, de son secrétaire.

Un vieux capucin s'avança.

— Son Excellence est à Czestochowa. Le fameux pèlerinage, vous savez... Mais il se peut que je puisse vous renseigner. Veuillez me suivre.

Ils lui emboîtèrent le pas jusqu'à une petite pièce sombre qui sentait la naphtaline, le moisi et l'urine de chat. Le capucin avait un visage de pleine lune, des gestes suaves de chanoine.

— Veuillez vous exprimer un peu fort. Je suis légèrement sourd, ce qui m'a fait nommer Petrus par les frères, car rien n'est plus sourd qu'une pierre, n'est-ce pas ?

Salvat ne parut pas remarquer la discrète hilarité du saint homme.

— Mon père, commença-t-il, il s'agit d'une affaire qui requiert une certaine discrétion.

— Vous voulez me parler du manuscrit que notre Koshusko a cédé à Sa Sainteté alors qu'elle n'était encore que notre archevêque ? Koshusko vient de me téléphoner, je vous attendais. Vous savez, ici, à Cracovie, les nouvelles vont vite.

Il rit à nouveau, de cette façon silencieuse qui faisait gonfler ses joues rubicondes, froncer ses yeux matois. Il s'amusait beaucoup, ce coquin-là. Ce qui acheva d'irriter Salvat.

— Puisque vous paraissez bien connaître Koshusko, sans doute pourrez-vous nous expliquer comment ce document est arrivé à Rome ?

— Oh, certainement. Dans les bagages du cardinal, lorsque, après la disparition de Jean-Paul Ier, il revint à Rome pour le conclave. Mgr Olbrychski avait pensé que le manuscrit méritait de se trouver à la Bibliothèque Vaticane. C'était une sorte de cadeau de l'Église polonaise à la Ville éternelle.

— Ne saviez-vous pas que la dernière partie du manuscrit était un faux ? Je veux dire : pas seulement une copie, mais un *faux* ?

Le vieil homme se troubla.

— De quel faux parlez-vous ?

Relayé par Moréchet, Salvat expliqua quelle était la part d'adaptation de Koshusko, ce qui parut puissamment étonner le capucin. Il n'était pas spécialiste du Moyen Age, si bien que ni Basophon ni Gamaldon n'éveillèrent en lui le moindre intérêt.

— Il est vrai que le monde n'est que mensonge, dit doctement le capucin. Dieu seul est vérité. Pourtant, comment ne pas verser dans l'erreur en tentant d'approcher de Lui ? Le Dieu rencontré n'est-il pas un leurre, n'étant jamais l'Absolu ? Et certes, c'est notre aveuglement qui nous trompe, mais tant d'illusions accumulées pourront-elles jamais atteindre le Ciel ? Nous sommes condamnés à l'ignorance.

— Mon père, dit Salvat, je ne suis pas venu ici pour philosopher. Je veux seulement être assuré que l'évêque Olbrychski était persuadé de l'authenticité du manuscrit. Était-ce vraiment le cas ?

— Pourquoi ne l'aurait-il pas été ? interrogea le moine. Koshusko est un homme de science. Peut-être avait-il dû restaurer certaines parties de l'œuvre, si c'est ce que vous pensez...

Ils s'éloignèrent sans regret de l'archevêché. Tous ces gens qu'ils rencontraient n'avaient pas plus de consistance que des fantômes. On eût dit des comédiens désœuvrés attendant le lever d'un rideau à jamais baissé. La salle était vide. Les banquettes étaient mitées. Une fine poussière recouvrait les velours rouges d'une fête qui ne reviendrait plus.

— A quoi penses-tu ? demanda Moréchet tandis qu'ils regagnaient promptement l'aéroport.

— A un jeu auquel nous jouions, étant enfants. Cela s'appelait le Mistigri. Toute l'astuce consistait à se défaire d'une carte qui ne pouvait se marier à aucune autre. Eh bien, ici, c'est la même défausse. Tout le monde sourit, mais il en est un qui tient le Mistigri dans sa main. Et il veut s'en défaire, me le passer. Lequel est-ce ?

— Nous quittons la Pologne sans avoir retrouvé Standup, remarqua Moréchet d'un ton morose.

— Mais si, nous l'avons retrouvé ! s'insurgea Salvat. Nous savons qu'il est venu à Cracovie et qu'il y a rencontré les mêmes comparses que nous. Car, j'espère que tu l'as compris, nous sommes ici en présence d'un théâtre bien monté. On nous a gentiment conduits là où l'on souhaitait nous mener. Tout nous paraît clair, à présent. Et pourtant, je te le dis, tout cela n'est qu'encre de seiche pour nous dissimuler une vérité bien plus grave.

— Selon toi, tous ces gens nous auraient menti ?

— Je crois plutôt que, sans trop s'en rendre compte, ils font partie d'un mensonge plus général. Ils évoluent dans un rêve. Pareils à des somnambules, ils n'appartiennent plus au monde de l'éveil. Terrible société que celle qui anesthésie à ce point les consciences !

— Que critiques-tu en ce moment ? Le Parti ou l'Église ?

— Les deux, bien sûr.

Moréchet haussa les épaules, mais c'était pour le principe.

CHAPITRE XVII

Où l'on apprend que la Vita est un document chiffré, tandis que Basophon libère Édesse du tyran.

Et maintenant, cher lecteur, revenons au Vatican où nous attendent le nonce Caracolli et Basophon, l'un perdu dans les plus amères pensées, l'autre en route pour la chapelle au toit pointu où était exposé le Suaire. Après le départ de Salvat et de Moréchet, le nonce s'était posé mille questions inquiètes sur la *Vie de Sylvestre* et, malgré ses louables efforts, n'était parvenu à répondre à aucune. Aussi fut-il rasséréné lorsqu'il vit réapparaître les deux voyageurs au club *Agnus Dei*.

— Avez-vous retrouvé le professeur Standup ?

Telle fut sa première question, si pressante que Salvat ne crut pas bon de le faire patienter.

— Il est venu à Cracovie, poussé par la même recherche que nous. Ensuite, j'espère pour sa vie qu'il a pu repartir à temps pour l'Angleterre.

— Sans nous en prévenir ? s'insurgea le nonce. Vous n'y pensez pas ! Un homme si bien élevé ! *Così per bene !*

— Il a dû penser que le Vatican l'avait mêlé à une affaire peu catholique, laissa tomber Salvat.

— Hé là ! Que voulez-vous dire ?

— Résumons-nous. Un manuscrit du XIᵉ siècle se trouvait à Cracovie, relatant une vie de Sylvestre, alias Basophon. Ce n'était pas la *Vita* condamnée par l'Église, mais une autre version. Toutefois, à cette version avait été ajouté un texte du XVI⁰ vénitien, d'inspiration islamique, sorte de pamphlet contre le dogme catholique. L'ensemble avait été copié en carolines. Or, un chercheur contemporain nommé Koshusko profita de ce document tronqué pour y ajouter une copie de sa propre main, toujours en lettres carolines, utilisant un reliquat de papier vénitien du XVI⁰ siècle qui se trouvait dans le dossier. Pour ce faire, il s'inspira de la *Vie de Gamaldon*, changeant ce nom par celui de Basophon et, je suppose, adaptant quelque peu le récit à son goût. Me suivez-vous ?

— C'est extraordinaire..., fit Caracolli, médusé par ce qu'il apprenait ainsi.

— Or, reprit Moréchet, le futur Jean-Paul II, alors archevêque de Cracovie, apprit l'existence du manuscrit que Koshusko s'apprêtait à vendre à un marchand. Il usa de son droit de préemption, acquit la *Vita*, croyant qu'il s'agissait d'un ensemble authentique, et l'apporta au Vatican à la mort de son prédécesseur. Ainsi le manuscrit entra-t-il à la Bibliothèque Vaticane.

— Mais qui le glissa alors dans le dossier de la *Scala Coeli* de Jean Gobi ? interrogea le prélat.

— Nous l'ignorons encore, dit Salvat. Peut-être la même personne qui savait ou croyait savoir qu'en ce même endroit se cachait le fuligineux *Basophon 666*. Cependant, laissez-moi vous prévenir d'un coup de théâtre qui va vous faire sursauter, vous, monseigneur, mais aussi, toi, mon cher ami. Car, lorsque nous rendions visite à ce Koshusko, je remarquai sur sa table de travail, à côté d'un manuscrit gothique qu'il était en train de recopier, un morceau de bristol sur lequel était inscrit un numéro de fichier qui, à l'instant, me sauta aux yeux. Savez-vous lequel ? B 83276 !

— Le numéro du dossier de la *Scala Coeli* ! s'exclama le nonce.

— Or, il n'y avait aucune raison pour que ce Polonais s'intéressât à ce dossier de la Vaticane, sauf s'il savait que le manuscrit qu'il avait falsifié y avait été déposé.

— Évidemment, fit Moréchet, mais pourquoi ne m'en as-tu rien dit ?

— Parce que je souhaitais quitter la Pologne sans trop de désagréments. Je craignais que l'on ne se fût aperçu que j'avais découvert, quasi par hasard, ce qui me paraît de plus en plus constituer un complot de grande envergure. Je vous le dis : le dossier B 83276 servait de boîte aux lettres à une organisation secrète d'obédience communiste.

— Par exemple ! s'écria Caracolli. Mais comment cela pourrait-il se faire ? Les lecteurs remplissent des imprimés afin d'obtenir un document. Nous devrions retrouver aisément la fréquence des sorties du dossier. Et d'ailleurs...

Le nonce s'arrêta, songeur.

— Hé oui, monseigneur, fit Salvat. Vous venez de comprendre que ce ne sont pas des lecteurs qui ont eu accès au dossier, mais bel et bien du personnel appartenant à la Vaticane. Seuls des individus pouvant aller et venir à leur gré dans les salles des réserves ont été capables de communiquer entre elles au moyen du B 83276. Ce qui suppose que l'on y glissait des instructions (mais je ne le crois pas) ou que le manuscrit de la *Vita* contenait ces instructions — et les contient toujours. Ce ne serait pas la première fois qu'un ouvrage servirait de décodeur pour déchiffrer des messages.

— Je commence à te comprendre, murmura Moréchet. Le texte sert de référence pour déchiffrer des textes incompréhensibles à première lecture.

— Durant la dernière guerre, les partisans du général de Gaulle avaient choisi le petit dictionnaire Larousse illustré comme décodeur, en commençant à la page 155. Les premières lettres du premier mot rencontré se substituaient à la succession alphabétique normale. Le mot était *capacitaire*. C devenait donc A, A devenait B, P devenait C. Le A suivant ayant déjà servi, on le sautait, ainsi que le C. De ce fait, le I devenait D, le T devenait E, et ainsi continuait-on sur toute la page afin de reconstituer un alphabet complet. Tous les jours, on changeait de page, transformant ainsi le code. Pour qui ne connaissait pas l'ouvrage utilisé ni le folio quotidien, les textes étaient indéchiffrables. De plus, d'un jour à l'autre, l'alphabet de référence suivait les caprices du dictionnaire — ce qui était un comble ! Mais bien commode, puisque tout le monde avait sous la main ce petit bouquin si anodin aux yeux des Allemands et de la Milice.

— Et donc, fit le nonce, vous pensez que notre *Vie de Sylvestre* aurait été utilisée de la sorte par des agents à la solde de Moscou ?

— Vraisemblablement à partir du texte recopié par Koshusko, qui en a forcément gardé un double ou l'a confié à ceux qui lui avaient commandé ce travail. Ainsi, à tout moment, des informations que le Vatican désire garder secrètes sont convoyées en Pologne ou ailleurs par le moyen de ce code.

— Mais, reprit Caracolli de plus en plus effaré, cela signifie que cet espion est en contact direct avec le Saint-Père. C'est un membre de la Curie !

— Il suffit d'un secrétaire proche de Sa Sainteté, rectifia Salvat. Il communiquait son message en clair à un employé de la Vaticane qui le chiffrait à partir de la page du jour de la *Vita*. Évidemment, depuis que nous avons découvert le manuscrit ce petit jeu a cessé. Nos indiscrets sont certainement en train d'en inventer un autre.

— Il faut prévenir immédiatement le cardinal Bonino, dit le prélat. La responsabilité est trop grande.

— A votre place, je n'en ferais rien, conseilla Salvat. Si nos conclusions s'ébruitent, nous ne parviendrons pas à remonter la filière jusqu'au principal coupable. A mon avis, les Polonais qui ont quitté subrepticement le Vatican avaient accès au dossier et transcrivaient. A Cracovie, ils ont joué les innocents, mais je ne suis pas dupe. En revanche, le secrétaire proche du Pape n'a pu s'éloigner inopinément.

— Hélas ! s'écria Caracolli. Son visage était devenu livide. Il s'assit lourdement. Sa lèvre inférieure fut prise d'un curieux tremblement. Enfin, il respira très fort et, d'un trait :

— Le père Stroeb a été retrouvé mort dans son lit hier matin. Il était le secrétaire particulier du cardinal Cataldi qui, comme vous savez, est le confident de Sa Sainteté.

— A-t-on ouvert une enquête ? questionna Salvat.

— On dit qu'il s'est empoisonné. Un homme de foi comme lui, ce n'est pas possible, n'est-ce pas ?

— Voilà qui confirme mon intuition, dit Salvat. Il ne nous reste plus qu'à continuer cette malheureuse *Vie de Sylvestre*, à la recherche d'indices, en espérant que le professeur Standup ait pu quitter la Pologne sain et sauf. Nous le saurons d'ailleurs bientôt. J'ai télégraphié à Londres afin de savoir s'il y est réellement revenu.

— Je ne peux plus traduire..., balbutia le nonce. Tout cela est trop horrible.

— Il le faut pourtant. Vous êtes le seul à pouvoir le faire.

Pesamment, le nonce se rendit à la Bibliothèque où le manuscrit était enfermé chaque soir dans un coffre dont le père Grunenwald gardait la clé. Adrien pensa : « La conscience est une boussole folle, incapable de distinguer entre soi et les choses, soi et les autres. Elle ne sait se posséder elle-même dans la mesure où elle n'a jamais accès qu'à des parcelles de vérités dont beaucoup ressemblent à des leurres. »

« Le Saint-Esprit courut chez le Christ qu'il trouva en méditation et lui dit :

— Nous devons agir au plus vite. Le témoignage de votre résurrection risque fort d'être brûlé à Édesse.

— Vous parlez de ce linceul que j'ai laissé dans le tombeau ? L'empreinte de mon corps matériel s'est imprimée dessus à l'instant où j'endossais mon corps de gloire. Il est bon, en effet, que cette relique traverse les siècles en mémoire de ce qui advint. Mais, dites-moi, que se passe-t-il ?

— Votre Sylvestre a décidé, je ne sais pourquoi, de s'opposer au gouverneur de la ville d'Édesse. Cette cité est fiévreuse. Son roi a disparu. Basophon accuse le potentat d'être responsable à la fois de ces maux et de cette disparition, ce qui provoque la colère du personnage et l'incite — logique toute humaine ! — à brûler votre suaire.

Jésus rit de bon cœur devant la mine déconfite du Paraclet.

— Vous ne comprendrez jamais les hommes. Vous êtes l'Esprit ; eux sont faits de viscères, d'os, de peau, de cervelle et d'un tout petit soupçon d'esprit. Comment pourriez-vous saisir toute l'opacité qui les enchaîne à la terre ? Pourtant, c'est cette opacité même qui me les rend si proches. Qu'en aurais-je connu si je ne m'étais incarné dans une femme, si, comme eux, je n'avais souffert dans un corps, raisonné à travers une tête, aimé dans l'étrange dimension du cœur, et si, comme eux, je n'avais eu peur de la mort ? Il vous manquera toujours de savoir ce qu'est ce vertigineux mystère.

— En tout cas, si nous n'agissons pas au plus vite, Basophon sera réduit en cendres et votre linceul avec lui. Le gouverneur me semble décidé.

— Eh bien, faisons un miracle !

— Ces miracles vont à l'encontre de la règle. Je n'aime pas ça...

Jésus prit familièrement l'Esprit saint par le bras. Ils sortirent dans le jardin afin de se pencher au-dessus des nuages sacrés. Leur regard acéré traversa les cercles des planètes et atteignit le monde sublunaire. Tout d'abord la mer Méditerranée leur apparut dans toute la pureté d'un bel après-midi d'été. Puis ce furent les côtes de Palestine et, en remontant, la ville d'Antioche, et enfin Édesse. Aiguisant davantage leur regard, ils se retrouvèrent sur la petite place jouxtant la chapelle où était conservé le suaire.

Sur le drap mortuaire, plié comme il l'était, seule la figure apparaissait. C'était un visage aux yeux sombres, aux traits émaciés, orné d'une barbe à double pointe et entouré d'une longue chevelure. L'ensemble avait été enchâssé dans un réceptacle en bois de forme carrée, protégé par un grillage qui permettait d'admirer la Sainte Face.

Des gardes avaient sorti la relique de l'édifice et l'avaient posée sur le sol en attendant que le bûcher fût prêt. D'autres gardes s'affairaient à apporter et empiler le bois tandis que d'autres encore interdisaient à la foule d'approcher. En effet, la rumeur s'était vite répandue dans Édesse. Le peuple grondait en apprenant que l'on allait détruire la précieuse Image dont on prétendait qu'elle n'avait pas été peinte de main d'homme. Toutefois, la présence du gouverneur Shamashgram et de ses bourreaux empêchait les spectateurs d'exprimer trop haut leur colère.

Basophon, lui, les mains liées derrière le dos, semblait attendre patiemment, comme s'il était indifférent à sa propre condamnation. Mais, en vérité, il surveillait le moment où la foule serait assez abondante pour la réalisation de son plan.

Le gouverneur, montant sur un tabouret, s'adressa à l'assemblée :

— Citoyens de la ville d'Édesse, notre cité est malade. Et pourquoi est-elle malade ? Parce que nous sommes punis par Dieu. Et pourquoi sommes-nous punis par Dieu ? Parce que nous sommes devenus idolâtres. Nous avons adoré une image et Dieu n'est pas une image. Nous avons blasphémé. Et tant que l'objet de ce blasphème ne sera pas anéanti, notre cité restera malade.

Alors Basophon prit à son tour la parole d'une voix forte :

— Peuple d'Édesse, ne l'écoutez pas ! Cette image est celle du Sauveur ! Si la ville est malade, c'est par la faute de l'usurpateur Shamashgram qui a emprisonné le roi légitime.

Il ne put en dire davantage. Les gardes s'étaient précipités sur lui et, l'ayant jeté à terre, l'avaient assommé à coups redoublés, ce que voyant, la foule enhardie brisa la barrière des soldats et pénétra en hurlant dans l'espace où s'élevait le bûcher. Se munissant de rondins de bois, chacun commença à frapper les gardes, à avancer vers le gouverneur qui, dans un sursaut, protégé par ses hommes d'armes, recula jusqu'à la chapelle dans laquelle il s'enferma, emportant avec lui le cadre contenant le suaire.

Basophon sortit rapidement de son évanouissement et, constatant que la soldatesque se livrait à un carnage, se libéra de ses liens d'un seul effort avant d'empoigner un glaive qui gisait sur le sol, puis de se lancer au combat. L'Esprit saint et Jésus, qui regardaient la scène, furent stupéfaits de sa vigueur. Il fallait le voir ! On eût dit un paysan fauchant le blé. Les têtes et les membres sautaient en l'air. Le sang giclait de toutes parts. Les âmes des soldats montaient vers le ciel dans une épaisse fumée noire.

— Hé, fit le Christ, il faut arrêter cette horreur !

Et il plongea son regard à l'intérieur de la chapelle dans laquelle le gouverneur s'était retiré. Le méchant homme, dans sa rage, brisait déjà le cadre contenant le suaire, qui chut en désordre sur les dalles. Alors on vit une flamme jaillir du tissu sacré, se précipiter sur l'usurpateur qu'elle atteignit aux deux yeux. A l'instant, il perdit la vue. Ceux qui l'avaient accompagné furent pris d'une grande frayeur et sortirent du sanctuaire, tombant ainsi sur Basophon qui, poursuivant sa mission, les extermina avant même qu'ils eussent songé à dégainer.

Lorsque tous les gardes à la solde du gouverneur jonchèrent le sol, le peuple d'Édesse tomba à genoux afin de rendre grâces à Dieu. Mais, quand ils virent le tyran apparaître sur le seuil de la chapelle, le visage rougi par la flamme, les yeux crevés, hagard dans son bel habit de cérémonie, ils comprirent que la Sainte Image avait opéré un miracle et se prosternèrent, en proie à la plus vive émotion.

Ainsi la ville d'Édesse fut-elle libérée. Le roi Abgar III fut sorti du cachot où le gouverneur Shamashgram l'avait enfermé. Il remercia Basophon et s'apprêtait à lui offrir le poste que l'usurpateur avait profané lorsque le jeune homme lui dit :

— Je formulerai un seul vœu : que, désormais, les habitants d'Antioche puissent venir librement en pèlerinage afin d'adorer Dieu à travers la Sainte Image de Son fils.

Le roi fut très satisfait et accorda aux pèlerins qui campaient hors des remparts de se former en procession, puis de traverser la ville en chantant des hymnes avant de pénétrer dans la chapelle à la tour pointue pour y admirer le suaire que l'on avait à nouveau exposé.

Basophon, l'âne et le perroquet assistèrent à la fête qui se termina par un banquet offert par le roi en l'honneur des deux cités. Mais le fils de Sabinelle n'était point satisfait. Il estimait que les chrétiens d'Antioche avaient manqué de courage. Aussi, lorsque l'heure des santés fut venue, se leva-t-il devant l'assemblée :

— Que serait-il advenu si je n'avais pas été là ? Le tyran serait toujours en place. Aucun d'entre vous n'aurait pris les rênes de la révolte. Quant à vous, peuple d'Antioche, vous seriez toujours sous les remparts à attendre que la Sainte Image soit réduite en fumée. Est-ce ainsi que vous comptez répandre votre foi ? A Rome, on supplicie, on tue les fidèles du Messie. Allez-vous à jamais baisser la tête ?

— Notre Dieu est un dieu d'amour, non de guerre, fit l'épiscope d'Antioche.

— Jésus a dit : « Je ne suis pas venu apporter la paix, mais la guerre. On se battra jusque dans les familles à cause de moi. »

— Oh, fit le vieillard, je sais que des textes circulent qui rapportent les paroles et les gestes de Notre Seigneur, mais je m'en méfie. L'écriture est mensongère. Elle fixe des mots et des phrases maniérés. Moi, j'ai entendu de mes propres oreilles le fils de l'un des Douze, et c'est à ses paroles que je crois.

Or, à ce moment, une jeune femme d'Antioche s'approcha de la table où Basophon et l'épiscope discutaient. Elle était d'une grande beauté. Sa mère venait d'Éthiopie, ce qui lui avait transmis un air sauvage, une longue chevelure noire, des yeux ardents, des lèvres gourmandes. Son corps dansait tandis qu'elle avançait. Basophon fut ravi par le sourire qu'elle lui lançait. Cette fille avait été prostituée dans les faubourgs et s'était convertie plus tard à la foi du Nazaréen. Elle n'en était pas moins marquée par toutes sortes de maladies, ce pour quoi Abraxas l'avait choisie pour tenter Basophon et le ruiner.

— Oh, fit-elle en minaudant, quel héros ! Quels muscles, quel courage ! Puis-je m'asseoir à vos côtés, ne serait-ce qu'un instant ?

— Fille, s'écria l'épiscope, passe ton chemin ! Ne vois-tu pas que tu nous importunes ?

— Mais non, dit Basophon. Assieds-toi. L'heure des réjouissances est arrivée. Sais-tu chanter ? Danser, peut-être ?

— Je danserai.

Et elle héla deux musiciens.

— Vous n'y pensez pas ! s'insurgea l'épiscope.

— Le Christ aimait les chants et les fêtes, répartit Basophon.

Et, en frappant dans ses mains, il donna la cadence aux musiciens, puis à la jeune femme qui commença d'improviser une danse pour le plus grand plaisir des dîneurs rassemblés en rond autour d'elle. Toutefois, le perroquet sauta sur l'épaule du jeune homme et lui susurra à l'oreille :

— Moi, Hermogène, je te le dis : tu as tort. Cent fois tort !

— Toi, reste tranquille ! dit Basophon en lui tapant légèrement sur le bec, ce qui vexa horriblement le volatile.

— Moi, le meilleur disciple d'Hermès, changé en cette bestiole ridicule ! Et, qui plus est, rabroué par ce jeunot ! Quelle honte !

— Écoute, fit le Romain Brutus changé en âne, tu sais bien qu'il faut passer par la nuit avant d'atteindre la lumière. Accepte ta condition. Tu en sortiras grandi.

Mais Hermogène n'était pas du tout satisfait de cette philosophie. Il se demandait avec angoisse si, quelque jour, il recouvrerait ses traits humains. Ne devait-il pas se rendre en Bithynie auprès du gouverneur Caïus Plinius afin de l'amener à lutter contre le fanatisme des disciples de Christos ? Et là, à présent, il se trouvait au milieu de ces infâmes mangeurs d'un dieu mort, lui qui, de maître de Basophon, était devenu pas même son domestique : son perroquet !

Pendant ce temps, la jeune femme qui avait assailli le fils de Sabinelle poussait de plus en plus loin ses avantages, ce qui n'était guère difficile. Le diable Abraxas avait vu juste : tel était le talon de notre Achille. Et donc, lorsque les danses furent achevées, le couple se retira dans un boudoir qui côtoyait la salle du banquet.

— Seigneur Christ ! s'écria le Paraclet. Votre Sylvestre va tomber dans le piège que lui tend l'Enfer !

— Comment cela ? demanda Jésus.

— Cette fille d'Éthiopienne est un monstre ! Regardez-en l'intérieur. Des vers purulents grouillent en elle plus nombreux que sur un fumier. Votre lumière de Thessalie va se corrompre !

— Il faut bien que ce niais gagne en génie. Vous ignorez que le tréponème est un excitant pour l'intelligence.

— Mais c'est le mal !

— Qu'en savez-vous ? La maladie est, certes, issue du Serpent. Toutefois, par un singulier détournement, l'être humain parvient à changer la boue en sublime. Je lui fais confiance pour cela.

Décidément, l'Esprit saint comprenait de moins en moins cet autre lui-même qui, cent ans plus tôt, était descendu sur Terre afin de sauver l'humanité — qui, depuis cette date, était demeurée tout aussi égarée et perverse. »

— Ah, soupira le nonce, heureusement que vous m'avez averti qu'il s'agit dans cette partie d'un pamphlet islamique !

— Notez, fit remarquer le père Moréchet, que l'idée de cette corruption de Sylvestre par une maladie vénérienne vient du diable et que le Christ songe à retourner le mal en bien, déjouant ainsi le plan du Malin.

— Mieux que cela ! souligna Salvat. Abraxas est un mot gnostique. Il y a là confusion volontaire entre la gnose et le Mal. L'islam soutient que le christianisme est un mélange de gnose et de paganisme, n'est-ce pas ?

A ce moment, un garde suisse annonça l'arrivée du commissaire Pepini qui, en entrant, claqua des talons, salua militairement et demeura à distance. L'ancien officier des carabiniers avait son visage plombé des grands jours.

— Monseigneur, mon père, monsieur le professeur, veuillez accepter mes salutations et me pardonner de m'immiscer de façon si impromptue dans vos doctes travaux, mais j'ai le pénible devoir de vous annoncer une bien triste nouvelle.

— Parlez, fit le nonce que le verbiage du commissaire agaçait.

Le personnage, tel un acteur au dernier acte d'une comédie dramatique, avança de six pas et, dans un chuchotement assez calculé pour que chacun l'entendît :

— Le professeur Standup a été retrouvé.

— Et alors ? s'écria le prélat. Continuez, je vous prie.

— On a retrouvé son corps à Varsovie. Terrible affaire ! L'ambassade de Grande-Bretagne...

— Voilà ce que je redoutais, dit Salvat en se dirigeant vers la baie vitrée qui ouvrait sur les jardins.

Le nonce respirait avec peine et sans doute priait-il, tandis que Pepini expliquait dans un jargon administratif tarabiscoté que la nouvelle était parvenue à la police italienne par le canal de Scotland Yard, laquelle avait été avertie par l'ambassade de Grande-Bretagne en Pologne. Le corps du professeur avait été découvert dans un terrain vague jouxtant les vestiges de l'ancien ghetto. Le malheureux avait été étranglé au moyen d'un lacet métallique. Sur lui, on avait retrouvé tout son argent. Il ne s'agissait donc pas d'un crime crapuleux.

— Certes non ! s'exclama Salvat en se retournant. Vois, Moréchet, comme nous avons eu raison de quitter la Pologne au plus vite. Et comme j'avais vu juste lorsque je prétendais que tous ceux que nous avons rencontrés là-bas étaient de sinistres comparses. Rien n'est plus abominable que le complot des employés de l'ombre. Aucun d'entre eux n'est personnellement responsable et tous le sont collectivement, y compris la tête qui a conçu la stratégie, y compris le meurtrier qui a serré le lacet. Pauvre Standup, il avait si intelligemment deviné que quelque chose clochait dans ce dossier, il avait si habilement remonté la filière ! Mais il n'avait même pas songé que la mort l'attendait au bout de l'enquête, pour la terrible et simple raison qu'il était en train, sans s'en rendre compte, de démonter les plans d'assassins attachés à la disparition du Saint-Père.

— Comment ? Qu'avez-vous dit ? fit Caracolli. Tout ceci serait-il un complot destiné à attenter à la vie du Pape ?

— C'est cela même. Car, voyez-vous, pour parvenir à assassiner Jean-Paul II, il convient de connaître l'instant précis où il sera vulnérable. Pour cela, il faut être averti de ses déplacements suffisamment à l'avance pour préparer minutieusement le plan de l'attentat. D'où l'utilisation d'un secrétaire proche du pape, qui transmet les informations aux agents communistes à partir du dossier B 83276. Naturellement, dès le moment où nous nous sommes saisis du document, ces agents ont regagné la Pologne, tandis que le secrétaire est malencontreusement décédé. Quant à Standup, il gêne. On l'exécute. Nous aurions pu subir le même sort, le père Moréchet et moi, si nous n'avions quitté promptement Varsovie.

— Extraordinaire ! s'écria le commissaire, oubliant son obséquiosité naturelle.

— Et donc, pour l'heure, le Saint-Père est à l'abri, conclut Moréchet.

Le professeur fit la moue. Le pape polonais risquait de déstabiliser le glacis communiste. De ce fait, il était urgent pour Moscou de le supprimer avant qu'il ne fût trop tard pour enrayer le processus de libération qui s'élaborait subrepticement derrière le rideau de fer. Mais le pape était-il la seule cible ?

— Je désire rencontrer le cardinal Cataldi, demanda Adrien Salvat. Le père Stroeb, que l'on a retrouvé empoisonné, était bien son secrétaire, n'est-ce pas ? Si je ne me trompe, ce prélat est un proche de Jean-Paul II ?

— Un ami de longue date, expliqua Caracolli. Cataldi fut nonce à Varsovie.

— Et dire que Jarry, dans *Ubu roi*, prétend que la Pologne n'est nulle part ! Je la rencontre partout ! constata Salvat.

Le soir même, le cardinal reçut nos chercheurs dans son bureau particulier, à quelques pas des locaux administratifs réservés aux affaires extérieures de l'Église. L'homme était grand, robuste, taillé en paysan, mais avec le regard tranchant d'un chef d'entreprise. Le nonce lui présenta Moréchet et Salvat.

— Père Moréchet, dit cette éminence, j'ai beaucoup apprécié vos travaux sur l'iconographie paléochrétienne. Quant à vous, professeur, on m'affirme que vous êtes un bon connaisseur de la Chine. Taïwan fut mon premier poste. Un poste minuscule, mais ô combien passionnant.

— Éminence, commença Salvat, vous vous doutez certainement de l'objet de notre visite.

— Le décès de mon secrétaire, je suppose...

— En effet. Ne vous a-t-il pas paru suspect ?

— Mon Dieu, comment vous dire cela sans porter un jugement peu charitable ? Le père Stroeb s'est peut-être donné volontairement la mort, ce qui, si cela s'avérait exact, serait un scandale.

— Et s'il ne s'est pas donné la mort ?

— Seigneur ! Voudriez-vous insinuer qu'il a été assassiné ?

— Éminence, reprit Salvat après avoir considéré son interlocuteur en silence, je dois vous apprendre ou vous confirmer que le père Stroeb avait des fréquentations politiques regrettables.

Le cardinal Caraldi reçut la nouvelle sans surprise, mais avec un certain émoi. Depuis le début de l'entretien, sa main gauche jouait avec sa croix pectorale tandis que, de la droite, il dessinait machinalement sur une feuille de papier posée sur son bureau. D'un coup il se figea, marqua un temps de réflexion, puis :

— Son séjour en Pologne l'avait beaucoup changé, dit-il en considérant Salvat d'un air entendu.

— Vous seriez-vous douté de quelque chose ?

— Pas précisément. Appelons cela une vague intuition. Voyez-vous, professeur, depuis environ un mois, le père Stroeb s'intéressait tout particulièrement aux déplacements du souverain pontife, ce qui n'était pas dans ses attributions, ni d'ailleurs dans les miennes. Toutefois, l'amitié que veut bien m'accorder le Saint-Père m'a toujours permis d'être informé de ses projets. Il m'a même souvent demandé des conseils à propos de ses déplacements. Or le père Stroeb, dans le courant de nos conversations, tentait de savoir ce que j'en connaissais, si bien que cette insidieuse insistance me fit d'abord penser qu'il transmettait des renseignements à des journaux, toujours avides de nouvelles inédites, n'est-ce pas ? Mais, depuis son décès, je dois dire que j'y ai bien réfléchi. Ne travaillait-il pas pour quelque officine étrangère ?

— Votre Éminence est perspicace, dit Salvat. Toutefois, il se peut que vous ayez laissé échapper un renseignement que les adversaires de la libéralisation à l'Est tenteront d'utiliser.

— Pour nuire à Sa Sainteté, n'est-ce pas ? demanda le cardinal d'une voix rauque. Oui, mon pressentiment ne m'avait pas trompé. Ce père Stroeb m'avait été recommandé par des personnes dont j'aurais dû me méfier. Et certes, je comprends pourquoi Moscou, à travers les communistes polonais, désirerait compromettre l'action du Pape, mais comment des ecclésiastiques pourraient-ils collaborer à une si horrible entreprise ?

— Certains d'entre eux sont persuadés que l'Église polonaise aurait tout à perdre à un affaiblissement du communisme. N'y a-t-il pas là matière à réflexion ? Les églises ne seraient pleines que grâce à l'opposition à la férule marxiste et par compensation à la rigueur des restrictions quotidiennes : voilà ce que pense ce clergé. C'est ce que les observateurs appellent l'alliance objective de l'Église et du communisme. Étrange couple, n'est-ce pas ?

Le cardinal Cataldi hocha la tête, poussa un profond soupir.

— L'Église polonaise n'a jamais manqué d'intégristes. Ce sont là de redoutables excès. L'irrationnel et la passion en sont les moteurs. Assurément, ces gens sont fiers que l'un des leurs soit assis sur le trône de saint Pierre, mais, dans le même temps, ils l'accusent de trop pactiser avec la mollesse occidentale. Ce qui est curieux quand, comme moi, on connaît l'intransigeance doctrinale du souverain pontife. Mais que puis-je faire ? En quoi puis-je vous être utile ?

— Quels sont les prochains déplacements publics du pape ? demanda Salvat.

— Il se déplace presque chaque jour, par exemple dans quelque basilique, lorsqu'il est à Rome. Quant aux grands voyages, ainsi que la presse l'a annoncé, il y aura bientôt les huit jours en Amérique latine, les trois jours à Genève... Le pape doit aussi retourner en Pologne, mais la date n'a pas été déterminée. La Chancellerie vous fournira aisément tous les détails.

— Parmi tous ces déplacements, n'en est-il pas un qui vous semble plus extraordinaire que les autres ?

Le cardinal réfléchit un bref instant, puis, en souriant :

— Je puis vous faire confiance, n'est-ce pas ? Ceci doit demeurer parfaitement secret. Jean-Paul II doit rencontrer en privé le grand rabbin de Rome chez le prince Rinaldi da Ponte, mercredi prochain à 15 heures. Je l'accompagnerai avec d'autant plus de joie que j'ai toujours pensé que l'Église a trop longtemps mal agi à l'endroit de ceux qui sont nos pères. Jésus était juif. Notre Sainte Mère était juive. Tous les apôtres étaient juifs. Saint Paul était juif. A travers eux, nous sommes juifs, nous aussi. Juifs par adoption, en quelque sorte.

— Le père Stroeb connaissait-il l'existence de cette rencontre ? demanda Salvat.

— C'est lui qui a tapé à la machine la lettre destinée au prince afin de l'avertir du rendez-vous définitif.

Sur cette inquiétante nouvelle, les visiteurs se retirèrent afin de regagner la salle Saint-Pie-V où les attendait Basophon.

Adrien pensa : « Peut-on résorber l'ombre dans la lumière ? » Puis il tourna et retourna le nom de Rinaldi da Ponte dans sa tête. N'était-ce pas celui d'Isiana ?

CHAPITRE XVIII

Où Vénus entre en scène pour la plus grande gloire du Christ et la déchéance d'Artémis.

« Lorsque le jeune homme s'éveilla, il s'aperçut que la belle Éthiopienne avait disparu. Le perroquet s'était juché sur un meuble et, de là-haut, l'invectivait.

— Paresseux ! Debout ! Les femmes sont des êtres de ténèbres. Tu avais déjà perdu assez de temps avec ce tissu funèbre. Fallait-il que tu en perdes davantage avec cette fille ? Je t'ai engagé afin que nous allions jusqu'au Pont-Euxin. Viens ! Il nous faut partir et retrouver d'abord le magicien Simon pour qu'il me rétablisse dans l'état qui est le mien.

Basophon mit quelque temps à comprendre qui lui parlait. Il ne savait plus exactement ce qui appartenait aux jeux amoureux de la veille et à ses rêves turbulents. Il se leva avec peine et, lorsqu'il fut debout, il eut quelque mal à garder l'équilibre. Il avait trop bu pendant le banquet qui avait fêté sa victoire. Toutefois, lorsqu'il eut baigné son visage, ses esprits lui revinrent et, d'un coup, tout son courage.

— Ah, dit-il alors au perroquet, tu as raison. Nous allons quitter Édesse dès ce matin. Le roi est remis sur son trône. Le gouverneur a perdu non seulement la vue, mais la raison. La Sainte Image est de nouveau exposée dans la chapelle à la tour pointue. Cependant, je suis mécontent. As-tu vu comment les fidèles d'Antioche se sont conduits ? Leur lâcheté fait honte à Celui qu'ils prétendent aimer et servir. Ce n'est pas avec des pleutres que la bonne nouvelle pourra se répandre.

— Bah, fit le perroquet, tu ferais mieux de t'inquiéter pour toi-même. Ton histoire de ressuscité n'intéresse que les amateurs de mystères. En Égypte, je connais une douzaine de sectes qui propagent la légende d'Osiris. D'autres affublent le mythe d'Adonis d'oripeaux qui viennent de Perse. Et puis après ? Nous mourrons tout autant.

— Nous ressusciterons au dernier jour.

— Y aura-t-il un dernier jour ? Et, s'il en est un, qui sera là pour y assister ?

Basophon se fâcha. Quel diable l'avait poussé à dialoguer avec un volatile aussi prétentieux ? Il sortit de la pièce et se retrouva dans la cour où l'âne l'attendait.

— Et toi, qu'as-tu à me dire ? lui demanda-t-il.

— J'ai admiré vos exploits et suis prêt maintenant à devenir à mon tour disciple de Christos, répondit le Romain.

— Cher Brutus, je ne peux baptiser un âne ! Et, en vérité, j'ignore comment je pourrais te rendre forme humaine. Car retourner auprès du magicien Simon, il n'en est pas question.

— Écoute, fit l'âne. Je crois que le baptême me rendrait mon véritable aspect mais, s'il le faut, je demeurerai enfermé dans cette peau le temps que mon âme soit assez pure pour accéder au saint privilège.

— Hé, s'écria le fils de Sabinelle, voilà une foi qui me plaît. Tant pis si tu n'es qu'une bête, mais des bêtes comme toi valent mieux que beaucoup d'êtres humains.

Il fit approcher le Romain d'une petite fontaine qui jaillissait au centre de la cour. Il prit de l'eau dans la paume de ses mains et la fit couler sur la tête de l'âne au nom de la Trinité. A cet instant, le prodige eut lieu. L'animal se changea en jeune homme — d'un âge plus jeune, en vérité, que celui de l'ancien Brutus. Et certes, quelques ignorants peuvent ne pas croire qu'un tel événement eut lieu. Néanmoins, ce fut le premier miracle de saint Sylvestre tel qu'il est raconté dans la *Vie des Saints les plus illustres* et tel qu'il est un article de foi d'y croire comme à une vérité dont nul ne peut douter.

Brutus se jeta aux pieds de Basophon et lui dit :

— Je vénère celui qui sera la lumière de Thessalie.

Sylvestre le releva, lui donna le baiser de paix, après quoi il l'invita à se préparer pour le départ. Mais le perroquet qui, de la fenêtre, avait assisté au baptême, se précipita.

— Hé là ! et moi ? Et moi ! J'ai vu ce que tu as fait avec l'âne. Est-ce l'eau de cette fontaine qui est magique ?

— C'est la foi en notre Sauveur, dit Brutus.

— Quelle faribole ! fit Hermogène.

Et il se jeta dans la fontaine afin de s'y baigner, mais, naturellement, il demeura oiseau. Alors, il revint vers Basophon et lui dit :

— Si tu n'es pas ingrat, tu feras sur moi ce que tu as réussi sur lui.

Sylvestre se prit à rire :

— N'as-tu pas compris que Brutus a reçu cette grâce non de moi, mais de Dieu même ? C'est la pureté de son cœur qui l'a transformé. Désormais, il se nommera Théophile.

Le perroquet laissa échapper sa colère. Ses plumes en étaient tout hérissées.

— Moi, le plus proche disciple du Trois fois grand Hermès, tu oserais prétendre que mon cœur n'est pas assez pur ?

— Crois au Ressuscité, et je te baptiserai.

— Il n'en est pas question, fit Hermogène d'un ton indigné.

— Eh bien, reste oiseau et n'en parlons plus.

Ainsi le petit groupe quitta Édesse afin de retourner à Antioche. Basophon souhaitait en effet regagner le port le plus proche afin de reprendre la mer en direction d'Athènes. Puisqu'on l'avait prédestiné à être la lumière de Thessalie, n'était-il pas naturel qu'il se rendît sur les lieux ? Le peu de courage des gens d'Antioche lui avait ouvert les yeux sur ses responsabilités.

Et donc Sylvestre, le tout neuf Théophile et le perroquet suivirent une caravane qui, après la traversée de l'Euphrate, se scinda en deux, une partie gagnant Tarse, l'autre se dirigeant vers Antioche. Or, au moment où l'on était arrivé au milieu du pont, le fils de Sabinelle eut un étourdissement. Il ne tomba pas, grâce à Théophile qui le retint, mais il perdit le sens l'espace d'un instant.

— Voilà ce qui arrive aux amateurs de filles ! jacassa le perroquet.

— Ça marche ! jubila Abraxas qui, déguisé en voyageur, se tenait non loin.

Et, en effet, dans le corps de Basophon se livrait une bataille singulière. Les troupes du général Tréponème s'étaient immiscées subrepticement en lui tandis qu'il s'entretenait avec l'Éthiopienne. Toutefois, la garde du maréchal Bon-Pied Bon-Œil veillait dans le canal de l'urètre, si bien que l'alarme fut donnée. Des escouades de soldats se précipitèrent et entamèrent le combat afin d'arrêter la horde barbare qui commençait à proliférer. Néanmoins, leur nombre était si grand et arrivait en de telles vagues dévastatrices que les défenseurs durent bientôt se replier vers le foie, abandonnant nombre des leurs sur le terrain.

— Je ne sais ce qui se passe là-dedans, fit Basophon, mais j'ai le ventre tendu comme un tambour et le corps entier couvert de sueur.

Néanmoins, ils continuèrent d'avancer, si bien qu'ils arrivèrent à Antioche trois jours plus tard dans un état délabré. Théophile avait dû porter son compagnon lors de la dernière partie du voyage, regrettant alors de n'être pas demeuré un âne. Quant à Hermogène, il avait tellement jeté d'insultes au tout-venant qu'il était devenu aphone. On installa Basophon sous une tente et on alla quérir un médecin qui se présenta comme un disciple d'Esculape.

— Jeune homme, fit ce docteur d'un ton avantageux en se penchant sur le malade étendu, les conditions astrales ne vous sont guère favorables. Le Taureau et la Vierge sont en position déclinante, tandis que le Scorpion monte radicalement d'est en ouest, ce qui ne peut vous apporter que des désagréments sur le plan des voies dites respiratoires, lesquelles se composent de la bouche, du nez, de la trachée, des poumons et de tout un ensemble gélatineux que l'on nomme doctement le mou d'Alexandre. Il vous faut donc respirer des fumigations à base de soufre. Ce métal est en effet le seul à pourfendre l'influence du venin scorpionesque non seulement par sa texture, mais ô combien par ses liqueurs internes que, dans notre langage, nous appelons les ensembles.

Basophon ouvrit un œil, considéra le bavard et, se levant à demi :

— Médecin d'Esculape, que Dieu te fasse avaler ta langue ! Mes poumons se portent fort bien. C'est plus bas qu'il te faudrait regarder, mais je n'ai aucune confiance en ta magie. Théophile, reconduis-le. Je me soignerai sans l'aide de ce charlatan.

Le prétentieux eut beau parlementer, puis crier que l'on assassinait la science, il se retrouva hors de la tente.

Il semblait en effet que la jactance du personnage avait redoré l'ardeur du malade.

— Que ressens-tu ? demanda Théophile.

— Du chaud et du froid. Je bous et suis transi. Serait-ce que j'aie attrapé une fièvre maligne ?

Durant la nuit qui suivit, Basophon recouvra assez de force pour exiger que l'on se rendît au port, qui se trouvait à une matinée d'Antioche. Ils y arrivèrent au moment où un navire grec allait lever l'ancre en direction de Myra, puis d'Éphèse. Le Romain réussit à faire admettre au capitaine qu'il avait le plus grand besoin de deux matelots supplémentaires, qu'il n'aurait même pas à payer. Ce fut l'argument qui l'emporta. Ainsi Théophile, Basophon et Hermogène reprirent-ils la mer parmi les balles de laine de Palmyre et les tonneaux de vin de Nisibis.

Or, à peine le bateau avait-il quitté le port qu'Apollon se rendit chez Jupiter et lui dit :

— Ce Basophon est animé d'une étrange constitution. Il est descendu dans les enfers de Satanas et en a retiré une force physique qui n'appartient pas aux humains. A présent, il se dirige vers Athènes. Qu'adviendra-t-il de nous s'il parvient à convertir nos fidèles ?

Le divin despote lissa longuement sa barbe blanche, puis se prit à rire.

— Envoyons-lui Vénus. J'ai ouï-dire que ce fanfaron appréciait les femmes.

Apollon se rendit donc dans les appartements d'Aphrodite. L'éternelle beauté était en son bain, entourée de vingt vierges babillardes qui s'empressaient à son service.

— Excellente amie, commença Apollon, notre souverain m'envoie auprès de vous afin de vous entretenir d'une affaire que vous seule pouvez mener à bien.

— Je connais Zeus, dit Vénus. Il n'a pas son pareil pour lancer les gens, et plus particulièrement les femmes, dans des aventures impossibles.

— Il s'agit de la guerre contre ce juif que les Grecs nomment Christos, dont l'impiété se répand sur toute la Terre. Que penseriez-vous de séduire l'un de ses fidèles pour le détourner de sa propagande ?

Vénus sortit de l'onde et, tandis que deux jeunes filles la vêtaient, elle parla en ces termes :

— Lorsque vous prononcez mon nom, vous, les dieux, c'est toujours pour évoquer l'amour physique. Et certes, je n'ai jamais renoncé à ces plaisirs innocents, mais quand apprendrez-vous que l'amour ne se borne pas à ces instincts ? Le monde est en crise par manque d'amour spirituel. L'empereur se joue de ses proches. Ses conseillers intriguent, se détestent et se moquent du peuple. Le peuple est abandonné à des philosophes égoïstes qui ne pensent qu'à leur vanité. Or ce Christos, lui, est venu apporter le véritable amour. Il en est mort. Lequel d'entre vous, dieux de l'Olympe, aurait par amour accepté d'être supplicié comme un esclave ?

Apollon fut stupéfait par de telles paroles. Il avait toujours considéré Vénus comme une gourgandine de grand luxe, tout juste bonne à se mettre en ménage avec le boiteux Vulcain et à le tromper avec ce ferrailleur de Mars dont il appréciait peu l'humeur querelleuse.

— Un jour, poursuivit la déesse, les hommes reconnaîtront en moi le principe même de l'univers. C'est moi qui, par amour, fais se mouvoir la Terre, le Soleil et les étoiles. Songez-y : ce n'est pas l'intelligence qui règle le monde, mais la sympathie des éléments qui entre eux s'équilibrent. Et toi, Apollon, as-tu oublié que sans chaleur, ton Soleil ne serait qu'une étoile morte ?

Les servantes riaient de voir le visage stupéfait du beau garçon. Elles s'étaient souvent demandé pourquoi ces deux-là ne s'étaient pas préoccupés l'un de l'autre. Quel beau couple cela eût fait ! Apollon reprit :

— Que ce Nazaréen soit un saint, un héros ou un fou m'importe assez peu. Il est juif, et, comme tous les juifs, il se complaît dans la déréliction. Ce sont gens d'interdits. Est-il besoin de se faire flageller, couronner d'épines et clouer sur une poutre comme une chouette pour montrer aux hommes qu'on les aime ? Il suffit de les rendre heureux et, pour qu'ils soient heureux, il faut leur apprendre à fuir le doute, le remords et la douleur.

— C'est bon, dit Vénus. Que Zeus souhaite-t-il que je fasse ?

— Que vous empêchiez un certain Basophon de répandre la parole de Christos sur le territoire de Thessalie. Il vogue vers Athènes en compagnie d'un Romain et d'un perroquet. Approchez-le. Il a de tendres sentiments pour les dames.

La déesse haussa les épaules.

— La curiosité me pousse, voilà tout. Pour le reste, je ne vous promets rien.

Puis elle s'éloigna du bassin parfumé, entourée par la cohorte de ses agréables servantes. »

« Après plusieurs jours de navigation le long des côtes et une courte escale à Myra, le bateau qui emportait Basophon, Théophile et Hermogène arriva dans le port d'Éphèse. Le fils de Sabinelle était exténué. La fièvre ne le quittait plus. Il ignorait d'où lui venait le mal, bien que le perroquet ne cessât de faire allusion à la perfidie des femmes. Aussi fut-il décidé que l'on arrêterait là le voyage, en attendant que sa santé se rétablisse.

Il arriva qu'à bord du même navire se trouvât un chrétien d'Antioche qui avait assisté à la prouesse de Sylvestre à Édesse. Dès qu'il eut un pied sur le quai, il commença de parler de l'événement à qui voulait l'entendre, tressant ainsi une solide renommée au jeune homme. C'est ainsi que l'épiscope du lieu, un nommé Barnabé, tint à accueillir le petit groupe dans sa propre demeure qui jouxtait la maison où, des années plus tôt, la mère du Christ, accompagnée de l'apôtre Jean, était venue habiter.

Toutefois, comme on le sait, la cité d'Éphèse abritait depuis longtemps l'effigie de la déesse Artémis. Cette remarquable personne, que les Romains appelaient Diane, avait conçu la plus intense jalousie lorsque la Vierge Marie était venue s'installer sur ses terres. Elle s'était précipitée chez Zeus qui l'avait accueillie en lui prêchant la patience.

— Les Sémites ne savent plus qu'inventer, avait fait le monarque. Ne voilà-t-il pas qu'ils copient mes façons ? Cette Marie est une Léda mais, que je sache, je ne suis pas passé par là.

Artémis, qui jugeait l'affaire plus sérieuse, était revenue à Éphèse dans un état de colère si prononcé que la Lune, durant un mois, n'avait plus osé paraître dans le ciel. Heureusement pour elle, les marchands d'amulettes et de statuettes étaient demeurés à ses côtés et, tandis que les chrétiens tentaient de faire interdire leur commerce, ils s'étaient révoltés ouvertement contre l'intransigeance de leurs persécuteurs.

Ainsi, le jour où Basophon et ses amis débarquèrent, une forte agitation régnait en ville. Mais le fils de Sabinelle était si faible qu'il ne parut pas s'apercevoir du tumulte. On le coucha dans un lit de fortune et, comme nul ne savait exactement de quel mal il souffrait, on lui fit boire les décoctions les plus diverses, espérant que l'une d'elles aurait raison de son état.

Dehors, les partisans d'Artémis criaient des slogans hostiles à l'épiscope. La police avait disposé une ceinture de protection autour de la demeure du vieillard, si bien que nul ne pouvait en approcher. Quelques pierres furent lancées qui vinrent frapper contre la porte.

Or, à ce moment, Vénus descendit de l'Olympe et, sous les traits d'une jeune femme, apparut dans la rue où toute cette population s'agitait ; ce que voyant, Artémis se précipita à son tour.

— Hé là ! fit-elle d'un ton courroucé, n'ai-je pas déjà assez de soucis avec la juive ? Faut-il que toi aussi tu viennes me disputer le peu de célébrité qui me reste ?

— Chère Diane, répondit Vénus, je reconnais bien là ton caractère. Sache que, loin de nous opposer, nous ferions mieux de nous allier. Crois-tu que je considère le succès de

Christos sans me poser quelques questions ? Néanmoins, à tout bien considérer, ne voit-on pas que ce demi-dieu est plus au fait de l'amour que nos dieux eux-mêmes ? Christos a tenté de briser le destin dans lequel Zeus se complaît. N'y a-t-il pas là un chemin que toi et moi pourrions emprunter ? Regarde ce pauvre Jupiter. Sa chair jaunit. Ses dents tombent. L'outre de sa cornemuse pendouille et son tuyau raccourcit.

— Je ne comprends rien à ton verbiage, fit l'irascible Artémis. Les chrétiens veulent prendre la place. Dès qu'ils l'auront, ils nous relégueront dans l'oubli. Nul ne priera plus sur nos autels. Est-ce cela que tu veux ?

— Faute de pouvoir empêcher l'emprise de cette croyance sur les peuples qui nous adoraient, immisçons-nous dans la croyance elle-même. N'es-tu pas la Sagesse ? Ne suis-je pas la Beauté ?

Diane détourna la tête avec force.

— Pourrais-je admettre de me changer en allégorie ? Avant qu'il ne soit trop tard, je transformerai ce Christos en un cerf que ses fidèles dévoreront comme des chiens.

— Bah, à ton aise ! Tu fus toujours une célibataire endurcie, n'écoutant que ta propre rigueur. Moi, je vais de ce pas aller rendre visite à ce jeune homme qui vient de s'installer chez l'évêque Barnabé. Il semble que sa mission soit de porter la parole de Christos dans toute la Grèce, et plus particulièrement en Thessalie, là où s'élève justement le mont Olympe. Sans le dissuader de sa foi, je vais l'amener à y introduire ce qui me plaît. N'est-ce pas plus judicieux que de s'opposer à lui en pure perte ?

Artémis pensa que des salmigondis de Vénus, rien n'était jamais sorti de bon. La pauvre finissait toujours par confondre l'âme et le corps. Ses belles intentions spirituelles finissaient toujours dans des draps poisseux.

Ainsi Vénus se présenta-t-elle devant la demeure de l'épiscope. La foule des boutiquiers, lorsqu'ils la virent en sa beauté, cessèrent à l'instant de penser aux fidèles du Messie. Fascinés, pétrifiés par un sourd désir, ils se tinrent bouche bée tandis qu'elle avançait, souveraine. Et, lorsqu'elle eut frappé à la porte, le diacre qui ouvrit fut si bouleversé que, bégayant, il la laissa entrer.

— Est-ce bien ici que loge le jeune Basophon ? demanda-t-elle de sa voix la plus chaleureuse.

— Sylvestre ! Son nom de baptême est Sylvestre..., ânonna le diacre dont le corps commençait à s'embraser. Il me faut prévenir Barnabé.

Mais déjà Vénus avait découvert la pièce où reposait le fils de Sabinelle. Elle s'approcha de sa couche. D'emblée, elle comprit de quel mal il souffrait. Les maladies de l'amour ne portaient-elles pas son nom ? Pourtant, ce n'était pas elle qui les avait infligées aux hommes. Quel dieu pervers avait créé ces tourments dans le dessein, sans doute, de les punir ? Elle s'assit au chevet du corps étendu.

Bientôt, Basophon sent une présence. Il tourne la tête, ouvre les yeux. Il voit l'admirable visage. Aussitôt il se dresse sur son séant.

— N'aie pas peur, dit la déesse. Je ne suis pas un fantôme issu de ton délire. Je suis bien vivante et prête à te prouver mon amitié.

— Qui êtes-vous ?

— Tu ne le croirais pas. Admettons que je sois une princesse de passage en ces lieux. Je vais te guérir de tes maux, car j'en ai le pouvoir. Il en est un seul que je te laisserai : il aiguise l'intelligence en excitant le cerveau plus sûrement que le pavot ou la belladone. Or, tu auras besoin de ce génie pour assumer la tâche qui t'est dévolue. Toutefois, avant que je ne procède à ta guérison, il te faudra jurer de m'associer à ta foi.

— Hé ! fit Basophon, comment cela pourrait-il se faire, si j'ignore tout de vous ? Mon Dieu est un dieu jaloux.

— Je le sais, mais il est aussi un dieu d'amour.

— Seriez-vous chrétienne ?

— Pas exactement. Néanmoins, je connais ce Jésus qui se laissa crucifier comme un esclave pour l'amour des hommes. Ce n'est pas Zeus qui l'aurait fait.

A ce moment, l'épiscope Barnabé entra dans la chambre, accompagné du diacre qui était allé le chercher. Lorsqu'il vit la merveilleuse déesse au chevet du jeune homme, le vieillard demeura sur le pas de la porte, interdit.

— N'ayez pas peur, dit Vénus. Je suis simplement venue guérir votre protégé.

— Comment le pourriez-vous ? demanda Barnabé.

— De la plus simple façon. Et je suis heureuse que vous soyez là pour le conseiller. Avez-vous entendu parler d'un certain Platon ?

— Certes, fit l'épiscope. J'ai même lu un de ses traités.

— Et Plotin, le connaissez-vous ?

— Non, je ne le connais pas.

— Eh bien, dit Vénus, Plotin donnera aux disciples de Christos toute la compréhension des grands mystères.

Barnabé, qui dans un âge mûr avait été un professeur érudit à l'École d'Éphèse, se retrouva sur un terrain qu'il n'avait pas oublié, bien qu'il se fût converti à la foi du Nazaréen.

— Suggérez-vous que nous pourrions allier les paroles du Messie à la doctrine de Platon ?

— C'est même ce qui fera se perpétuer l'enseignement de Christos auprès des Grecs. Si vous demeurez dans la seule mouvance juive, croyez-vous que les philosophes vous suivront ?

Vénus avait touché l'épiscope au point le plus juste. Le vieillard fut soudain illuminé par cette idée. Il s'avança dans la chambre et dit à Basophon :

— Cher Sylvestre, si cette femme parvient à te guérir, ce sera la preuve que nous devrons suivre son conseil. D'ores et déjà, je le trouve pertinent, mais un miracle nous montrerait de la manière la plus éclatante que nous ne nous égarons pas dans une voie maligne.

— Je promets donc, fit Basophon.

Et, à l'instant, il recouvra toutes ses forces de façon si extraordinaire qu'il en fut le premier surpris. Il n'osait bouger de peur de rompre le charme, bien que son corps se sentît revigoré. Dans ses veines, une liqueur suave se répandait tandis que de délicieux frissons parcouraient sa peau. Le regard d'Aphrodite lui était une ineffable promesse de bonheur.

— Et donc, conclut Barnabé, je suis prêt à envisager en votre compagnie l'étude qui nous permettra d'atteindre ce but.

— Je vous laisserai faire, dit Basophon en se levant et en remuant les membres de tous côtés afin de s'assurer de son rétablissement.

— Non, non ! s'écria Vénus. Je désire que vous participiez à nos travaux. Il faut vous imprégner de cette voie d'amour.

A ce moment, Théophile entra, le perroquet sur l'épaule. Le baptême l'avait rajeuni et il montrait un visage si gracieux que la déesse en fut ravie.

— Ce jeune Romain pourra lui aussi œuvrer en notre compagnie, décida-t-elle.

— Et moi ? Et moi ? fit le perroquet en sautillant et en tirant une langue d'impatience hors de son bec.

On passa outre. Ainsi, dans cette demeure de l'épiscope Barnabé adossée à la maison de la Vierge, commencèrent les travaux que la belle et judicieuse déesse avait inspirés. La foule des boutiquiers les retenait prisonniers, mais ils n'en avaient cure. Leurs méditations durèrent trois mois durant lesquels la sagacité de Basophon fit merveille. Le tréponème, en attaquant la pie-mère de son cerveau, l'avait rendu capable de concevoir les idées les plus surprenantes, mais aussi les plus enrichissantes. Et là, donc, furent préparés les éléments fondamentaux de la doctrine telle que les Pères grecs allaient s'en emparer, lançant le christianisme à l'assaut du monde antique.

Le soir, dans le secret, Vénus retrouvait Basophon ou Théophile, selon son humeur, ce qui portait la rage d'Artémis à son comble. »

CHAPITRE XIX

*Où l'on parle d'un attentat, tandis que Basophon retrouve sa
canne et part pour Athènes.*

— Ce texte est d'une rare folie ! s'écria le nonce Caracolli
en repoussant le manuscrit.

— Mais combien plaisant ! fit Salvat en mâchant son
cigare éteint.

— C'est une adaptation assez libre de la *Vie de Gamaldon*. Je constate que le faussaire Koshusko s'en est donné à
cœur joie, remarqua le père Moréchet.

— A moins que chaque phrase ne soit cryptée, dit
encore Salvat. Lorsque je travaillais pour le Foreign
Office, j'entendis parler d'un manuscrit de roman qui
n'était en fait que la description minutieuse de l'arsenal
soviétique. En l'état actuel de nos réflexions, je crois que
nous sommes dans l'obligation d'en référer à des spécialistes du chiffre.

— Hélas ! fit le nonce. Ne peut-on éviter que le Vatican
apparaisse dans cette affaire ?

Adrien Salvat expliqua que les services secrets sont, par
nature, peu enclins à la publicité, et que, par conséquent, il
n'existait aucun risque de les voir divulguer quoi que ce fût.
Néanmoins, Mgr Caracolli insista pour que le cardinal
Bonino fût informé. Ainsi se retrouvèrent-ils dans le bureau

de son Éminence au moment où un orage éclatait avec la brusquerie et la brutalité d'une tempête de mousson.

— *Fervet opus*, dit le prélat en ouvrant à demi l'œil droit.

Il semblait sortir d'un profond sommeil et Salvat remarqua combien il avait vieilli depuis leur dernière rencontre qui ne datait que de dix jours. Ses traits naguère léonins s'étaient distendus. Son regard bleu tournait au blanc. Tout, chez ce géant sexagénaire, trahissait une immense lassitude.

— Éminence, commença le nonce, deux événements nouveaux nous obligent à vous entretenir d'une décision certes regrettable, mais qui semble se révéler nécessaire. Le premier événement est le décès du professeur Standup, décès qui, dois-je le préciser, n'est autre qu'un meurtre. Le second événement est la certitude dans laquelle nous sommes que la *Vita* est un manuscrit destiné à la communication entre des agents au service de l'Union soviétique. La décision qui s'impose est de confier le document à des spécialistes afin qu'ils parviennent à décrypter le sens exact du message caché dans le texte.

Le cardinal Bonino exhala un soupir puis, d'une voix pâteuse, prononça quelques mots quasi inaudibles, tirés de Virgile (*Églogues* III, 93) pour rappeler quelque danger caché :

— *Latet anguis in herba.*

Ce qui provoqua chez le père Moréchet une réaction inattendue :

— Non, pas un seul serpent, Éminence ! Un nœud de vipères est caché au Vatican. Et qui met en péril le souverain pontife !

L'auguste personnage ne parut pas avoir entendu. D'un geste de la main, il fit signe que le bref entretien était clos. Le vicaire qui se tenait à sa droite reconduisit les visiteurs dans le vestibule et leur dit :

— Son Éminence ne peut officiellement vous donner son accord, mais elle m'a chargé de vous faire savoir que tout ce

qui sera entrepris par vos soins recevra sa paternelle bénédiction.

— Est-il souffrant ? demanda Salvat.

— Son Éminence a reçu en confession des aveux dont
elle ne peut faire état. Qu'il vous suffise de savoir qu'elle
vous donne sa bénédiction, quoi que vous fassiez pour le
bien de l'Église et de Sa Sainteté.

La pluie continuait de tomber avec une rare violence,
scandée par des coups de tonnerre qui faisaient frémir les
vitres de la secrétairerie d'État.

— Depuis le commencement de notre enquête, cet
homme en sait plus que chacun de nous, fit remarquer
Moréchet. Voilà pourquoi il se cache derrière son latin. Il ne
peut parler. Nous aurions dû le comprendre.

— Seul un clerc proche de la Congrégation des Rites
aurait eu l'idée d'aller se confesser au cardinal, remarqua
Salvat.

— Toujours cette abominable hypothèse..., gémit le
nonce. C'est dans l'intimité du pape qu'un complot se
trame. Mais dans quel but ? Mon Dieu, dans quel but ?

— Il faut être lucide, monseigneur... Moscou, avec l'aide
d'une poignée d'intégristes polonais, voire d'autres encore,
souhaite donner un coup d'arrêt à l'action de Jean-Paul II.
Un attentat est prévu, d'ores et déjà programmé. C'est
pourquoi j'ai souhaité connaître les futurs voyages du pape,
ses prochaines sorties dans Rome, et surtout les déplacements dont le malheureux père Stroeb a pu communiquer la
date à ses correspondants avant même que l'annonce n'en
soit officielle. Souvenez-vous : la semaine prochaine, la rencontre secrète du souverain pontife et du grand rabbin de
Rome.

— Seigneur Jésus ! soupira Caracolli.

Et il se signa.

A cet instant, un coup de tonnerre plus fort que les autres
retentit dans le couloir où les visiteurs s'étaient arrêtés pour

échanger leurs propos. On eût dit que les éléments avaient décidé d'ajouter une note mélodramatique aux événements.

— Il faut que le pape annule cette rencontre, avança Moréchet.

— Impossible, dit le Vicaire. Le grand rabbin y verrait une reculade. La secrétairerie a eu trop de mal à organiser ce rendez-vous.

— Des gardes du corps sont-ils prévus ? demanda Salvat.

— Pour de telles sorties discrètes, le pape n'est accompagné que de deux ou trois intimes et d'un seul garde suisse en civil, précisa le clerc.

— Et je suppose que le grand rabbin ne sera pas non plus protégé. Eh bien, voilà donc le moment où l'attentat aura lieu. Où se situe le palais du prince Rinaldi da Ponte ?

Le vicaire secoua la tête.

— Je doute que ce soit dans son palais romain qu'il ait accepté de recevoir ses deux illustres hôtes. Seule son Éminence le cardinal Cataldi pourrait vous préciser cet endroit, demeuré également secret. Voyez-vous, à part Sa Sainteté, il est le seul à connaître le détail de la rencontre. Personnellement, en tant que secrétaire du cardinal Bonino, je n'en connais ni la date ni le lieu.

— Le père Stroeb, lui, les connaissait, dit le nonce.

On laissa le vicaire à ses méditations. Le cher abbé était bouleversé par la conversation qu'il venait d'entendre. Attenter à la vie du Saint-Père ! Était-ce seulement imaginable ?

Lorsque la pluie daigna cesser, le professeur Salvat regagna son hôtel en taxi. Il n'avait plus guère le goût de flâner dans Rome comme il l'avait encore fait la semaine précédente. Il lui fallait prendre contact le plus rapidement possible avec son vieil ami et complice de l'Intelligence Service, Cyril Batham, qui demeurait le meilleur spécialiste de l'Europe de l'Est depuis la disparition tragique de Klaus Schwarzenberg. Les services spéciaux italiens et français n'étaient pas assez fiables et, de toute façon, ne lui feraient pas suffisamment confiance.

Mais, lorsqu'il pénétra dans sa chambre, il comprit que ses intentions avaient été devancées par les services secrets américains en la personne du major John Truedman et du commandant Elias Bluementhal, qu'il avait rencontrés naguère lors de l'affaire des Cariatides et qui, à cette heure, l'attendaient patiemment, l'un étendu sur son lit, l'autre assis devant sa table de travail.

— Alors, commença aussitôt le gros Truedman en se levant, votre petit séjour en Pologne s'est-il bien passé ?

— C'est bon, dit Salvat. Que voulez-vous de moi ?

— Très simple, professeur. Que vaut cette histoire de manuscrit ? Et, à votre avis, que signifie la mort du professeur Standup ?

Adrien Salvat alluma un de ses cigares mexicains qui emplit aussitôt la chambre d'une âcre fumée, puis il s'assit sur le rebord du lit qui gémit sous son poids.

— Les services soviétiques veulent en finir avec Jean-Paul II. J'ai acquis la conviction qu'un attentat sera perpétré contre lui mercredi prochain à 15 heures aux abords d'une des villas du prince Rinaldi da Ponte. C'est tout.

Bluementhal se prit à rire. Il connaissait les méthodes de Salvat et les appréciait, mais il supportait mal de le voir travailler en franc-tireur.

— Pourquoi ne pas nous avoir avertis ?

— J'ai été chargé par le Vatican de retrouver un manuscrit et de l'étudier en compagnie de spécialistes, non de procéder à une enquête sur les probabilités d'un meurtre. Néanmoins, il m'a semblé que, découvrant par hasard qu'un assassinat pourrait fort bien être commis sur la personne du chef de la chrétienté, il était de mon devoir de m'en préoccuper.

— Certes, certes ! fit Truedman. Et donc nous nous chargerons de la protection rapprochée du Saint-Père en accord avec les autorités italiennes. Soyez tranquillisé, mon cher Salvat. Mais, pour le reste — je veux dire : le manuscrit —, qu'en est-il au juste ?

— Messieurs, je regrette de vous rappeler que ce document appartient à la Bibliothèque Vaticane et, par conséquent, au Saint-Siège. Je n'ai ni le droit d'en disposer ni même celui de vous en parler.

— Tss, tss, fit Bluementhal. Nous savons par un de nos agents attaché à l'ambassade de Pologne à Rome que vous êtes entré en relation avec la comtesse Kokochka. Savez-vous que cette femme est mêlée à toutes sortes d'affaires et que, pour commencer, elle n'est pas plus noble que son mari, lequel, en tant qu'ambassadeur, est intouchable, ce qui est bien dommage.

— Nous nous trouvons en effet devant un complot, dit Salvat, mais je ne suis pas certain que la comtesse Kokochka en soit l'un des rouages.

— Admettons. Mais ne trouvez-vous pas curieux que le professeur Standup ait été assassiné en Pologne alors qu'il était censé traduire le fameux manuscrit en votre compagnie ?

— Vous êtes en retard d'une bataille, major Truedman. Standup est mort. En revanche, le souverain pontife risque de le suivre si rien n'est fait pour empêcher l'attentat. Je vous ai révélé le jour, l'heure. Vérifiez le lieu en vous adressant au prince Rinaldi da Ponte. Et veuillez me laisser dormir. L'orage m'a épuisé.

Les deux officiers des services américains s'en allèrent sans insister. Ils savaient que le professeur s'en tiendrait à ce qu'il venait de leur révéler — qui n'était pas rien. Mais dès qu'ils furent partis, Salvat téléphona au domicile personnel de Cyril Batham, son ami britannique, et comme il supposait que la ligne de l'hôtel avait été placée sous surveillance, il lui parla dans un langage convenu que l'autre traduisit aussitôt comme un appel urgent à se rendre à Rome, ce qu'il accepta avec empressement.

Après quoi Salvat se fit monter une pizza et une bouteille de Lambrusco. Il était neuf heures lorsqu'il s'endormit. Mais, presque aussitôt, une pensée le réveilla. Il se dressa sur l'oreiller, essuya son front baigné de sueur. Il venait de se souvenir que la lettre du Vatican qui lui demandait de se joindre aux recherches sur la *Vita* avait été signée par le cardinal Bonino lui-même. En fait, dès cette époque, cet homme savait donc qu'un complot se préparait et, sous un prétexte scientifique, l'avait appelé à l'aide. Qu'avait-il appris dans le secret du confessionnal ? A présent, Salvat comprenait pourquoi le prélat avait pris le parti, à première vue grotesque, de s'exprimer au moyen de locutions latines. Ce n'était pas par originalité, mais pour laisser clairement entendre que sa langue était scellée. Quant à sa fatigue apparente, non, ce n'était pas de la lassitude, mais de l'angoisse. Depuis le début de l'enquête, il savait que le pape était menacé, et ne pouvait avertir personne.

« Au bout de trois mois, fatigués, les marchands de statuettes et d'ex-voto en l'honneur d'Artémis levèrent le siège devant la demeure de l'épiscope Barnabé. C'est ainsi que Basophon, Théophile et le perroquet Hermogène quittèrent nuitamment les lieux où ils avaient œuvré sous l'inspiration de Vénus qui se changea ainsi en Sophia, la Sagesse, que l'Ancienne Alliance avait évoquée.

La déesse ne s'était d'ailleurs guère préoccupée de l'avancement des travaux. Elle savait que le génie tout neuf de Basophon, allié aux connaissances platoniciennes de Barnabé, suffirait à parfaire l'ouvrage. Aussi, lorsque Basophon décida de quitter Éphèse pour reprendre la mer, se trouva-t-elle parfaitement satisfaite. Il s'agissait en effet de mettre en œuvre une si remarquable doctrine parmi les habitants de Thessalie, puisque c'était là que le Messie désirait que son messager exerçât ses dons de persuasion.

Il faut savoir qu'après la première vague de christianisation qui avait eu pour apôtre saint Perper et Paul Hors
l'Épée, la Thessalie était retombée entre les mains de Zeus et
des mystères égyptiens. Cet abandon était dû à la cruelle
répression qu'avait organisée le gouverneur Rufus, mais
aussi à une trop rudimentaire présentation de la croyance en
Christos. Les Grecs avaient l'habitude et quasiment le vice
de philosopher. Platon demeurait vivace dans tous les
esprits doués de quelque culture. La foi en un héros mort en
esclave sur un gibet ne pouvait atteindre de telles gens
qu'enrobée de métaphysique. L'idée géniale de Sylvestre,
aidé en cela par Barnabé, fut de prétendre que le Messie
n'était autre que le Logos tel que Philon d'Alexandrie l'avait
défini.

Sur le navire qui les menait à Athènes, Basophon et
Théophile évoquaient les doux moments partagés avec la
déesse. Avait-elle montré autant de sollicitude pour d'autres
humains depuis sa malheureuse aventure avec Adonis ?
Durant le jour, ils avaient bâti une philosophie capable
d'enchanter la Thessalie ; durant la nuit, ils avaient pénétré
les arcanes tout à la fois charnels et mystiques de Vénus. Ils
n'ignoraient pas que ces exceptionnels échanges ne pouvaient durer toujours. Toutefois, au moment de la séparation, ils s'étaient sentis orphelins.

Non, Aphrodite n'était pas cette femelle bornée dont la
réputation avait été colportée jusqu'à eux. Son immense
beauté cachait une réelle bonté. Ses charmes puissants voi-
laient une rare intuition des choses spirituelles. Elle était la
femme incomparable, généreuse et superbe, à la fois mère et
épouse, sœur et protectrice, amante et prophétesse.
Lorsqu'ils s'étaient quittés, elle s'était exprimée en termes si
nobles que les larmes leur étaient montées aux yeux.

— Le temps du règne de Zeus est accompli. Il veut
l'ignorer encore, mais il est trop tard. La nuit descend à
jamais sur le monde qui fut marqué de notre empreinte. En

revanche, parce que votre dieu s'est sacrifié par amour, il connaîtra la faveur du peuple, et parce qu'il est ressuscité d'entre les morts, il succédera à Osiris dans le culte des mystagogues. Et moi, sous une autre forme, je reviendrai. Car l'amour spirituel est toujours le ferment de la foi, quelle qu'elle soit. Aussi, chers amis, ne soyez pas attristés par notre séparation. Elle est à l'aube d'un recommencement. Veillez seulement aux prêtres trop habiles à changer les vérités vivantes en leçons mortes, et redoutez l'intransigeance.

Elle avait embrassé une dernière fois les deux jeunes hommes et s'était retirée dans la chambre voisine afin de reprendre sa forme divine dans la discrétion, puis disparaître. Lorsque Basophon était entré pour s'assurer de son départ, il avait eu la merveilleuse surprise de découvrir, dressée au milieu de la salle comme un étendard, la canne du charpentier Joseph que Vénus venait de lui rendre en cadeau d'adieu.

Quelle ne fut pas sa joie de retrouver le don de celui qui avait été son véritable maître dans le Ciel ! C'était bien sa canne : sur le pommeau avait été gravée sa marque. Il la serra contre sa poitrine avec joie et reconnaissance. Eût-il appris comment la déesse avait recouvré le précieux objet qu'il en eût été cent fois plus bouleversé. En effet, tandis qu'à Éphèse son apparence humaine était restée dans la demeure de l'épiscope, son corps spirituel s'était rendu auprès d'Apollon et lui avait demandé de lui restituer la canne. Le dieu lui avait appris que celle-ci avait été jetée dans les flots et appartenait désormais aux divinités de la mer. Vénus s'était alors entremise auprès du bougon Neptune. Celui-ci n'appréciait guère les engouements de cette femme trop belle à son gré pour être honnête. Il la suspectait toujours de vouloir créer des difficultés. Ainsi, lorsqu'il l'avait vu paraître dans son palais marin, s'était-il inquiété.

— Oh, avait-il maugréé, cette canne m'a été remise par

Apollon. Il l'a honnêtement gagnée à l'issue d'un pari avec ce prétentieux sectateur qui songe à transformer la Thessalie en banlieue de Jérusalem. Et toi, folle que tu es, tu veux rendre cette arme à un tel agitateur ? Ne compte pas sur moi pour prêter mon nid à un coucou.

— Excellence, avait répondu Vénus, je ne sais d'où vous tenez vos informations. Permettez-moi de vous dire qu'elles sont inexactes. S'il est vrai que le jeune Basophon est un envoyé de Christos, je ne vois pas en quoi il peut vous nuire. Les sectes orientales abondent à Athènes. Chacun y va de son initiation égyptienne ou persane. Isis reçoit plus d'encens que Junon ou que moi. Si les Juifs, à travers leur Crucifié, parviennent à remplacer toutes ces magies barbares par leur foi, alors il nous sera plus facile de nous installer dans leur croyance.

— Et comment cela ? avait demandé Neptune. On prétend que ces gens ne croient qu'en un seul dieu. Que deviendrions-nous ?

— Quel Grec croit encore en nous ? Sommes-nous autre chose que des statues vides ? Nous allons helléniser la parole de Christos à travers le divin Platon. Que restera-t-il de juif dans cette religion lorsqu'elle aura goûté au Logos ? On prétend que les Romains ont eux aussi entrepris de dénaturer la doctrine des premiers compagnons du Nazaréen. Eux qui croyaient à la fin du monde et à la descente d'une Jérusalem céleste sur la Terre commencent à s'installer en élevant des temples à leur dieu. Au lieu de les torturer, honorons-les. Faisons-les grecs et latins. Ils y perdront leur âme et, dans la satisfaction d'avoir réussi, ils succomberont sous leur propre gloire.

— Ce n'est pas sot, avait acquiescé Neptune. Je reconnais là ta nature. Les femmes ouvrent bras et jambes pour étouffer leurs victimes, c'est bien connu.

— Trêve de plaisanteries ridicules, s'était écriée Vénus. Vous me rendez cette canne et je vous garantis une bonne place dans le cœur des chrétiens.

— Laquelle donc ?

— Vous êtes le dieu de l'eau vivante, celle qui court, s'agite, s'enfle, se bat. Et justement, c'est dans l'eau vive que les disciples du Nazaréen se baptisent. Dissimulez-vous dans ce peu d'eau qu'ils versent sur la tête de leurs initiés et vous vivrez aussi longtemps que vivra cette religion, dissimulé certes, mais ô combien présent. Sans vous, sa propagation sera impossible.

— J'assécherai alors les mers et les océans ! J'empêcherai la pluie de tomber ! Il n'y aura plus d'eau sur Terre !

— Et plus d'êtres humains, plus de dieux !

Le vieux Neptune s'avoua vaincu.

— Quoi qu'il m'en coûte, il me faudra donc me résoudre à me cacher et, à l'insu de ce Christos, à baptiser ses ouailles.

— Mon conseil vaut bien cette canne...

Ainsi Basophon avait recouvré le don de Joseph, le charpentier. Et, au Ciel où rien n'échappe, on s'était bien diverti de la rouerie de Vénus. N'est-il point vrai que les anciens dieux doivent devenir les serviteurs des nouveaux ?

Lorsque le bateau accosta au Pirée, le fils de Sabinelle eut la sensation de rentrer chez lui. Pourtant, il avait quitté bien jeune la Thessalie et n'était jamais venu à Athènes. Il eut une pensée émue pour sa mère qui, affectueusement, devait se réjouir de le voir enfin arriver à bon port après tant de tribulations. Quant à son père, le gouverneur Marcion au cœur endurci, qu'était-il devenu ? Expiait-il ses fautes dans l'Enfer ? Basophon regrettait de n'avoir pas pensé à lui lorsqu'il avait rencontré Satanas. Peut-être, par quelque tour, eût-il pu le faire sortir de la géhenne ?

Le port du Pirée était animé par une population d'autant plus dense que, ce jour-là, arrivait de Rome le proconsul Caïus Gracus, envoyé de l'empereur auprès du gouverneur. La foule des curieux se pressait pour l'apercevoir. Il avait en effet été précédé d'une flatteuse rumeur : l'imminence d'une baisse des impôts grâce à l'allégement des taxes portuaires et de la dîme sur l'octroi. Aussi était-il difficile d'avancer afin de gagner les Longs Murs reliant la mer à la capitale.

— Ah, faisait le perroquet de sa voix la plus grinçante, on prétendait qu'Athènes était la ville de l'harmonie. C'est Capharnaüm. Décidément, rien ne vaut Alexandrie !

Comme ils sortaient du port, un vieillard les interpella. Il était assis sur un muret. Sa longue barbe blanche ornait un visage d'une sereine beauté. N'eussent été les haillons qu'il portait, on l'eût cru aristocrate.

— Étrangers, n'entrez pas dans la cité maudite !

— Et pourquoi serait-elle maudite ? demanda Théophile. Athènes et Rome sont les deux joyaux de la Terre.

L'homme se prit à rire, se leva et, s'approchant du groupe :

— Elles sont toutes deux maudites, infestées par la vermine politique, la gangrène philosophique et la peste des religions. Si Platon revenait, que penserait-il de ces gouverneurs incestueux qui légifèrent à l'envers, de ces ignorants vaniteux qui renversent la vertu au profit du vice, de ces sacerdotes opulents aux vêtements bordés de sonnailles ? Nos dieux ancestraux ont été chassés par les mages de Perse, les histrions d'Égypte et toutes sortes de paltoquets dont la suffisance n'a d'égal que leurs propres insuffisances. Jadis, nos temples s'ouvraient au soleil. Aujourd'hui, ils se terrent dans des soutes. La laideur et la grimace ont supplanté la beauté. On adore la fange et le crime.

— Eh bien, dit Basophon, voilà qui nous confirme dans notre mission. As-tu entendu parler du Messie que l'on nomme Logos ?

— Le Logos, je connais, fit le vieillard. Mais qu'est-ce que le Messie ?

— Allons dans un endroit calme, proposa le fils de Sabinelle, et je t'expliquerai comment nous allons pouvoir faire remonter l'Esprit des caves où les impies l'asservissent au soleil levant qui est sa place naturelle.

Ils s'éloignèrent du tohu-bohu de la foule. Le vieillard marchait avec entrain, à tel point que les autres avaient quelque peine à le suivre. Enfin, ils s'arrêtèrent dans une cour ombragée entre deux maisons d'allure patricienne. Là, ils s'assirent au bord d'une fontaine et Sylvestre commença :

— Le Logos, que l'on appelle en latin le Verbe, est à l'origine de tout ce qui est. Dieu dit : « Que la lumière soit », et elle fut ; « Que l'univers soit », et il fut. Cette parole créatrice est le Logos.

— Admettons, fit le vieillard.

— Or, le Logos s'est fait chair. Il est devenu un homme et est descendu parmi nous. Ce Logos incarné est celui que nous appelons Messie, ce qui signifie celui qui a reçu l'onction, le roi.

— Admettons, dit encore le vieillard.

— C'est pourquoi les grecs l'appellent Christos, puisque c'est le nom donné à celui qui, comme le Messie, a été oint avec l'huile réservée au couronnement. Et donc, Christos est l'autre nom du Logos platonicien.

— Admettons toujours, reprit le vieillard en hochant la tête.

— Et, par conséquent, c'est Celui qui a fait la Terre et le Ciel qui est venu personnellement rédimer l'humanité ou, si vous préférez, remettre le monde à l'endroit.

— Vaste prétention ! s'écria le bonhomme. Mais pourquoi pas ? Je me disais bien aussi que ce Logos devait servir à quelque chose. Mais, toi qui es si savant, peux-tu me prouver que ta science égale ta jactance ? Si ton Logos est capable de replacer tout en bon ordre, il doit pouvoir guérir le mal.

— Naturellement, dit Sylvestre avec assurance.

— Alors, viens avec moi. Mon petit-fils est atteint d'une maladie qui tourmente mes vieux jours. Il ne peut ni marcher, ni parler depuis qu'il a chu sur le dos. Aucun médecin n'a pu traiter la paralysie dont il souffre. Si toi, tu y parviens, je deviendrai ton plus fervent disciple.

— Hé, hé, fit le perroquet en se dandinant sur l'épaule de Théophile, voilà le beau parleur acculé à sa vanité.

Mais déjà Sylvestre suivait le vieillard. Ainsi entrèrent-ils dans les faubourgs d'Athènes.

CHAPITRE XX

Où Basophon opère un miracle et où les démons décident de changer de tactique.

« Le Saint-Esprit se rendit auprès du Christ et lui dit :
— Vous savez combien je répugne à faire des miracles, dérangeant ainsi l'ordre naturel ; mais, cette fois, il va falloir s'y résigner.
— Cet enfant le mérite, déclara Jésus. Donnons donc à Sylvestre le pouvoir de le guérir.
Or, dans le même temps, Abraxas courut chez Satanas afin de l'avertir de l'affaire.
— Si ce Basophon parvient à guérir ce jeunot, le vieillard Mélinos se convertira à Christos. Or, il faut savoir que loin d'être sénile, ce personnage est considéré à Athènes comme un guide.
Satanas entra dans une de ses colères coutumières, mais l'explosion fut si forte que le malheureux Abraxas en eut les tympans crevés. Aussi ne put-il entendre les invectives que son maître lui lança. Puis, lorsqu'il fut calmé et qu'il eut renvoyé le démon dans les caves les plus ténébreuses de son palais, il décida d'agir seul. L'extension de la nouvelle religion se révélait dangereuse. Il avait pensé que les anciens dieux parviendraient à se défendre contre l'Intrus. Aphrodite, cette folle, avait enseigné à Basophon une méthode qui

risquait fort de séduire les Grecs. Satanas se rendit à Athènes d'un seul battement de ses ailes membranées, plus précisément dans la demeure où reposait le jeune paralysé.

— Voilà donc celui sur lequel repose l'avenir de la Thessalie. Je me méfie des pouvoirs que pourrait bien posséder Basophon. Mais ce dont je suis sûr, c'est qu'il n'a pas celui de ressusciter les morts.

Et, dans sa malignité, il commande aux esprits mortifères qui ont envahi le garçon de proliférer et d'attaquer le cerveau, le foie, les reins et le cœur de telle façon qu'il ne puisse en réchapper. Aussitôt, ces troupes maléfiques se mettent à l'œuvre. Le corps ne peut résister à pareil assaut. L'âme s'agrippe autant qu'elle peut, mais les hordes frappent et frappent encore. Lorsque Mélinos entre dans la chambre, son petit-fils rend le dernier soupir.

— Laissez-moi seul, ordonna le fils de Sabinelle.

— Que pouvez-vous faire ? demanda le vieillard. Hélas, mon cher enfant, Alcidios, le plus grand trésor de ma vie, vient de mourir sous mes yeux.

— Tout est entre les mains de Dieu, affirma Sylvestre. Si Christos est réellement ressuscité, il ressuscitera cet enfant.

Ils quittèrent la pièce. Alors Basophon, levant les yeux vers le Ciel, s'exprima ainsi :

— Ô Toi qui voulus que je devienne la lumière de Thessalie, Toi seul peux faire pencher la balance de la vie et de la mort. Si je ressuscite ce garçon, nous poserons la première pierre de l'édifice qui Te sera consacré. Si j'échoue, je perdrai tout crédit et j'ignore comment je pourrai l'emporter sur les idoles, les mystagogues et les magiciens.

— Prends l'enfant Alcidios dans tes bras et va sur la place, dit une voix.

C'était l'Esprit saint qui lui parlait.

Sylvestre soulève le jeune homme et sort de la chambre, traverse la demeure et se retrouve sur la place. Les voisins, apprenant le décès du petit-fils de Mélinos, se sont rassemblés. Les parents de l'enfant, qui tiennent un commerce à quelques rues de là, ont été prévenus et s'élancent vers leur fils en pleurant.

— Votre enfant n'est pas mort, dit Sylvestre.

— Que racontez-vous là ? s'écrie le père. Son visage est désormais retourné comme un gant. Ses yeux regardent vers le dedans.

Sylvestre continue d'avancer vers le centre de la place. Là, il dépose le cadavre sur un banc et recule de trois pas avant de lever les bras au Ciel.

— Honte sur vous ! hurle le père, en proie à la plus extrême révolte. Cessez cette odieuse comédie et laissez-nous pleurer en silence.

A ce moment, les anges rattrapent l'âme du jeune garçon qui montait allégrement vers les limbes où sont accueillis les innocents qui n'ont pas reçu le baptême, et, délicatement, l'obligent à rebrousser chemin et à revenir sur Terre. Mais une troupe de démons bondit vers eux et s'interposent.

— Laissez-nous passer, disent les anges.

— Non, non, répondent les démons. Cet enfant est mort. Vous n'avez pas le droit d'empêcher son âme de se rendre au lieu qui lui fut assigné.

Et ils prennent de force l'âme des mains des anges qui, stupéfaits, demeurent un instant sans réplique. Mais bientôt ils se ressaisissent et, revenant vers leurs adversaires, commencent à leur barrer le passage, ce que voyant, Satanas envoie une légion entière de ses diables afin de prêter main-forte aux premiers. Toutefois, la réaction du Ciel ne se fait pas attendre. Trente-trois escouades angéliques dirigées par l'archange Michaël lui-même se présentent sur-le-champ. Et le combat se livre avec tant d'ardeur que l'on se croirait à l'aube du Jugement dernier.

Dans le même temps, Sylvestre prie Dieu de lui accorder la résurrection du petit-fils de Mélinos et la foule qui grossit de minute en minute se met à gronder, criant à l'imposture et au sacrilège. Le perroquet Hermogène rit si fort que ses plumes en sont tout hérissées. Quant à Théophile, le bon Romain, il s'est agenouillé et prie de toute sa foi de nouveau baptisé.

Alors Jésus paraît dans le Ciel. A sa vue, les troupes de Satanas sont d'abord frappées de stupeur, puis, laissant là leurs armes, s'enfuient en gémissant.

— Petite âme, dit le Christ en prenant tendrement l'âme entre ses mains, tu seras la compagne de Sylvestre dans le combat qu'il mènera pour prendre la Thessalie et la Grèce tout entière à l'amour de mon Père, le Dieu Très-Haut.

Et l'âme innocente se prend à pleurer.

— N'est-ce pas aujourd'hui que je goûterai à la paix profonde des bienheureux ?

— Petite âme, il te faut être sage. Je te promets le bonheur ultime, mais, auparavant, il convient que tu reviennes dans ta demeure, le corps de l'enfant Alcidios. Obéiras-tu ?

— A toi, la bonté même, j'obéirai.

Déjà, les pierres lancées contre Sylvestre commencent à transformer la place en un lieu de haine et de révolte. Mais, dès que l'âme est revenue se blottir dans la poitrine du jeune garçon, chacun peut voir ce prodige admirable : le petit-fils de Mélinos ouvrir les yeux et se dresser sur le banc où, mort, il avait été étendu. Un terrible silence mêlé de stupeur saisit l'assemblée. L'enfant Alcidios se lève. Il regarde autour de lui avec étonnement et lui, qui auparavant était paralysé, se met à marcher. Lui qui était muet, il s'écrie :

— Gloire à Christos, le Dieu vivant !

Et toute cette foule hostile de se changer en troupeau muet de reconnaissance et de crainte. Mélinos, le sage vieillard, s'approcha de Sylvestre et lui dit :

— Seul celui qui tient entre ses mains la vie et la mort pouvait ramener notre enfant des ténèbres de l'Achéron. Qui es-tu ?

— Le serviteur de plus grand que moi, répondit Sylvestre. Naguère, je souhaitais posséder les pouvoirs d'un nazir. Mais combien l'amour de Dieu est supérieur à tout pouvoir. Remercie Celui qui m'a envoyé !

Les parents d'Alcidios serraient leur enfant contre eux et riaient, se demandant si tout cela n'était pas un rêve. Quant à la foule, remise de sa surprise, elle disait :

— Voilà un mage très puissant. Apportons-lui nos malades et nos morts. Il va les guérir et les ressusciter.

Ainsi, durant une semaine, le peuple d'Athènes amena tous ceux qui souffraient à Sylvestre que la famille d'Alcidios avait hébergé. Et Sylvestre imposait les mains. La chronique rapporte qu'il guérit deux cent trente personnes et en fit revenir vingt-cinq à la vie. Le jeune ressuscité aidait le thaumaturge dans sa sainte tâche, de même que le vieillard Mélinos. Le Romain Théophile ne cessait plus de baptiser et de catéchiser comme Sylvestre le lui avait appris. Quant au perroquet Hermogène, il persistait dans son incroyance et se gaussait du spectacle, répétant à l'envi que c'était là une magie des démons Asphodèle et Ripadudon.

Satanas, lui, était si furieux que, négligeant toute précaution, il décida de se présenter à la porte du Ciel pour crier sa révolte. Saint Pierre, lorsqu'il l'aperçut, commanda à une escouade d'anges militaires de se porter en direction de l'intrus.

— N'approche pas ! cria le capitaine angélique.

— J'exige de parler à l'Esprit saint ! Laissez-moi passer !

— Et de quel droit ?

— Un pacte fut signé entre le Ciel et l'Enfer. La mort m'appartient. Celui qui se prétend fils de Dieu a trahi nos lois. Non seulement il s'est ressuscité lui-même, mais, de temps en temps, l'humeur le prend de réveiller quelques cadavres pour son usage personnel. Or je sais pourquoi il agit ainsi : pour sa propre gloire ! Pour qu'on le change en Dieu ! Pour qu'on se prosterne devant son image ! N'est-ce pas de l'orgueil, ça ?

— Écoute, dit le capitaine, je ne comprends rien à ton verbiage. Retourne d'où tu viens ! Ton odeur m'importune.

Mais Satanas criaillait si fort que l'Esprit saint l'entendit. Il se porta donc à la porte que gardait saint Pierre et, enflant sa voix qui parut un grand vent :

— Ô toi, sagesse déchue de Lucifer, cesse de blasphémer ! Aucun pacte ne tient devant l'amour divin. Tes paroles sont emplies de jalousie, de rancune et de haine. Ton malheureux esprit s'est changé en charogne vivante. Que peux-tu gagner à vociférer à l'entrée du séjour des bienheureux ?

Satanas s'écria :

— Gens de bonne conscience, qu'avez-vous donc fait pour le monde ? En me laissant la mauvaise part, celle de la maladie et de la mort, vous vous êtes rangés du côté de l'innocence. A moi les sales besognes ; à vous le prestige et le sain jugement. Mais votre tribunal est inique. Il ne tient aucun compte de ma souffrance. Or cette souffrance-là, l'immense souffrance de l'éternelle séparation, c'est elle, le ferment du génie humain.

— Va-t'en ! dit l'Esprit saint en se détournant.

Il pensait que nul, pas même lui, ne pouvait discuter avec l'ange abominable sans en être blessé. Et certes, Satanas avait bien compris que ses paroles avaient touché l'Esprit, ce qui lui fut un intense et sournois plaisir. Ainsi contenté, il s'éloigna. Un plan s'était ébauché dans sa tête, dont il tourna et retourna l'esquisse durant une journée entière, après quoi il demanda audience à son maître, Lucifer.

Lucifuge Rofocal était en sa grande assemblée. Tous les cerveaux les plus habiles et les plus expérimentés des ténèbres se trouvaient réunis. Dans leur somptueuse robe rouge, ces excellences trônaient dans des stalles qui formaient un chapitre que présidait l'archange déchu. Un orchestre faisait de la musique. C'était une partition jouée à l'envers, en commençant par le dernier accord du final et en finissant par la première note de l'ouverture.

— Avance, commanda Lucifer.

Satanas fit les onze révérences et demeura prosterné sur les dalles.

— Ainsi, reprit l'archange, tu as osé solliciter une audience de ma haute bienveillance afin d'exposer devant ma grandeur un stratagème destiné à corrompre la foi en Christos. Souvenons-nous que notre dernière tentative a curieusement mal tourné. Basophon a contracté le virus de la folie mais, en attendant, il en a conçu du génie. Ce garçon est bien protégé et il me paraît inutile de lutter en pure perte contre lui.

— Considérable seigneur et vous, mes augustes maîtres, ce n'est justement pas contre Basophon que mon misérable plan est dressé. Comme vous le savez, Vénus a réussi à helléniser cette religion de rabbins. Athènes est tombée, Rome suivra. Ne conviendrait-il pas d'entrer dans les voies mêmes de cette réussite et de la pourrir de l'intérieur ?

— Ta sottise est extrême, rugit Lucifer, mais il se peut qu'une étincelle d'intelligence brille parfois dans l'incohérence de ton fatras. Qu'en pensent les cerveaux ?

Il y eut un brouhaha, puis l'une des robes rouges se leva.

— Admirable Lucifuge, il se peut que l'idée de Satanas soit intéressante à mettre en œuvre, pourvu que nous inoculions aux nouveaux adeptes de Christos l'orgueil de créer une Église. Or, pour arriver à cette fin, il faut que cessent les persécutions et que l'empereur s'allie à la secte, lui donnant de ce fait une consistance politique.

— Excellent, approuva l'archange. Détournons le message d'amour et de paix en intention perverse. Là où la simplicité devait régner, créons la pompe. Là où la générosité vivait dans la sérénité, plaçons l'intolérance et la vanité. Là où le Christ était nu, vêtons-le de brocarts et d'or. Asseyons-le sur le trône de l'empereur, changeant ses disciples en consuls et promenant ses évêques en litière. Lançons les esprits dans des spéculations théologiques d'autant plus séduisantes qu'elles paraîtront plus obscures !

Une autre robe se leva.

— Très respectable seigneur, il convient que les disciples de Christos soient d'une extrême intransigeance envers les mœurs. Qu'ils privent leurs ouailles de la liberté que leur accordaient les dieux antiques. Celui qui détient l'interdit possède le pouvoir. Or, comme les humains ne peuvent se passer de forniquer, le désir naturel se transformera en faute. Les consciences se tortureront et nous n'aurons qu'à ouvrir nos portes pour accueillir tous ceux auxquels les clercs auront pourri l'âme, ainsi tourmentée par des sentiments inutilement mortifères.

— Magnifique ! s'écria Lucifer au comble du contentement. Satanas, tu peux te relever. Je prendrai en main ce plan remarquable. Toi, tu attiseras les corps, cependant qu'aidé par les religieux je plongerai les âmes dans le paradoxe et les esprits dans la perplexité.

Dans le même temps, Sylvestre avait réuni tous ceux qui avaient été baptisés et leur dit :

— Théophile et le sage Mélinos, que vous appellerez désormais Justin, demeureront parmi vous tandis que je gagnerai la province de Thessalie. Là est en effet ma mission. Y a-t-il parmi vous des charpentiers et des maçons ?

Une dizaine d'hommes se dressèrent.

— Par la canne de Joseph que je vous présente, dit Sylvestre, je vous fais compagnons du Saint Devoir. Vous construirez un temple en l'honneur de Christos, sous le signe de la Trinité qui vous baptisa. C'est là que vous romprez le pain et boirez le vin en mémoire de Celui qui donna sa vie pour la rédemption des hommes.

— Et sur quel plan élèverons-nous ce temple ? demanda l'un des ouvriers.

— Rassurez-vous. Tout vous sera donné.

Et Sylvestre convoqua les bâtisseurs dans la soirée afin de leur confier le plan qu'il avait imaginé sous la forme d'une croix. Il ajouta :

— Ne construisez en pierre que les éléments qui ne peuvent l'être en bois, car le bois appartient à la croissance tandis que la pierre ne participe qu'à la construction. Méfiez-vous de la pierre. Elle est le matériau de Caïn et stimule l'orgueil. Les civilisations en sont mortes.

— Fort bien, dirent les compagnons.

Mais, dès que Sylvestre eut le dos tourné, l'un d'entre eux s'écria :

— Quelle idée ridicule et digne de nos anciens ! Construire en bois alors que la pierre est plus solide et surtout ne craint pas l'incendie ! Le saint homme s'y connaît en guérison, mais en bâtiment, laissez-moi rire !

Théophile, qui était présent, s'interposa :

— Sylvestre sait ce qu'il dit. N'a-t-il pas en main la canne du charpentier Joseph, père de Notre Seigneur ?

Nul n'osa riposter. Cependant, l'ambition de construire en pierre et non en bois avait pénétré les esprits. Chacun pensait que Christos méritait un temple aussi beau et aussi riche que ceux de Zeus, d'Athéna ou d'Aphrodite, qui avaient été élevés en marbre. Et sans doute cela partait-il d'une bonne intention. C'est sur cette dernière que comptait justement Lucifer pour parvenir à ses fins. Car à beau bâtiment ne conviennent que précieux ornements, statues et tentures. La pente du luxe serait prise. »

Adrien Salvat et le père Moréchet marchaient en silence depuis près d'une heure à travers la Rome jaune et orange des beaux soirs d'été. L'un et l'autre laissaient leurs pensées vagabonder au rythme lent de leurs pas. Des jeunes gens babillards les croisaient. Les voitures circulaient lentement. C'était le moment de se faire admirer par les curieux affalés aux terrasses. Mais ni Salvat ni Moréchet ne se laissaient distraire par cette puérile comédie de la vanité.

Lorsqu'ils arrivèrent piazza Navona, l'envie les prit peut-être de s'arrêter là afin d'admirer les jeux d'eau et de lumière de la fontaine de Neptune ou du Moro, mais, accaparés comme ils l'étaient par leur méditation mêlée de rêverie, ils continuèrent leur route, l'un à côté de l'autre et pourtant séparés par l'intime cheminement de leur solitude.

Moréchet se remémorait les dernières pages de la *Vita* que le nonce Caracolli leur avait traduites. N'était-ce pas, en effet, au moment où l'Église s'était constituée sous l'égide impériale que les déviances avaient commencé, autorisant plus tard un Renan à constater que là où l'on attendait le Christ, l'Église était arrivée ? Mais pouvait-il en être autrement ? Saint François avait eu beau prêcher la pauvreté et l'innocence, la pompe romaine l'avait emporté, faisant élever en l'honneur du *poverello* une basilique à deux étages.

Jadis, le jésuite avait traduit de l'éthiopien la légende des charpentiers qu'évoquait la *Vie de Gamaldon* travestie par le faussaire polonais. On y voyait Abel, le nomade, s'abritant sous des feuillages, élevant des huttes avant de poursuivre son éternel voyage. Et, en face, on voyait Caïn, l'agriculteur lié à la terre, bâtissant sa demeure en pierre, lui, le civilisateur, bientôt meurtrier de son frère. D'un côté le bois, la croissance ; de l'autre, la pierre, la construction. Et les charpentiers médiévaux, non sans malice, d'accaparer le Christ en le représentant en jardinier sauvé de la pierre de son tombeau.

A cet instant, Moréchet évoquait la fameuse opposition qui semblait s'être manifestée très tôt entre l'Église de Pierre et celle de Jean, comme si la première était effectivement liée à la pierre et la seconde au bois, plus précisément à l'arbre qui, par une formidable analogie, s'était changé en l'Arbre de Jessé au sommet duquel se tenait Marie. D'où la parole du Christ en croix : « Fils, voici ta mère ; Mère voici ton fils », et cette réponse de Jésus à Simon lorsqu'il lui demande : « Et de Jean, qu'en feras-tu ? — Je le garderai jusqu'à la fin du monde. »

Moréchet aurait eu plaisir à s'entretenir avec son compagnon de cette constante johannique à travers les siècles, mais il devinait Adrien en proie à ses propres réflexions. Il n'eût pas voulu en dévier le cours. De fait, tandis que le jésuite se livrait à ses spéculations d'ordre spirituel, Salvat, lui, se remémorait les événements qui, quarante ans plus tôt, avaient préludé à la surprenante mort de sa chère Isiana, la fille cadette du prince Rinaldo da Ponte.

Non, elle n'avait pas été sa maîtresse. Ils auraient sans doute désiré aller au-delà de cette affection qui, dans l'ombre des cafés ou des jardins, les jetait dans les bras l'un de l'autre, mais le respect qu'ils portaient à leur amitié les dissuadait de la gâcher. Adrien était venu à Rome en vacances, bien décidé à visiter musées et catacombes. Sa rencontre dans le train avec la jeune fille avait tout changé.

Pourquoi le vieux professeur, par ce chaud soir d'été, acceptait-il de retourner ainsi dans un passé qu'il avait durant si longtemps tenté d'oublier ? Sans doute parce qu'il avait compris qu'il lui faudrait enfin regarder l'énigme en face, et non plus par situations interposées, comme il l'avait fait durant toute son existence. La présence discrète de Moréchet à ses côtés l'y incitait.

« Ne crois jamais en ce que tu crois. » Tels avaient été les derniers mots d'Isiana avant de s'élancer dans le fleuve. Voulait-elle dire que tout n'était qu'illusion, jusqu'à sa disparition elle-même ? Ou proposait-elle au contraire de dépasser la croyance pour atteindre à la conviction ? Au vrai, une phrase si pesante pour la bouche d'une jeune fille n'était-elle pas qu'une réminiscence de lecture utilisée en ce cruel instant comme une ultime réplique de théâtre ?

Adrien Salvat n'avait jamais cru à la transcendance, à la révélation, à tous ces concepts qui sous-tendent les religions. Il croyait au génie inventif de l'être humain, à ses capacités de forger des systèmes plus extravagants les uns que les autres afin de meubler la Grande Absence. Pour lui, les hommes avaient créé Dieu pour nicher un sens au creux de l'énigme universelle et pour combler, autant que faire se pouvait, le silence opposé aux questions essentielles. Mais ces questions elles-mêmes n'étaient-elles pas des leurres ? Toutefois, Adrien ne se résolvait pas à l'idée qu'à la disparition du dernier homme l'univers ne fût plus pensé. Car qu'est-ce qu'un monde que personne ne considère ? Pourtant, avant même l'apparition de la vie, les astres tournaient déjà. Qui, alors, sentait la matière ?

— Moréchet, qu'est-ce que la foi ?

La question était venue d'elle-même sur ses lèvres. Le jésuite ne parut pas s'en étonner.

— La fidélité.

— A quoi ?

— A une mémoire. Celle qui, au-delà de tous les souvenirs, est enracinée dans tous les êtres humains.

— Ce que tu appelles « mémoire », je le ressens comme une absence, un vide, lâcha Salvat.

— Le vide appelle le plein, énonça Moréchet.

Ils continuèrent d'avancer en silence. Puis, alors qu'ils entraient sur le Campo San Spirito où se dressait la maison de la Compagnie de Jésus, Moréchet reprit :

— Tuer la mort en soi-même et dans le monde, tel est le seul but. La croyance fabrique des idoles et toute idole est mortifère, puisqu'elle n'est que projection de notre moi. C'est l'icône qu'il faut atteindre, car elle est productrice de sens et de vie. Peux-tu comprendre cela, vieux raisonneur ?

Salvat comprenait mal ce que son ami appelait une *icône*, et, bien qu'il ne doutât pas de son honnêteté intellectuelle, il se demanda si ce n'était point là une pirouette de vocabulaire. En revanche, l'évocation de l'idole le toucha au vif. L'être humain n'était-il pas un producteur d'idoles dans lesquelles il exaltait son propre moi ? Le langage n'était-il d'ailleurs pas la première de ces idoles ? Les mots « dieu », « homme », « univers » n'étaient-ils pas des idoles ? Et le verbe « croire », en particulier ? L'idole de la vérité... Mais aussi celle du doute ! Ne resterait donc que la perplexité.

— Vois-tu, j'ai passé ma vie à résoudre des problèmes idiots que les gens ont crus extraordinaires parce que j'y ajoutais du style, de l'humour, un je ne sais quoi qui leur faisait penser que j'étais lucide alors qu'eux-mêmes étaient aveugles, même si j'étais en vérité plus aveugle et sourd que les autres ; mais le style, bon Dieu, le style ! Dans le théâtre du monde, ce sont les arts d'apparition qui seuls permettent de faire croire à un sens là où il n'y a qu'un puzzle éparpillé. Le vieux roi Hamlet sur les remparts d'Elseneur, voilà qui emporte la conviction profonde ! Et les bas mauves de Gertrude. Apparitions ! Tout le reste n'est qu'anecdotes déjà mortes, emportées vers l'insignifiance.

Et, brusquement, Salvat s'aperçut que le récit de Basophon n'était autre que l'illustration de cette lutte contre les faux-semblants des croyances. Quels qu'en fussent les rédacteurs, ils avaient été subjugués par le fait que leur jeune héros bataillait sans cesse contre les idoles de toutes natures, et, quitte à passer pour blasphémateurs, ils l'avaient introduit dans la plupart des croyances du premier siècle afin de l'amener à les combattre.

Lorsque Moréchet l'eut quitté, il revint pesamment vers son hôtel. Durant ces dernières heures, les éléments de l'enquête l'avaient fui, comme si le fait de savoir que le sort du pape était à présent entre les mains de spécialistes le dégageait de cette responsabilité-là. Isiana, avec son regard d'Ophélie à jamais refermé, avait accaparé sa pensée. Il se surprit à comparer l'ancienne petite morte à Basophon, ce qui ne manqua pas d'abord de l'étonner, puis d'exciter son imagination. Lorsqu'il atteignit l'Albergo Cesari, son pas était plus assuré, si bien qu'il gravit les escaliers plus vite que sa corpulence ne le lui aurait ordinairement permis. Il parvint tout essoufflé à sa chambre.

CHAPITRE XXI

Où l'Intelligence Service s'intéresse à la Vita, *ce qui n'empêche
pas Sylvestre de se débattre dans les systèmes.*

Le lendemain, le *commander* Cyril Batham, de l'Intelligence Service, grand spécialiste de l'Europe de l'Est, arriva par avion de Londres. Salvat avait tenu à l'attendre à l'aéroport. Les deux hommes étaient unis par une amitié ancienne qui s'était nouée à l'époque de l'affaire Stuyvesant. Depuis lors, il leur arrivait de travailler ensemble. C'était toujours dans un climat de grande confiance — situation fort rare dans ce milieu où il est commun de se méfier de son ombre.

N'était-ce pas aussi le fait d'avoir dû fréquenter l'univers délétère de l'espionnage international qui avait amené le professeur à considérer les événements et les êtres avec un regard tantôt ironique, tantôt perplexe ? Combien de fois ne s'était-il pas débattu intellectuellement dans les pièges sournois que ce type d'existence ne cesse de dresser ? Aussi l'amitié féconde du Britannique était-elle pour Salvat un point fixe indispensable dans le grouillement aléatoire de ses recherches.

Vêtu d'un blazer noir à boutons d'argent et d'un pantalon gris, Cyril Batham donnait l'impression, lorsqu'il apparut dans le hall, de sortir tout droit de l'université de Cambridge dont il arborait, à juste titre, le blason sur son revers gauche. Sportif malgré ses soixante ans, il avait gardé l'allure dégingandée d'un jeune homme. Seul un léger boitement laissait deviner quelque rhumatisme.

Lorsqu'ils furent dans le taxi, Salvat expliqua en quelques mots qu'elles étaient ses craintes. La dernière partie de la *Vita* semblait avoir subi un habile cryptage.

— Les Américains sont-ils déjà sur l'affaire ? s'enquit Batham.

— Et des féroces ! Le major Truedman et le commandant Elias Bluementhal... Je les ai trouvés inopinément dans ma chambre d'hôtel.

— C'est bien leur genre. Mais, s'ils sont là, c'est que « ça sent le poisson », comme ils disent. Vous avez été judicieux en les aiguillant sur l'attentat contre le Pape. Nous, nous allons nous occuper du texte.

Ils se rendirent directement au Vatican. Batham n'avait pour tout bagage qu'une mallette. Il avait été décidé qu'il logerait à la Curie. Le nonce Caracolli les accueillit dans son bureau avec une onction qui dissimulait mal sa désapprobation. Cette aventure prenait à ses yeux des dimensions exagérées. A présent, il doutait qu'un attentat fût réellement commis contre Jean-Paul II. Il lui semblait plus improbable encore que le texte de la *Vita* recelât un autre discours que celui dont on entendait le sens à première lecture.

En revanche, lors de la dernière séance de traduction, le prélat avait été choqué par le tour outrageusement pamphlétaire qu'avait pris le récit. N'était-ce pas laisser supposer que l'Église avait trahi la simplicité de ses origines sous une influence diabolique et, de ce fait, avait préféré le pouvoir à l'amour ? Cette idée abominable, Caracolli ne l'acceptait pas. Car si le Vatican avait assurément connu le luxe et la pompe, il n'en allait pas de même de l'ensemble du clergé qui, en général, vivait chichement et, dans certains cas, dangereusement.

— Monseigneur, commença Batham, je serai honoré

d'assister à vos séances de traduction. De plus, je vous demanderai l'autorisation de compulser le manuscrit et de le soumettre aux tests prévus en pareil cas.

— S'il le faut, répliqua le nonce en soupirant. Nous agirons selon vos directives, *commander*, mais je me demande si ce n'est point là une grande perte de temps.

— Monseigneur, une armée de l'ombre lutte contre la démocratie, les libertés qu'elle garantit, et aussi contre l'esprit de religion, ne l'oubliez pas. Il nous appartient de déjouer ses ruses afin d'annihiler sa stratégie.

Caracolli leva les bras au ciel dans un geste tout ecclésiastique, puis, joignant les mains dans l'attitude de la prière :

— Hélas, s'écria-t-il, les forces du mal sont à l'œuvre de par le monde ! Elles s'adaptent à chaque époque, nous ne le savons que trop. Seule la prière peut venir à bout de leurs funestes efforts.

— Sans doute, fit Salvat, mais n'est-il pas écrit : « Aide-toi, le Ciel t'aidera » ? Mon excellent ami Batham est un parfait technicien. Il a déjà remporté quelques remarquables victoires contre nos adversaires les plus pugnaces. Vous pouvez sans crainte lui confier l'étude du manuscrit.

— C'est bon, c'est bon, reprit le nonce d'un ton las. Professeur Salvat, je vous fais confiance, mais dites bien à votre ami que le Vatican, et particulièrement le souverain pontife, ne doivent en aucun cas pâtir de cette affaire. Dites-lui bien aussi que notre situation éminente et notre souveraineté ne permettent à personne d'en référer à des autorités étrangères sans notre accord.

— J'entends bien, dit Batham que ces précautions oratoires amusaient assez.

On se rendit donc, comme chaque jour, dans la salle Saint-Pie-V tandis que Mgr Caracolli allait chercher la *Vita* dans le coffre gardé par le père Grunenwald. Le père Moréchet était déjà arrivé lorsque Salvat et Batham firent leur entrée. Les présentations furent faites. L'agent de l'Intelligence Service et le jésuite avaient beaucoup entendu parler l'un de l'autre par leur ami commun. Ce leur fut donc un plaisir de se rencontrer pour la première fois et de pouvoir se connaître mieux. Ainsi Adrien Salvat avait-il créé autour du monde une chaîne d'amitiés composée de personnages fort différents les uns des autres, mais qui, tous, étaient marqués d'une originalité puissante. Il est vrai que, pour lui, exister, c'était exister sous le regard d'un ami.

Lorsque le nonce revint, accompagné d'un suisse portant le document avec une solennité plutôt risible, Cyril Batham expliqua quelles étaient ses intentions.

— Si le texte que nous allons étudier comporte un cryptage, comme le pense Adrien, il importe de savoir en quelle langue finale il doit se lire. Étant donné les circonstances, ce peut être le polonais, le russe ou encore l'anglais, bien que je penche plutôt pour les deux premières langues, et vraisemblablement pour la seconde.

— Exact, dit Salvat.

— D'après vos déductions, le cryptage aurait été effectué par le copiste ou par quelqu'un qui aurait demandé à ce faussaire de le transcrire. Dès lors, nous devons chercher dans le texte un détail qui, ne coïncidant pas avec l'ensemble, nous permettra de nous introduire dans le système. En effet, il est sans exemple qu'une copie réalisée à la main ne comporte pas au moins une erreur ou une lacune. Le texte ayant été chiffré à l'ordinateur qui, lui, ne peut se tromper, cette erreur ou cette lacune deviendra significative.

— Excellent, fit à nouveau Salvat.

— Aussi, monseigneur, lorsque vous allez traduire, vous demanderai-je de porter plus particulièrement votre attention sur tout détail qui pourrait vous paraître insolite, voire incongru.

— Vous savez, répliqua le prélat, dans un texte pareil, tout paraît improbable. Je ne vois donc pas ce qui pourrait particulièrement attirer mon attention.

— Je parle d'un détail textuel, non du récit proprement dit, précisa le Britannique.

— Eh bien, je peux toujours essayer, soupira Caracolli.

Et il recommença de traduire, mais, de toute évidence, ce jeu-là ne lui plaisait pas du tout.

Adrien pensa : « Il n'est de réflexion que dans l'écart. »

« Après avoir salué les nouveaux baptisés qui se trouvaient alors au nombre de trois mille, Sylvestre, Théophile et le perroquet Hermogène quittèrent la ville d'Athènes et prirent la route pour la province de Thessalie. Le vieillard Mélinos, sous son nouveau nom de Justin, avait été chargé de veiller sur la communauté.

Au Ciel, la douce Sabinelle avait enfin trouvé le repos. Durant des semaines, elle avait tremblé pour son fils, persuadée non seulement qu'il allait périr dans les multiples pièges que le Malin avait dressés, mais surtout qu'il allait y saccager son âme. Elle était allée se lamenter auprès de Notre-Dame, la mère du Sauveur, qui l'avait consolée, lui rappelant que si Jésus avait choisi son fils pour devenir la lumière de Thessalie, rien d'irrémédiablement fâcheux ne pourrait s'abattre sur l'élu.

En effet, Sylvestre arriva sans encombre à la ville de Pharsale. Cette riche cité appartenait à une colonie romaine qui exploitait les vignes et le blé d'alentour. Il s'y trouvait aussi des juifs installés là depuis plus de cent ans, et qui tenaient les différents négoces en rapport avec le grand port de Thessalonique, en Macédoine. Ce fut vers eux que Sylvestre se rendit dès l'abord.

La synagogue s'élevait dans le quartier des orfèvres. Son aspect délabré montrait assez combien les fidèles de la Torah avaient délaissé leur lieu de culte. Aussi, dès que Sylvestre fut mis en présence du rabbin, lui dit-il :

— Serait-ce que les Écritures n'ont plus aucun sens, que vous les abandonniez dans une ruine ?

Le rabbin était un saint homme d'un très grand âge. Tout son corps tremblait, mais son regard avait gardé une acuité éclairée par la foi. Il répondit :

— Je comprends votre indignation. Sachez que nos frères les plus fortunés, ceux qui pourraient aider à la rénovation de l'édifice, se sont détournés de la religion. Seuls nos plus pauvres enfants fréquentent encore ce lieu saint.

— Eh bien, dit Sylvestre, il se trouve que je suis charpentier. Si vous me confiez une dizaine de jeunes hommes avec de bons bras, je vous redresse votre synagogue en six mois.

— Seriez-vous des nôtres ? demanda le rabbin, fort étonné.

— Je suis ce que je suis, répondit Sylvestre. Ne vous suffit-il pas de savoir que je ne demande en échange que le pain et le gîte pour mon compagnon et moi ?

Le rabbin fut satisfait, bien qu'il demeurât intrigué. Il désigna quelques garçons parmi les familles pauvres, puis il fit installer Sylvestre et Théophile dans sa propre demeure où logeaient déjà ses trois fils, leurs épouses, ses huit petits-fils, leurs compagnes et une quantité d'enfants. Tout ce monde vivait dans une promiscuité atténuée par l'ordre et la propreté. Les repas étaient pris en famille autour d'une longue table sur laquelle veillait le chandelier à sept branches. La nuit, on s'enroulait dans des couvertures et l'on dormait allongés côte à côte dans la pièce qui, le jour, avait servi de cuisine et de salle à manger.

Ainsi commença la réfection de la synagogue de Pharsale. Théophile allait abattre des arbres et les ramenait sur le chantier. Transformés en planches, ils servaient d'échafaudage. Sylvestre avait en effet pris soin de n'utiliser que du bois anciennement coupé et taillé pour la construction proprement dite. Or, ce bois, il fallait le trouver dans le temple d'Aphrodite qui se trouvait à quelques pas de là.

— Vous n'y pensez pas ! s'était écrié le rabbin. Les païens vont nous exécrer d'oser démanteler leur sanctuaire.

— Ne vous inquiétez pas, fit Sylvestre. Je connais bien cette déesse. Elle saura calmer ses partisans.

Et il continua à se servir en bois dans le temple de Vénus. Naturellement, son surprenant manège ne pouvait demeurer longtemps sans alerter la population qui s'assembla bientôt autour de l'édifice démantelé en criant au sacrilège.

— Malheur ! dirent les juifs. Ce charpentier va attirer sur nous la colère des autorités. Nous serons chassés de la cité. Voilà ce qu'il en coûte d'obéir aux ordres d'un vieux rabbin.

Le rabbin lui-même se désolait. Alors Sylvestre prit la parole devant le peuple assemblé.

— Gens de Pharsale, ce temple est celui de la beauté. Mais qu'est-ce que la beauté du corps sans la beauté de l'âme ? La statue de la déesse que vous adorez est d'une grande beauté, nul ne peut en disconvenir. Mais, à l'intérieur de cette beauté, qu'y a-t-il ? De la pierre et rien de plus. Et il s'agit donc d'une beauté du corps sans beauté de l'âme. La véritable beauté est ailleurs, et c'est ailleurs qu'il faut la vénérer.

— Il se peut, dit le responsable de la ville, mais notre tradition l'emporte sur ton discours. Aphrodite est ici chez elle depuis des générations si nombreuses que nul ne se souvient du jour où elle choisit de vivre parmi nous. Elle nous protège. De quel droit détruirais-tu sa demeure pour reconstruire un lieu de culte qui nous est étranger ?

— Ce lieu qui vous paraît étranger est la base d'un édifice plus large et plus haut que tous les bâtiments du monde assemblés. La véritable beauté de l'âme et de l'esprit y jaillit comme d'une source de lumière. Gens de Pharsale, constatez que votre dévotion à la beauté n'est qu'un culte rendu à la pierre. Je vous incite à vous détourner de la chose inerte pour vous tourner vers un être vivant — mieux qu'un être vivant : la vie même ! Lui qui a dit : « Je suis la Voie, la Vérité et la Vie. »

— Nous connaissons le dieu des juifs, reprit le responsable de Pharsale. Il est plein de haine et de courroux.

— Ce dieu jaloux et terrible a donné naissance à un fils. On le nomme Christos et il est un dieu d'amour, proclama Sylvestre.

A ce moment, la foule se prit à lancer des injures, et non seulement les païens mais aussi les juifs. Et sans doute Sylvestre aurait-il succombé sous le nombre si un événement ne s'était alors produit. Un éclair tombé du ciel vint frapper le temple de Vénus, qui d'un coup s'écroula. A cette vue, le peuple fut saisi de stupeur, puis de crainte, constatant que les poutres et les voliges du magnifique édifice gisaient éparpillées sur le sol tandis que la haute statue de la déesse n'était plus qu'un amas de pierres.

Le vieux rabbin s'approcha de Sylvestre et lui dit :

— Les Écritures nous apprennent qu'un jour le Messie viendra. Les nations trembleront devant Sa Face. Ce jour serait-il venu ?

Ainsi la synagogue de Pharsale fut-elle reconstruite au moyen des décombres du temple d'Aphrodite. Voyant le quasi-achèvement de l'ouvrage et son ampleur, les juifs fortunés vinrent trouver Sylvestre et lui dirent :

— Nous ignorons qui vous êtes, mais nous devons reconnaître que vous êtes un savant bâtisseur et un habile charpentier. Sans doute aurions-nous préféré que ce lieu fût construit tout en pierre, comme il l'était auparavant, mais, tel qu'il est, sa beauté surpasse le souvenir que nos anciens ont gardé de l'édifice primitif.

— C'est dans la règle, répondit Sylvestre. La croissance est d'un ordre supérieur à la construction. Votre synagogue en pierre était statique. Elle ne faisait que répéter la lettre de la Loi et se paralysait peu à peu. La synagogue nouvelle est vivante comme le bois est vivant. Elle saura déchiffrer l'esprit de la Loi.

— Sans doute est-ce pour cela que nous ne venions plus à

la prière, dit un marchand. D'ailleurs, nous ne parlons plus l'hébreu depuis trois ou quatre générations. Enfants, nous lisions la Torah dans le grec de la Septante.

— Apportez-moi ce texte, je vous prie.

Et Sylvestre commença de commenter l'Ancienne Alliance en montrant comment elle était en attente de la Bonne Nouvelle. Le vieux rabbin lui-même était étonné de la science par laquelle le charpentier arrivait à dénouer les fils de la prophétie. L'ancien texte se prenait à rajeunir et à prédire la venue du Messie, lequel ne pouvait être en effet que ce Christos né en Palestine sous la juridiction de Pilate.

Après la conversion des juifs vint celle des païens, et après la conversion de Pharsale vint celle de la Thessalie. Les temples aux anciens dieux furent abattus et remplacés par des églises de bois où le culte s'effectuait dans la plus profonde modestie. Tous se disaient frères et sœurs dans une sereine harmonie.

Dix années plus tard, alors que Sylvestre fêtait la résurrection de Christos en compagnie de nombreuses délégations de Thessaliens, une troupe d'hommes venus d'Athènes se présenta. A leur tête se trouvait un certain Gérion qui se disait évêque du Péloponnèse.

— Est-ce toi Sylvestre que naguère on nommait Basophon ? demanda cet homme avec une certaine impudence.

— Je suis celui-là, répondit le fils de Sabinelle.

— Tu t'es nommé toi-même à la tête des chrétiens de Thessalie. Mais tu n'as jamais reçu l'onction. Oserais-tu te prévaloir du titre d'évêque, toi qui n'appartiens pas à la filiation des saints apôtres ?

Sylvestre reçut le coup et, un instant, en resta muet. Il était vrai, en effet, qu'aucun épiscope ne lui avait transmis le pouvoir de lier et de délier qui venait en droite ligne de Jésus, puis de Pierre, de Jean et des autres apôtres. En revanche, il avait été désigné dans le Ciel pour devenir la lumière de Thessalie, ce qui était d'une nature sacramentelle supérieure à l'onction épiscopale. Mais pouvait-il le prouver ? Il demanda :

— Et toi, de qui as-tu reçu l'onction qui te fait évêque du Péloponnèse ?

— De Startius qui la reçut de Barnabé, lequel la tenait de Paul que l'on nomme aussi Paul de Tharse.

— Je ne connais rien à ces gens-là, dit Sylvestre d'un ton grincheux. Je suis disciple de Joseph, le père de notre Sauveur, qui me remit la canne que voici. C'est par elle que je suis pasteur de mon troupeau.

Gérion se tourna vers ses compagnons. Ils étaient une trentaine et portaient l'insigne de l'ancre et du poisson sur leur tunique.

— Frères, ce Sylvestre n'a pas reçu la transmission régulière. Qui est donc ce Joseph dont il se targue ? Sa canne est une mesure de charpentier, rien de plus.

— Sans doute, fit Sylvestre dont l'humeur commençait à s'échauffer, mais que savez-vous de Jésus, de sa mort et de sa résurrection ?

— Nous savons, dit Gérion, que Jésus est fruit de l'Esprit et non d'un homme. Il n'est pas mort car, je te le demande, comment un esprit si haut placé dans la hiérarchie céleste aurait-il pu prendre un corps mortel ? C'est une apparence qui fut crucifiée, et non lui-même.

Sylvestre sentit la tête lui tourner. Il avait laissé le vieillard Mélinos à Athènes après l'avoir baptisé sous le nom de Justin et, dix années plus tard, voilà ce qu'était devenue l'assemblée qu'il avait créée ! Il s'écria :

— Malheureux amis, dans quelle dissidence êtes-vous tombés ? Jésus de Nazareth, le Verbe incarné, est mort et ressuscité. Sans cela, notre foi n'a aucun sens.

— Paul de Tharse soutenait la même doctrine, dit Gérion, mais, depuis, nous avons révisé le propos grâce à Startius. N'a-t-il pas démontré que Dieu ne peut choir dans la matière, laquelle est corrompue et maudite ? Prétendre que le fils de Dieu s'est revêtu d'une carcasse promise à la mort et à la putréfaction est un blasphème. Il te faut réviser ta croyance et cesser d'induire en erreur cette malheureuse contrée que, mes compagnons et moi, nous allons reprendre en main afin de lui faire entendre la véritable foi en l'ange Christos, envoyé par Dieu pour illuminer le siècle de sa gloire.

— Hé là, s'écria Sylvestre, cela faisait quelque temps que je n'avais eu l'occasion de jouer de mon bâton. Il est vrai que je m'endormais. Voilà de quoi me réveiller. Toi qui prétends avoir reçu l'onction, crois-tu au Père, au Fils et à l'Esprit saint ?

— Vieille idée gnostique, riposta Gérion. Un seul dieu existe et n'a ni frère ni fils. Quant à cet Esprit dont tu parles, il est l'âme de l'univers et fut insufflé par Dieu à l'instant de la création. N'est-il pas écrit qu'il flottait sur les eaux ?

— Écoute, dit Sylvestre, je sens que ma canne vibre entre mes mains. Je la retiens encore ; sans cela, elle bondirait sur toi et te rouerait de coups.

Ceux qui accompagnaient Gérion rirent de tant d'assurance. Or, parmi eux, se trouvait Alcidios, le petit-fils du vieillard Mélinos, qui avait été ressuscité. Il s'avança et prit la parole :

— Excellent maître, vous m'avez sauvé de la mort. Je vous dois donc le plus grand respect. Mais sachez que, depuis votre départ d'Athènes, nos docteurs ont beaucoup réfléchi sur les mystères. Ils se sont réunis en un concile et ont décrété ce qu'il était juste de croire. Le Christ n'a pu s'incarner dans le ventre d'une femme, de même qu'un oiseau ne peut naître d'un bœuf ou d'un âne. Ce sont là des espèces différentes.

— Malheureux enfant, s'écria Sylvestre, ne t'ai-je rendu à la vie que pour te permettre de répandre des inepties ?

— Ineptie toi-même ! hurla Gérion afin de couvrir la voix de son contradicteur. Tu es seul à penser ce que tu penses, alors que nombreux sont les docteurs qui ont décrété le dogme auquel tout fidèle doit croire sans risquer son salut.

Or, à ce moment, fendant la foule qui s'était rassemblée, apparut un autre groupe d'hommes qui portaient, brodé sur leur tunique, un Tau au centre d'une couronne de laurier. A leur tête, un vieillard imposant brandissait une houlette de berger.

— De quoi parlez-vous donc ? s'exclama cet homme. Vos glapissements s'entendent de l'autre côté de la place. Ce ne sont que ratiocinations de vieilles femmes.

— Qui es-tu ? demanda Sylvestre.

— Matthias, évêque de Macédoine. Mes frères et moi sommes venus ici afin de rétablir la vérité sur Christos, le Nazaréen. A vous entendre les uns et les autres, je constate combien vous avez grand besoin de nos lumières.

— Hé, dit Gérion, piqué au vif, tu ne fis pas partie des docteurs assemblés en notre concile.

— Ni toi des sages réunis à Thessalonique afin de définir la nature du Messie. _ais-toi donc !

— Et quelle est cette nature ? questionna Sylvestre.

— Jésus le Nazaréen est un prophète semblable à Ézéchiel. Et c'est donc un homme. Toutefois, alors qu'il allait mourir par la faute des juifs, il fut enlevé dans un char de feu comme Élie. Il reviendra au dernier jour.

— Qu'avait-il besoin d'un char ? s'écria Gérion. Un ange va et vient comme il lui plaît. Apprends donc qu'il existe quatre-vingt-dix-neuf sections angéliques réparties en une hiérarchie dont Christos est la tête. Dans le ciel, on le nomme aussi Métatron.

Prestement, Sylvestre se hissa sur un tonneau et prit la parole.

— Frères, écoutez-moi ! L'épiscope du Péloponnèse croit en un être spirituel, tandis que celui de Macédoine croit en un homme. Or, il se trouve que vous avez tous deux raison, car Jésus de Nazareth est à la fois l'un et l'autre. Il est Dieu et il est homme. Ces deux natures cohabitent en lui. Et donc, au lieu de vous combattre, complétez votre foi l'un par l'autre.

Mais les deux évêques ne l'entendaient pas ainsi. Ils entrèrent en fureur, prétendant que leurs conciles avaient entériné la question, et, bien qu'ils fussent d'opinions contraires, ils se liguèrent contre Sylvestre, disant que de toute façon celui-ci n'avait pas reçu l'onction des apôtres et que, partant, sa parole et son action étaient frappées de nullité.

Alors, comme elle ne l'avait pas fait depuis des années, la canne de Joseph se mit à l'œuvre. Ce fut merveille de la voir s'échapper des mains du fils de Sabinelle et se ruer sur les hérétiques, telle une foudre vengeresse. En un instant, les deux épiscopes furent renversés, battus copieusement. Quant à leurs disciples, effarés par ce prodige, ils s'empressèrent de s'enfuir, laissant sur le terrain leurs savates et leurs illusions.

Les fidèles de Thessalie, que l'imagination des étrangers avait quelque peu ébranlés, se rapprochèrent de Sylvestre et lui dirent :

— Père, ce que nous venons de voir nous rassure sur la justesse de votre pensée. Nous croyons que Jésus est à la fois Dieu et homme, comme l'est l'empereur.

— Ne vous égarez pas ! s'écria Sylvestre. L'empereur n'est que « divin ». Christos est « Dieu lui-même », le Verbe incarné, deuxième personne de la Trinité.

— Cela n'est pas très clair, dirent ces gens, mais les choses profondes peuvent-elles apparaître clairement aux simples mortels ? D'ailleurs, le monde est si bizarre qu'il se pourrait bien que la Trinité existe.

Et cette fête de la Résurrection en resta là. »

CHAPITRE XXII

Où Sylvestre redescend dans les enfers pour sauver l'âme de son père, ce qui éclaire singulièrement Adrien Salvat.

« L'Esprit saint vint trouver le Christ et lui dit :

— Voilà que votre Sylvestre a bien rempli sa mission. C'est curieux : je le croyais indocile et borné. Serait-ce qu'une grâce étrange ouvrit son cerveau, lui faisant comprendre quelle était la Voie ?

— Les femmes l'ont beaucoup aidé, y compris celles qui se sont gaussées de lui. Voyez-vous, cher Paraclet, lorsque j'étais sur Terre, je m'aperçus de leur pouvoir. Elles ne sont peut-être pas aussi inventives que l'homme, mais elles ont un sens pratique de l'invisible qui les rend sensibles au mystère. L'homme est un naïf joueur. La femme connaît l'enjeu et s'y astreint. C'est pourquoi elle sait paraître servante afin d'être maîtresse. Au contraire, l'homme, qui se veut libre, finit toujours par être prisonnier de lui-même.

Le Paraclet n'avait jamais su distinguer quels humains étaient hommes ou femmes, lui qui ne connaissait des êtres que leur esprit. Cette histoire de sexe lui paraissait grotesque. Elle ne lui semblait n'avoir d'autre intérêt que de perpétuer une espèce turbulente et vaniteuse dont l'univers se serait allégrement passé.

— Il n'empêche, remarqua Jésus, que Sylvestre n'a pas

reçu l'onction nécessaire à son sacerdoce. Ces hérétiques avaient raison. Lui qui désirait tant être nazir n'a reçu de pouvoirs que de l'Enfer. Encore n'est-ce que bons bras pour le physique, et que génie du stratagème pour le spirituel. Voyez, cher Paraclet, comment sont les hommes. C'est au fond du puits qu'ils découvrent le Ciel. Ils sont des astronomes renversés. Cela ne prouve-t-il pas qu'ils ont subrepticement compris que le vrai Dieu est minuscule ?

— Sans doute, fit l'Esprit saint que toutes ces notions inspiraient fort peu. Mais qu'allons-nous décider à présent ? Nos affaires vont bon train. Dans un incroyable chaos, la Grèce abat ses idoles. Rome jette des lions contre les fidèles. Alexandrie élève des temples au Messie. Byzance... Oh, Byzance ! J'aime bien Byzance... Ce sont des gens compliqués qui commencent par vous peindre avec une barbe de cent ans et des yeux hallucinés. Voici donc ce que je propose : faisons revenir Sylvestre dans le Paradis céleste. Là, nous pourrons l'entretenir sérieusement et l'oindre tout à notre aise afin qu'il mette un peu d'ordre dans cet enthousiasme débridé.

— Pardonnez-moi, dit Jésus, mais puisque l'empereur est à Rome, c'est là qu'il convient d'installer la chaire de Simon Pierre. N'est-ce pas sur lui que j'ai bâti l'Assemblée ? Sylvestre laissera son disciple Théophile en Thessalie et gagnera la cité impériale. Quant à vous, cher Paraclet, je me permets de vous suggérer de souffler très fort dans cette direction-là, car rien n'y est gagné d'avance. Le gouverneur Rufus y est toujours à l'œuvre.

— Cette hydre ? Celui qui jadis fit exécuter saint Perper ?

— L'empereur Trajan fut trompé par Satanas. Des centaines de fidèles ont été jetés dans l'arène comme au temps de Néron. Vous avez raison, il faut remettre de l'ordre et corriger ces horreurs.

— Je souffle donc, dit l'Esprit.

Ainsi, un beau matin, en se levant, Sylvestre décida de partir pour Rome. Depuis plusieurs années, Théophile avait reçu la fonction de presbytre et dirigeait avec assurance les affaires matérielles et spirituelles de la communauté, aidé en cela par une trentaine de fidèles expérimentés répartis à travers la Thessalie et la Macédoine. Ces fidèles avaient étudié la doctrine sous la conduite de Sylvestre. Ils s'étaient montrés dignes de diriger la prière et de rompre le pain. Ils portaient le nom de diacres et répandaient la Bonne Nouvelle.

— Vous n'avez plus besoin de moi, leur déclara Sylvestre.

Théophile tenta de dissuader le fils de Sabinelle, persuadé que s'ils le laissaient partir, ils ne le reverraient jamais plus. Mais Sylvestre ne se laissa pas fléchir. Il se sentait appelé. Alors le perroquet Hermogène prit la parole :

— Oublies-tu qui je suis ? Moi, le disciple du grand Hermès, tu m'as laissé dans la condition de volatile depuis plus de dix années. J'ai horreur des graines, mais il me faut bien en manger, sans quoi j'irais vers une mort certaine. Et tu prétends te rendre à Rome alors que sur le quai d'Alexandrie, je t'avais engagé pour m'accompagner auprès du gouverneur du Pont-Euxin ! Tu m'as berné. Toi qui te prétends juste et charitable, tu ne fus envers moi que tromperie et méchanceté. Théophile était un âne, tu l'as changé en beau jeune homme. J'étais perroquet et perroquet je suis demeuré, de plus en plus déplumé.

— Tu m'accompagnes à Rome, décida Sylvestre. Peut-être un jour reconnaîtras-tu tes erreurs et deviendras-tu fidèle de ton Sauveur.

— Je n'en vénérerai jamais qu'un seul : Hermès le Trois fois grand !

Ainsi Théophile vit-il s'éloigner à regret celui qui l'avait amené à partager sa foi dans le Crucifié. Il ignorait que Sylvestre, avant de quitter la Grèce, avait décidé de se rendre sur la tombe de son père, le gouverneur Marcion, supposant que c'était en cet endroit qu'il pourrait renouer avec la mémoire de son enfance.

Cette tombe se trouvait au pied des monts du Pinde, jadis consacrés à Apollon et aux muses. Parmi les oliviers et sous le chant des cigales, un petit monument se dressait, élevé aux frais de l'empire en reconnaissance des services rendus par le défunt. Des ronces avaient poussé, enlaçant la stèle. Un serpent s'enfuit. Alors Sylvestre adressa une prière à son père :

— Ô toi qui ne crus pas en Christos et qui fis torturer Sabinelle ton épouse, toi dont le cœur s'était endurci, écoute la voix de ton fils. Au nom du Dieu vivant, je te pardonne.

Le monument se prit à trembler. La stèle se renversa. L'étroite porte scellée s'ouvrit et l'on vit le visage émacié de Marcion qui, à travers cette ouverture, semblait s'éveiller d'un long sommeil.

— Qui ose me tirer de mon néant ?

— Toi, corps de mon père, tu ignores ce qu'est devenue l'âme qui te gouverna durant ta vie. Apprends qu'elle fut ravie par les démons et que, depuis cette époque, elle crie de douleur dans les enfers.

— Hélas, se plaignit le corps d'une voix lamentable. Je ne suis plus que débris. Que pourrais-je faire pour sauver mon âme de cette abominable condition ?

— Nous allons ensemble descendre dans ces lieux maudits, car si ton âme a commis un crime inexpiable, ce fut sur les conseils trompeurs de Satanas. Il convient que le véritable coupable soit puni et que la malheureuse qui fut trompée soit libérée. Elle aura suffisamment payé pour son stupide entêtement et sa vaniteuse naïveté.

— Écoute, chair de ma chair, laisse-moi en repos. Qu'irais-je faire dans les enfers alors que mon sort est de me dissoudre dans l'aveugle néant ?

— Erreur ! Tu ressusciteras au dernier jour. De même

que Christos est ressuscité de la tombe, toi aussi tu te lèveras dans l'éternel matin.

— Je ne crois pas en ces fadaises, s'entêta le corps de Marcion.

— Ne changeras-tu donc jamais ? Et puis, n'as-tu pas envie de te faire pardonner par la douce Sabinelle ? Tu l'aimas.

— Je me souviens... Quel est le chemin ?

— Il existe non loin d'ici une carrière de sel. C'est là une des entrées du royaume de Satanas. Donne-moi la main. Je vais te sortir de la tombe.

Le monument fut pris d'un nouveau tremblement et le corps du gouverneur Marcion apparut tout entier dans la fosse. Son état faisait peine à voir, mais enfin, il restait encore assez de peau sur les os pour qu'il ressemblât à un humain. La foudre qui s'était abattue sur lui lors de son trépas l'avait en quelque sorte embaumé.

Durant la conversation de Sylvestre avec son père, le perroquet Hermogène s'était tenu prudemment à l'écart. Il commençait à comprendre que les pouvoirs de son compagnon dépassaient de loin ceux qu'il avait reçus du grand Hermès. Mais, surtout, la peur l'étreignait de devoir descendre dans les enfers en compagnie de ce mort qui bougeait et parlait comme un être vivant. Aussi décida-t-il de s'envoler, quitte à ne plus jamais retrouver Sylvestre et à ne jamais plus recouvrer sa forme humaine. Il alla se percher sur un olivier, puis regarda s'éloigner le mort et le vif avec un profond sentiment de tristesse mêlée de dégoût.

Ainsi le fils de Sabinelle et le corps de Marcion se rendirent à la mine de sel de Thanas. C'était une carrière abandonnée depuis près d'un siècle. Des légendes racontaient comment les démons s'en étaient alors emparés. Aucun animal n'osait s'approcher de ce lieu sinistre. Aucun oiseau ne le survolait. Sylvestre et son compagnon s'engagèrent dans un étroit chemin creux qui descendait vers le fond du gouffre blanchâtre d'où s'exhalait une odeur fétide.

— Va plus lentement, se plaignit le corps. Mes membres sont tout endoloris. Mon souffle est court. Quant à ma tête, les araignées y ont tissé une toile si épaisse que mon cerveau y est empêtré.

Ils arrivèrent enfin devant la porte basse où nul jamais ne frappa. Il est bien connu, en effet, qu'aucun être humain avant Sylvestre ne s'était aventuré à paraître tout vivant en la Géhenne. Or, pour lui, c'était la seconde fois. Ses coups de poing résonnèrent contre le bronze.

— Hé là, fit une voix épouvantée, est-ce le Christ qui, une fois encore, descend parmi les morts ?

— Ouvrez ! cria Sylvestre, au nom du Dieu vivant, maître du destin des anges et des hommes !

La porte s'entrouvrit. Aussitôt, Sylvestre la poussa d'un grand coup d'épaule. Il entra. Le démon, pris de panique, s'enfuit dans le couloir ténébreux.

— Suis-moi !

— Fils, dit le corps de Marcion, cet endroit n'est pas pour nous. Ramène-moi au tombeau.

Au bout du couloir s'ouvrait une petite salle où l'on voyait quelques âmes assises sur des bancs. Elles semblaient attendre leur tour avec ennui et résignation.

— Asseyons-nous ici, proposa le gouverneur défunt.

— Nous y demeurerions à jamais. Continuons.

Ils prirent un autre couloir qui les mena dans une autre petite salle, exactement semblable à la précédente. D'autres âmes étaient assises sur des bancs. Leurs yeux vides étaient tournés vers un insondable néant.

— Hélas, dit Marcion. Nous sommes condamnés au miroir. A l'issue du prochain couloir est une autre salle comme celle-ci, et après elle une autre encore, à jamais.

— Tel est le piège du désespoir, expliqua Sylvestre. Ceux qui demeurent éternellement ici sont les médiocres. Rien dans ces couloirs et dans ces salles ne permet à l'âme de retrouver le goût de l'espérance.

Aussitôt, le décor changea. Ils se retrouvèrent dans une salle où des hommes et des femmes ne cessaient de crier, de se lancer des injures tout en se montrant le poing. Puis, d'un coup, tous ces gens se taisaient et, s'enfermant en eux-mêmes, faisaient les cent pas d'un air maussade, comme si les autres n'existaient pas. Mais, brusquement, sortant de cette indifférence, ils se prenaient de nouveau à hurler, à s'invectiver avec toutes les apparences de la haine.

— Hé, demanda Marcion, qu'est-ce que cela ?

— Ce sont les âmes qui, durant leur existence, n'ont pas su aimer. Elles se sont partagées entre la jalousie et le dédain.

Dans la salle suivante, une lumière vive éclairait un spectacle insupportable. Des aveugles erraient, bras en avant, se heurtant les uns les autres. Certains se frappaient volontairement la tête contre les murs. D'autres tombaient à genoux et suppliaient.

— Que cherchent-ils ? questionna Marcion.

— La lumière. Durant toute leur vie, ils ont douté de la connaissance. Ils ont refusé la foi, prétendant que l'univers et eux-mêmes n'avaient aucun sens.

A peine Sylvestre avait-il achevé ces mots que tout disparut en un instant. Ils se retrouvèrent dans la salle d'audience de Lucifer.

Qui pourrait décrire cet endroit ? A la fois ténébreux et éclatant, brûlant et glacé, il affecte la forme de la pure géométrie et n'est qu'assemblage hétéroclite de débris sans consistance.

— Tu as su percer les trois énigmes, dit une voix souveraine.

C'était celle de l'Archange déchu. Il se tenait derrière un paravent afin que son trop vif éclat perverti ne consumât les deux arrivants. La voix reprit :

— Je suis heureux de te connaître. Satanas, cette fripouille, n'a pu venir à bout de ta volonté. Le tréponème que nous t'avons envoyé n'a fait que raffermir ton esprit en t'engageant dans la voie platonicienne. Mais, je te le dis, toi qui es si naïf et si pur, tu vas bientôt déchanter. Tes fidèles vont oublier l'amour pour le pouvoir. Ils vont utiliser Christos comme une arme. Des millions de cadavres s'amoncèleront pour la plus grande gloire de Dieu. Et toi, dans le Ciel des élus, tu considéreras le résultat de ton œuvre avec horreur.

Lucifuge Rofocal partit d'un énorme rire qui se démultiplia sous les voûtes. C'étaient les cerveaux qui, dans leurs robes écarlates, s'esclaffaient.

— Excellence, dit Sylvestre, vous qui fûtes le plus remarquable des anges, le premier créé avant Adam, veuillez bien recevoir mon respectueux salut.

— Hé ! fit Lucifer, fort étonné par le ton du fils de Sabinelle. Je m'attendais à plus d'injures...

— Je les réserve à Satanas. Mais toi, sache que Christos lui-même comprend ta douleur. Tu fus le miroir qui sépara l'Autre du Même, l'éternel Même, l'obligeant à réfléchir, à passer de l'être à l'existence.

— Bien ! s'écria l'Archange. Mais tu te trompes. Je ne fus pas la vitre, mais le tain. Ce fut mon opacité qui permit le miroir et cette réflexion que tu évoques. Sans moi, Dieu n'eût été qu'éternelle transparence.

— D'où viennent les particules de ce tain ? demanda Sylvestre.

Lucifuge Rofocal commanda vivement que l'on retirât le paravent qui abritait les autres de sa vue. Aussitôt, un éclair surgit, d'une luminosité insoutenable. Sylvestre le reçut en plein visage et ne bougea pas. Le corps de Marcion fut dissous en cet instant.

— Oserais-tu me provoquer ? demanda Lucifer.

— Seulement comprendre. Quel germe en toi te fit t'opposer à Dieu ?

— Je ne m'opposais pas. J'admirais.

— Et puis... Avoue !

— Je ressemblais.

Sylvestre tomba à genoux, terrassé par l'orgueilleuse lumière qui jaillissait de Lucifer. Il se sentait pris d'un profond tremblement qui, remontant de son intérieur, atteignait par cercles concentriques les zones les plus extérieures de sa personnalité. Aucun être dans l'univers n'était plus proche de Dieu que l'Archange. Par là même, il était banni de l'éternelle félicité. En revanche, n'était-il pas celui qui excitait le système ? N'était-il pas le grand moteur ?

— Écoute, dit Sylvestre, tu es celui qui fermente en l'homme. Mais trêve de discours ! Mon père, que Satan trompa, vient d'être dissous par ta lumière. Rends-moi son âme.

— Son âme ? fit l'Archange. Cette chose qui rumine ? Amusant... Mais d'où tiens-tu les termes du dialogue ?

— Je te respecte.

Lucifuge Rofocal demeura silencieux un instant. Il savait que ce moment précieux ne lui serait plus accordé avant longtemps. Quel homme élu par Dieu reviendrait s'adresser à lui avec l'honnêteté de celui-ci ? Il prit peur, soudain.

— Est-ce Lui qui t'envoie ?

— Je suis venu de ma propre volonté. Ne te l'ai-je pas dit ? Je veux comprendre. Pourquoi lutter contre les fidèles, tenter de les perdre aux yeux de Dieu ?

— Rassure-toi. Nous ne lutterons plus contre vous et ce sera pire. Je sais d'ailleurs que l'Esprit saint lui-même va souffler du côté de Rome afin que l'empereur cesse de vous nuire. Vous allez fleurir ! Et partout le christianisme s'instaurera, passant d'Abel à Caïn. Comprends-tu ? Une civilisation va surgir de vos souffrances. Alors, vous paraderez !

Sylvestre ne comprenait pas exactement ce qu'annonçait Lucifuge. Le cerveau tortueux et torturé de l'Archange ouvrait à son regard le spectacle d'un labyrinthe si complexe, si tourmenté que le vertige s'empara de lui. Il s'écria :

— Rends-moi l'âme de mon père. Satanas l'a égarée. Il serait injuste qu'elle demeurât à jamais dans l'Enfer.

— C'est vrai, dit Lucifuge, mais qui fut juste envers moi ? Pourquoi Dieu refusa-t-Il que j'accède à Sa gloire ?

— Parce qu'Il te voulait libre et différent.

L'Archange poussa un cri de haine. Ce cri retentit sous les voûtes, faisant s'envoler des milliers de chauves-souris qui commencèrent à tourner et tournoyer en poussant des couinements aigus.

— Écoute, reprit Lucifuge lorsque le tohu-bohu se fut calmé, les démons qui entourent Satanas ont tous été condamnés. Et sais-tu pourquoi ? Parce qu'ils avaient une idée de l'ordre différente de celle que Dieu voulut imposer à Ses créatures. Déchiffre leur nom véritable et tu apprendras quelle était leur compétence dans le Ciel. Tu t'apercevras alors qu'ils valaient bien les anges qui, par flagornerie, sont demeurés au service de leur maître.

— Rends-moi l'âme de mon père.

— Tu me l'as déjà demandé. Et tu t'imagines que je te la rendrai sans échange ? C'est mal me connaître !

— Que désires-tu ?

L'Archange déchu fixa Sylvestre de ses yeux rouges, puis répondit :

— Que tu ailles à Rome.

— C'est mon intention.

— Et que tu rencontres le successeur de Pierre. Il se nomme Évariste. Ce bon apôtre a une fâcheuse tendance à dramatiser. Incite-le à dialoguer avec l'empereur. Tu verras que les choses s'arrangeront au mieux.

— Pourquoi me conseilles-tu ainsi ?

— Je te l'ai dit : la paix engendrera l'établissement définitif du règne de Christos. Tu verras, on ira jusqu'à le peindre en empereur !

— J'irai à Rome. Je verrai Évariste et l'amènerai à s'entretenir avec l'empereur. Quel risque y aurait-il à planter la grâce pour qu'elle se change en un arbre rayonnant ?

Lucifer considéra Sylvestre avec mépris. Ce jeune homme mal grandi, ne comprenait-il donc pas que lui, le démon suprême, pourrait s'installer à l'aise dans cette assemblée où le goût du pouvoir l'emporterait sur la miséricorde ? Dénaturer le message de Jésus, n'était-ce pas la meilleure revanche que le diable pouvait prendre sur Celui qui l'avait chassé de Sa splendeur ?

— Prends l'âme de ton père et va-t'en !

Sylvestre reçut l'âme de son père, une toute petite âme si souffreteuse que l'on eût dit qu'elle allait mourir. »

Mgr Caracolli repoussa le manuscrit avec un geste d'horreur. Il avait traduit le texte difficultueusement, non que ces pages fussent d'une écriture plus complexe que les précédentes, mais leur contenu avait de quoi exaspérer un croyant sincère.

— C'est un mélange de gnose et d'élucubrations destinées à jeter l'opprobre sur l'Église.

— Je reconnais là des passages entiers de la *Vie de Gamaldon*, dit le père Moréchet. Certains commentateurs y ont vu une influence de la descente aux enfers chez Homère.

Durant la lecture, Adrien Salvat avait transformé son cigare éteint en une sorte de pinceau qu'il se prit à agiter avec véhémence.

— Messieurs, nous approchons du but !

— Avez-vous remarqué quelque détail insolite qui pourrait nous éclairer sur le chiffre ? demanda Batham.

— Tout dans cette histoire est non seulement insolite, mais absurde, fit Caracolli qui ne parvenait à dissimuler sa colère. *Una bestialità !*

— Ne serait-ce pas que Sylvestre, atteint de cette maladie due au tréponème..., proposa Moréchet en hésitant, en vient à perdre la raison, comme cela finit toujours par arriver dans ce genre de cas, et qu'il imagine alors cette rencontre avec Lucifer ?

Adrien Salvat se leva brusquement. Son imposante silhouette ressemblait à celle de la statue du Commandeur surgissant des brumes du cimetière.

— Messieurs, dit-il d'un ton à la fois solennel et péremptoire, je sais où se trouve ce que nous cherchons, et, de surcroît, je sais de quoi il s'agit exactement.

Dans la bibliothèque régna un long et pesant silence. Le visage du nonce exprimait l'incrédulité, celui de Moréchet l'intérêt, tandis que celui de Batham demeurait attentif au parcours d'une mouche sur la couverture bistre du manuscrit. Salvat posa les restes de son Chilios dans le cendrier aux armes papales et, après avoir pris sa respiration comme font les chanteurs d'opéra avant le grand air du dernier acte, il commença :

— Nous venons d'entendre Lucifer nous rappeler que les diables qui entourent Satan ont été condamnés. « Tous condamnés », je crois. Et pourquoi ? Je cite de mémoire ; « Parce qu'ils avaient une idée de l'ordre différente de celle que Dieu voulait imposer à Ses créatures. » Et qu'ajoute-t-il ? « Déchiffrez leur véritable nom et vous connaîtrez quel était leur rôle dans le Paradis. » Or, ceci nous renvoie à un autre passage de la *Vita* : la première descente de Basophon dans l'Enfer. C'est là — vous vous en souvenez certainement — que le texte énumère toute une série de noms diaboliques si incroyables qu'alors nous en avons ri comme d'une plaisanterie un peu grotesque.

— Sapristi ! s'écria Moréchet. Je commence à comprendre ce que tu veux dire... Des noms ridicules comme « Papalissime », « Ronolphase »... Oui, je m'en souviens fort bien !

Le nonce rouvrit le manuscrit et, fébrilement, rechercha le passage dont il avait lui aussi gardé le souvenir. Il le découvrit et se mit à lire.

— « Gibosus le Cornu, le Tétrapède Omniscient, Calomne Oxydron, Fageoton le Stromaque, Clissodius Balternum... »

— Voilà qui suffit, l'interrompit Salvat. Et, en dessous, à quelques lignes de là, rappelez-moi, je vous prie, ce qui est écrit.

— « Ils avaient pris pour nom Prince de la Rosée, Petit Renard du Levant, Grandeur de la Soie, Archicomte des Feuillages... »

— Hé oui, constata Cyril Batham, c'est une liste chiffrée. Voilà ce que nous cherchions. Monseigneur, veuillez bien me confier cette page. Le secret de toute l'affaire est caché dedans. Bravo, Adrien ! Tu as mis le doigt sur la bête !

— Mais, objecta le nonce, en quoi une pareille liste peut-elle nous intéresser ?

CHAPITRE XXIII

Où Adrien Salvat rencontre son passé, ce qui lui permet de résoudre l'énigme sans toutefois lui ôter sa perplexité.

A présent, Salvat avait compris qu'il ne pourrait plus revenir en arrière. Il lui fallait dominer sa répulsion. Oui, il était nécessaire que la logique de son raisonnement allât jusqu'aux confins du malaise et que, pareille à un scalpel, elle ouvrît l'abcès, quelles que fussent les humeurs qui devaient en surgir, trop longtemps enfouies dans sa mémoire.

Il savait pourquoi Isiana s'était donné la mort et pourquoi, depuis quarante ans, il avait refusé de comprendre la tragique leçon de son « *Non creder mai a quel che credi* ». Maintenant, la roue tournant, il se retrouvait face au nœud de l'énigme — non pas par le fruit d'une coïncidence, mais parce que, depuis le début de l'enquête, il savait qu'imperturbablement les événements le ramèneraient à ce point qu'il avait tenté d'occulter, ce point aveugle qui, devenu béant, ne pouvait plus qu'être franchi, faute de pouvoir jamais être comblé.

Trois jours plus tard, le pape Jean-Paul II rencontrerait en visite privée le grand rabbin de Rome chez le prince Rinaldi da Ponte. Et pourquoi chez cet aristocrate ? Parce que le vieil homme (octogénaire, à présent) détenait la clé d'une partie délicate, longtemps dissimulée, de la stratégie vaticane durant la dernière guerre mondiale. Il fallait que le pape et le rabbin se réconcilient sur un aveu que seul pouvait leur faire le même prince Rinaldi da Ponte, père d'Isiana. Isiana da Ponte qu'il avait jadis rencontrée dans le train, qu'il avait aimée comme une sœur alors qu'il eût brûlé d'engager sa vie avec elle, et qui s'était noyée dans le Tibre. Ô ressassement ! Elle s'était laissée glisser dans le fleuve car, c'est vrai, il n'y avait eu aucun jaillissement. Elle était entrée paisiblement dans le fleuve comme on se couche pour un long sommeil. Elle s'était faufilée dans les eaux. Et lui, sur la berge, hébété, somnambule, soudain pris d'un sentiment de calme et de beauté, acceptant ce sort singulier parmi les multiples reflets de lune dans le miroir des eaux. Ce n'est que plus tard, beaucoup plus tard qu'il avait compris qu'Isiana était partie. On la lui fit voir couchée dans un tiroir métallique. Il faillit rire de la farce, rentra à l'hôtel et, la lumière éteinte, se sentit à jamais blessé.

Aujourd'hui, après tant d'années, ayant couru le monde, interrogé tant de sphinx, s'étant battu avec les spectres multiformes de l'ignorance et de l'illusion, il revenait sur les lieux de cette inéluctable vérité qui avait fait entrer Isiana dans le fleuve éternel du mystère et l'avait laissé, lui, sur la rive.

Lorsque Salvat avait téléphoné au secrétaire du prince, un rendez-vous avait été aussitôt décidé pour le jour même. L'aristocrate se trouvait dans sa villa d'Ariccia, au bord du lac d'Albano, non loin de Castel Candolfo, lieu de résidence d'été du Saint-Père. Une Rolls-Royce vint le chercher à son hôtel et l'emmena à travers Rome, après quoi, sortant par la porte Saint-Jean, elle emprunta la via Appia Nuova en direction de Velletri, rejoignant auprès des Frattochie l'antique Voie Appienne.

La villa d'Ariccia tenait davantage du palais que de la maison de campagne. A l'imitation du style palladien, la blanche demeure étendait ses deux ailes sans étage autour d'un somptueux fronton aux larges fenêtres. Légèrement surélevé au-dessus d'un parc aux bassins et aux pelouses ornés de statues à l'antique, l'édifice n'en demeurait pas moins harmonieusement discret, ce qui ajoutait à son élégance.

Salvat avait le plus grand mal à imaginer Isiana dans un semblable monument. Il ne l'avait rencontrée jadis que dans les lieux publics de Rome et il comprenait pourquoi, tout encombrée qu'elle était par la magnificence de sa famille, elle souhaitait n'en faire aucun étalage. C'était pourtant ce lourd fardeau qui l'avait amenée à fuir à jamais, ayant d'abord tenté de quitter ces mondanités qu'elle exécrait en compagnie du jeune Adrien. Mais comment eût-il pu accepter, lui qui n'avait rien d'autre à lui proposer que son affection ?

Un valet le conduisit dans la bibliothèque où le prince l'attendait. L'octogénaire avait fière allure et portait sur son visage les marques de la plus grande noblesse. Il fit signe au professeur de s'asseoir et vint s'installer en face de lui. Aussitôt, l'étonnant dialogue commença.

— Professeur, je suis d'autant plus sensible à votre désir de me rencontrer que c'est moi-même qui ai conseillé au cardinal Bonino de vous faire appeler au Vatican sous le prétexte de résoudre l'énigme de la *Vita*. En fait, je souhaitais que vous fussiez sur place afin d'empêcher la catastrophe qui se préparait.

— Excellence, saviez-vous de quelle nature serait cette catastrophe ?

— Le cardinal et moi-même pensions que Moscou chercherait à attenter à la vie du souverain pontife.

Le prince s'exprimait dans un français teinté d'un léger accent anglais qui rappelait que toute la première partie de sa vie s'était déroulée en Grande-Bretagne, et qu'en particulier il avait fait ses études à Oxford.

— Excellence, reprit Salvat, je vous remercie de la confiance que vous avez bien voulu m'accorder. Nous savons à quel moment l'attentat a été envisagé et je ne doute pas que les services américains et italiens vous en aient déjà avisé.

— Ces messieurs américains sont très désagréables.

— Mais efficaces. Je suppose que la rencontre entre le pape et le grand rabbin de Rome aura lieu ici même.

— J'avais pensé changer de lieu. Ma villa de Tivoli aurait pu être préparée en temps voulu. Ces messieurs américains ne l'ont pas souhaité, prétendant que la surveillance est plus aisée ici. Mais au diable toute cette affaire ! J'en suis profondément agacé et meurtri.

— Excellence, il ne fait aucun doute que cet attentat n'est qu'une partie d'une stratégie plus complexe. En vérité, il n'a été décidé qu'à la suite de l'échec du plan qui consistait à jeter le discrédit sur le Saint-Siège.

— Le discrédit ? Comment cela pourrait-il se faire ?

— Excellence, vous me pardonnerez, j'espère, d'entrer dans le vif du sujet. Je sais pour quelle raison la rencontre entre le pape et le grand rabbin doit forcément se tenir dans l'un de vos palais : votre présence est indispensable.

— Mon Dieu, je ne suis qu'un serviteur dévoué de notre Sainte Mère l'Église.

— Certes ! Et vous l'avez toujours été. En particulier lorsque vous fûtes l'ambassadeur secret de Pie XII auprès des autorités nazies et lorsque, à la fin de la guerre, vous fûtes chargé de certains dossiers qui, s'ils étaient divulgués aujourd'hui, feraient un beau tapage.

Le prince s'était levé. Il se rendit lentement vers la bibliothèque dont, d'une main distraite, il effleura quelques volumes. Puis il se retourna et, fixant Salvat de ses yeux vifs :

— Vous ne pouvez douter de la rectitude de ma conscience.

— Soyez-en assuré. La politique vaticane durant les années du nazisme a surtout été dominée par la peur fort compréhensible du communisme. L'adversaire essentiel était Staline. Mais, de ce fait, Pie XII se retrouva indirectement lié à des personnages qu'au fond de lui-même il devait exécrer tout autant que les bolcheviks. Néanmoins, ces personnages, fussent-ils des extrémistes, n'en demeuraient pas moins de précieux remparts contre l'athéisme — et pas seulement l'athéisme.

— Comment cela ?

— Excellence, c'est vous qui avez organisé en avril 1941 la rencontre entre Hitler et les Oustachis afin que ces derniers obtiennent l'indépendance de la Croatie. Ignoriez-vous les exactions commises alors par ces gens-là ?

— Ils défendaient l'Église catholique contre les menées serbes.

— Les Serbes orthodoxes... D'où l'assassinat d'Alexandre de Yougoslavie quelques années plus tôt, et tout ce qui s'ensuivit !

— Vous réduisez les événements de façon simpliste !

— C'est souvent utile pour démêler un écheveau. Je crois que Pie XII a détesté le nazisme tout autant que le communisme. Mais a-t-il dénoncé le génocide des Juifs ?

— Nous étions contradictoirement informés. Il faut comprendre quel climat régnait au Vatican à cette époque-là. Pie XII avait apprécié Mussolini. Il pensait que, pour le bien de l'Italie, le Duce avait eu raison de pactiser avec l'Allemagne après que celle-ci eut rompu le pacte germano-soviétique. Plus tard, à la fin de la guerre, ce furent les Américains eux-mêmes qui demandèrent à nos services de cacher des hommes qui avaient lutté contre le communisme mais qui eussent été condamnés en Europe pour leur adhésion au national-socialisme.

— Nous y voilà, dit Salvat.

— Oh, je vois très bien où vous voulez en venir, professeur, et je rends hommage à votre perspicacité. Parlons donc franchement.

Le prince regagna son siège et reprit :

— Nous avons en effet protégé des personnalités de différentes nationalités qui, durant cette période, avaient lutté contre le bolchevisme, alors même que ces personnalités pouvaient être, à tort ou à raison, passibles de la justice. Mais quelle justice ? Les grands criminels ont été jugés à Nuremberg, n'est-ce pas ?

— Pas tous. D'autres ont été discrètement évacués en Argentine. Une insuffisante discrétion, toutefois : les communistes ont aujourd'hui en main des dossiers apportant la preuve que le Saint-Siège a caché des criminels de guerre et a participé à leur fuite en Amérique sous des noms d'emprunt. Le scandale allait éclater. *La Stampa*, en particulier, avait été confusément avertie. La pression montait. Or vous ignoriez où se trouvaient ces documents et, en particulier, la liste de vos protégés qui, d'un moment à l'autre, allait être révélée au public, éclaboussant l'Église et son chef.

Dans un rai de lumière s'infiltrant d'un volet clos, des milliers de poussières dansaient.

— Nous savions seulement que le document était entré à la Bibliothèque Vaticane et avait été dissimulé dans un dossier, expliqua le prince. En effet, le cardinal Bonino avait reçu en confession l'aveu du complot, par le père Stroeb qui, depuis lors, s'est donné la mort. Sur l'ordre des services communistes polonais, le malheureux avait subtilisé le manuscrit de la *Vita* que Jean-Paul II avait offert à la Vaticane, ignorant son contenu véritable. Puis Stroeb l'avait dissimulé dans un endroit connu des seuls agents qui, le moment venu, l'auraient exhibé afin de faire éclater le scandale.

— Le véritable tour de force du père Stroeb, dit Salvat, fut qu'il profita de l'apparente ressemblance entre le manuscrit marqué du sceau d'infamie et la *Vie de Sylvestre* trouvée en Pologne pour embrouiller les pistes. Un travail de grand professionnel, en effet !

— Vous étiez le seul à pouvoir nous aider. J'avais suivi de loin l'affaire du Claridge et admiré votre sens de la déduction. Bref, je vous ai fait confiance. Quant à la rencontre entre Sa Sainteté et le grand rabbin, vous avez deviné pourquoi il est nécessaire que j'y participe.

— C'est un préalable exigé par le grand rabbin, n'est-ce pas ? Il souhaite que les agissements du Vatican durant la guerre soient éclaircis et avoués. Jean-Paul II n'est sans doute pas hostile à cette mise au point. Trop de rumeurs ont couru sur l'antisémitisme du clergé polonais.

— Le grand rabbin veut surtout connaître quelles furent les responsabilités du cardinal Montini dans ces affaires, lâcha le prince. Le futur Paul VI en avait été chargé par Pie XII, ce que n'apprécia guère le cardinal Roncalli lorsque, ayant accédé à la charge suprême sous le nom de Jean XXIII, il en fut informé. Une partie de la Curie était demeurée fidèle à l'attitude de Pie XII envers ceux qui avaient combattu pour le bien de notre mère l'Église, fût-ce malgré leur enrôlement dans le fascisme ou le nazisme. Une autre partie leur était radicalement opposée et formait en quelque sorte un noyau progressiste fort actif. Ce sont eux qui, à la mort de Paul VI, réussirent à faire élire Jean-Paul Ier. On connaît la suite.

— Et donc, Excellence, susurra Salvat, c'est vous qui, en compagnie du cardinal Montini, avez été plus spécialement désigné par Pie XII pour aider certains extrémistes, la plupart du temps collaborateurs des nazis, à échapper à la justice démocratique en se réfugiant en Argentine.

— Tel ne fut pas du tout l'esprit de notre entreprise ! s'écria le prince. Nous pensions, à juste titre selon moi, que ces gens que vous appelez extrémistes étaient simplement des catholiques fidèles à leur foi. Ils étaient cohérents avec leur baptême en luttant contre ceux qui refusaient Dieu, torturaient et exécutaient les prêtres, détournaient des multitudes d'âmes de notre Mère l'Église. Pouvions-nous les abandonner alors que le laïcisme des démocraties risquait de les punir d'avoir agi selon leur conscience et pour la plus grande gloire de Dieu ?

Salvat se leva. Tout était clair à présent. Le grand rabbin de Rome s'accommoderait-il de telles excuses ? De toute façon, Jean-Paul II étant hors de cause, une nouvelle entente dans l'acceptation mutuelle des différences pourrait être scellée entre les deux communautés juive et catholique dans l'esprit que Vatican II avait inauguré grâce à Jean XXIII. Restait à savoir quels étaient les noms cachés dans cette partie de la *Vita* que le faussaire Koshusko avait écrite en s'inspirant de la *Vie de Gamaldon*.

— Professeur, poursuivit le prince, je doute que vous puissiez comprendre la signification du comportement de l'Église vis-à-vis de ces gens que vous condamnez. Cependant, je vous prie de me croire lorsque je vous assure que jamais nous n'avons aidé un véritable criminel. Ceux qui sont passés entre nos mains étaient tous de nobles cœurs. Seulement, la guerre étant ce qu'elle est, il leur fallut parfois agir contre leur gré, pour le bien de leur patrie et de leur foi. Est-ce clair ?

— En France, par exemple, le préfet Gorcet, qui, en 1943, fit déporter trente juifs, dont cinq enfants — aucun ne revint —, vous l'avez caché de 1945 à 1948, puis fait passer en Espagne franquiste, et de là en Argentine sous le nom de Ruiz Fernandez. N'était-il pas, selon vous, un véritable criminel ?

Le prince détourna les yeux puis, se levant à son tour et faisant face :

— Nous n'avons connu sa traîtrise que beaucoup plus tard. Aussitôt, nous en avons averti l'association juive de recherche des criminels de guerre, ainsi que Me Klarsfeld.

Vous devez me croire. Tout était si compliqué. Ce Garcet n'avait-il pas également sauvé l'abbé Montagné que les Allemands s'apprêtaient à fusiller ? N'avait-il pas évité l'extermination de ce petit village du Forez que les S.S avaient décidé d'incendier ?

— Garcet est mort, dit Salvat. La plupart des protagonistes de l'époque ont disparu. Les responsabilités demeurent et appartiennent à l'Histoire. Que ferons-nous des renseignements cachés dans la *Vita* ?

— Sa Sainteté décidera. Le document lui appartient, n'est-ce pas ?

L'entretien était clos. A présent, le prince Rinaldo da Ponte devait regretter d'avoir choisi Salvat pour débusquer le manuscrit. Il ne s'était pas douté que les investigations du professeur iraient bien au-delà de sa mission. Le ton sec de sa réplique trahissait sa mauvaise humeur. Et, à cet instant, Adrien eut l'irrépressible envie de lui révéler qu'il avait connu sa fille Isiana et qu'après cette rencontre, il comprenait mieux son suicide. Mais il se retint, se laissa reconduire par le valet jusqu'à la Rolls-Royce qui attendait au bas des marches du somptueux perron. Le prince n'avait pas souhaité saluer son départ.

Les pages de la *Vita* qui contenaient la première descente de Basophon aux Enfers avaient été ajoutées par le faussaire polonais au milieu des folios écrits à Venise au XVIᵉ siècle. C'est ce que révéla le laboratoire de la Bibliothèque Vaticane. Ainsi, tout s'éclairait. Quant à la liste des noms diaboliques, elle cachait effectivement une série de patronymes appartenant à des personnalités de différentes nationalités, en particulier allemandes et françaises, qui avaient collaboré aux entreprises nazies durant la Deuxième Guerre mondiale. Il y avait là des individus hautement suspects, tels des responsables de camps de concentration ou des miliciens, mais aussi des chimistes, des physiciens qui avaient participé aux travaux scientifiques du Troisième Reich. Ces derniers avaient été activement recherchés par les autorités américaines, intéressées par leurs réalisations et leurs projets. Tous ces gens étaient passés par Rome et par Madrid avant d'être convoyés discrètement en Argentine ou aux États-Unis. Les relais des monastères avaient été efficaces, assurant la protection nécessaire durant le voyage dont l'organisation générale avait été programmée par un bureau du Vatican dirigé par le prince Rinaldi, supervisé par le cardinal Montini.

— Monseigneur, demanda Salvat au nonce Caracolli, ne vous doutiez-vous pas que cette affaire était avant tout d'ordre politique ?

— Mon Dieu, non ! répondit le prélat avec véhémence. Ainsi, les communistes avaient l'intention de publier cette liste afin de démontrer que le Saint-Siège avait pactisé avec le nazisme ? C'est pourquoi ils avaient fait courir le bruit d'une déstabilisation du pape. La comtesse Kokochka appartenait-elle au complot ?

— Elle a quitté Rome hier. Son diplomate de mari a été nommé en Hongrie, annonça Batham. Cette femme était totalement manipulée par les communistes.

— Je ne l'ai jamais crue intelligente, observa Salvat.

— Et le malheureux Standup ? demanda Caracolli. Qu'avait-il à voir dans cette affaire ?

— Ayant compris que la *Vita* qu'il traduisait n'était pas le document frappé du sceau d'infamie, il pensa que les Polonais l'avaient découvert et emporté. C'est pourquoi il se rendit à Cracovie. Mal lui en prit ! Les communistes crurent qu'il était un agent de l'Intelligence Service et qu'il avait décelé leur complot. Il fallait qu'il disparaisse.

— Ce fut un horrible quiproquo, remarqua Moréchet. Mais, cher Adrien, une énigme subsiste : qu'est devenue l'authentique *Vie de Sylvestre*, celle qu'au Moyen Âge on stigmatisa par le nombre de la Bête ?

— Ici réapparaît un personnage que vous semblez avoir tous oublié, dit Salvat. Je veux parler du chanoine Tortelli. Souvenez-vous de ses cris effarouchés lorsque nous commençâmes à traduire la *Vita*. Il en était grotesque. Ce qui me frappa dès l'abord, c'est que ce déploiement d'indignation était nettement exagéré. Je le suspectai de nous cacher quelque chose et de vouloir nous donner le change. Or, il était celui qui avait eu vent le tout premier de la découverte du manuscrit. N'était-il pas dans la salle Léon-XIII lorsque, sur ma demande, vous avez ouvert le dossier B 83276 ?

— Effectivement, dit le nonce. Il s'empressa d'aller avertir le cardinal Bonino.

— En fait, ayant repéré l'endroit où se trouvait le dossier, Tortelli s'y rendit lorsque vous fûtes sortis pour me rejoindre au club *Agnus Dei*. Il était persuadé qu'il s'agissait du manuscrit authentique. Dans la case de la *Scala Coeli* de Jean Gobi, il y avait bien deux textes : la *Vita* que nous connaissons, et un autre.

— La *Scala*, dit Moréchet.

— Hé non ! fit Salvat. J'ai vérifié. Il n'y a plus aucun manuscrit dans le dossier B 83276 demeuré dans son rayonnage depuis ce jour-là. La *Vita Sylvestri* est entre nos mains. Quant à la prétendue *Scala Coeli*, elle a disparu. Et elle a disparu parce que Tortelli l'a emportée.

— Pour quoi faire ? demanda Caracolli.

— Parce que ce n'était pas l'œuvre de Jean Gobi, mais bel et bien ce que nous prîmes pour le *Basophon 666*. Comprenez-vous ? Lorsque les agents soviétiques décidèrent de placer leur *Vie de Sylvestre* dans un dossier de la Vaticane où nul autre qu'eux n'aurait accès, ils choisirent le B 83276 où se trouvait déjà un manuscrit. Était-ce par hasard ? Évidemment non ! Ils savaient que le document que nous appelons *666* s'y trouvait, et pour une bonne raison : c'est eux qui l'y avaient mis.

— L'authentique *Basophon* ? Caché par ces gens-là ? Vous plaisantez ! s'écria le nonce.

— On nous fit croire qu'il s'agissait de l'authentique, reprit Salvat. La mention *Bas.666* du fichier, que j'ai découverte, avait été ajoutée par eux non pour nous tromper, mais parce qu'il s'agissait du code qui permettait aux agents soviétiques de retrouver l'emplacement du dossier, et donc de la liste. Je fus le premier à m'y laisser prendre. Du moins cela nous a-t-il permis de récupérer la *Vita*. Quant au chanoine Tortelli, trompé lui aussi, il emporta avec lui le document qui était censé être le *666* et qui n'était sans doute qu'une vie de saint bien ordinaire, cryptée elle aussi.

— Et donc, conclut le nonce quelque peu atterré, nul *Basophon* authentique ne subsiste. Le manuscrit fut brûlé au XIᵉ siècle sur le bûcher, comme tous les autres !

— Je regrette de vous décevoir..., dit Salvat. Nous avons été mystifiés par notre désir de retrouver cette œuvre unique. La seule *Vita Sylvestri* qui existe encore est celle qui se trouvait à la Bibliothèque de Cracovie et dont se servit le faussaire pour communiquer la liste aux agents soviétiques. Et encore, seuls les premiers chapitres sont-ils du XIᵉ siècle !

Ce soir-là, le club *Agnus Dei* était désert. Seuls nos amis s'y trouvaient réunis, enfoncés dans les célèbres fauteuils où tant d'éminences s'étaient assoupies depuis trois siècles. Le commissaire Papini, dans son langage obséquieux, leur avait appris que les agents américains avaient arrêté trois Polonais et un Bulgare qui s'apprêtaient effectivement à commettre un attentat contre le pape et le rabbin de Rome. Une bombe de forte puissance devait être cachée dans une potiche du parc de la villa d'Ariccia, sous les fenêtres de la salle où devaient se réunir les hôtes du prince Rinaldi da Ponte. Ainsi le complot avait-il été totalement démasqué. La liste décryptée par le *commander* Batham avait été remise à

Jean-Paul II. Adrien Salvat pouvait déguster à son aise son Fernet-Branca en aspirant voluptueusement l'âcre fumée de son Chilios.

— Un détail me chagrine, dit Moréchet. Pourquoi les agents soviétiques avaient-ils besoin de cacher cette liste dans un dossier de la Vaticane ? N'aurait-il pas été plus simple de la déposer dans un coffre de banque, par exemple ?

— Je constate, répondit Salvat, que tu ne connais pas la mentalité particulière des communistes de l'Est. Expliquez-lui, cher Cyril.

Le *commander* Batham posa sa pipe et, négligeant le verre qui, à sa stupeur navrée, lui avait été rempli d'office, livra bien volontiers sa pensée.

— Le système élaboré par le KGB est conçu de telle façon que personne ne puisse posséder la totalité des informations sur une opération tactique donnée, et cela jusqu'à la toute dernière seconde du déclenchement de cette opération. C'est ainsi que dans l'affaire qui nous occupe, chacun des agents que nous avons pu localiser ne possédait qu'un élément du puzzle. Le faussaire polonais avait recopié la liste des noms diaboliques sans en connaître le sens. Elle lui avait été confiée par ses supérieurs. Le cardinal chargé d'acheter la *Vita* ignorait totalement de quoi il s'agissait réellement, de même que le futur pape, naturellement, qui l'apporta dans ses bagages avant son élection. Le père Stroeb reçut l'ordre de confier le document à l'un des experts polonais en stage au laboratoire de la Vaticane, mais s'il était au courant d'un probable attentat contre Sa Sainteté, il ignorait cependant que le manuscrit était crypté. Ainsi, à tout moment, la fameuse liste pouvait sortir du dossier ou y demeurer sans crainte que quiconque trahisse un secret qu'en vérité seuls les chefs suprêmes du KGB connaissaient et pouvaient ainsi manipuler à leur guise.

— Ils ignoraient que le professeur Salvat serait là, fit le nonce.

— Surtout que le prince Rinaldo serait alerté par le cardinal Bonino, lui-même averti en confession par le père Stroeb, observa Adrien.

A ce moment, les domestiques en livrée et gants blancs se précipitèrent vers la porte où venait d'apparaître, tout de rouge cardinalice vêtu, Son Éminence Alessandro Bonino. L'homme avait recouvré toute son assurance. Son noble et puissant visage rappelait qu'il était l'un des plus importants princes de l'Église. Chacun se leva respectueusement afin de l'accueillir.

— Je vous en prie, messieurs, dit-il en français. Pour l'heure, je souhaite ne passer qu'un moment en votre compagnie, et cela en toute simplicité. Je tenais en effet à vous remercier. Mais je voulais aussi solliciter une faveur de votre générosité. Puis-je l'énoncer ? Eh bien, j'aimerais assister à la fin de la traduction de cette *Vita* qui, décidément, est un bien curieux trésor !

— S'il plaît à Votre Éminence, répondit le nonce, je continuerai bien volontiers à traduire, encore qu'il s'agisse d'un document hétéroclite dans lequel règne une singulière impiété.

— Ce n'est rien, fit le cardinal. Voyez-vous, il est des textes qui peuvent plaire par leur impudence. Du moins révèlent-ils des aspects de l'opinion dont, à un moment ou à un autre, il nous faudra tenir compte. Nous sommes ici enfermés dans une forteresse. Il n'est pas mauvais d'aller de temps en temps prendre l'air.

— Un air vicié, Éminence ! s'écria Caracolli. *Una pestilenza !*

— Bah, nous mettrons un masque, riposta Bonino.

Le propos fit rire l'assistance. Puis il ajouta avec un clin d'œil :

— *Larvatus prodeo*, n'est-ce pas ?

CHAPITRE XXIV

Où Sylvestre arrive à Rome tandis que Salvat décide d'arrêter la lecture de la Vita. *Et ce qui s'ensuit.*

« Sylvestre, en sortant de la Géhenne, s'empressa de libérer l'âme de son père. Or, elle ne savait pas voler. Elle agita ses ailes trop frêles dans un élan désespéré et retomba sur le sol.

— Mon fils, tu n'aurais pas dû venir me chercher. Vois : je suis incapable de quitter la terre où je suis né.

— Tu le peux, dit Sylvestre. Pense à la douce chaleur du Paradis où Sabinelle, ton épouse, t'attend dans la joie.

— Je ne pourrais supporter son regard. Je fus si intransigeant envers elle. Un tel crime peut-il être pardonné ?

— Le Ciel entier t'a pardonné. Tu fus trompé par Satanas. Vole ! Va rejoindre la maison qui t'appartient.

L'âme tenta encore de s'élever, mais ses efforts étaient si lamentables qu'il apparut bientôt que jamais elle ne pourrait y parvenir. Alors on entendit une voix grinçante venant des arbres. C'était le perroquet Hermogène qui parlait.

— Basophon, je ne sais trop ce que tu manigances, mais puisqu'il s'agit de se rendre dans un lieu de chaleur et de paix, je veux bien servir de véhicule à cette âme qui, si j'en juge par sa faiblesse, ne peut quitter ces lieux en se fiant à ses propres ailes. Ainsi te prouverai-je, incrédule fidèle du

Nazaréen, que les disciples du grand Hermès demeurent les véritables agents de communication entre la Terre et le Ciel.

— Pourquoi pas ? s'écria Sylvestre. Petite âme de mon père, monte sur le dos de cet oiseau. Et n'aie crainte : nous nous retrouverons bientôt dans la lumière éternelle.

Ainsi fut fait. Le perroquet se baissa un peu pour que l'âme puisse monter sur son dos. Puis, lorsqu'elle fut commodément installée, il s'envola. Or, Sabinelle avait suivi la descente de son fils dans les ténèbres, redoutant de ne le voir jamais remonter au jour. Quel n'avait pas été son bonheur d'apprendre que Sylvestre avait libéré l'âme de Marcion ! Aussi, dès qu'elle s'aperçut qu'Hermogène l'emportait sur son dos en direction du ciel, se précipita-t-elle chez Marie, la Sainte Mère :

— Voilà que celui qui fut mon bourreau s'approche de la porte des bienheureux. C'est lui qui me fit martyre et me fit ainsi gagner la félicité éternelle. Il convient donc de l'accueillir dans la joie.

— Envoyons une délégation d'anges à sa rencontre, dit Notre-Dame. Ce perroquet ne connaît pas le chemin. Ne risquerait-il pas de mener ton Marcion sur l'Olympe ?

— A Dieu ne plaise ! s'écria Sabinelle, fort inquiète.

— Ne tremble pas, la rassura Marie en souriant.

Elle ordonna à une cohorte angélique de se rendre à la frontière du troisième ciel afin d'y attendre l'âme du gouverneur et sa monture... »

A ce moment de la traduction, Mgr Caracolli fut interrompu. La porte de la bibliothèque s'ouvrit timidement et l'on vit entrer le chanoine Tortelli. Son visage était rouge de confusion.

— Oh, Éminence, Monseigneur, messieurs, veuillez me pardonner. J'ignorais... Je ne pensais pas...

— Entrez, Tortelli, commanda le cardinal Bonino. Nous sommes satisfaits de vous voir.

Le chanoine s'avança lentement dans la pièce, les yeux baissés. Puis, d'un seul élan, il vint s'agenouiller aux pieds du cardinal dont il baisa la bague avec ferveur.

— Parlez, Tortelli. N'ayez crainte. Et relevez-vous, je vous prie.

Le chanoine demeura prostré. On eût dit que sa voix sortait de sous la table.

— J'avais cru que dans le dossier... celui qu'avait découvert le professeur Salvat et que Mgr Caracolli avait ouvert... Oh, j'ai pensé bien faire, voyez-vous... J'ai cru que l'infâme document était dedans. C'est pourquoi je l'ai pris et emporté. Mais ce n'était qu'une légende : le *Miracle de saint Colomban*...

— Et qu'auriez-vous fait du manuscrit s'il avait été réellement le *Basophon 666* ? demanda Salvat.

Tortelli se releva d'un bond et, fixant le professeur avec véhémence :

— Je l'aurais détruit ! Soyez certain que je l'aurais détruit ! Il n'est pas bon que de pareilles horreurs continuent de diffuser leurs ondes diaboliques dans le siècle.

— Nous remettrons le *Miracle de saint Colomban* au *commander* Batham, fit Salvat. Il y découvrira sans doute une autre source de renseignements digne d'intérêt.

— Qu'il faudra aussitôt confier au Saint-Père, s'empressa le nonce.

— Monseigneur, dit le cardinal, veuillez continuer de traduire, je vous prie. Cette histoire est ravissante. Cette petite âme à cheval sur le perroquet... quelle drôlerie ! Quant à vous, Tortelli, prenez place. Il n'y a rien là que votre conscience ne puisse entendre. *Nil admirari*, n'est-ce pas ?

Et, sur cette citation d'Horace (*Épitres* I, 6, 1) qui lui tint lieu de bénédiction, le chanoine vint s'asseoir en bout de table entre le père Moréchet et Salvat. Par une toux distinguée, le nonce Caracolli s'éclaircit la gorge et reprit...

« Pendant ce temps, le pieux Sylvestre s'était mis en route en direction de Thessalonique où il arriva trois semaines plus tard. Là, il prit un bateau qui, d'Athènes, par le détroit de Messine, le mena à Rome. Au cours de cette navigation, il convertit tous les passagers et l'équipage à la foi du Christ, sauf le capitaine, Gaulois à la forte tête qui ne jurait que par Teutatès.

— J'ai entendu les sornettes que vous racontiez à ces Grecs et à ces Romains, dit ce Celte. Croyez-vous que des gens vraiment civilisés peuvent s'y laisser prendre ? Vous prétendez que Dieu est en trois personnes. Moi, je pense que toute la population du monde, voire de l'univers, ne forme pas un dieu ! Vous déclarez avec une naïve assurance que votre roi d'Israël a rédimé les nations en se laissant clouer sur une planche comme une chouette. Laissez-moi vous dire que dans nos campagnes, les paysans ne cessent de clouer sur leur porte tous les animaux nocturnes qu'ils peuvent capturer, et que cela n'a jamais rédimé personne. Quant à votre Ciel, il me paraît bien impalpable. Nous autres, Gaulois, le connaissons mieux que vous. Il est fait de pierres translucides assemblées en une voûte lumineuse le jour, ténébreuse la nuit, selon que le Soleil l'éclaire ou s'endort, laissant alors la Lune le bercer.

— Capitaine, répondit Sylvestre, vous êtes un excellent poète. Vous montez aux arbres afin d'y cueillir le gui. Mais ce n'est qu'une plante née de la fiente de grives. Dans sa petite boule translucide, vous lisez l'avenir. Mais une prophétie peut-elle naître d'un cul d'oiseau ?

— Étranger, fit le marin, vous ignorez sans doute que la croissance est d'un ordre supérieur à la construction. Nous autres Celtes, nous avons pour l'arbre un profond respect. N'est-ce pas sa sève qui régule le temps ? Or vous, les juifs, vous avez cloué votre dieu sur une poutre desséchée.

— Faux ! s'écria Sylvestre. La croix est l'arbre vert, renaissant ! Le Christ est le Phénix à jamais ressuscité de la cendre !

Le capitaine gaulois servit à boire, puis poursuivit :

— Je suis d'une race qui ne croit en rien, tant elle craint d'être mystifiée. Je reconnais que vos salmigondis ont quelque attrait, mais je dois par raison les repousser. Les Grecs adorent spéculer sur des pensées creuses. Les Romains thésaurisent les idées pour les légiférer. Nous, Celtes, opposons le visible à l'invisible afin d'y gagner notre liberté. La nôtre ! Pas celle des autres...

— Bien, reconnut Sylvestre, je vous respecte. Mais sans doute un jour changerez-vous.

— Cela m'étonnerait fort, dit le Celte en vidant son verre d'un seul trait. Nous avons un tel sens de la liberté que nous nous disputons sans cesse les uns les autres. Serait-ce pour nous accorder sur des légendes venues d'Orient ? C'est bon pour les militaires romains qui croient au taureau sanglant, à l'épi de blé salvateur et au dieu coupé en morceaux. Que peuvent nous apprendre de telles inepties, alors que nous savons de source sûre que la Lune est enceinte du Soleil et en accouche onze fois l'an ?

Ainsi le vaisseau arriva-t-il dans le port de Rome. A peine eut-il touché le quai de sa sandale que Sylvestre se retrouva pris dans une foule immense qui marchait d'un pas rapide dans une même direction en levant le poing et en proférant des injures. C'était un torrent qui l'emportait. Il apprit bientôt que tout ce monde se rendait aux arènes où des juifs allaient être suppliciés pour avoir tenté de tuer l'empereur. La nouvelle avait beaucoup frappé le peuple. Mais les gens se réjouissaient surtout d'assister à un spectacle où l'horreur le disputait à la bouffonnerie. N'était-il pas comique de voir ces vieillards tremblants devant la gueule des lions ? Et que dire de ces jeunes filles dénudées que l'on fouettait avant de les empaler ou de les brûler ? L'annonce par trompettes faisait se lever d'un coup toute la population de Rome, chacun abandonnant sur-le-champ ses occupations familières. Seuls les enfants n'étaient pas admis à la fête. En revanche, les femmes se montraient sinon les plus avides, du moins les plus excitées.

Sylvestre avait entendu parler de ces spectacles romains. Les Grecs n'avaient pas de mots assez durs pour les condamner. C'est pourquoi il décida d'échapper à la foule, lorsqu'un incident le fit changer d'avis. En chemin, il aperçut une centaine d'hommes et de femmes qui s'étaient arrêtés devant un magasin et commençaient à le saccager. Les paniers de légumes étaient renversés, les vases jetés à terre et brisés. Quant au malheureux commerçant, il avait été empoigné par deux colosses qui l'avaient précipité contre un mur au bas duquel il gisait à présent, assommé.

Stupéfait, Sylvestre avait entendu le cri de cet homme à l'instant où les forcenés le frappaient : « Christus ! » Aussi se demanda-t-il si les condamnés au supplice n'étaient pas des fidèles que les Romains confondaient avec des juifs. Il entra dans l'immense amphithéâtre où la foule s'amassait.

Les trompettes annonçaient l'entrée des autorités. L'empereur était absent de la cité, mais ses représentants en tenues officielles s'installèrent sous les acclamations. Puis un héraut muni d'un porte-voix commença de lire la liste des condamnations. Il était fort difficile de l'entendre, car la foule impatiente ne respectait pas le silence demandé. Sylvestre crut seulement comprendre que les coupables avaient mérité la mort la plus cruelle pour avoir voulu attenter non seulement à la vie de l'empereur, mais aussi à celle de prêtres assermentés.

Lorsqu'on fit pénétrer les condamnés, encadrés par des soldats en armes, les hurlements de l'assistance se déchaînèrent. Pourtant, au centre de l'arène où ils étaient conduits, ne se trouvaient que des vieillards, des femmes et des enfants dont certains n'avaient pas dix ans. Sylvestre comprit que l'on gardait les hommes pour les combats. Les malheureux étaient une centaine et semblaient sortir d'une longue détention. Ils s'agenouillèrent autour du plus âgé d'entre eux, un vénérable vieillard à la barbe blanche qui, les mains jointes, les yeux tournés vers le ciel, ne cessait de prier.

Alors la colère s'empara du pieux Sylvestre. Quoi qu'entouré de milliers de Romains, il se leva et, brandissant sa canne :

— Par le Christ Jésus, Fils de Dieu, que la justice soit du côté de la bonté !

Et, aussitôt, le souffle de l'Esprit saint se mit à l'œuvre. Un vent formidable se leva tandis que des trombes d'eau s'abattaient soudain sur l'amphithéâtre. Un éclair vint frapper la loge d'honneur où se tenaient les autorités, mettant le feu aux draperies. La panique s'empara de la foule qui se mit à fuir en tous sens, piétinant tout sur son passage. Bientôt, de nombreux morts jonchèrent les gradins. Seuls au centre de l'arène, les condamnés demeuraient impavides, continuant de prier Dieu.

En fait, les troupes de Lucifer et de Satanas s'étaient mêlées au peuple de Rome. Sur ordre de leur maître, elles avaient attendu que l'Esprit se mît à souffler pour propager la terreur chez les spectateurs. Ce jour-là, plus d'un millier d'âmes assoiffées du sang des justes furent accueillies dans l'Enfer.

Degré par degré, Sylvestre descendit jusqu'au sable de l'arène et s'approcha du groupe de fidèles.

— Vous êtes libres, leur dit-il.

— Comment pourrions-nous l'être si nos maris et nos fils demeurent prisonniers ? demanda une femme.

— Allons les libérer, fit Sylvestre.

Ils se rendirent dans les cellules qui bordaient l'amphithéâtre et trouvèrent aisément les clés que les gardes avaient abandonnées dans leur fuite.

— C'est un miracle ! s'écria le vieillard à la barbe blanche. Dieu est avec nous. Et toi qui levas ta canne pour commander au prodige, qui es-tu donc ?

— Je suis venu à Rome afin de rencontrer l'évêque Évariste.

— Notre père, l'évêque Évariste, a été arrêté hier. Nous ignorons où il fut emmené.

— Je le trouverai, assura Sylvestre. Il faut que la paix du Christ soit instaurée dans cette ville criminelle afin que, purifiée, elle devienne le centre de la foi.

— Ce centre n'est-il pas Jérusalem ? demanda le vieillard. C'est là que je reçus le baptême d'eau et d'esprit. Mon frère aîné avait rencontré les disciples de Jésus. Je suis donc juif par ma naissance naturelle et fidèle de Christos par ma naissance spirituelle.

— Jérusalem est aux mains sacrilèges de Rome, expliqua Sylvestre. Il convient qu'à présent Rome soit aux mains saintes de Jérusalem.

Les condamnés quittèrent l'amphithéâtre en procession et en chantant, sans être inquiétés. Au contraire, sur leur passage, les Romains s'agenouillaient en disant :

— Leur amour a vaincu notre haine. Gloire à leur Dieu ! »

Le cardinal Bonino demanda au nonce de bien vouloir interrompre sa traduction, puis il prit la parole :

— Ce texte de pure hagiographie me paraît coïncider trop parfaitement avec les aventures de Basophon pour ne pas leur être lié. J'émets l'hypothèse que la *Vie de Gamaldon* ne serait autre qu'une version de la *Vita Sylvestri*. Qu'en pensez-vous ?

— Il se pourrait en effet que nous tenions la véritable fin de la *Vita*, admit le père Moréchet. Croyant mystifier son monde, le faussaire polonais aurait récolté des morceaux qui manquaient à l'ensemble. Cela dit, toutes les vies de martyrs se ressemblent. Ce qui est curieux, ici, et qui est une constante du document, c'est l'acharnement du rédacteur à déprécier plus ou moins habilement l'Église comme si elle avait trahi le message initial du Christ.

— Il y eut toujours une Église des pauvres et une Église des riches, observa le cardinal. Souvenez-vous des paroles de Notre-Seigneur à ce sujet : « Il sera plus difficile à un riche d'entrer dans le Royaume que de faire passer un chameau par le chas d'une aiguille. » Lorsque je reçus le chapeau et la pourpre, j'y ai singulièrement pensé. Car personne n'a jamais vu un chameau passer par le chas d'une aiguille, n'est-ce pas ? Et certes, Jésus parlait des orgueilleux qui se refusent à considérer la misère, ce qui est une faute contre l'Esprit, que nul ne pourra pardonner. Aussi tous ceux qui luttèrent dans les siècles contre la pompe ecclésiastique, mais aussi contre la vanité doctrinale, avaient-ils de bonnes raisons de penser qu'ils étaient dans le droit fil de l'Évangile.

Adrien était ailleurs. Pour lui, l'enquête était terminée. Le souverain pontife et le grand rabbin ne couraient plus aucun risque. La *Vita* avait été retrouvée. Aucun scandale n'éclabousserait le Vatican. Restait Isiana qu'il n'avait pas su conserver vivante et qui, depuis sa mort, n'avait cessé de le hanter. « Ne crois jamais en ce que tu crois. » En Inde, un vieux sage lui avait dit quelque chose de semblable : « Si tu rencontres Dieu, tue-le, car Dieu ne peut être rencontré. Celui que tu rencontres n'est qu'un imposteur. » Et donc, voué à l'agnosticisme par refus de l'idolâtrie, Adrien était demeuré perplexe face à l'énigme universelle. Dans son carnet, il avait noté : « L'univers est une langue à parler, non un texte à déchiffrer. » Et pourtant, que n'avait-il pas tenté afin d'entrer en relation avec la matière même de cette langue ! Elle lui était demeurée comme du chinois.

Mais déjà Mgr Caracolli avait repris sa traduction. Sylvestre allait saluer l'évêque de Rome, puis l'empereur. Il les faisait se rencontrer. Oui, la paix de l'Église serait instaurée — un peu plus tard... En attendant, les persécutions cesseraient. La tornade sur la ville avait ému le peuple qui y avait lu la protection des dieux accordée à ces juifs d'un nouveau genre, les chrétiens, dont beaucoup commençaient d'ailleurs à être romains.

Bon, ce n'était là qu'une légende, mais elle recélait sans doute plus de vérités que maints gros livres d'histoire. L'implantation de la religion du Christ avait réclamé des siècles. Elle s'était formée à travers les hérésies, les conciles, les écrits dogmatiques, et cette sorte de folie qui l'emporte sur toute raison, imprimant sa marque indélébile au cœur de la conviction. N'était-ce pas une histoire qui avait réussi à pénétrer l'Histoire et à la changer ?

Adrien remuait toutes ces idées dans sa tête lorsqu'un mot attira soudain son attention. Son esprit revint dans la salle Saint-Pie-V afin d'écouter la traduction du nonce.

« Sabinelle, la sainte femme, lorsqu'elle comprit que son cher fils allait devenir non seulement la lumière de Thessalie, mais le pape de la Chrétienté... »

Adrien se leva.

— Assez ! dit-il.

Le nonce se tut. Tous les visages se tournèrent vers le professeur. Il alluma calmement son Chilios et exposa :

— La fiction, voilà bien la merveille ! Et laissez-la intacte, dans son innocence ! Les aventures de Basophon n'ont d'attrait que par leur haute fantaisie. Si vous cherchez à en tirer quelque leçon, vous voilà perdus ! Et pourtant, cela ne veut certes pas rien dire, mais c'est un dit en quinconce, dans le désir toujours vif et insatisfait, donc revivifié, du voyage. Quel voyage dans la tête, n'est-ce pas ? Et qui est ce *on* qui écrit ?

(Le lecteur attentif qui suit depuis la première page le cours de ce récit reconnaîtra en effet que la question de ce *on* n'est pas si simple qu'il y paraît. Qui raconte, en effet ? Et qui traduit ?)

— Cher professeur, fit le cardinal Bonino, il est des voix qui viennent de si loin que nul ne peut se souvenir de leur origine. Elles ont été longuement ressassées. C'est ce qui leur donne ce petit air lisse et jovial que nous aimons. Mais, derrière la façade, quel foisonnement ! Il est l'expression de qui nous sommes : légion et paradoxe. J'y ai souvent pensé. Nous sommes curieusement démunis et futés.

— Et Dieu ? Dieu ? demanda le chanoine Tortelli avec inquiétude.

— Nous avons été faits à Son image, n'est-ce pas ? répondit le prélat avec un fin sourire sur les lèvres.

Puis il se leva et, s'approchant d'Adrien Salvat :

— Vous allez nous quitter. Votre aide fut d'une remarquable efficience. Lorsque le prince Rinaldi et moi-même vous avons choisi, nous savions que vous seriez le seul capable de démêler les fils de cette ruse dont un bout se trouvait en Pologne, un autre à Venise, un autre encore à Antioche, à Alexandrie, à Éphèse — et l'ensemble dans notre tête plus sûrement que dans quelque dossier du Vatican. Soyez-en remercié.

Lorsque le cardinal se fut éloigné d'un pas majestueux, accompagné par le chanoine qui sautillait derrière lui comme un moineau, Mgr Caracolli prit le manuscrit de la *Vita* entre ses mains, et, en guise d'adieu :

— Je vais le ranger là d'où nous n'aurions peut-être jamais dû l'exhumer. Ce fut comme un rêve.

Lorsqu'ils eurent quitté les lieux, Moréchet et Salvat se rendirent à l'Antico Caffé Greco où ils commandèrent un sabayon. Au temps orageux des jours précédents avait succédé une chaleur printanière. Les Romaines en jupe légère virevoltaient sur la place sous le regard malicieux des hommes attablés aux terrasses. Basophon aussi avait aimé ces êtres émouvants et terribles que sont les femmes. Moréchet, lui, les avait remplacées par l'étude du christianisme ancien, mais qui peut connaître les ressorts secrets de l'individu, qui plus est, d'un membre de la Compagnie de Jésus ? Quant à Adrien, toutes les femmes qu'il avait appréciées et celles, beaucoup plus rares, qu'il avait aimées, n'avaient pu lui faire oublier la blessure que l'éternellement jeune Isiana avait laissée non seulement dans son cœur, mais aussi dans son esprit.

Lorsqu'il eut rejoint lourdement sa chambre et qu'il se fut couché, il ne parvint pas à s'endormir aussitôt. Les affaires dont il avait dû s'occuper durant toute son existence remontaient à sa mémoire. C'était un cortège hétéroclite où le blanchisseur chinois de New York et le ventriloque Ampuze se mêlaient à l'assassin des trois lunes et au prestidigitateur Glenfidish. Les sœurs Berthier marchaient côte à côte avec le pianiste fou des Caraïbes, tandis que Carlos, le terroriste, suivait d'un pas nonchalant le jeune Henri qui portait autant de noms qu'il est d'étoiles au firmament. Sans compter tant d'autres dont le professeur avait oublié le visage.

Or, soudain, de cette foule en marche émergea Basophon tel que Salvat l'avait imaginé lors des séances de traduction : plutôt petit, râblé, le visage fier, légèrement moqueur, les cheveux en bataille. Il tenait la canne de Joseph et s'approchait d'un pas désinvolte. Lorsqu'il fut auprès d'Adrien, il s'arrêta.

— Alors ? demanda-t-il.

— Alors quoi ? rétorqua Salvat que l'attitude frondeuse de Basophon exaspérait un brin.

— Pourquoi n'as-tu pas voulu entendre la fin de mon histoire ?

— Parce que je la connais. Tu succèdes à Évariste dans la chaire de saint Pierre sous le nom d'Alexandre.

— Et tu crois à cette légende ?

— Je ne crois rien. C'est la fin de tes aventures, voilà tout.

Basophon haussa les épaules. Son regard perçait celui du professeur avec une insistance telle que ce dernier tourna la tête.

— Sacrebleu ! s'écria la lumière de Thessalie. Tu mériterais de tâter de mon bâton pour oser croire à des sornettes pareilles ! Imagines-tu que j'aurais accepté de poser mon postérieur sur un trône alors qu'il y avait encore tant de monde à ramener à Dieu ? J'ai refusé cet honneur qu'on me fit. C'était d'ailleurs une moquerie de Satan ou de Lucifer, je ne sais trop. Ah, ils auraient bien voulu m'empailler ! En fait, je suis reparti en Thessalie. Figure-toi que là-bas, on commençait à élever des sanctuaires avec des pierres. Il fallait que cesse cette trahison !

Salvat ne put retenir son rire.

— Pourquoi t'esclaffes-tu ?

— Parce que, comme tu as pu le constater, toutes les églises sont désormais en pierre. Les cathédrales...

— Je sais. Depuis le IIe siècle, l'humanité a bien changé. Mais trêve de discours, je suis venu te chercher.

— Me chercher ?

— Eh bien, oui. Ton temps est fait. N'es-tu pas curieux de savoir comment ça marche, de l'autre côté ?

— Il n'y a pas d'autre côté.

— En un sens, c'est vrai. Ici ou là, quelle importance ? Mais, je te le garantis, tu vas quand même être étonné. Donne-moi la main.

— Tu n'es qu'un songe.

— Donne-moi la main !

Salvat commençait à s'amuser assez bien. D'où lui venait pareil rêve ? Il tendit la main hors du lit. Basophon s'en saisit et, malgré la corpulence du professeur, le releva sans effort. Puis, lorsqu'il fut debout :

— Il vaut mieux que tu te vêtes, dit le fils de Sabinelle.

Adrien obéit. Décidément ce rêve avait toutes les apparences de la réalité et de la fantaisie la plus débridée. Il s'habilla, se coiffa devant le miroir et allait oublier de mettre ses chaussures lorsque Basophon le lui signala. Enfin, il fut prêt.

— Où me mènes-tu ?

— Tu le verras. Aurais-tu peur ?

— A-t-on peur d'une illusion ? Je rêve, n'est-ce pas ?

— Ouvre la porte.

Adrien ouvrit la porte de la chambre. Elle donnait non pas sur le couloir, mais sur une immense prairie ensoleillée. Ils avancèrent tous deux dans cette agréable étendue que Salvat reconnut bientôt. C'était le parc du château de Sassenage où il passait jadis une partie de ses vacances, dans son enfance. On faisait la dînette sur l'herbe et, d'ailleurs, assise à l'ombre d'un arbre, il reconnut la silhouette de sa mère. Elle portait la robe blanche à dentelles qu'elle ne quittait jamais. Lorsqu'il approcha, elle se tourna vers lui. C'est alors qu'il s'aperçut que ce n'était pas sa mère, mais Isiana. Elle lui souriait.

— Je te quitte ici, dit Basophon. Elle connaît bien le chemin.

En effet, la jeune fille se leva gracieusement et, en riant, prit la main d'Adrien.

— Que voulais-tu dire lorsqu'en sautant dans le fleuve...

— *Non creder mai a quel che credi ?*

— Cela même.

— Tout est plus merveilleux que ce que tu crois. Je saute dans le fleuve et tu t'accuses. Était-ce moi que tu reconnus à la morgue ? Tu vois, je suis ici dans le jardin de ton enfance. Je t'attendais.

— Et maintenant, puis-je croire à ce que je vois ?

— Voir n'est pas croire. Oui, il faut voir. Des yeux de chair aux yeux de l'esprit, il faut voir. Viens, suis-moi et regarde.

Ils avancèrent vers le château. Caché derrière un arbre, le père Moréchet observait. Puis, se tournant vers le nonce et le cardinal qui, depuis près d'une heure, attendaient, il dit simplement :

— J'ignore s'il parviendra jamais à résoudre cette ultime énigme.

— Oh, je lui fais confiance, fit Caracolli. Ce n'est jamais qu'un effet de perspective.

« Un effet de perspective »... Salvat s'éveilla brusquement. Il chercha l'interrupteur de la lampe de chevet, alluma. Le rêve qu'il venait de faire lui était si présent qu'avec un humour quasi superstitieux, il se demanda s'il était encore vivant. Il se leva et, comme il n'avait plus aucune envie de dormir, il s'habilla, se coiffa devant le miroir. Les traits de son visage lui parurent fanés. Allait-il oublier de mettre ses chaussures ? Pesamment, il s'assit sur le lit et se chaussa. Puis il chercha un Chilios y Corona dans la poche de sa veste et n'en trouva pas. Sa réserve était précieusement rangée dans la valise qu'il fermait toujours à clé. Où avait-il mis cette clé ? Il ne s'en souvenait plus et ce détail lui parut d'ailleurs dérisoire. Il allait marcher dans Rome. Sans doute se rendrait-il sur la rive du Tibre, à l'endroit où, pour lui, tout avait commencé. Il ouvrit la porte donnant sur le couloir.

Devant lui s'étendait une immense prairie ensoleillée.

Table

Impression réalisée sur CAMERON par
BRODARD ET TAUPIN
La Flèche

pour le compte des Éditions Fayard
en février 1995

Imprimé en France
Dépôt légal : février 1995
Nº d'édition : 6809 – Nº d'impression : 1266 L-5

ISBN : 2-213-59384-1
35-33-9384-02/5